S0-ARN-770

CLEA

LAWRENCE DURRELL

CLEA
EL CUARTETO DE ALEJANDRÍA

EDITORIAL SUDAMERICANA
BUENOS AIRES

Título original:
Clea

PRIMERA EDICION POCKET
Febrero de 1999

© Lawrence Durrell, 1960

Queda rigurosamente prohibida, sin la autorización escrita de los titulares
del Copyright, bajo la sanción establecida en las leyes, la reproducción
parcial o total de esta obra por cualquier medio o procedimiento,
comprendidos la reprografía y el tratamiento informático,
y la distribución de ejemplares de ella mediante
alquiler o préstamo público.

IMPRESO EN ESPAÑA

*Queda hecho el depósito
que previene la ley 11.723.*
© *1961, Editorial Sudamericana S.A.,
Humberto I 531, Buenos Aires.*

ISBN 950-07-1448-5

A mi padre

NOTA

Clea es el cuarto volumen de un grupo de novelas escritas con el propósito de constituir una obra única. Es una secuela de *Justine*, *Balthazar* y *Mountolive*. El conjunto de las cuatro novelas forma «El Cuarteto de Alejandría»; un subtítulo adecuado para la obra podría ser el de «continuum verbal». En la nota previa a *Balthazar* exponía mis intenciones en cuanto al aspecto formal del cuarteto.

En los «Temas de ejercicio» que cierran este volumen sugiero una serie de variantes para un posible desarrollo ulterior de personajes y situaciones; pero sólo con el propósito de insinuar que aun cuando la serie se prolongase hasta el infinito, la obra no sería jamás un *roman fleuve* (un tema único desarrollado en series), sino siempre estrictamente una parte del mismo «continuum verbal». De modo que si el eje del cuarteto está en el justo centro, podrá iluminar cualquiera de las partes sin que se pierda el ajuste y la unidad del «continuum». En todo caso, para todos los fines y propósitos, los cuatro volúmenes pueden ser juzgados como un todo.

La condición Primera y más hermosa de la naturaleza es el movimiento que la mantiene en incesante acción; pero el movimiento no es más que la perpetua consecuencia del crimen; sobrevive tan sólo en virtud del crimen.

D. A. F. DE SADE

PRIMERA PARTE

I

Aquel año las naranjas fueron más abundantes que de costumbre. Centelleaban como linternas en los arbustos de bruñidas hojas verdes, chisporroteaban entre la arboleda bañada de sol. Parecían ansiosas por celebrar nuestra partida de la pequeña isla; el tan esperado mensaje de Nessim había llegado ya, como una cita al Submundo. El mensaje que en forma inexorable me haría regresar a la única ciudad que para mí había flotado siempre entre lo ilusorio y lo real, entre la substancia y las imágenes poéticas que su solo nombre me evocaba. Un recuerdo —me decía—, un recuerdo falseado por los deseos e intuiciones apenas realizados hasta entonces en el papel. ¡Alejandría, capital del recuerdo! Todas aquellas notas manuscritas, robadas a criaturas vivas y muertas, al punto de que yo mismo me había convertido en algo así como el post scriptum de una carta eternamente inconclusa, jamás enviada.

¿Cuánto tiempo había estado ausente? Me era difícil precisarlo, aunque el tiempo calendario proporciona un indicio demasiado vago de los iones que separan a un ser de otro ser, un día de otro día; y durante todo ese tiempo yo había vivido en realidad allí, en la Alejandría del corazón de mi pensamiento. Página tras página, latido tras latido, me había entregado al grotesco mecanismo del que todos

13

hemos participado alguna vez, tanto los victoriosos como los vencidos. Una antigua ciudad que cambiaba de color a la luz de pensamientos colmados de significación, que reclamaba a viva voz su identidad; en alguna parte, en los promontorios negros y espinosos del África, la verdad perfumada del lugar permanecería viva, la hierba amarga e intragable del pasado, la médula del recuerdo. Había comenzado una vez a ordenar, codificar y anotar el pasado antes de que se perdiese para siempre —tal era, en todo caso, la tarea que me había propuesto. Pero había fracasado (¿sería tal vez irrealizable?), pues si bien lograba embalsamar con palabras alguna faceta de aquel pasado, irrumpía de pronto un nuevo modo de conocimiento que desmoronaba toda la estructura, y el esquema se desmembraba para ensamblarse una vez más en figuras inesperadas, imprevisibles.

«Recrear la realidad», escribí en alguna parte; palabras temerarias y presuntuosas por cierto, pues es la realidad la que nos crea y recrea en su lenta rueda. Y sin embargo, si la experiencia de aquel interludio en la isla me había enriquecido, era tal vez precisamente a causa del rotundo fracaso de mi tentativa por registrar la verdad interior de la ciudad. Me encontraba ahora cara a cara con la naturaleza del tiempo, esa dolencia de la psique humana. Tenía que aceptar mi derrota frente al papel, y sin embargo, de manera bastante curiosa, el acto de escribir había dado frutos de otra especie: el mero *fracaso* de las palabras, que se sumergían una a una en las profundas cavernas de la imaginación y desaparecían en la esclusa. Una manera un tanto costosa de empezar a vivir, sí; pero nosotros los artistas nos sentimos arrastrados hacia vidas individuales que se nutren de tales extrañas técnicas de autopersecución.

Pero entonces... si yo había cambiado, ¿qué habría sido de mis amigos Balthazar, Nessim, Justine, Clea? ¿Qué nuevos rostros descubriría en ellos tras ese lapso cuando la at-

mósfera de la nueva ciudad me hubiese atrapado una vez
más? Ésa era la incógnita. No podía imaginarlo. La aprensión temblaba en mi interior como una cinosura. Me era
difícil renunciar al tan duramente conquistado territorio de
mis sueños a favor de imágenes nuevas, nuevas ciudades,
situaciones nuevas, amores nuevos. Como un monomaníaco
me abrazaba a mis propios sueños de la ciudad... Me preguntaba si no sería más prudente permanecer en la isla. Tal
vez sí. Y sin embargo, sabía que debía acudir, que debía
partir en realidad *¡aquella misma noche!* Los pensamientos
eran tan confusos y contradictorios que me obligaba a repe-
tírmelos en voz alta.

Los diez días que siguieron a la aparición del mensajero
habían transcurrido en medio de una ansiedad esperanzada
y secreta. El clima se había mostrado generoso, regalándonos
una sucesión de días maravillosamente azules, de mares serenos. Fluctuábamos entre dos paisajes, sin decidirnos a renunciar a uno, y ávidos de encontrarnos con el otro. Como
gaviotas posadas en la cuesta de un acantilado. En mis
sueños se confundían y frustraban imágenes infinitas y contradictorias. La casa de la isla, por ejemplo, entre el humo
de plata de los almendros y olivos, por donde vagabundeaba
la perdiz con sus patas rojas... Los silenciosos claros en los
que sólo podía surgir de pronto el rostro cabrío de un dios
Pan. La pura y luminosa perfección de forma y color no
conciliaba con las premoniciones que nos asediaban. (Un
cielo cuajado de estrellas errantes, olas de diluido esmeralda
en las playas solitarias, el grito de las gaviotas en los blancos
caminos sureños.) Aquel mundo griego invadido ya por los
olores de la ciudad olvidada: promontorios donde marinos
sudorosos, después de beber y comer hasta hacer estallar sus
intestinos, extraían de sus cuerpos, como de vejigas, toda
lujuria, y se desplomaban con mirada perruna en el abrazo
de los esclavos negros. (Los espejos, la dolorosa dulzura de

15

las voces de los canarios ciegos, la burbuja de los narguilés en sus recipientes de agua de rosas, el olor del pachulí y de los pebeteros.) Eran sueños irreconciliables, que se devoraban unos a otros. Veía otra vez a mis amigos (no ya como meros nombres) iluminados por la nueva certeza de mi partida. No eran más las sombras de mis escritos; habían renacido, incluso los muertos. Por las noches volvía a caminar por las tortuosas callejuelas en compañía de Melissa (que estaba ahora más allá de todo remordimiento —pues aun en sueños sabía que estaba muerta—) tomados tiernamente del brazo; las piernas delgadas como tijeras daban a su marcha un movimiento oscilante. El hábito de estrechar su muslo contra el mío a cada paso. Podía ahora verlo todo con afecto, incluso el viejo vestido de algodón y los zapatos baratos que usaba los días de fiesta. No había podido ocultar con el polvo la ligera marca azul de mis dientes en su garganta. Entonces su imagen se desvanecía y yo despertaba con un grito de angustia. El amanecer se abría paso entre los olivos y bañaba de plata las hojas inmóviles.

Pero de algún modo, yo había recuperado en el interludio mi paz espiritual. Atesoraba con deleite aquel puñado de días azules que nos despedían, fastuosos dentro de su simplicidad: las crepitantes hogueras de leña de olivo en el antiguo hogar —de donde el retrato de Justine sólo sería quitado a último momento— danzaban y se reflejaban en el mobiliario de madera rústica, en la laca azul del cántaro con los primeros ciclámenes. ¿Qué tenía que ver la ciudad con todo eso —una primavera egea suspendida de un hilo entre el invierno y los primeros capullos de almendro? Una palabra apenas, casi sin sentirlo, garabateada a la orilla de un sueño, o repetida al ritmo de la voluble música del tiempo que no es otra cosa que deseo expresado por los latidos del corazón. En realidad, a pesar del inmenso amor que me inspiraba, me sentía incapaz de quedarme en la isla. La ciudad que odiaba, ahora lo sabía, tenía otro significado, una nueva valoración de la experiencia que había dejado en mí sus huellas indelebles. Debía regresar todavía una vez para poder abandonarla para siempre, para liberarme de ella. Si me he referido al tiempo es porque el escritor que yo empezaba a ser aprendía por fin a habitar los espacios desiertos que el tiempo olvida. Comenzaba a vivir, por así decirlo, entre el tic tac del reloj. El continuo presente, que es la historia real de la anécdota colectiva del pensamiento humano; cuando el pasado ha muerto y el futuro está representado sólo por el deseo y el temor, ¿qué ocurre con el instante casual imposible de registrar pero también imposible de despreciar? Para la mayoría de nosotros, lo que llamamos presente es arrebatado al conjuro de las hadas, como un pasado repetido y suntuoso, antes de que hayamos tenido tiempo de tocar un solo bocado. Como Pursewarden, muerto ahora, tenía la firme esperanza de poder decir muy pronto con total y absoluta sinceridad: «No escribo para aquellos que jamás se han preguntado en qué punto comienza la vida real».

Pensamientos ociosos cruzaban mi mente mientras descansaba tendido en una roca lisa junto al mar, comiendo una naranja, encerrado en una soledad perfecta que pronto sería tragada por la ciudad, el denso sueño azul de Alejandría, dormitando como un viejo reptil a la broncínea luz faraónica del gran lago. Los maestros sensualistas de la historia abandonando sus cuerpos a los espejos, a los poemas, a los pacientes rebaños de muchachos y mujeres, a la aguja en la vena, a la pipa de opio, a la muerte en vida de los besos sin deseo. Recorriendo una vez más con la imaginación aquellas calles, comprendía que abarcaban no sólo la historia humana, sino también toda la escala biológica de los afectos, desde los arrebolados éxtasis de Cleopatra (curioso que la vid haya sido descubierta aquí, cerca de Taposiris), hasta el fanatismo de Hipatia (mustias hojas de parra, besos de mártires). Y visitantes más extraños aún: Rimbaud, estudiante del Abrupto Sendero, paseó por aquí con un cinturón lleno de monedas de oro. Y todos aquellos otros morenos intérpretes de sueños y políticos y eunucos, como una bandada de pájaros de brillante plumaje. Entre la piedad, el deseo y el terror, veía la ciudad abrirse una vez más ante mí, habitada por los rostros de mis amigos y criaturas. Sabía que debía revivir la experiencia una vez, y para siempre.

Sin embargo, era una partida extraña, llena de pequeños elementos imprevistos. Me refiero al hecho de que el mensajero fuese un jorobado vestido con un traje plateado, una flor en la solapa, ¡un pañuelo perfumado en la manga! Y al repentino surgimiento a la vida de la aldea, que durante tanto tiempo había ignorado prudentemente nuestra simple existencia, salvo algún ocasional regalo de pescado, vino o huevos coloreados que Athena nos traía envuelto en su chalina roja. Tampoco ella podía resignarse a la idea de vernos partir. Su vieja máscara seria y arrugada estallaba en llanto sobre cada uno de los objetos de nuestro magro equipaje. Pero —repetía con obstinación—, «no pueden dejarlos partir de una manera tan inhóspita. La aldea no los dejará irse así». ¡Iban a ofrecernos un banquete de despedida!

En cuanto a la niña, yo mismo había dirigido el ensayo general del viaje (en realidad de toda su vida) en las imágenes de un cuento de hadas que no se había gastado a pesar de las infinitas repeticiones. Se sentaba junto al cuadro y escuchaba con atención. Estaba más que preparada para todo, casi ansiosa en realidad por ocupar su sitio en la galería de imágenes que yo le había pintado. Absorbía todos los confusos colores de ese mundo fantástico, al que alguna vez había pertenecido por derecho, y que recobraría ahora; un mundo poblado por aquellas presencias: el padre, un príncipe pirata de atezado rostro, la madrastra, una reina morena y dominadora.

—¿Es como la reina del juego de naipes?

—Sí, la reina de espadas.

—Y se llama Justine.

—Se llama Justine.

—En el cuadro fuma. ¿Me querrá más que mi padre o menos?

—Te querrá por los dos.

No había encontrado ninguna otra manera de explicárselo, sino a través del mito o la alegoría: la poesía de la incertidumbre infantil. Le había enseñado a la perfección aquella parábola de un Egipto que le revelaría (agigantados como dioses o magos) los retratos de su familia, de sus antepasados. Pero ¿acaso no es la vida misma un cuento de hadas cuyo sentido se nos pierde a medida que crecemos? No importa. Estaba ebria ya con la imagen de su padre.

—Sí, me doy cuenta de todo.

Asentía con un gesto, y con un suspiro amontonaba aquellas imágenes pintadas en el cofre de su pensamiento. De Melissa, yo le respondía también en forma de cuento. Pero su imagen, como una pálida estrella, se perdía ya por detrás del horizonte, en la quietud de la muerte, cediendo el primer plano a los otros, los personajes vivos del juego de naipes.

Arrojó una mandarina al agua y se agachó para verla rodar lentamente por el suelo arenoso de la gruta. Chisporroteaba como una pequeña llama, acariciada por el ir y venir de la marea.

—Fíjate ahora cómo la recojo.

—No en este mar helado, te morirás de frío.

—No hace frío hoy, mira.

Nadaba como una joven nutria. Era fácil para mí, desde la roca lisa en que me encontraba, reconocer en la niña los ojos osados de Melissa, un poco oblicuos en los extremos; y a veces, en forma intermitente, como una pizca de sueño en

19

las esquinas, la mirada pensativa (suplicante, insegura) de su padre Nessim. Recordé la voz de Clea diciendo en una ocasión, en otro mundo tan lejano en el tiempo: «Recuerda, si a una chica no le gusta bailar y nadar, jamás sabrá hacer el amor». Sonreí y me pregunté qué verdad habría en aquellas palabras, mientras observaba a la pequeña que se movía lentamente en el agua y se dirigía con gracia hacia la meta, ágil como una foca, los dedos de los pies apuntados hacia el cielo, el pequeño bolso blanco y reluciente entre las piernas. Recogió delicadamente la mandarina y subió en espiral hacia la superficie con la fruta apretada entre los dientes.

—Corre ahora y sécate en seguida.

—No hace frío.

—Haz lo que te digo. Apúrate. Pronto.

—¿Y el jorobado?

—Se fue.

La inesperada aparición de Mnemjian en la isla —había sido él quien trajo el mensaje de Nessim— la había sorprendido y conmovido a la vez. Era extraño verlo caminar por la playa pedregosa con su aire grotesco y preocupado, con el vacilante equilibrio de un tentempié. Se me ocurre que quería demostrarnos que durante todos aquellos años había caminado únicamente sobre pavimentos más finos. Que había perdido el hábito de caminar sobre tierra firme. Todo él irradiaba un refinamiento precario y exagerado. Vestía un deslumbrante traje plateado, sandalias, un alfiler de corbata con una perla; los dedos cuajados de anillos. Sólo la sonrisa, aquella sonrisa de niño, era la misma, y el pelo grasiento y motudo, que apuntaba siempre hacia el seno frontal.

—Me he casado con la viuda de Halil, mi querido amigo. Soy el barbero más rico de todo Egipto.

Soltó todo esto sin tomar aliento, apoyándose en un bastón con puño de plata al que también, era evidente, estaba poco habituado. Su mirada violenta escudriñaba con visible desdén nuestra cabaña un tanto primitiva; rechazó una silla, sin duda porque no quería arrugar sus indescriptibles pantalones.

—Una vida un poco dura ésta, ¿verdad? No demasiado *luxe*, Darley.

Suspiró y añadió luego:

—Pero ahora vendrán otra vez con nosotros.

Hizo un gesto vago con el bastón, como si quisiera simbolizar la hospitalidad de que disfrutaríamos una vez más en la ciudad.

—Yo no puedo quedarme. En realidad estoy de regreso. Esto lo hice como favor a Hosnani.

Se refería a Nessim con una especie de perlada grandeza, como si estuviera ahora a su mismo nivel social. Al advertir mi sonrisa se rió con soltura, antes de ponerse serio nuevamente.

—No hay tiempo de todos modos —dijo mientras se sacudía la manga.

En esto al menos era sincero, pues los vapores de Esmirna permanecen en puerto apenas el tiempo necesario para descargar correspondencia y alguna ocasional mercancía, algunos cajones de macarrones, un poco de sulfato de cobre, una bomba: las necesidades de los isleños son escasas. Caminamos juntos hacia el pueblo, a través del bosquecillo de olivos. Mientras conversábamos, Mnemjian se arrastraba con su lento paso de tortuga. Pero yo estaba contento, pues podía preguntarle algunas cosas acerca de la ciudad y obtener de sus respuestas algún indicio de los cambios de situación, de los factores ignorados que encontraría.

—Ha habido muchos cambios desde que empezó la guerra. El doctor Balthazar estuvo muy enfermo. ¿Se enteró de la intriga de Hosnani en Palestina? ¿Del derrumbe? Los egipcios tratan de confiscar sus bienes. Ya le han sacado mucho. Sí, ahora son pobres y todavía están en dificultades.

21

Ella sigue detenida bajo caución en Karm-Abu-Girg. Nadie la ha visto desde hace un siglo. Él, con permiso especial, conduce una ambulancia en el puerto, dos veces por semana. Muy peligroso. Y hubo un bombardeo aéreo muy bravo. Perdió un ojo y un dedo.

—¿Nessim? —me estremecí.

El hombrecillo hizo un gesto afirmativo de suficiencia. Esa imprevisible imagen de mi amigo me había herido como una bala.

—¡Santo Dios! —exclamé. El barbero asintió como si aprobara la justeza del juramento.

—Fue terrible. Cosas de la guerra, Darley.

Luego, de pronto, un pensamiento más feliz irrumpió en su mente y sonrió una vez más con la sonrisa infantil que reflejaba la dureza férrea de los levantinos. Me tomó del brazo y prosiguió:

—Pero también es un buen negocio la guerra. En mis barberías se corta día y noche el cabello de los ejércitos. Tres salones, doce ayudantes. Ya verá. Es algo magnífico. Pombal dice en broma: «Ahora afeita a los muertos mientras todavía están vivos». —Se dobló en una risa refinada y silenciosa.

—¿Ha vuelto Pombal?

—Por supuesto, es uno de los grandes hombres de la Francia Libre ahora. Tiene conferencias con sir Mountolive. También él está todavía allí. Quedan muchos de su época, Darley. Ya verá.

Parecía encantado de haberme desconcertado con tanta facilidad. Entonces dijo algo que hizo experimentar a mi cerebro un doble sobresalto. Me quedé paralizado y le pedí que lo repitiera, pues creía haber oído mal.

—Acabo de visitar a Capodistria.

Lo miré con absoluta incredulidad.

—¡Capodistria! ¡Pero si ha muerto! —dije sorprendido.

El barbero hizo una profunda inclinación hacia atrás,

como si se estuviera hamacando en un caballo de madera, y sofocó una larga carcajada. Esta vez el chiste era muy bueno y la risa le duró un minuto largo. Luego, por último, con un suspiro voluptuoso ante el recuerdo de la broma, extrajo del bolsillo superior de su chaqueta una postal de las que se pueden comprar en cualquier playa del Mediterráneo y me la alcanzó, a la vez que decía:

—Entonces ¿quién es éste?

La imagen era bastante borrosa, con huellas visibles de la revelación, típicas de una apresurada fotografía callejera. Contenía dos figuras que caminaban por una playa. Una era Mnemjian; la otra... La miraba con el asombro del reconocimiento.

Capodistria llevaba pantalones tubulares de estilo eduardiano y zapatos negros muy puntiagudos. Completaba su atuendo una larga capa de académico con cuello y puños de piel. Por último —y allí estaba el detalle verdaderamente fantástico— llevaba un *chapeau melon* que lo hacía parecerse a una gran rata en un dibujo animado. Cultivaba un fino bigote rilkeano que caía un poco en las comisuras de la boca, y sostenía entre los dientes una larga boquilla. Era Capodistria, sin lugar a dudas.

—¿Qué diablos...? —comencé a decir.

Sonriente, Mnemjian guiñó un ojo y se puso un dedo sobre los labios.

—Siempre hay misterios —dijo.

Y en la actitud de ocultarlos se hinchó como un sapo, en tanto me contemplaba con maligna alegría. Tal vez se hubiera dignado darme alguna explicación, pero desde el pueblo se oyó la sirena de un barco. Mnemjian se sobresaltó.

—¡Pronto! —comenzó a marchar con su paso fatigado—. ¡Ah, no debo olvidarme de entregarle la carta de Hosnani!

La llevaba en el bolsillo superior de la chaqueta y terminó por hallarla.

—Y ahora, adiós. Todo está preparado. Volveremos a vernos.

Le estreché la mano y lo miré durante un rato, sorprendido e indeciso. Luego regresé hasta la linde del bosquecillo de olivos y me senté en una roca a leer la carta de Nessim. Era breve y contenía los detalles de las disposiciones que había tomado para nuestro viaje. Una pequeña embarcación vendría a buscarnos a la isla. Indicaba la hora aproximada y las instrucciones de dónde debíamos aguardarla. Todo estaba claramente explicado. Había también un post scriptum agregado por la larga mano de Nessim: «Será bueno volver a encontrarnos, sin reservas. Creo que Balthazar le ha contado todas nuestras desventuras. No va a exigir usted una excesiva carga de remordimiento de gente que le tiene tanto cariño. Espero que no. Dejemos que el pasado se cierre como un libro sobre todos nosotros».

Y así fue como ocurrió.

Durante los últimos días la isla nos regaló generosamente lo mejor de su clima, aquella austera candidez cicládica que era como un tierno abrazo, y que sin duda habría de añorar cuando el miasma de Egipto se hubiese cernido una vez más sobre mi cabeza.

La noche de la partida todo el pueblo salió a brindarnos la cena prometida consistente en cordero al asador y vino *rezina* dorado. Pusieron las mesas y sillas a lo largo de la pequeña calle principal y cada familia trajo su ofrenda para la fiesta. Hasta los dos altivos dignatarios, el alcalde y el cura, estaban presentes, sentados a cada uno de los extremos de la larga mesa. Hacía frío para estar así, al aire libre, como si aquélla fuese en realidad una noche de verano; pero hasta la luna fue generosa, apareciendo ciegamente por encima del mar, para iluminar los blancos manteles y pulir las doradas copas de vino. Los viejos rostros bruñidos, encendidos por el alcohol, brillaban como vajilla de cobre. Antiguas sonrisas, fórmulas arcaicas de cortesía, bromas tradicionales, gentilezas de un mundo viejo que empezaba ya a desvanecerse, a alejarse de nosotros. Aquellos viejos capitanes de los barcos pescadores de esponjas, cuyos cálidos besos olían a podridas manzanas silvestres, los grandes mostachos curtidos por el tabaco, sorbían el vino en jarros esmaltados de azul.

En el primer momento me conmovió pensar que toda aquella ceremonia me estaba destinada; pero más aún me emocionó descubrir que estaba consagrada a mi país. Porque ser ciudadano inglés en la Grecia caída equivalía a convertirse en blanco del afecto y la gratitud de todos los griegos, que los humildes campesinos de la aldea sentían con la misma intensidad que toda Grecia. El diluvio de brindis y augurios resonaba en la noche; los discursos volaban como cometas en el grandilocuente estilo griego, rotundo y sonoro. Parecían poseer las cadencias de la poesía inmortal, la poesía de una hora desesperada, aunque por supuesto eran sólo palabras, las palabras míseras y huecas que la guerra engendra con tanta facilidad y que los retóricos de la paz pronto gastarían a fuerza de usarlas.

Pero esa noche la guerra encendía como bujías los viejos rostros, les prestaba una ardiente grandeza. Y los jóvenes no estaban presentes para imponerles silencio y avergonzarlos con sus miradas mezquinas, porque se habían marchado a Albania a morir entre las nieves. Las mujeres chillaban con voces torpemente emocionadas por el llanto contenido y entre carcajadas y cantos caían como tumbas abiertas sus súbitos silencios.

Aquella guerra había llegado hasta nosotros por el agua con tanto sigilo, gradualmente, como las nubes que llenan en silencio el horizonte de extremo a extremo. Pero no había estallado todavía. Sólo sus rumores oprimían el corazón con esperanzas y temores contradictorios. Al principio, se pensó que pronosticaba la caída del mundo civilizado; pero pronto se vio que esa esperanza era vana. No; sería, como siempre, el fin de la ternura, de la seguridad, de la temperancia; el fin de las esperanzas del artista, del desinterés, de la alegría. Fuera de eso, todos los demás rasgos de la condición humana se verían afirmados y acentuados. Tal vez, sin embargo, surgía ya, por detrás de las apariencias, alguna verdad, porque la muerte eleva todas las tensiones y nos permite unas pocas semiverdades menos que aquellas de que vivimos en épocas normales.

Eso era todo cuanto sabíamos hasta entonces de aquel dragón desconocido cuyas garras se habían clavado ya en el resto del mundo. ¿Todo? Sí, sin duda una vez o dos el alto cielo se había inflamado con el estigma de invisibles bombarderos, pero sus ruidos no habían podido ahogar el zumbido familiar de las abejas isleñas, pues no había casa que no poseyera algunas colmenas enjalbegadas. ¿Qué más? Una vez (esto tenía ya un carácter más real) un submarino asomó su periscopio en la bahía y vigiló la costa durante algunos minutos. Acaso nos vio mientras nos bañábamos en la punta. Saludamos con la mano. Pero un periscopio no tiene brazos para devolver el saludo. Tal vez en las playas norteñas se había descubierto algo más extraño: un viejo lobo marino dormitando al sol como un musulmán sobre su alfombra de oraciones. Pero también esto tenía poco que ver con la guerra.

No obstante, todo comenzó a cobrar cierta realidad cuando el pequeño caique enviado por Nessim irrumpió aquella noche en el oscuro muelle, pilotado por tres marinos de aspecto hosco, armados con pistolas automáticas. No eran griegos, aunque hablaban la lengua con agresiva autoridad. Referían historias de ejércitos destrozados y de muertes por congelación; aunque en un sentido era ya demasiado tarde, pues el vino había obnubilado la conciencia de los viejos, y sus relatos, no encontrando eco, se disipaban rápidamente.

Pero a mí me impresionaron aquellos tres especímenes de apergaminados rostros que venían de una civilización desconocida que se llamaba guerra. Parecían sentirse incómodos en tan buena compañía. La piel se veía tensa, como gastada, sobre los pómulos sin afeitar. Fumaban con avidez, arrojando el humo azul por la boca y la nariz como sibaritas. Cuando bostezaban, aquellos bostezos parecían nacer en el mismo escroto. Nos confiamos con recelo a su cuidado, pues eran los primeros rostros hostiles que veíamos desde hacía mucho tiempo.

A medianoche zarpamos oblicuamente desde la bahía, alumbrados por una luna alta. La oscuridad distante nos parecía más tenue, más segura, gracias a los cálidos e incoherentes adioses que se volcaban sobre nosotros a través de las blancas playas. ¡Qué hermosas son las palabras griegas de bienvenida y adiós!

Durante un rato bogamos a lo largo de la entintada línea de sombra de los acantilados. El trepidante corazón de la máquina hacía vibrar rítmicamente la embarcación. Por último, una vez alejados de la costa, navegando en aguas más profundas, percibimos la suave y henchida unción de la marea que empezaba a amamantarnos, a arrullarnos, a dormirnos, como en un juego. La noche era maravillosamente templada y hermosa. Un delfín asomó una o dos veces por la serviola. Se entabló una carrera.

Ahora nos poseía una desbordante alegría mezclada con una profunda tristeza; cansancio y felicidad a la vez. Sentía en mis labios el agradable sabor de la sal. Bebimos en silencio un poco de tibio té de salvia. La niña estaba muda, conmovida por la belleza del viaje: la temblorosa fosforescencia de nuestra estela se ondulaba como la cabellera de un cometa, flotante, alentadora. En lo alto flotaban también las emplumadas ramas del cielo, estrellas esparcidas en racimos apretados como capullos de almendro en la noche enigmática. Por fin, dichosa por aquellos augurios, acunada por el pulso del agua y las vibraciones de la máquina, se durmió con una sonrisa en los labios entreabiertos, la muñeca de madera de olivo apretada contra su mejilla.

¿Cómo podía yo dejar de pensar en el pasado hacia el que regresábamos a través de la densa espesura del tiempo, a través de las rutas conocidas de aquel mar griego? La noche desplegaba su cinta de oscuridad y se escurría a distancia. El cálido viento marino me rozaba la mejilla con la delicadeza de una cola de zorro. Entre el sueño y la vigilia, sentía el tirón de la plomada del recuerdo; el tirón de la ciudad inervada como una hoja que mi memoria había poblado de máscaras, malignas y hermosas a la vez. Volvería a ver Alejandría —lo sabía— como un fantasma evadido del tiempo, porque cuando uno toma por fin conciencia del funcionamiento de un tiempo que no es el tiempo calendario, se convierte en una especie de fantasma. En esa nueva dimensión podía oír los ecos de palabras pronunciadas hacía mucho tiempo, en el pasado, por otras voces, la de Balthazar cuando decía: «Este mundo constituye la promesa de una felicidad única que no estamos suficientemente preparados para comprender». El inflexible dominio que la ciudad ejercía sobre sus criaturas, sentimiento mutilador que saturaba todas las cosas en los abismos de sus propias pasiones exhaustas. Besos que se tornaban más apasionados por el remordimiento. Gestos esbozados a la luz ambarina de habitaciones cerradas. Las bandadas de blancas palomas volando en lo alto entre los minaretes. Aquellas imágenes representaban para mí la ciudad que volvería a ver. Pero me equivocaba, pues todo nuevo encuentro es distinto del anterior. Cada vez nos engañamos con la ilusión de que habrá de ser el mismo. La Alejandría que ahora veía, la primera visión desde el mar, era algo que jamás había imaginado.

Era todavía de noche cuando llegamos a las afueras del

28

invisible muelle con sus recordadas fortificaciones y redes antisubmarinas. El botalón se levantaba sólo al amanecer. Reinaba una oscuridad que lo devoraba todo. En alguna parte, frente a nosotros, se tendía la invisible costa africana, con su «beso de espinas», como dicen los árabes. Era intolerable conocer tan bien aquellas torres y minaretes de la ciudad, y no poder sin embargo hacerlos aparecer a voluntad. Ni siquiera alcanzaba a distinguir mis dedos junto a mi rostro. El mar se había transformado en una vasta antecámara vacía, una hueca burbuja de oscuridad.

De pronto se levantó una súbita ráfaga, como un ventarrón que atravesara por un lecho de ascuas. El cielo cercano se tornó brillante como una concha marina, rosado al principio, virando en seguida a la tonalidad rosa vivo de una flor. Un apagado y terrible lamento llegó a través del agua, palpitante como el aleteo de un espantoso pájaro prehistórico, sirenas que ululaban como los condenados en el Limbo. Nuestros nervios se estremecieron como las ramas de un árbol. Y en respuesta a ese gemido, comenzaron a brotar luces por todas partes, dispersas al principio, luego en cintas, bandas, cuadrados de cristal. De pronto el puerto se dibujó con absoluta claridad contra el oscuro tablado del cielo, en tanto largos dedos blancos de luz incandescente empezaban a recorrerlo con torpeza, como las patas de un desmañado insecto que tratara de prenderse a las fugitivas tinieblas. Un denso raudal de cohetes de colores trepó desde la bruma entre los barcos de guerra, volcando en el cielo sus brillantes racimos de estrellas y diamantes y tabaqueras de nácar desmenuzado con maravillosa prodigalidad. El aire se sacudía, vibraba. Nubes de polvo rosado y amarillo brotaban de los martetes, arrancando destellos de las grasientas nalgas de los balones de la represa, que volaban por todas partes. Hasta el mar parecía tembloroso. Yo no tenía idea de que nos encontráramos tan cerca, ni de que la ciudad pudiera ser tan hermosa en medio de las saturnales de una guerra. Crecía, florecía como una mística rosa de tinieblas, y el bombardeo, rivalizando con ella en belleza, desbordaba mi imaginación. Descubrí con sorpresa que nos hablábamos a gritos. Pensé que contemplábamos las telas ardientes de la Cartago de Augusto, la caída del hombre de la ciudad.

Era tan hermoso como aterrador. En el extremo superior izquierdo del paisaje empezaron a congregarse los reflectores, temblando, deslizándose, desgarbados como típulas. Se encontraban, chocaban febriles, como si se hubiesen enterado de la lucha de algún insecto atrapado en la telaraña exterior de oscuridad; volvían a cruzarse, a explorarse, a fundirse y dividirse. Entonces descubrimos por fin la presa: seis pequeñas mariposas plateadas que descendían por las rutas celestes con una insoportable lentitud. A su alrededor el cielo había enloquecido. Pero ellas se movían sin pausa con mortal languidez; con idéntica languidez se rizaban los collares de ardientes diamantes que brotaban de los barcos, de los rancios y opacos soplos de brumosa metralla que señalaban su avance.

Y aunque el rugido que llenaba nuestros oídos era ensordecedor, podíamos aislar sin embargo muchos de los sonidos individuales que orquestaban el bombardeo: el estallido de cascos que caían como granizo sobre los techos encarrujados de los cafés de la costa, la raída voz mecánica de las sirenas de los barcos repitiendo con voces de ventrílocuos frases semiinteligibles que sonaban como «Hora-tres-rojo-hora-tres-rojo». Por extraño que parezca, también había música en alguna parte del corazón del tumulto, tetracordios mellados e hirientes; y de pronto, el estrépito de un edificio que se desplomaba. Manchas de luz que desaparecían y dejaban un hueco de oscuridad donde crecía a veces una llama sucia y amarillenta que lamía la noche como un animal sediento. Más cerca de nosotros (el agua arrastraba los ecos) la abundante cosecha de granadas que se volcaba en los diques desde los Pianos Chicago; un rocío casi incesante de dorado metal que brotaba con mortal rapidez de las bocas de las ametralladoras apuntadas al cielo.

Y así prosiguió aquella fiesta para los ojos, aquel despliegue estremecedor de insensato poder. Jamás había comprendido antes la impersonalidad de la guerra. Bajo su inmensa sombrilla de abigarrada muerte no había lugar para criaturas humanas, para sus pensamientos. Cada respiración era apenas un temporario refugio.

Entonces, casi tan repentinamente como había empezado, el espectáculo se eclipsó. El muelle desapareció con rapidez teatral, se extinguió el collar de piedras preciosas y el cielo quedó vacío. De nuevo nos anegó el silencio, interrumpido todavía una vez por aquel alarido voraz de las sirenas que taladraba los nervios. Y después, nada, una nada que pesaba toneladas de oscuridad, donde crecían los sonidos más leves y familiares del agua que lamía los bordes. Una silenciosa ráfaga de viento de la costa nos inundó de pronto con los olores aluviales de un estuario invisible. ¿Fue sólo en mi imaginación que oí graznidos de pájaros salvajes en el lago?

Aguardamos así, indecisos, durante un rato. Pero entretanto, desde el este el amanecer había comenzado a adueñarse del cielo, la ciudad y el desierto. Voces humanas, pesadas como plomo, llegaban atenuadas hasta nosotros, despertando curiosidad y compasión. Voces de niños —y hacia el oeste, un menisco de color de un esputo en el horizonte—. Bostezamos, hacía frío. Nos acercamos uno a otro temblorosos, sintiéndonos súbitamente huérfanos en aquel mundo errante entre la luz y la oscuridad.

Pero poco a poco, desde las gradas orientales, empezó a crecer el amanecer griego, el primer diluvio de limón y rosa, que haría brotar destellos de las aguas muertas del Mareotis;

y fino como un cabello, pero tan confuso a la vez que era preciso contener el aliento para escucharlo, oí (o me pareció oír) el primer toque de oración desde alguno de los minaretes todavía invisibles.

Entonces ¿quedaban todavía dioses a quienes invocar? Y en el instante en que la pregunta llegaba a mi conciencia vi, en la boca del muelle, las tres pequeñas barcas pesqueras velas de herrumbre, hígado y azul ciruela. Cruzaron una riada y se inclinaron como halcones sobre nuestras proas. Podíamos oír el rataplán del agua que lamía sus bordas. Las pequeñas figuras, equilibradas como jinetes, nos saludaron en árabe para decirnos que se había levantado el botalón y que podíamos entrar en puerto.

Entonces proseguimos la marcha con circunspección, cubiertos por las baterías aparentemente desiertas. Nuestra pequeña embarcación trotaba por el canal principal entre las largas filas de vapores como un *vaporetto* en el Gran Canal. Miré a mi alrededor. Todo estaba igual, pero al mismo tiempo increíblemente distinto. Sí, el teatro principal (¿el de los afectos, del recuerdo, del amor?) era el mismo; no obstante, las diferencias de detalle, de decorado asomaban con obstinación. Los buques grotescamente pintados ahora con llamativos toques cubistas en blanco, caqui y grises del mar del Norte. Tímidos cañones torpemente cobijados como grullas en nidos incongruentes de lona y cinta. Los mugrientos balones suspendidos del cielo como patíbulos. Los comparé con las antiguas nubes de plateadas palomas que empezaban ya a trepar en manojos y borlas desde las palmeras, perdiéndose en las alturas, en las profundidades de la luz blanca, en busca del sol. Un contrapunto conmovedor entre lo conocido y lo desconocido. Los barcos, por ejemplo, alineados en el embarcadero del Yatch Club, con el recordado rocío espeso como sudor en mástiles y cordajes. Banderas y toldillas de colores colgando con igual rigidez, como almidonadas. (¿Cuántas veces habíamos zarpado de allí, a aquella misma hora, en la pequeña embarcación de Clea, con un cargamento de pan, naranjas y vino embotellado en cuévanos de mimbre?) ¿Cuántos antiguos días de navegación pasados en aquella desmoronada costa, mojones de afecto ahora olvidados? Me maravillaba advertir con qué tierna emoción la mirada podía viajar a través de una hilera de objetos inanimados anclados a un muelle musgoso, y deleitarse con recuerdos que no tenía conciencia de haber conservado. Hasta los barcos de guerra franceses (caídos ahora en desgracia, con sus armamentos confiscados, la tripulación nominalmente internada a bordo) estaban exactamente en el mismo lugar en que los había visto por última vez en aquella otra vida desvanecida, recostados sobre sus vientres en la bruma del amanecer, como malévolas piedras funerarias; y sin embargo, como siempre, recortados contra los espejismos de papel de seda de la ciudad, cuyos minaretes en forma de higo iban cambiando de color a medida que el sol ascendía.

Atravesamos lentamente el largo pasillo verde entre las altas embarcaciones, como participantes de una parada de ceremonias. Las sorpresas entre tantas cosas conocidas eran no muchas, pero selectas: un acorazado silencioso caído sobre su flanco, una corbeta cuya maquinaria superior había sido derribada de un golpe directo —cañones partidos como zanahorias, montantes doblados sobre sí mismos contraídos por la agonía del fuego. Todo aquel montón de acero gris aplastado de golpe, como una bolsa de papel. A lo largo de los imbornales pequeñas figuras depositaban restos humanos con infinita paciencia y absoluta impasibilidad. Todo aquello era sorprendente, como podría serlo para alguien que pasea por un hermoso cementerio, tropezar con una tumba recién abierta. («Es hermoso», dijo la niña.) Y en verdad lo era: los grandes bosques de mástiles y espiras mecidos e inclinados por la leve agitación del tránsito marítimo, el maullido suave de los cláxones, los reflejos que se disolvían y transformaban. Hasta había alguna melodía de jazz desafinada que se volcaba en el agua como de un tubo de drenaje. Pero a la niña debió parecerle la música perfecta para acompañar su entrada triunfal en la ciudad de la infancia. De pronto descubrí que estaba tarareando mentalmente *Jamais de la vie* y me sorprendió lo antigua que me sonaba la melodía, su anacronismo, su absurda falta de sentido para mí. La niña escudriñaba el cielo en busca de su padre, la imagen que se formaría como una nube benévola por encima de nosotros y que acabaría por envolverla.

En el extremo más alejado del gran dique había rastros del mundo nuevo a que penetrábamos: largas hileras de camiones y ambulancias, vallas, bayonetas, manejadas por aquella raza de hombres azules y caquis semejantes a gnomos. Aquí reinaba una actividad incesante, lenta pero definida. Pequeñas figuras trogloditicas, ocupadas en tareas diversas, emergían de cavernas y jaulas a lo largo de los muelles. También aquí había barcos despanzurrados en sección geométrica, en cesárea, que exhibían sus intestinos humeantes; y por las heridas desfilaba un hormiguero de soldados y marinos cargados con canastas, fardos, medias reses sobre los hombros ensangrentados. Puertas de horno que se abrían para mostrar a la lumbre de las hogueras hombres con gorros blancos que arrastraban febrilmente bandejas colmadas de pan. Toda aquella actividad tenía un ritmo increíblemente lento y a la vez acompasado. Pertenecía al instinto de una raza más que a sus apetitos. Y aunque el silencio tenía un mero valor relativo, algunos sonidos pequeños de los centinelas sobre los guijarros, el aullido de un remolcador, el zumbido de la sirena de un vapor como el de una corónida gigantesca atrapada en una telaraña. Todo aquello formaba parte de la nueva ciudad a que yo pertenecería en el futuro.

Nos acercábamos cada vez más, en busca de un amarre

entre los pequeños barcos del fondeadero; las cosas se veían ya más altas. Súbitamente sentí, como suele decirse, el corazón en la boca; acababa de divisar la figura que sabía nos estaría esperando allí del otro lado del muelle. Fue un momento de rara emoción. Estaba apoyado contra una ambulancia y fumaba. Algo en la actitud hizo vibrar en mí una cuerda y adiviné que se trataba de Nessim, aunque no me atrevía a creerlo todavía. Por fin, cuando amarramos, vi, con el corazón palpitante (reconociéndolo con dificultad, como lo había hecho con Capodistria), que era en verdad mi amigo. ¡Nessim!

Usaba un desconocido parche negro sobre un ojo. Vestía un guardapolvo de trabajo azul con burdas hombreras, que le llegaba más abajo de la rodilla. Una gorra con visera bien calzada sobre los ojos. Me pareció mucho más alto y delgado que como yo lo recordaba, tal vez a causa del uniforme, en parte librea de chófer, en parte traje de piloto. Supongo que debió sentir la intensa presión de mi reconocimiento, pues de pronto se enderezó, y luego de escudriñar un instante a su alrededor, nos divisó. Arrojó el cigarrillo y caminó por el muelle con un paso rápido y gracioso, sonriendo con nerviosismo. Lo saludé con la mano pero no respondió, aunque esbozó un leve movimiento de cabeza al acercarse a nosotros.

—Mira —dije no sin aprensión—. Aquí viene, por fin, tu padre.

Ella observaba con ojos enormes y paralizados, siguiendo los movimientos de la esbelta figura hasta que se detuvo sonriente a unos metros de distancia. Los marineros se ocupaban de los cordajes. La planchada cayó con un golpe seco. No pude saber si aquel parche siniestro realzaba o disminuía su antigua distinción. Se quitó la gorra y sonriendo siempre, con cierta timidez y tristeza, se pasó la mano por el pelo antes de volver a calzársela.

—Nessim —dije, y él asintió, aunque no dijo nada.

Un pesado silencio inundó mi cerebro cuando vi a la niña bajar por la planchada. Caminaba con un aire de atontado ensimismamiento, fascinada por la imagen más que por la realidad. (¿Será acaso la poesía más real que la verdad presente?) Extendió los brazos como una sonámbula y se entregó, riendo, al abrazo de su padre. Yo le pisaba los talones, y Nessim, mientras reía con ella y la besaba, me tendió una mano, aquella en la que ahora faltaba un dedo. Se había convertido en una garra, que se clavó en la mía. Lanzó un corto sollozo seco disfrazado de tos. Eso fue todo. Ya la pequeña se arrastraba como un perezoso y le rodeaba las caderas con sus piernas. Yo no sabía qué decir, en tanto contemplaba aquel ojo oscuro y omnisapiente. Advertí de repente que el cabello de Nessim estaba bastante encanecido en las sienes. No es fácil estrechar con fuerza y espontaneidad una mano con un dedo de menos.

—De modo que volvemos a encontrarnos.

Retrocedió bruscamente y se sentó sobre un bolardo; buscó a tientas su cigarrera y me ofreció la golosina ahora desconocida de un cigarrillo francés. No dijimos ni una palabra. Los fósforos, húmedos, se encendían con dificultad.

—Clea había quedado en venir —dijo por último— pero nos falló a último momento. Se fue a El Cairo. Justine está en Karm.

Después, bajando la cabeza, dijo con voz apenas audible:

—Está enterado, ¿verdad?

Yo asentí y él pareció aliviado.

—Tanto menos que explicar entonces. Terminé mi tarea hace media hora y los esperé para llevarlos. Pero tal vez...

En aquel preciso momento un grupo de soldados nos cerró el paso para verificar nuestras identidades y nuestros destinos. Nessim se ocupaba de la niña. Yo exhibí mis papeles, que estudiaron con aire grave y cierta generosa simpatía, y buscaron mi nombre en una larga hoja de papel antes de informarme que debía presentarme en el Consulado, porque era un «refugiado nacional». Me volví a Nessim con los formularios de la aduana y le expuse la situación.

—No viene mal en realidad. Tenía que ir de todos modos a recoger una maleta que dejé allí con mis trajes hace... ¿cuánto tiempo, me pregunto?

—Toda una vida —sonrió.

—¿Qué haremos?

Nos sentamos uno al lado del otro a fumar mientras pensábamos. Era extraño y emocionante escuchar a nuestro alrededor todos los acentos de los condados ingleses. Un amable cabo se nos acercó con una bandeja llena de cubiletes de hojalata humeantes, que contenían ese singular brebaje que es el té del ejército, decorada con rodajas de pan blanco untado con margarina. A cierta distancia un grupo de apáticos camilleros se alejaba del escenario con un abundante cargamento proveniente de un edificio bombardeado. Comimos con hambre. De pronto, tuvimos conciencia de nuestro cansancio. Dije por último:

—¿Por qué no va usted con la niña? Yo puedo tomar un tranvía a la entrada del puerto y visitar al cónsul. Hacerme afeitar. Almorzar. Ir a Karm esta noche, si usted envía un caballo al vado.

—Muy bien —dijo con evidente alivio, y besando a la niña le sugirió mi plan, hablándole al oído. Ella no se resistió; en realidad parecía ansiosa por acompañarlo, cosa que le agradecí en mi fuero íntimo. Caminamos, con un sentimiento de irrealidad, a través del suelo de legamosos guijarros, hasta el lugar donde se hallaba estacionada la pequeña ambulancia. Nessim ocupó el asiento del conductor con la niña, que reía y palmoteaba, a su lado. Les dije adiós con la mano, feliz de ver que la transición se operaba con tanta tranquilidad. A pesar de todo, me sentía extraño así, a solas con la ciudad, como un exiliado en un arrecife conocido. «Conocido», sí. Porque una vez lejos del semicírculo del puerto, nada había cambiado, nada. El pequeño tranvía de lata chirriaba y serpenteaba en sus oxidados rieles, dando vueltas por aquellas calles familiares que se abrían para mí a ambos lados y exhibían imágenes absolutamente fieles a mis recuerdos. Las barberías con sus tintineantes cortinas de cuentas multicolores; los cafés repletos de ociosos acurrucados en las mesas de estaño (en El Bab la misma pared desconchada y aquella mesa donde nos sentábamos inmóviles y silenciosos, abrumados por el crepúsculo azul). En el momento de arrancar, Nessim me había mirado intensamente diciendo:

—Darley, usted ha cambiado mucho. —Pero no sabría decir si el tono era de reproche o de encomio.

Sí, había cambiado; viendo la antigua y derruida arcada de El Bab, sonreí al evocar un beso ahora prehistórico en las puntas de mis dedos. Recordé el ligero titubeo de los ojos oscuros cuando pronunciaba la triste y valiente verdad: «No aprendemos nada de quienes retribuyen nuestro amor». Palabras que ardían como alcohol quirúrgico en una herida abierta, pero que limpiaban, como toda verdad. Y absorto como estaba en aquellos recuerdos, veía con mi otro cerebro toda Alejandría abriéndose a ambos lados, con sus fascinantes detalles, su insolencia de colorido, su promiscua miseria, su belleza. Las pequeñas tiendas, protegidas del sol, por toldos desgarrados, en cuya penumbra se apilaba toda suerte de objetos, desde codornices vivas hasta panales y espejos milagrosos. Los tenderetes de fruta con su brillante mercancía dos veces más brillante por las franjas de papel de colores en que se la exhibía: el dorado cálido de las naranjas sobre el violeta intenso o el carmesí. El ahumado destello de las cuevas de los caldereros. Alegres cascabeles en las monturas de los camellos. Cacharros y cuentas de jade azul contra el mal de ojo. Todo adquiría un ardiente resplandor prismático por el ir y venir de la multitud, el bramido de las radios de los cafés, los largos y sollozantes gritos de los halconeros, las imprecaciones de los árabes ambulantes y, a la distancia, las lamentaciones enloquecidas de los llorones profesionales junto el cadáver de algún sheik famoso. Y ahora, en primer plano, con la insolencia de la posesión total, etíopes de color azul ciruela con sus níveos turbantes, sudaneses de abultados labios de carbón, libanesas y beduinas de cutis de peltre y perfiles de cernícalo, que eran como hilos de brillantes colores en la trama oscura y monótona de las mujeres veladas, el oscuro sueño musulmán del Paraíso oculto que sólo se puede vislumbrar a través del agujero de la llave del ojo humano. Y bamboleándose por esas callejas, rozando con sus fardos las paredes de barro, los camellos con sus enormes cargamentos de especias, depositando su preciosa mercancía con infinita delicadeza. Recordé súbitamente la lección de Scobie sobre la prioridad en el saludo: «Es un problema de forma. Son como los ingleses tradicionales en materia de cortesía, muchacho. No se trata de echar a volar un *Salaam Aleikum* despreocupadamente, de cualquier manera. Preste atención: el que va montado en un camello, debe saludar al que va a caballo; el que va a caballo al que monta en burro, el del burro al caminante, el caminante al hombre sentado; un grupo pequeño a un grupo grande, un joven a un anciano... En nuestra tierra tales cosas se enseñan solamente en las grandes escuelas. Pero aquí cualquier niño las sabe al dedillo. Ahora repita conmigo la orden de batalla». Era más fácil repetir la frase que recordar el orden tras ese intervalo de tiempo. Sonriendo ante el recuerdo, intenté reconstruir de memoria aquellas olvidadas prioridades, mientras observaba a mi alrededor. Todo el bazar de sorpresas de la vida egipcia estaba aún allí, cada figura en su lugar —el riegacalles, el escriba, el llorón profesional, la prostituta, el funcionario, el sacerdote, intactos en apariencia, a pesar del tiempo y de la guerra. Mientras los contemplaba, me sentí invadido por una súbita melancolía, pues ahora se habían convertido en una parte del pasado. Mi simpatía había descubierto en sí misma un elemento nuevo: el desapego. (Scobie solía decir en sus momentos de expansión: «Ánimo, chico, crecer lleva toda una vida. La gente ya no tiene paciencia. ¡Mi madre me esperó nueve meses!». Pensamiento singular.)

Al pasar por la mezquita Goharri, recordé haber encontrado allí a Hamid una tarde, frotando una rodaja de limón en un pilar antes de chuparla. Aquél, había dicho, era un específico infalible contra los cálculos. Hamid vivía casi siempre en aquel barrio con sus humildes cafés colmados de esplendores indígenas, tales como jarabe de agua de rosas, carneros enteros girando en los asadores, rellenos con palomas, arroz, nueces. ¡Todos los manjares tentadores para la panza, deleite de los ventripotentes pachás de la ciudad!

Por allí, en los confines del barrio árabe, el tranvía da un salto y dobla abruptamente. Por un momento se ve, a través de los frisos de los cerrados edificios, el rincón del puerto reservado para las embarcaciones de poco calado, cuyo número había crecido enormemente a causa de los azares de la guerra. Enmarcadas por las cúpulas de colores, se veían falúas y giassas de velas latinas, caiques de vino, goletas y bergantines de distintas formas y tamaños, procedentes de todo el Levante. Una verdadera antología de mástiles y vergas y obsesionantes ojos egeos; de nombres, de jarcias y destinos. Allí estaban, acoplados a sus reflejos descansando al sol, en un profundo trance acuático. Luego, bruscamente, esa visión desaparecía, y comenzaba a desplegarse la Grande Corniche, el largo y magnífico paseo marítimo que rodea la ciudad moderna, la capital helenística de los banqueros y visionarios del algodón, todos aquellos hombres adinerados cuyo espíritu de empresa había reencendido y ratificado el sueño de conquista de Alejandro tras los siglos de polvo y silencio en que Amr lo había sumido.

También aquí todo estaba relativamente igual, fuera de las opacas nubes de soldados de color caqui que pululaban por todas partes y la erupción de nuevos cafés que habían brotado para alimentarlos. Junto al Cecil largas hileras de camiones de transporte habían reemplazado las filas de taxis. A la entrada del Consulado un centinela naval desconocido con rifle y bayoneta. No se podía decir que todo estaba cambiando irremisiblemente, porque aquellos visitantes tenían un aire intruso y desamparado, como campesinos que visitan la capital para un feria. Muy pronto se abriría una compuerta y serían lanzados al enorme depósito de la guerra del desierto. Pero había sorpresas. En el Consulado, por ejemplo, un hombre muy gordo sentado como un rey frente a su escritorio, se dirigió a mí con familiaridad, frotándose las manos blanquísimas de largas uñas avellanadas recién pulidas.

—Mi tarea puede parecer odiosa —dijo con voz aflautada— pero es necesaria. Estamos tratando de reunir a todos aquellos que tengan alguna aptitud especial antes de que los atrape el Ejército. El embajador me dio su nombre; lo ha destinado al departamento de censura, que acabamos de inaugurar, y que sufre una espantosa pobreza de personal.

—¿El embajador? —Estaba perplejo.

—Tengo entendido que es amigo suyo.

—Apenas lo conozco.

—De todos modos tengo que aceptar sus órdenes, aunque sea yo quien deba cumplir esta tarea.

Tuve que llenar formularios. El gordo, que no carecía de amabilidad, y que se llamaba Kenilworth, se empeñaba en agradarme.

41

—Es un poco misterioso —dije.

Kenilworth se encogió de hombros y extendió sus manos blancas.

—Le sugiero que lo discuta usted mismo con él cuando lo vea.

—Es que yo no tenía intenciones...

Pero no tenía sentido seguir hablando hasta tanto hubiese descubierto qué había detrás de todo aquello. ¿Cómo pudo Mountolive...? Kenilworth hablaba de nuevo.

—Supongo que necesitará una semana para encontrar alojamiento antes de asumir sus funciones. ¿Quiere que informe al respecto al departamento?

—Si a usted le parece conveniente —respondí con desconcierto.

Nos despedimos y estuve un rato en el sótano desenterrando mi estropeada maleta y seleccionando algunos trajes civiles respetables. Los envolví en un paquete de papel madera y caminé con paso lento por la Corniche en dirección al Cecil, donde tenía el propósito de tomar un cuarto, bañarme, afeitarme, y prepararme para ir a la casa de campo. Aquella visita daba vueltas y más vueltas en mi imaginación, si no con angustia, con la inquietud que siempre acompaña al suspenso. Me detuve a contemplar el mar inmóvil. De pronto, apareció el «Rolls» plateado con las ruedas de color narciso, y un inmenso personaje barbudo saltó del interior y se abalanzó hacia mí al galope, con los brazos abiertos. Sólo cuando sentí su abrazo sobre mis hombros, y la barba cepillando mi mejilla en un saludo gálico, pude decir con voz sofocada:

—¡Pombal!

—¡Darley!

Siempre estrechando con afecto mis manos entre las suyas, los ojos arrasados de lágrimas, me arrastró a un lado y se sentó pesadamente en uno de los bancos que bordean la avenida de la costa. Pombal estaba vestido con la *tenue* más elegante que es posible imaginar. Los puños almidonados y crepitantes. La barba y el bigote oscuros le infundían un aire imponente y desamparado. Metido dentro de aquellos arreos, parecía el mismo (el Pombal de siempre). Asomaba de ellos como un Tiberio disfrazado. Nos contemplamos largamente en silencio, con emoción. Sabíamos los dos que aquel silencio era un silencio de dolor por la caída de Francia, aquel acontecimiento que simbolizaba bien a las claras el derrumbe espiritual de toda Europa. Como si participáramos de un duelo junto a un invisible cenotafio, durante los dos minutos de silencio que conmemoran un fracaso irremediable de la voluntad humana. Sentía en sus manos toda la vergüenza y desesperación de aquella terrible tragedia y me esforzaba inútilmente por encontrar una palabra de consuelo, que le hiciera sentir que Francia misma no moriría jamás mientras nacieran artistas en el mundo. Pero este mundo de ejércitos y batallas era demasiado intenso y demasiado concreto para que el pensamiento pudiera poseer apenas una importancia menor, puesto que arte significa en realidad libertad, y era precisamente ésta la que estaba en juego. Por último, me vinieron las palabras.

—No importa. Hoy he visto florecer por todas partes la pequeña cruz de Lorena.

—Lo comprendes —murmuró, mientras volvía a apretarme las manos—. Sabía que habrías de comprender. Aunque la criticabas casi siempre, era tan importante para ti como para nosotros.

Se sonó estrepitosamente la nariz en un pañuelo limpísimo y se recostó en el banco de piedra. Con una rapidez que me desconcertó se había transformado una vez más en su antiguo yo, el tímido, gordo, irreprimible Pombal del pasado.

—Tengo tanto que contarte... Vendrás conmigo ahora.

Ahora mismo. Ni una palabra. Sí, es el coche de Nessim. Lo compré para salvarlo de los egipcios. Mountolive te ha destinado a un puesto excelente. Sigo en el departamento, pero ahora hemos tomado todo el edificio. Podrás ocupar el piso superior. Será otra vez como en los viejos tiempos.

Me dejé llevar por su volubilidad y por la asombrosa variedad de proyectos que describía con tanta rapidez y confianza, sin esperar, en apariencia, ningún comentario. Su inglés, era prácticamente perfecto.

—Los viejos tiempos —tartamudeé.

Pero en aquel momento una expresión de dolor cruzó por su gordo rostro y gimió, apretando las manos entre las rodillas, mientras pronunciaba la palabra:

—¡Fosca! —gesticuló cómicamente y me miró—. No sabes —parecía casi aterrorizado—. Me he enamorado.

Me eché a reír, pero Pombal sacudió vivamente la cabeza.

—No. No te rías.

—Pombal, ¿qué quieres que haga?

—Te lo imploro.

Dejó caer el cuerpo hacia adelante con desesperación, bajó la voz y se preparó para confiarme algo, con labios temblorosos. Era evidente que se trataba de una confidencia de importancia trágica. Por fin habló; los ojos se le llenaban de lágrimas a medida que pronunciaba las palabras.

—No comprendes. *Je suis fidèle malgré moi.*

Se asfixiaba como un pescado.

—*Malgré moi* —repitió—. Nunca me había ocurrido antes. *Nunca.*

De pronto rompió a reír con una carcajada dolorosa y la misma expresión de furia y desconcierto. Yo no podía hacer otra cosa que reírme. De un solo golpe había resucitado ante mí toda Alejandría, íntegra e intacta, porque ningún recuerdo de la ciudad era perfecto sin la imagen de Pombal enamorado. Mi risa lo contagió. Se sacudía como una gelatina.

—Basta —suplicó por último con cómico patetismo, amontonando palabras y risas sofocadas en la selva de su barba.

—Y nunca me acosté con ella, ni una sola vez. Esto es lo inverosímil, lo disparatado de la situación.

Me reí más que nunca.

En ese momento el chófer tocó suavemente la bocina, para recordarle que tenía tareas que cumplir.

—¡Vamos! —exclamó—. Tengo que llevarle una carta a Pordre antes de las nueve. Después te dejaré en el departamento. Podemos almorzar juntos. A propósito, Hamid está conmigo; va a estar encantado de verte. Apúrate.

Tampoco esta vez mis dudas llegaron a formularse. Abrazado a mi paquete lo acompañé hasta el automóvil que conocía tan bien, y advertí con pena que el tapizado olía ahora a cigarros caros y a limpiametal. Mi amigo habló sin cesar durante todo el trayecto hacia el Consulado francés. Noté con sorpresa que su actitud hacia el jefe había cambiado. El antiguo resentimiento, la amargura habían desaparecido. Según me dijo, los dos habían abandonado sus puestos en distintas capitales (Pombal en Roma) para unirse en Egipto a la Francia Libre. Pombal hablaba de Pordre con ternura.

—Es como un padre para mí. Se ha portado maravillosamente —dijo mi amigo poniendo en blanco sus expresivos ojos oscuros. Aquello me intrigó hasta que, cuando los vi juntos, comprendí al instante que la caída de su país había creado entre ellos un nuevo vínculo.

Pordre tenía el pelo completamente blanco. En lugar de la antigua amabilidad frágil y ausente, había en él ahora la serena resolución de alguien que tiene que afrontar responsabilidades que no admiten la afectación. Los dos hombres se trataban con una cortesía y un afecto que los hacía parecer en verdad padre e hijo antes que colegas. La mano que con tanto cariño Pordre apoyaba en el hombro de Pombal, su actitud cuando lo miraba, expresaban un orgullo triste y solitario.

Pero la situación de la nueva Cancillería era bastante penosa. Los ventanales miraban constantemente hacia el puerto, a aquella flota francesa anclada allí como símbolo de todo lo maléfico en los astros que regían el destino de Francia. Se advertía que la simple presencia de aquella flota inerte, ociosa, era para ellos un perpetuo reproche. Y no había escape. Cada vez que se movían entre los antiguos y altos escritorios y las paredes blancas, sus miradas tropezaban con aquel detestable grupo de barcos. Eran como una brizna alojada en el nervio óptico. Los ojos de Pordre se inflamaban de autorreproche y del deseo ferviente del fanático de reformar a aquellos cobardes cómplices del personaje a quien Pombal (en sus momentos menos diplomáticos) se referiría en adelante como *«ce vieux Putain»*. Era un alivio desahogar sentimientos tan intensos mediante la simple sustitución de una letra. Nos quedamos contemplando aquel doloroso espectáculo. De pronto el anciano estalló:

—Ustedes, los británicos, ¿por qué no los internan? ¿Por qué no los envían a la India con los italianos? No lo comprenderé jamás. Perdóneme. Pero, ¿se da cuenta de que se les permite conservar sus armas, montar guardias, como si se tratase de una flota neutral? Los almirantes cenan y se emborrachan en la ciudad, todos confabulan a favor de Vichy. ¡En los cafés hay *bagarres* interminables entre nuestra gente y sus marineros!

Comprendí que se trataba de un tema capaz de sacarlos de quicio, de enfurecerlos. Traté de eludirlo, pues era poco el consuelo que podía brindar.

Me volví hacia el escritorio de Pombal donde se veía

la gran foto enmarcada de un soldado francés. Pregunté quién era y los dos me respondieron rápidamente al mismo tiempo:

—Él nos salvó.

Más adelante habría de reconocer en esa altiva cabeza de labrador la del propio De Gaulle.

El coche de Pombal me dejó en el departamento. Mientras hacía sonar la campanilla, se agitaban en mi interior murmullos olvidados. Hamid con su ojo único me abrió la puerta y tras un instante de sorpresa ejecutó un curioso saltito en el aire. El impulso original debió de ser el de un abrazo, reprimido justo a tiempo. Pero apoyó dos dedos en mi muñeca y saltó como un pingüino solitario sobre un banco de hielo antes de retroceder para dar lugar a un saludo más formal y elaborado.

—¡Ia Hamid! —exclamé, tan encantado como él. Nos cruzamos con toda ceremonia.

También allí todo estaba transfigurado: pintado, empapelado y amueblado en el pesado estilo oficial. Hamid, dichoso, me acompañaba de un cuarto a otro, mientras yo trataba de reconstruir mentalmente la apariencia primitiva a través de recuerdos confusos y desvaídos. Me era difícil ver a Melissa gimiendo, por ejemplo. En el lugar preciso se alzaba ahora un elegante aparador colmado de botellas. (Un poco más lejos Pursewarden había gesticulado aquella misma noche.) Algunos fragmentos del antiguo mobiliario flotaban en mi mente. «Aquellas cosas deben rodar ahora por alguna parte», pensé entre comillas (citando al poeta de la ciudad).* El único objeto conocido era el viejo sillón de gotoso que Pombal usaba durante sus ataques, misteriosamente reaparecido en su antiguo lugar junto a la ventana.

Nota del editor: Los asteriscos que aparecen en las páginas 47, 48, 164 y 240 remiten a las notas al final del libro.

¿Habría acaso volado con él desde Roma? Hubiera sido algo muy suyo. Aquel cuartucho en que Melissa y yo... Era ahora la habitación de Hamid. Dormía en el mismo camastro incómodo que yo contemplaba con un sentimiento de timidez y congoja, intentando recobrar la fragancia y la atmósfera de aquellas tardes maravillosas... Pero el hombrecillo me hablaba. Tenía que preparar el almuerzo. De pronto, hurgó en un rincón y me arrojó una manoseada fotografía que sin duda había robado alguna vez a Melissa. Era una foto callejera muy borrosa. Melissa y yo caminábamos tomados del brazo por la rue Fuad y conversábamos. Melissa no me miraba, pero sonreía, con la atención dividida entre la seriedad de mi discurso y los iluminados escaparates de las tiendas. Aquella instantánea debió ser tomada un invierno, a eso de las cuatro. ¿Qué podía estarle diciendo yo con tanta seriedad? Por mi vida, no recordaba ni el momento ni el lugar; y sin embargo, allí estábamos los dos, genio y figura, como quien dice. Tal vez las palabras que yo pronunciaba en aquel momento eran trascendentes, significativas, o, acaso, ¡sin sentido! Yo llevaba un pila de libros bajo el brazo y el viejo impermeable que terminé por regalar a Zoltan. Era evidente que necesitaba tintorería. Y mi pelo, también parecía necesitar el auxilio de un peluquero, sobre todo en la nuca. Imposible recuperar en el recuerdo aquella tarde muerta para mí. Examinaba minuciosamente los detalles circunstanciales del cuadro borrado para siempre. Sí, era en invierno, a las cuatro de la tarde. Melissa llevaba su raído abrigo de piel de foca y un bolso que no le había visto jamás. «En una tarde de agosto —¿fue en agosto?—», volví a citar mentalmente.*

Me volví hacia el mísero lecho de tortura y murmuré su nombre con dulzura. Con sorpresa y angustia comprobé que Melissa se había *esfumado para siempre*. Las aguas la habían devorado. Eso era todo. Como si nunca hubiese

48

existido, como si jamás me hubiese inspirado la piedad y el dolor que (me había dicho siempre) sobrevivirían, transmutados acaso en formas nuevas, triunfantes para la eternidad. Y yo la había gastado *como un viejo par de calcetines*. Aquella ausencia suya, tan total, tan definitiva, me sorprendía y consternaba al mismo tiempo. ¿Acaso el «amor» podía agotarse de ese modo? «Melissa», repetí, escuchando el eco de la encantadora palabra en el silencio. Melissa. Nombre de una hierba triste. Nombre de uno de los peregrinos de Eleusis. ¿Sería ahora acaso menos que un perfume o un sabor? ¿Un simple nexo de referencia literaria borroneado al margen de un poema menor? ¿Era mi amor el que la había disuelto en aquella forma extraña, o acaso la literatura que había querido hacer con ella? ¡Palabras, el baño ácido de las palabras! Me sentía culpable. Hasta intenté (con esa tendencia al autoengaño tan común en los sentimentales) *obligarla* a reaparecer por un acto de la voluntad, a resucitar uno, sólo uno de aquellos besos vespertinos que en un tiempo habían constituido para mí la suma de los infinitos significados de la ciudad. Incluso traté de hacer brotar de mis ojos lágrimas deliberadas, de hipnotizar la memoria repitiendo su nombre como un sortilegio. La experiencia fue vana. ¡También su nombre se había gastado por el uso! Era horrible no poder evocar el más leve tributo a una desdicha tan devoradora. Entonces, como el repique de una campana distante, oí la voz agridulce de Pursewarden. «Pero nuestra desdicha nos fue enviada como regalo. Para que gozáramos con ella, para que la disfrutáramos hasta la saciedad.» ¡Melissa no había sido otra cosa que uno de los tantos disfraces del amor!

Yo estaba ya listo, bañado y vestido cuando llegó Pombal para el almuerzo. Desbordaba el mismo éxtasis incoherente que constituía su nuevo y extraordinario estado de ánimo. Fosca, la causante de todo, era, me dijo, una refugiada casada con un oficial británico.

—¿Cómo había ocurrido aquello, aquel amor súbito y apasionado?

Pombal no lo sabía. Se levantó para contemplarse en el espejo que colgaba de la pared.

—Yo, que creía tantas cosas acerca del amor —prosiguió fastidiado, como si hablara en parte con su propia imagen, mientras se peinaba la barba con los dedos—, pero esto jamás. Hace apenas un año, si me hubieras dicho lo que yo te digo ahora, te hubiese contestado: «*Pouagh!* Obscenidad petrarquiana. ¡Pura escoria medieval!». Hasta suponía que la continencia era malsana, que el condenado se atrofia o se cae si no se lo utiliza con frecuencia. Y ahora, ¡mira a tu desdichado, no, *dichoso* amigo! Me siento atado y amordazado por la simple existencia de Fosca. Escucha, la última vez que Keats vino del desierto fuimos a emborracharnos. Me llevó a la taberna de Golfo. Yo tenía un deseo secreto, una especie de necesidad experimental, de *ramoner une poule*. No te rías. Para ver qué era lo que andaba mal, nada más. Me tomé cinco Armagnacs para estimularlo. Empecé a sentirme en gran forma, teóricamente. Bueno, me dije, voy a hacer trizas esta virginidad. Voy a *dépuceler* esta imagen romántica de una vez por todas para que la gente no empiece a hablar y a decir que el gran Pombal no es un tipo viril. Pero, ¿qué ocurrió? Me aterroricé. Mis sentimientos estaban totalmente *blindés* como uno de esos malditos tanques. La visión de aquellas muchachas me hizo recordar a Fosca con todo detalle. Todo, hasta su manera de poner las manos en la falda cuando teje. Me enfrié como si me hubieran metido un sorbete por la espalda. Vacié mis bolsillos sobre la mesa y me escapé en medio de un chubasco de chinelas y silbatinas de parte de mis antiguas amigas. Yo echaba chispas, por cierto. Y no es que Fosca lo exija, no. Me dice que vaya y me busque una muchacha, si me hace falta. ¿Tal vez es esta misma libertad la que me tiene prisionero? ¿Quién sabe? Es un verdadero misterio. Es raro, pero esa mujer me arrastra de los pelos por las sendas del honor, poco frecuentadas por mí, por cierto.

Se golpeó el pecho con suavidad, en un gesto de reprobación mezclada con cierta dudosa vanidad.

—Porque además está encinta, de su marido; pero su sentido del honor no le permite engañar a un hombre en servicio activo, que puede morir en cualquier momento. Sobre todo a causa del hijo. *Ça se conçoit.*

Comimos un rato en silencio. De pronto estalló:

—Pero, ¿qué tengo yo que ver con semejantes ideas? Dímelo, por favor. Lo único que hacemos es hablar, y sin embargo alcanza.

Hablaba con cierto autodesdén.

—¿Y él?

Pombal suspiró.

—Es un hombre excelente, muy bueno, con esa bondad nacional de la que Pursewarden decía que era una especie de neurosis compulsiva provocada por el aburrimiento suicida de la vida inglesa. Es bien parecido, alegre, habla tres idiomas. Sin embargo... no es que sea *froid* precisamente, pero es *tiède*, es decir, de algún modo, en su naturaleza íntima. No estoy seguro de que sea típico. En todo caso, parece encarnar ideas del honor dignas de un trovador. Y no es que nosotros, los europeos, carezcamos de sentido del honor, por supuesto, lo que pasa es que no exageramos las cosas en forma antinatural. Quiero decir que la autodisciplina tendría que ser algo más que una simple concesión a una línea de conducta. Me doy cuenta de que soy un poco confuso. Sí, me confunde un poco pensar en sus relaciones. Lo que quiero decir es más o menos esto: en lo profundo de su orgullo nacional, él cree en realidad que los extranjeros son incapaces de ser fieles en el amor. Sin embargo ella, al serle tan fiel y sincera, no hace más que lo que considera natural, sin ningún esfuerzo falso por guardar las formas. Hace lo que siente. Pienso que si él la amara realmente, en el verdadero sentido, no daría siempre esa sensación de que tan sólo se ha rebajado a rescatarla de una situación intolerable. Me parece que en lo profundo, aunque inconscientemente, a ella la irrita un poco ese sentimiento de injusticia; le es fiel... ¿cómo puedo decirlo? ¿Con cierto desdén? No sé. Pero lo quiere de esa manera peculiar, la única que él le permite. Es una mujer de sentimientos delicados. Pero lo más extraño es que nuestro amor —del que ninguno de los dos duda y que nos hemos confesado y que aceptamos tal como es— aparezca en cierto modo curiosamente iluminado por las circunstancias. Y aunque me siento feliz, también me siento inseguro. A veces me rebelo. Pienso que nuestro amor, esta aventura maravillosa, empieza a parecerse a una penitencia. En realidad, iluminado por la actitud severa del marido, una actitud como de expiación. Me pregunto si para una *femme galante* el amor será algo parecido a esto. En cuanto a él, es, por otro lado, un *chevalier* de la clase media, tan incapaz de infligir dolor como de brindar placer físico, diría yo. Y sin embargo, es al mismo tiempo un tipo excelente, desbordante de generosidad y rectitud. Pero *merde*, uno no puede amar judicialmente, por un simple sentido de justicia, ¿no te parece? De algún modo falla, le falla a Fosca, inconscientemente por supuesto. Aunque no creo que ella lo sepa, conscientemente al menos. Pero cuando están juntos se tiene la sensación de estar en presencia de algo incompleto, algo no amalgamado sino apenas soldado por la buena educación y las convenciones. Me doy cuenta de que esto suena poco benévolo, pero lo único que hago es tratar de describir exactamente lo que veo. Por lo demás, somos buenos amigos y lo admiro con sinceridad; cuando viene con licencia vamos a cenar los tres juntos y hablamos de política. ¡Uff!

Se recostó en su silla extenuado por el discurso y bostezó largamente, antes de consultar su reloj.

—Supongo —prosiguió con resignación— que todo esto te parecerá extraño, estas nuevas facetas de la gente; pero todo suena ahora de manera extraña, ¿eh? Liza, por ejemplo, la hermana de Pursewarden; ¿no la conoces? Es ciega como una piedra. Nos parece a todos que Mountolive está locamente enamorado de ella. En principio, vino a recoger los papeles de su hermano y a buscar material para escribir un libro sobre él. Eso se dijo, al menos. Lo cierto es que desde que llegó se aloja en la Embajada. ¡Cuando Mountolive está en funciones, en El Cairo, la va a visitar todos los fines de semana! Parece poco feliz ahora; ¿acaso yo también?

Volvió a consultar el espejo y negó con la cabeza en forma decisiva. Aparentemente él no.

—Bueno —concedió—, de todos modos, es posible que me equivoque.

El reloj de la chimenea dio la hora y Pombal se levantó bruscamente.

—Tengo que volver a la oficina para una conferencia —dijo—. ¿Qué harás tú?

Le hablé de mi proyectada visita a Karm-Abu-Girg. Lanzó un silbido y me observó con mirada penetrante.

—¿De modo que verás de nuevo a Justine?

Reflexionó un instante y se encogió de hombros, con un gesto de duda.

—Se ha convertido en una reclusa ahora, ¿no? Detenida bajo caución por Memlik. Nadie la ve desde hace siglos. Tampoco sé qué pasa con Nessim. Ha roto definitivamente con Mountolive, y yo, como funcionario, tengo que seguir su línea de conducta, de modo que ni siquiera tratamos nunca de encontrarnos; aun cuando fuese permitido, quiero decir. Clea ve a Nessim de vez en cuando. Me da pena Nessim. Cuando estuvo en el hospital, no pudo obtener autorización para visitarlo. Todo esto es un verdadero baile, ¿no te parece? Como un *Paul Jones*. Se cambia constantemente de compañeros hasta que cesa la música. Pero volverás, ¿verdad?, y compartiremos el departamento. Bueno. Le avisaré a Hamid. Tengo que irme ahora. Buena suerte.

Tenía la intención de recostarme para hacer una breve siesta, antes de que llegara el coche a buscarme, pero estaba tan cansado que cuando apoyé la cabeza en la almohada me sumergí en un sueño pesadísimo; quizás hubiera dormido hasta el día siguiente si el chófer no me hubiese despertado. Adormilado todavía, me acomodé en el conocido automóvil y me puse a contemplar las irreales llanuras lacustres que crecían a mi alrededor con sus palmeras y sus norias, el Egipto que mora fuera de las ciudades, antiguo, pastoral, velado por nieblas y espejismos. Volvían a rondarme viejos recuerdos, dulces y agradables los unos, los otros hoscos como antiguas cicatrices. Costras de antiguas emociones que pronto habrían de caer. El primer paso trascendental sería el reencuentro con Justine. ¿Me ayudaría ella en la tarea de ratificar y valorar aquellas preciosas «reliquias de sensación» como las llama Coleridge, o me la impediría acaso? Era difícil adivinarlo. Kilómetro tras kilómetro, a medida que avanzábamos, sentía que la angustia y la esperanza corrían una carrera par a par. ¡El Pasado!

II

Antiguas tierras, en toda su integridad prehistórica: soledades lacustres rozadas apenas por la huella apresurada de los siglos, donde ininterrumpidos linajes de pelícanos, ibis y garzas cumplen sus lentos destinos en perfecta reclusión. Campos de trébol verde pululantes de víboras y de mosquitos. Un paisaje despojado de canciones de pájaros pero colmado de búhos, abubillas y martinpescadores cazando durante el día, desplumándose en las riberas de riachos color de león. Manadas semisalvajes de perros vagabundos, búfalos de ojos vendados dando vuelta a las norias en una eternidad de tinieblas. Junto al camino pequeños santuarios de barro seco con pisos de fresca paja donde los viajeros piadosos pueden detenerse para rezar una oración. ¡Egipto! Las velas, como alas de ánsares deslizándose por los canales, con tal vez una voz humana entonando perezosamente un trozo de canción. El clic-clic del viento entre los maizales, arrancando las gruesas hojas, dispersándolas. El limo que los aguaceros echan a volar en el aire polvoriento arrojando espejismos por todas partes, robando perspectivas. Un terrón de barro crece hasta la talla de un hombre, un hombre hasta la de una iglesia. Trozos enteros de cielo y tierra que se desplazan, se abren como párpados, se recuestan y giran sobre sus flancos. Entre estos espejos distorsionados vagan, hacia uno y otro lado, rebaños de ovejas, que aparecen y desaparecen aguijoneados por los vibrantes gritos nasales de invisibles pastores. Gran confluencia de imágenes idílicas de la historia olvidada de aquel antiguo mundo que sobrevive junto al que hemos heredado. Plateadas nubes de hormigas voladoras flotando hacia las alturas para reunirse con el sol, para robar su luz. Los cascos de un caballo resuenan como un pulso en el suelo legamoso de este mundo perdido y el cerebro se deja mecer entre los velos y arcos iris que se licúan.

Entonces, por fin, más allá de las curvas de las riberas verdes, se llega a una antigua casa construida a un lado del camino, en el cruce de los canales violeta, cuyas celosías desconchadas y descoloridas están cerradas a piedra y lodo. En las habitaciones cuelgan trofeos de derviches, escudos de cuero, lanzas manchadas de sangre y tapices suntuosos. Los jardines desolados e inhóspitos. Sólo las pequeñas figuras de las paredes agitan sus alas de celuloide —espantajos que protegen contra el mal de ojo. El silencio del más absoluto olvido. Pero toda la campiña egipcia participa del mismo sentimiento melancólico de abandono, de sementera olvidada cuyos granos se calcinan, estallan y mueren bajo el ardiente sol.

Cruzando una arcada los pasos resuenan sobre los guijarros de un patio en tinieblas. ¿Será éste un nuevo punto de partida o acaso un retorno al punto de origen?

¿Quién puede saberlo?

III

Estaba de pie en lo alto de la larga escalera exterior, escudriñando la oscuridad del patio como un centinela; sostenía con la mano derecha un candelabro que arrojaba un frágil círculo de luz a su alrededor. Inmóvil, como en un cuadro vivo. El tono de su voz, cuando pronunció mi nombre por primera vez, me pareció deliberadamente frío e indiferente, acaso copiado de algún extraño estado de ánimo que se había impuesto. O tal vez, incierta de que fuese yo, interrogaba la oscuridad, procurando desenterrarme de ella como algún recuerdo obstinado y perturbador que se hubiese movido de su sitio. Pero la voz familiar fue para mí como la ruptura de un sello. Me pareció que despertaba por fin de un sueño secular y mientras ascendía con lentitud por los crujientes escalones de madera sentí flotar a mi alrededor el aliento de una nueva fuerza. Cuando me encontraba a mitad de camino volvió a hablar, con voz aguda, con un tono casi conminatorio.

—Oí los caballos y salí apresuradamente. Me derramé el perfume en el vestido. Apesto, Darley. Tendrás que perdonarme.

Me pareció que estaba mucho más delgada. Avanzó un paso, siempre con el candelabro en alto, y después de escrutar con ansiedad mis ojos me dio un pequeño beso frío en la mejilla derecha. Frío como la muerte, seco como un cuero. Entonces percibí el perfume. Emanaba de ella en vaharadas abrumadoras. Algo en la forzada serenidad de su actitud sugería un desasosiego interior, y la idea de que tal vez había estado bebiendo cruzó por mi mente. También me sorprendió advertir que se había pintado dos brillantes parches de *rouge* en las mejillas, cuyos pómulos resaltaban con violencia en la cara demasiado empolvada, de blancura mortal. Si todavía era hermosa, lo era con la belleza pasiva de una momia properciana pintarrajeada para dar una ilusión de vida, o como una fotografía torpemente iluminada.

—No mires mi ojo —dijo entonces con acritud, en tono imperativo; observé que el párpado izquierdo le caía sobre el ojo, y amenazaba convertir su mirada en una expresión lasciva. Pero me impresionó más aún la sonrisa acogedora que intentaba adoptar en aquel momento—. ¿Entiendes? —inquirió.

Yo asentí. Me pregunté si el *rouge* estaría destinado a distraer la atención de aquel párpado inmóvil.

—Tuve un pequeño ataque —explicó en voz baja, como si hablara consigo misma. En esa actitud, inmóvil, con el candelabro en alto, tuve la sensación de que escuchaba otros ruidos. Le tomé las manos y así permanecimos largo rato, mirándonos a los ojos.

—¿Estoy muy cambiada?

—Absolutamente nada.

—Estoy cambiada, por supuesto. Todos hemos cambiado. —Ahora hablaba con estridente insolencia. Levantó mi mano y la posó en su mejilla. Pero en seguida, sacudiendo la cabeza con perplejidad, me arrastró hasta el balcón, con paso rígido y altivo. Llevaba un oscuro vestido de tafeta que crujía con cada movimiento. La luz de las velas brincaba y danzaba por las paredes. Nos detuvimos frente a una puerta oscura.

—Nessim —llamó. Me sorprendió el tono áspero de su voz, pues era el tono con que se llama a un sirviente. Después de un momento, Nessim salió del oscuro dormitorio, obediente como un *djinn*.

—Ha llegado Darley —dijo Justine con el aire de quien entrega un paquete. Dejó el candelabro sobre una mesa baja y se recostó velozmente en una gran mecedora, cubriéndose los ojos con una mano.

Nessim, vestido ahora con un traje de corte más familiar, se acercó moviendo la cabeza, sonriente, con su habitual expresión tierna y solícita. Sin embargo, había algo distinto en aquella expresión; parecía atemorizado. Lanzaba miradas furtivas a todos lados y hacia la figura reclinada de Justine; hablaba en voz baja como si estuviera en presencia de una persona dormida. Una extraña opresión se cernió sobre nosotros cuando nos sentamos en el oscuro balcón y encendimos nuestros cigarrillos. El silencio parecía cerrarse a nuestro alrededor como un engranaje que no volvería a abrirse jamás.

—La niña está en cama, encantada con el palacio, como ella dice, y la promesa de un poney propio. Creo que va a ser feliz.

Justine suspiró de pronto hondamente y sin descubrirse los ojos dijo con lentitud:

—Darley dice que no hemos cambiado.

Nessim tragó con dificultad y prosiguió como si no hubiera oído la interrupción, en el mismo tono de voz:

—Quería esperarlo despierta, pero me encontraba demasiado cansada.

Una vez más la figura reclinada en el rincón sombrío interrumpió:

—Encontró en el armario el pequeño birrete de la circuncisión de Naruz. Vi que se lo probaba. —Lanzó un risa agria, como un ladrido. Nessim se estremeció y volvió la cabeza.

—Tenemos pocos sirvientes —dijo en voz baja, con prisa,

como para cerrar los huecos de silencio dejados por la última observación de Justine.

Su alivio se hizo patente cuando apareció Alí para anunciar que la cena estaba lista. Tomando las velas, nos guió hacia el interior de la casa. Todo tenía allí un hálito funerario: el sirviente vestido de blanco con su cinturón de púrpura abría la marcha, llevando el candelabro en alto para iluminar el camino a Justine, que lo seguía con un aire absorto y remoto. Yo marchaba tras ella y luego, muy cerca, Nessim. Marchamos así en fila india por los corredores oscuros, a través de altas habitaciones con las paredes cubiertas de tapices polvorientos, cuyos pisos de tablas desnudas crujían a nuestro paso. Llegamos por fin a un comedor largo y angosto, que sugería un olvidado refinamiento probablemente otomano; una habitación de algún olvidado palacio de invierno de Abdul Hamid, con sus ventanas de rejas filigranadas que daban a un descuidado rosedal. Allí el mobiliario estridente de por sí (aquellos dorados y rojos y violetas hubieran sido insoportables a plena luz) adquiría al resplandor de las velas una sumisa magnificencia.

Nos sentamos a la mesa y tuve otra vez conciencia de la expresión de temor de Nessim, que escudriñaba siempre a su alrededor. Tal vez temor no sea la palabra adecuada para describir aquella expresión. Me pareció que esperaba alguna explosión súbita, algún imprevisible reproche de los labios de Justine, y que se preparaba mentalmente para rechazarla, para defenderse de ella con tierna cortesía. Pero Justine nos ignoraba. Su primer acto fue servirse una copa de vino tinto que levantó hasta la luz como si quisiera verificar su color. Luego, con ironía, lo alzó como una bandera alternativamente frente a cada uno de nosotros y lo bebió de un sorbo antes de volver a depositar la copa en la mesa. El *rouge* de las mejillas le daba un aspecto animado, desmentido por la fijeza soñolienta de la mirada. No llevaba joyas. Tenía las uñas pintadas con laca dorada. Apoyó los codos en la mesa y adelantando el mentón nos estudió intensamente durante un rato, primero a uno, luego al otro. Entonces suspiró como hastiada y dijo:

—Sí, todos hemos cambiado. —Y volviéndose rápidamente como un acusador apuntó con el dedo a su marido—: Él ha perdido un ojo.

Nessim ignoró intencionalmente aquella observación y le alcanzó algunos objetos de la mesa como para distraerla de un tema tan angustioso. Ella suspiró otra vez:

—Tú, Darley, tienes mucho mejor aspecto, pero tus manos están ásperas y llenas de callos. Lo noté cuando me tocaste la mejilla.

—El trabajo de leñador, supongo.

—¡Ah, eso! Pero estás bien, muy bien.

(Una semana más tarde llamaría a Clea por teléfono para decirle: «¡Dios santo, qué ordinario se ha vuelto! La poca sensibilidad que tenía se la ha tragado el campesino».)

Nessim tosía nerviosamente y jugaba con el parche negro de su ojo. Se veía que no le gustaba el tono de Justine, que desconfiaba de aquella atmósfera tensa en la que se podía sentir, creciendo como una ola, la presión de un odio que era, entre tantas novedades de lenguaje y modales, el elemento más nuevo y desconcertante. ¿Se había convertido realmente en una arpía? ¿Estaría enferma? Era difícil exhumar el recuerdo de aquella mágica amante morena, cuyos gestos, por malintencionados o desconsiderados que fuesen, poseían siempre el esplendor recién acuñado de la generosidad perfecta. («De modo que has vuelto —decía ahora con aspereza— y nos encuentras encerrados en Karm. Como viejas cifras en un olvidado libro de contabilidad. Malas deudas, Darley. Fugitivos de la justicia, ¿verdad, Nessim?»)

No había nada que decir en respuesta a explosiones tan amargas. Comimos en silencio, bajo la callada vigilancia del sirviente árabe. Nessim hacía una que otra observación rápida y casual sobre temas triviales, breve, monosilábico. Sentíamos con desesperación que el silencio se agotaba a nuestro alrededor, se vaciaba como un enorme estanque. Pronto estaríamos allí clavados como efigies en nuestras sillas. El sirviente entró con dos termos llenos y un paquete de comida que depositó en un extremo de la mesa.

La voz de Justine vibró con insolencia:

—¿Así que vuelves esta noche?

Nessim asintió con timidez:

—Sí, estoy otra vez de guardia. —Se aclaró la garganta y añadió dirigiéndose a mí—: Pero sólo cuatro veces por semana. Al menos tengo algo que hacer.

—Algo que hacer —comentó Justine con voz clara, burlona—. Perder un ojo y un dedo le permiten tener algo que hacer. Di la verdad, querido, harías cualquier cosa con tal de salir de esta casa. —Luego, inclinándose hacia mí, dijo—: Para escaparse de mí, Darley. Lo vuelvo loco con mis escenas. Es lo que dice.

La situación era horriblemente incómoda y vulgar.

Volvió a entrar el sirviente con las ropas de trabajo de Nessim cuidadosamente planchadas y dobladas. Nessim se levantó, se disculpó con una palabra y una sonrisa falsa. Quedamos solos. Justine se sirvió una copa de vino. Entonces, en el instante de llevarla a los labios, hizo una guiñada y pronunció las palabras extrañas:

—Saldrá la verdad.

—¿Cuánto hace que estás aquí encerrada? —pregunté.

—No hables de eso.

—¿Pero no habrá manera...?

—Nessim ha conseguido escapar en parte. Yo no. Bebe, Darley, bebe tu vino.

Bebí en silencio. A los pocos minutos Nessim volvió a aparecer en uniforme, evidentemente listo para el viaje nocturno. Como de común acuerdo, nos pusimos todos de pie, el sirviente tomó las velas y una vez más nos condujo hasta el balcón en procesión lúgubre. Durante nuestra ausencia había puesto alfombras y divanes en un rincón, encendido velas nuevas y dispuesto cigarrillos y ceniceros sobre las mesas. La noche era serena, casi templada. Las llamas de las velas se movían apenas. Los ruidos del gran lago llegaban atenuados a través de la noche. Nessim se despidió con prisa y oímos perderse a la distancia el repiqueteo de los cascos de su caballo cuando tomaba el camino del vado. Volví la cabeza y miré a Justine. Tendía hacia mí sus muñecas, el rostro cincelado en una mueca. Las mantenía unidas como por invisibles esposas. Durante un rato exhibió aquellas esposas imaginarias, antes de volver a dejar caer las manos sobre la falda, y luego, abruptamente, veloz como una serpiente, cruzó hasta el diván en que yo estaba tendido y se sentó a mis pies, a la vez que pronunciaba, con voz vibrante de dolorido remordimiento, las palabras:

—¿Por qué, Darley? Oh, *¿por qué?*

Parecía interrogar no sólo al destino y los hados, sino a las fuerzas del universo. Algo del fulgor de su antigua belleza cruzó como un relámpago en aquella voz ferviente y conmovida, y me turbó como un eco. Pero, ¡el perfume! En esa habitación cerrada era abrumador, casi nauseabundo.

No obstante, la opresión se disipó súbitamente y por fin pudimos hablar. Como si aquella explosión hubiese hecho estallar la burbuja de apatía en que habíamos estado sumidos toda la noche.

—Ves en mí una Justine distinta —profirió con un tono casi triunfal—. ¡Pero también en este caso la diferencia está en ti, en lo que te imaginas ver!

Las palabras resonaron como terrones que cayeran sobre un ataúd vacío.

—¿Cómo es que no sientes resentimiento hacia mí? Olvidar con tanta facilidad semejante traición; ¿por qué?, no es de hombre. ¿No odiar a semejante vampiro? Es antinatural. Tampoco fuiste jamás capaz de comprender mi sentimiento de humillación por no poder regalarte, sí, *regalarte*, querido mío, los tesoros de mi intimidad como amante. Sin embargo, la verdad es que yo gozaba en engañarte, no debo negarlo. Pero estaba también el dolor de ofrecerte sólo el lamentable simulacro de un amor (¡ah!, otra vez esa palabra) minado por el engaño. Supongo que esto revela una vez más la insondable vanidad femenina: desear el peor de dos mundos, la peor de dos palabras: amor y traición. Sin embargo, es extraño que ahora, que sabes la verdad, y que estoy en libertad de ofrecerte mi afecto, sólo pueda sentir un creciente desprecio hacia mí misma. ¿Acaso soy lo bastante mujer para sentir que el verdadero pecado contra el Espíritu Santo es la deshonestidad en el amor? Pero qué pretenciosa inmundicia: el amor por naturaleza no admite la honestidad.

Y así siguió, casi sin prestarme atención, explicando mi vida, moviéndose obsesivamente por la telaraña de su propia invención, creando imágenes y decapitándolas en un instante ante mis ojos. ¿Qué esperaba demostrar? Luego, por un instante, apoyó la cabeza en mis rodillas y dijo:

—Es cómico que ahora que soy libre de odiar y amar sienta sólo furia ante esta nueva seguridad tuya. De algún modo te me has escapado. Pero, ¿qué otra cosa podía esperar?

Era verdad. Para mi sorpresa, sentía que por primera vez tenía ahora poder para herirla, para someterla pura y simplemente con mi indiferencia.

—Sin embargo, la verdad es —dije— que no siento resentimiento por el pasado. Por el contrario, estoy lleno de gratitud, pues una experiencia que pudo ser trivial en sí misma (acaso hasta desagradable para ti), fue para mí inmensamente valiosa.

Justine volvió la cabeza y dijo con acritud:

—Entonces, ahora tendríamos que reírnos.

Nos quedamos un rato en silencio, mirando hacia la oscuridad. Entonces Justine se estremeció, encendió un cigarrillo y retomó el hilo de su monólogo interior.

—¡Los post-mortem de las frustraciones! Me pregunto qué habrás visto en todo aquello. En el fondo somos dos desconocidos, nos ofrecemos el uno al otro elaboradas ficciones de nosotros mismos. Supongo que todo el mundo ve a los demás así, con la misma inmensa ignorancia. En mis momentos de culpa, mucho más tarde, me imaginaba que podíamos alguna vez volver a ser amantes sobre una base nueva. ¡Qué farsa! Me veía recompensándote, expiando mi engaño, pagando mi deuda. Pero... Sabía que tú preferirías siempre tu propia imagen mítica, enmarcada en los cinco sentidos, a cualquier cuadro más verdadero. Pero ahora dime, entonces, ¿quién de nosotros mentía más? Yo te engañaba a ti, tú te engañabas a ti mismo.

Aquellas observaciones que en otra época, con otro contexto, hubieran tenido el poder de reducirme a cenizas, eran ahora para mí de importancia vital, pero en un sentido distinto. «Por arduo que sea el camino, uno termina por aceptar los términos de la verdad», escribió Pursewarden en alguna parte. Sí, pero yo descubría inesperadamente que la verdad era nutricia, como una fría ola que nos lleva paso a paso hacia el propio conocimiento, hacia la propia realización. Veía ahora que mi Justine había sido tan sólo la creación de un ilusionista, erigida sobre la armadura falaz de palabras, gestos, actitudes, equívocos. En verdad, ella no era culpable; el verdadero culpable era mi amor que había inventado una imagen para alimentarse de ella. No se trataba de falta de honestidad, porque el cuadro se coloreaba según las necesidades del amor que lo inventaba. Los enamorados, como los médicos, colorean una medicina intragable para engañar el paladar del incauto paciente. No, no hubiera podido ser de otro modo, ahora lo veía con absoluta claridad.

Y algo más, igualmente valioso y apasionante: veía también que el amante y el amado, el observador y el observado emiten, el uno hacia el otro, radiaciones. («La percepción tiene la forma de un beso; el veneno penetra con el beso», escribe Pursewarden.) Entonces, a partir de esas radiaciones, infieren las propiedades del amor, lo juzgan desde esa estrecha franja luminosa con su inmenso margen desconocido («la refracción»), y proceden luego a referirlo a una concepción generalizada, como algo constante en sus cualidades, universal en su funcionamiento. ¡Qué lección tan valiosa para el arte y para la vida! En todo lo escrito hasta entonces me había limitado a afirmar el poder de una imagen creada involuntariamente por mí, en virtud del *mero acto de ver* a Justine. Una imagen que no era ni falsa ni verdadera. ¿Ninfa? ¿Diosa? ¿Vampiro? Sí, era todas aquellas cosas y a la vez ninguna. Como toda mujer, no era más que lo que la mente de un hombre (definamos al «hombre» como un poeta que conspira eternamente contra sí mismo), que la mente del hombre desea imaginar. ¡Estaba allí para siempre, y no había existido jamás! Bajo todas aquellas máscaras, sólo había otra mujer, todas las mujeres, cualquier mujer, como un maniquí de una casa de modas, aguardando que el poeta la vista, le insufle vida. Comprendiendo todo esto por primera vez, empezaba a ver con espanto el enorme poder reflexivo de la mujer, la fecunda pasividad con que recibe, como la luna, la luz prestada del sol. ¿Qué otra cosa podía sentir ante un descubrimiento tan vital, sino gratitud? ¿Qué importaban las mentiras, los engaños, la extravagancia, comparados con aquella verdad?

Sin embargo, a pesar de que ese nuevo conocimiento me hacía admirarla más que nunca, como símbolo de la mujer, por así decirlo, me encontraba perplejo, no sabía cómo explicar el nuevo elemento que había surgido entre nosotros: aquel sabor desagradable de su personalidad y sus atributos. ¡El perfume! Me mareaba su empalagosa intensidad. El roce de la cabeza oscura en mi rodilla me provocaba una vaga sensación de asco. Por un momento estuve casi tentado de besarla una vez más, para explorar aquella enriquecedora e inexplicable posibilidad de ir más allá de la sensación. ¿Sería posible que unos meros atisbos de conocimiento, de *hechos* que eran como granos de arena que se destilaban con lentitud en el reloj de cristal de la mente, hubiesen transformado para siempre las cualidades de la imagen, convirtiendo una criatura que en un tiempo había sido hermosa y deseable en un ser repugnante? Sí, me dije, el mismo proceso, el proceso mismo del amor. La horrible metamorfosis causada por el baño ácido de la verdad, como hubiera podido decir Pursewarden.

Y así estábamos los dos, en aquel balcón sombrío, sentados el uno junto al otro, prisioneros del recuerdo, conversando; pero la nueva situación, los nuevos yos, la oposición de los nuevos descubrimientos de la mente, estaban siempre allí, presentes, entre nosotros.

Al cabo de un rato Justine tomó una linterna y una capa de terciopelo y salimos a caminar en la noche serena, hasta un enorme *nubk* con las ramas colmadas de ofrendas votivas. Allí habían encontrado muerto al hermano de Nessim. Justine alzó la linterna para iluminar el árbol, y recordé que el *nubk* forma la gran empalizada circular del Paraíso Musulmán.

—En cuanto a Naruz, el peso de su muerte recae sobre Nessim; la gente del pueblo dice que él la ordenó, los coptos lo dicen. Se ha convertido para él en una especie de maldición familiar. Su madre está enferma, pero no volverá jamás a esta casa, dice. Tampoco él quiere que vuelva. Se enfurece cuando le hablo de ella. Dice que desea su muerte. Y aquí estamos, enjaulados los dos. Me paso las noches leyendo. Adivina qué. Un montón de cartas de amor que ella dejó olvidadas. ¡Las cartas de amor de Mountolive! ¡Más confusión, más rincones inexplorados! —Levantó la linterna y me miró intensamente a los ojos—: ¡Ah, pero esta infelicidad no es tan sólo aburrimiento, melancolía! También está el deseo de devorar el mundo. Últimamente he experimentado con drogas, somníferos.

Regresamos en silencio a la gran casa susurrante, con sus olores polvorientos.

—Nessim dice que algún día iremos a Suiza, donde todavía tiene dinero, por lo menos. Pero, ¿cuándo, cuándo? ¡Y ahora esta guerra! Pursewarden decía que mi sentimiento de culpa estaba atrofiado. Lo que ocurre es, sencillamente, que ya no tengo la posibilidad de tomar decisiones. Siento que mi voluntad se ha hecho añicos. Pero pasará. —Luego, de pronto, me tomó ansiosamente la mano—: Pero, gracias a Dios, estás aquí. Hablar, simplemente hablar, ¡qué alivio tan grande! Pasamos semanas enteras sin cambiar una sola palabra.

Nos habíamos sentado otra vez en los mismos pesados divanes, a la luz de las velas. Encendió un cigarrillo con boquilla plateada y fumó en inspiraciones breves y decididas, mientras proseguía su monólogo, que se abría en la noche, creciendo como un río en la oscuridad.

—Cuando ocurrió el desastre en Palestina, cuando descubrieron y confiscaron todos nuestros bienes, los judíos se pusieron en contra de Nessim acusándolo de traición, porque era amigo de Mountolive. Nos encontramos entre Memlik y los hostiles judíos, en desgracia con uno y otros. Los judíos me echaron. Eso fue cuando volví a ver a Clea; tenía tanta necesidad de saber algo, alguna noticia; sin embargo, no confiaba en ella. Entonces Nessim fue a buscarme a la frontera. Me encontró casi loca. Estaba desesperada. Él creía que era a causa del fracaso de nuestros planes. Y era verdad, por supuesto; pero había también otra razón, más profunda. Mientras conspirábamos, unidos por el trabajo y sus peligros, podía sentir hacia él una pasión auténtica. Pero estar así, en libertad bajo caución, obligada a perder el tiempo a solas con él, en su compañía... sabía que me moriría de aburrimiento. Mis lágrimas, mis lamentaciones eran las de una mujer obligada a tomar el velo contra su voluntad. ¡Ah, pero tú no puedes comprender: eres nórdico! ¿Cómo habrías de comprenderlo? Tener la posibilidad de amar a un hombre plenamente, pero sólo en una postura única, por así decirlo. Ya ves, cuando no actúa, Nessim no es nadie; es absolutamente insípido, ni siquiera está en contacto consigo mismo. Además, no tiene una personalidad en verdad interesante para una mujer, para conquistarla. En una palabra, no es más que un idealista puro. Cuando está poseído por un sentido de destino, se vuelve realmente espléndido. Era como un actor que me magnetizara, que me iluminara ante mí misma. Pero como compañero de cárcel, derrotado, predispone al aburrimiento, a la jaqueca, a pensamientos de la trivialidad más absoluta, como el suicidio. Por eso de vez en cuando tengo que clavar mis garras en su carne. ¡Por desesperación!

—¿Y Pursewarden?

—¡Ah! Pursewarden. Eso fue algo diferente. No puedo pensar en él sin sonreír. Con él mi fracaso fue de un orden totalmente distinto. Mis sentimientos hacia él eran... ¿cómo diré?, casi incestuosos, si te parece; como el amor hacia un hermano mayor, adorado e incorregible. Me esforcé de tal modo por penetrar en su intimidad. Era demasiado inteligente, o tal vez demasiado egoísta. Se defendía de amarme *haciéndome reír*. Sin embargo, gracias a él, aunque por un instante apenas, tuve la exasperante sensación de que existían otras formas de vida asequibles para mí, si hubiera tenido tan sólo la posibilidad de descubrirlas. Pero estaba lleno de vueltas. Me decía: «Un artista montado en una mujer es como un perro de aguas con una garrapata en la oreja; le pica, le sangra, pero no se la puede sacar. ¿Habrá alguna persona generosa que quiera...?». ¿Acaso lo amaba así porque lo sentía inalcanzable? No sé. ¡Una palabra única, «amor», define tantas especies distintas de un mismo animal! También fue él quien me reconcilió con la famosa historia de la violación, ¿recuerdas? ¡Todas las tonterías de Arnauti en *Moeurs*, tanta psicología! Un simple comentario suyo quedó clavado en mí como una espina. «Es evidente —dijo— que te gustó, como le habría gustado a cualquier chica; probablemente tú misma le provocaste. Has perdido todo este tiempo tratando de ponerte de acuerdo con una concepción imaginaria del daño que te infligieron. Procura liberarte de esa culpa inventada, de decirte que aquello fue agradable e insignificante. ¡Toda neurosis está cortada a medida!» Lo curioso es que aquellas pocas palabras y su risa sofocada e irónica hayan podido hacer lo que nadie pudo hacer por mí. De pronto, sentí que todo cambiaba, se aligeraba, se ponía en movimiento. Me sentía débil, casi enferma. Estaba perpleja. Más tarde, poco a poco, se fue abriendo un claro. Era una sensación como la de escapar a una mano paralizada.

Guardó silencio por un momento antes de proseguir.

—Todavía no sé muy bien cómo nos veía. Tal vez con desdén, como los fabricantes de nuestras propias desventuras. No podemos reprocharle que se haya aferrado como una lapa a sus secretos. Sin embargo, los guardaba con dificultad, pues tenía un jaque apenas menos formidable que el mío, que le había arrancado y extraído toda posibilidad de sentir; en realidad, su fuerza no era tal vez nada más que una gran debilidad. Te quedas callado, ¿te habré herido?

Espero que no. Supongo que tu vanidad, tu autoestima será suficiente como para que puedas afrontar todas estas verdades de nuestra antigua relación. Me gustaría poner todas las cosas sobre el tapete, entenderme contigo de una vez por todas, ¿comprendes? Confesarme y luego borrar el pizarrón. Mira, hasta aquella primera tarde, la primera que pasé contigo, ¿recuerdas? Alguna vez me dijiste lo importante que había sido para ti. Cuando estabas enfermo, en cama, con un ataque de insolación, ¿recuerdas? Bueno, acababa de echarme de su hotel contra mi voluntad y yo estaba furiosa, completamente fuera de mí. Es extraño pensar que cada palabra que te dije entonces estuviese mentalmente dirigida a él, ¡a Pursewarden! Y también acostada contigo, en otra dimensión, todo lo que sentía y hacía entonces estaba en realidad consagrado a Nessim. Porque en el fondo de mi inmundo y promiscuo corazón estaba siempre en realidad Nessim; Nessim y la conspiración. Mi vida interior más profunda estaba arraigada a aquella loca aventura. ¡Ríete ahora, Darley! Quiero verte reír, por una vez. Pareces triste, pero ¿por qué habrías de estar triste? Todos somos prisioneros de las radiaciones emocionales que emitimos los unos hacia los otros, tú mismo lo has dicho. Tal vez nuestro único mal sea el hecho de desear una verdad que no somos capaces de soportar, en vez de contentarnos con las ficciones de nosotros mismos que nos fabricamos.

Lanzó una súbida carcajada irónica y se acercó al balcón para arrojar la humeante colilla de su cigarrillo en la oscuridad. Entonces se dio vuelta, y de pie frente a mí, con el rostro muy serio, como quien juega con un niño, empezó a dar suaves palmadas, recitando los nombres:

—Pursewarden y Lisa, Darley y Melissa, Mountolive y Leila, Nessim y Justine, Naruz y Clea... Una vela para acompañarlos al lecho, un hacha para cortar sus cabezas. ¿Tendrá para alguien algún interés la huella que dejamos, o

71

será apenas un insignificante despliegue de fuegos de artificio?, ¿actos de criaturas humanas o un montón de títeres polvorientos colgados en la imaginación de un escritor? Me imagino que te habrás planteado el problema.

—¿Por qué mencionaste a Naruz?

—Después de su muerte descubrí algunas cartas dirigidas a Clea; en su armario, junto con el viejo birrete de su circuncisión, había un gran ramo de flores artificiales y un candelabro de la altura de un hombre. Como sabes, los coptos proponen matrimonio con estas cosas. Pero jamás tuvo el coraje de enviarlas. ¡Cómo me reí!

—¿Te reíste?

—Sí, me reí hasta las lágrimas. Pero en realidad me reía de mí misma, de ti, de todos nosotros. Siempre lo mismo, ¿verdad?, a cada vuelta del camino; el mismo cadáver debajo de cada sofá, en cada armario el mismo esqueleto. ¿Qué podía hacer sino reírme?

Era tarde ya. Justine alumbró el camino hasta el angosto cuarto de huéspedes donde había una cama preparada para mí, y depositó el candelabro sobre la antigua cómoda. Me dormí en seguida.

No mucho antes del amanecer me desperté de pronto y la vi de pie, desnuda junto al lecho, con las manos unidas en actitud suplicante, como un mendigo árabe, como una pordiosera. Me sorprendí.

—No te pido nada —dijo—, nada sino estar en tus brazos, para consolarme. Tengo la cabeza a punto de estallar esta noche y las drogas no me traen el sueño. No quiero quedar a merced de mi imaginación. Para consolarme, Darley, nada más. Unas caricias, un poco de ternura, es todo lo que pido.

Todavía semidormido, le hice un sitio a mi lado con desgana. Ella lloraba, temblaba y siguió murmurando todavía durante un largo rato antes de que lograra calmarla. Por fin se quedó dormida, la oscura cabeza sobre la almohada junto a la mía.

Me quedé despierto largo rato, perplejo y asombrado, sintiendo el asco que me inspiraba ahora, borrando cualquier otro sentimiento. ¿De dónde venía? ¡El perfume! Aquel repugnante perfume y el olor de su cuerpo. Unos versos de un poema de Pursewarden me vinieron a la mente:

> Entregado por ella a qué ebrias caricias
> de bocas semicomidas como blandas frutas rancias,
> de las que se toma un solo mordisco,
> un bocado de la oscuridad en que nos desangramos.

La imagen, en otro tiempo maravillosa de mi amor, dormía ahora en el hueco de mis brazos, indefensa como un paciente en una mesa de operaciones, respirando apenas. Y hasta era inútil repetir su nombre, aquel nombre que en el pasado había sido para mí como un terrible sortilegio, capaz de detener la sangre de mis venas. Ahora, por fin, se había convertido en una mujer, mugrienta y andrajosa, como un pájaro muerto en una cloaca, con las manos contraídas como garras. Tuve la sensación de que una inmensa puerta de hierro se cerraba para siempre en mi corazón.

A duras penas pude aguardar que el lento amanecer me liberase. No veía el momento de irme.

IV

Caminando una vez más entre las calles de la ciudad estival, paseándome a la luz de aquel sol de primavera, y un deslumbrante mar azul sin una nube, semidormido, semidespierto, me sentía como el Adán de las leyendas medievales: el cuerpo de un hombre cuya carne era escoria, cuyos huesos eran piedras, su sangre agua, su cabello hierba, su mirada sol, su respiración el viento y sus pensamientos nubes. Sin peso, como después de una larga y agotadora enfermedad, me encontraba bogando otra vez a la deriva para flotar sobre las aguas poco profundas del Mareotis, con sus antiguas huellas de la marea de los apetitos y los deseos devueltos a la historia del lugar: una ciudad viejísima con toda su crueldad intacta, crecida sobre un desierto y un lago. Caminar con pasos recordados por calles que se abrían en todas direcciones, como los brazos de una estrella de mar desde la tumba de Alejandro. Pisadas que resonaban en la memoria como un eco, escenas olvidadas, conversaciones que se volcaban sobre mí desde las pareces, las mesas de los cafés, las habitaciones cerradas de derruidos y desconchados cielos rasos. Alejandría, princesa y ramera. Ciudad real y *anus mundi*. Una ciudad que no cambiará jamás mientras las razas sigan fermentando en su interior como el mosto en una tina; mientras sus calles y sus plazas, impregnadas del

74

fermentado jugo de aquella diversidad de pasiones y odios, se enfurezcan y serenen con idéntica rapidez. Un fecundo desierto de amores humanos cubierto de los blanqueados despojos de sus exiliados. En el cielo, nupcias de altas palmeras y minaretes. Un colmenar de blancas mansiones flanquea las calles enlodadas, estrechas, abandonadas, que padecieron durante la noche el tormento de la música árabe y los llantos de las muchachas que con tanta sencillez se desprenden del fatigoso equipaje de sus cuerpos (que las hostiga) y ofrecen a la noche sus besos apasionados, cuyo perfume subsiste a pesar del dinero. La tristeza y beatitud de aquella conjunción humana que se perpetúa hasta la eternidad, un ciclo infinito de nacimiento y destrucción que si se enseña y reforma, es tan sólo en virtud de su inmenso poder aniquilador. («Hacemos el amor sencillamente para confirmar nuestra propia soledad», decía Pursewarden. Y Justine había agregado otra vez, como un estribillo: «Las mejores cartas de amor de una mujer son las que escribe al hombre a quien traiciona», en tanto hacía girar una cabeza inmemorial sobre un balcón muy alto, colgado de una ciudad iluminada, donde las hojas de los árboles parecían pintadas por los letreros luminosos, y las palomas se desplomaban como si cayeran desde altos anaqueles...) Una inmensa colmena de rostros y gestos. «Nos transformamos en nuestros propios sueños», decía Balthazar, buscando siempre entre aquellas piedras grises del pavimento la llave del reloj del Tiempo. «En la realidad, en su substancia, no hacemos más que reflejar los cuadros de la imaginación.» La ciudad no tiene respuesta para propósitos como ésos. Indiferente, se enrosca entre las vidas dormidas, como una gran anaconda que digiere su alimento. Entre aquellas deslumbrantes espirales, el lamentable mundo de los hombres sigue su marcha, sin conciencia ni creencias, repitiendo hasta el infinito sus gestos de angustia, remordimiento y amor. Demonax, el filósofo, decía: «Nadie desea ser malo», y lo llamaron cínico por sus sufrimientos. Y Pursewarden, en otro tiempo, en otra lengua, replicó: «Estar semidespierto en un mundo de sonámbulos es aterrador al principio. ¡Luego uno aprende a disimular!».

Empezaba a sentir en mí una vez más la atmósfera de la ciudad, sus descoloridas bellezas abriendo sus tentáculos para apoderarse de mi manga. Sentía ya los nuevos veranos, veranos de renovadas angustias, renovados crímenes de las «bayonetas del tiempo». Mi vida se pudriría otra vez en oficinas sofocantes, entre el tibio remolino de ventiladores eléctricos, a la luz de focos desnudos y polvorientos colgados de los techos desconchados de casas de huéspedes siempre distintas. En el Café Al Aktar, sentado frente a una *menthe* verde, escuchando el melancólico burbujeo de los narguiles tendría tiempo de catequizar los silencios que seguían a los alaridos de los halconeros y al parloteo de los jugadores de chaquete. Los mismos fantasmas pasarían siempre una y otra vez por el Nebi Daniel, las deslumbrantes *limousines* de los banqueros transportando su selecta carga de damas pintadas a distantes mesas de bridge, a la sinagoga, a la adivina, al café elegante. Alguna vez todo aquello había tenido el poder de herirme. ¿Y ahora? Los fragmentos de un cuarteto brotando a chorros de un café con toldos escarlatas me recordaron a Clea cuando dijo, una vez: «La música fue inventada para afirmar la soledad del hombre». Pero si me paseaba por allí con atención y hasta con ternura, era porque para mí la ciudad era algo que yo mismo había desflorado, en cuyas manos había aprendido a inscribir algún sentido al destino. Aquellas paredes sucias y descoloridas, cuya pintura blanca se resquebrajaba y abría en multitud de manchas color ostra, parecían imitar la piel de los leprosos que gemían a la entrada del barrio árabe; era la piel misma de la ciudad, calcinada y desconchada por el sol incandescente.

Hasta la guerra parecía haberse puesto a tono con la ciudad, había estimulado el comercio con los grupos de soldados ociosos que pululaban por las calles con el aire de torva desesperación con que los anglosajones se embarcan en sus placeres; sus propias mujeres sin magnetismo, estaban ahora también vestidas de uniforme, que les daba un aspecto famélico y sediento, como si quisieran beber la sangre de los inocentes mientras todavía estaba tibia. Los burdeles habían florecido, tragándose gloriosamente todo un barrio de los alrededores de la ciudad vieja. Si no otra cosa, la guerra había traído consigo una atmósfera de ebrio carnaval; hasta los bombardeos nocturnos en el puerto eran ignorados durante el día, rechazados como pesadillas, recordados apenas como algo más que un inconveniente. Por lo demás, nada había cambiado en lo profundo. Los corredores de algodón seguían sentados en la terraza del club Mohammed Alí absortos en sus periódicos. Siempre los mismos desvencijados coches tirados por los mismos lánguidos caballos trotando ruidosamente por las calles. Muchedumbres apiñadas en la blanca Corniche para disfrutar del sol primaveral. Balcones poblados de ropa lavada y muchachas sonrientes. Los alejandrinos seguían activos en el interior del ciclorrama purpúreo de la vida que imaginaban. («La vida es más complicada de lo que pensamos, y a la vez mucho más sencilla de lo que nos atrevemos a imaginar.») Voces de muchachas, sacudidas por tetracordios árabes, y desde la sinagoga un zumbido metálico punteado por el tintineo de un sistro. En el edificio de la Bolsa alaridos como de un inmenso animal en trance de parir. Los cambistas ordenando sus divisas como golosinas sobre grandes mesas rectangulares. Pachás coronados de tiestos escarlatas reclinados en automóviles inmensos como relucientes sarcófagos. Un enano tocando la mandolina. Un inmenso eunuco con un carbunclo del tamaño de un broche comiendo pastelillos. Un hombre baboso, sin piernas, empujando su silla rodante. En medio de toda aquella furiosa aceleración mental, pensé de pronto en Clea, en sus espesas pestañas fragmentando la mirada de los ojos magníficos, y me pregunté vagamente cuándo aparecería. Pero entretanto el azar de mis pasos me había llevado a la estrecha entrada de la rue Lepsius, a aquel cuarto agusanado con la crujiente silla de caña, donde una vez el viejo poeta de la ciudad había recitado «Los bárbaros». La escalera chirrió a mi paso. En la puerta una nota escrita en árabe: «Silencio»; pero el cerrojo estaba abierto.

La voz de Balthazar sonó extrañamente fina y distante cuando me invitó a entrar. Las celosías estaban cerradas y la habitación se hallaba sumida en la penumbra. Balthazar estaba acostado. Advertí con un sobresalto que tenía el pelo completamente blanco, lo que lo hacía parecerse a una envejecida versión de sí mismo. Tardé un minuto o dos en darme cuenta de que no era teñido. ¡Cómo había cambiado! Pero uno no puede exclamar frente a un amigo: «¡Santo Dios, cuánto ha envejecido usted!». Sin embargo, casi lo hice, en forma del todo involuntaria.

—¡Darley! —dijo con voz débil, y a modo de bienvenida me tendió sus manos hinchadas como guantes de boxeo, a causa de las vendas que las envolvían.

—Pero, ¿qué diablos le ha pasado?

Lanzó un triste suspiro de humillación y con la cabeza me señaló una silla. La habitación estaba en el mayor desorden. Una montaña de libros y papeles en el suelo junto a la ventana. Una bacinilla sin vaciar. Un tablero de ajedrez con las piezas caídas y entreveradas. Un periódico. Un sandwich de queso en un plato con una manzana. La pileta colmada de platos sucios. Junto a Balthazar, en un vaso que contenía un fluido brumoso, una reluciente dentadura postiza, sobre la que sus ojos afiebrados caían de tanto en tanto con confundida perplejidad.

—¿No se ha enterado de nada? Me sorprende. Las malas noticias, los escándalos viajan a tal velocidad y tales distancias que supuse que estaría enterado. Es una historia larga. ¿Quiere que se la cuente para provocar en usted el discreto aire de conmiseración con que Mountolive se sienta a jugar conmigo al ajedrez todas las tardes?

—Pero sus manos...

—Ya les llegará el turno, a su debido tiempo. Una pequeña idea me sugirió su manuscrito. Pero los verdaderos culpables son éstos, creo, los dientes postizos que están en el vaso. ¿No le parece que tienen un brillo maléfico? Estoy seguro ahora de que fueron los dientes. Cuando me enteré de que estaba a punto de perder la dentadura, empecé a portarme, de pronto, como una mujer en el cambio de vida. ¿De qué otro modo si no, puede explicarse que me haya enamorado como un colegial?

Cauterizó la pregunta con una sofocada risa.

—Primero la Cábala, que ahora se ha dispersado; se la llevó el viento, como las palabras. ¡Aparecieron mistagogos, teólogos, toda la inagotable y prolífica mojigatería que pulula en torno a una secta y predica el dogma! Pero la cosa tenía para mí un sentido especial, un sentido equivocado e inconsciente, pero claro, en todo caso. Suponía que poco a poco, en forma gradual, me liberaría de las ataduras de mis apetitos, de la carne. Suponía que terminaría por encontrar un equilibrio y una calma filosóficos que expurgarían la naturaleza pasional, que esterilizarían mis actos. Aunque, por supuesto, no me imaginaba en aquella época que tenía semejantes prejuicios. Creía que mi búsqueda de la verdad era absolutamente pura. Sin embargo, inconscientemente utilizaba la Cábala para ese fin, en vez de dejar que ella me usara. ¡Primer error de cálculo! Alcánceme un poco de agua de aquel jarro.

Bebió con sed, a través de sus nuevas encías rosadas.

—Y ahora viene lo absurdo. Descubrí que estaba por perder mis dientes. Esto me produjo la más horrenda rebelión. Lo sentía como una sentencia a muerte, como la confirmación de la vejez, como si de golpe quedara fuera de la vida misma. Siempre he tenido mis escrúpulos con respecto a las bocas; siempre detesté el mal aliento y las lenguas sucias; pero más que nada las dentaduras postizas. Entonces, inconscientemente, me metí en aquella ridiculez, como un último y desesperado salto mortal, antes de que la vejez me atrapara para siempre. No se ría. *Me enamoré* como jamás antes, por lo menos desde que tenía dieciocho años. «Besos punzantes como espinas», dice el proverbio. O como diría Pursewarden: «Otra vez las astutas gónadas en acecho, la trampa del semen, el antiguo terror biológico». Pero no era broma, mi querido Darley. ¡Todavía tenía mis dientes! En cuanto al objeto de mi elección, un actor griego, era el ser más desastroso con que nadie pudo tropezar jamás. Tener el porte de un dios, la gracia de una lluvia de flechas de plata y, sin embargo, no ser más que una criatura de espíritu mezquino, sucio, venal, vacío: ¡así era Panagiotis! Yo lo sabía. Y, sin embargo, no pareció importarme. Me maldecía a mí mismo frente al espejo. Pero no podía comportarme de otra manera. En verdad, todo hubiera podido pasar como tantas otras veces, sin mayores consecuencias, si él no hubiese provocado en mí unos celos ultrajantes, terroríficas escenas de recriminación. Recuerdo que el viejo Pursewarden solía decir: «¡Ah!, ustedes los judíos tienen el genio del sufrimiento», y yo solía contestarle con una cita de Mommsen sobre los malditos celtas: «Debilitaron todos los estados sin fundar ninguno. Nunca crearon una gran nación ni desarrollaron una cultura distintiva propia». No, no se trataba de una simple fiebre juvenil: ¡era la pasión criminal que conocemos a través de los libros, por la que es famosa nuestra ciudad! En pocos meses me convertí en un borracho inveterado.

Andaba siempre rondando por los burdeles. Conseguía drogas bajo receta para que él las vendiera. Cualquier cosa, con tal que no me abandonara. Me volví débil como una mujer. Un escándalo terrible, mejor dicho una serie de escándalos fueron minando mi prestigio profesional, que ahora no existe. Amaril atiende la clínica de puro bueno hasta que yo pueda salir del barro. ¡Me arrastraba por el piso del club, prendido a su chaqueta, implorándole que no me dejara! Me derribaron a golpes en la rue Fuad, me echaron a bastonazos del Consulado francés. Terminé por encontrarme rodeado de amigos con caras largas y preocupadas que hacían todo lo posible por evitar el desastre. Todo inútil. Me había vuelto imposible. Y seguía, seguía aquella vida atroz, y en lo profundo yo gozaba viéndome humillado, golpeado, escarnecido, reducido a un despojo. Como si quisiera tragarme el mundo, drenar la herida del amor hasta que curase. Llegué a todos los extremos, a todos los abismos, y yo mismo me empujaba; ¿o habrán sido los dientes?

Miró hacia el vaso, suspiró y sacudió la cabeza como presa de una angustia interior ante el recuerdo de sus locuras.

—Después, por supuesto, todo acabó, como terminan todas las cosas, ¡hasta la vida probablemente! No hay ningún mérito en sufrir como yo sufría, mudo, como una fiera encadenada, hostigada por úlceras intolerables que no puede alcanzar con la lengua. Y entonces recordé una observación suya en el manuscrito acerca de la fealdad de mis manos. ¿Por qué no me las cortaba y las arrojaba al mar, como usted me lo aconsejaba con tan buen criterio? Ésa fue la pregunta que me planteé. En aquella época estaba tan entorpecido por las drogas y la bebida que ni siquiera pensé que pudiera sentir algo. Sin embargo, hice una tentativa, pero es más duro de lo que uno se imagina todo ese cartílago. Era como esos imbéciles que se quieren cortar el pescuezo y terminan por cortarse el esófago. Se salvan siempre. Pero cuando desistí a causa del dolor, pensé en otro escritor, en Petronio. (¡El papel que la literatura desempeña en nuestras vidas!) Me metí en una bañera de agua caliente. Pero la sangre no corría, acaso ya no me quedaba ninguna. Las escasas gotas que conseguí extraer parecían betún. Estaba a punto de probar otros medios para aliviar mis dolores, cuando de pronto apareció Amaril en su actitud más seductora y me devolvió a mis sentidos dándome un sedante que me sumergió en un sueño profundísimo durante unas veinte horas, que él aprovechó para limpiar mi cadáver y mi habitación. Entonces estuve muy enfermo, de vergüenza, creo. Sí, era sobre todo vergüenza, aunque por supuesto estaba muy debilitado por los absurdos excesos a que me había entregado. Me sometí a que Pierre Balbz me sacara los dientes y me proveyera de este par de deslumbrantes castañuelas —*art nouveau!*—. Amaril intentó, a su manera, analizarme, pero, ¿qué se puede decir de una ciencia tan aproximada que ha cometido la torpeza de caer en la antropología por un lado y en la teología por el otro? Hay muchas cosas que todavía no saben: por ejemplo, que uno se arrodilla en la iglesia porque uno se arrodilla también para penetrar a una mujer, o que la circuncisión deriva de la poda de la vid, que de lo contrario se iría en hojas y no daría frutos. No tengo un sistema filosófico en que apoyarme, como hasta el propio Da Capo lo tenía. ¿Recuerda usted los conceptos de Capodistria acerca de la naturaleza del universo? «El mundo es un fenómeno biológico que sólo acabará cuando todos los hombres hayan poseído a todas las mujeres, todas las mujeres a todos los hombres. Naturalmente, esto llevará cierto tiempo. Mientras tanto, lo único que podemos hacer es cooperar con las fuerzas de la naturaleza exprimiendo las uvas con toda nuestra fuerza. En cuanto al más allá, a la otra vida, ¿en qué otra cosa puede consistir sino en la saciedad? El juego de las sombras del Paraíso, *hanums* encantadoras revoloteando a través de las pantallas del recuerdo, no deseadas ya, no deseando ya ser deseadas. Todos en paz por fin. Pero es evidente que no se puede hacer todo a la vez. ¡Paciencia! *Avanti*.» Sí, medité mucho mientras estaba aquí, acostado, escuchando el crujido de la silla de caña y los ruidos de la calle. Mis amigos se portaron muy bien, me visitaban a menudo trayéndome regalos y conversaciones que me dejaban con dolor de cabeza. Y así, poco a poco, empecé a subir otra vez a la superficie, con infinita lentitud. Me decía: «La vida es el maestro. Hemos vivido siempre a contrapelo con nuestros intelectos. El verdadero maestro es el sufrimiento». Sí, he aprendido algo, pero ¡a qué precio!

»Si al menos hubiese tenido el coraje de aceptar mi amor de todo corazón, hubiese servido mejor a las ideas de la Cábala. ¿Le parece una paradoja? Tal vez. En lugar de permitir que mi amor envenenara mi intelecto y mis reservas intelectuales. Con todo, a pesar de que ahora estoy rehabilitado y listo una vez más para entrar en el mundo, toda la naturaleza parece haberse esfumado. Todavía me despierto gritando: «Se ha ido para siempre. Los verdaderos amantes existen por amor del amor».

Lanzó un áspero sollozo y emergió de entre las sábanas, ridículo en sus largos calzoncillos de lana, para buscar un pañuelo en la cómoda. Se dirigió al espejo y dijo:

—La más tierna, la más trágica de nuestras ilusiones es probablemente la de creer que nuestros actos pueden sumar o restar algo a la cantidad total de bien y de mal del universo.

Luego sacudió la cabeza tristemente y volvió a la cama; se apoyó en las almohadas y agregó:

—Y esa bestia gorda del padre Paul habla de resignación. Resignarse al mundo equivale al pleno reconocimiento de sus inconmensurables cantidades de bien y de mal; y a habitarlo realmente, a explorarlo sin inhibiciones en toda la medida del infinito entendimiento humano; esto es lo que se requiere para resignarse. Pero, ¡qué tarea! Aquí, tendido, mientras el tiempo pasa, me planteo el problema, me interrogo. Cualquier naturaleza de tiempo que se destile a través del cristal de las horas, «tiempo inmemorial» y «tiempo presente», «tiempo fuera del tiempo»; el tiempo del poeta, del filósofo, de la mujer encinta, el tiempo calendario... Hasta «el tiempo es oro» entra también en juego; entonces, si se piensa que para los freudianos el dinero es excremento, ¡también el tiempo tiene que serlo! Darley, usted ha llegado en buena hora, porque mañana seré rehabilitado por mis amigos. Una idea enternecedora, original de Clea. La vergüenza de presentarme en público después de todas mis locuras era para mí una carga demasiado pesada. Cómo afrontar de nuevo la ciudad, ése era el problema. Sólo en momentos como éste se da cuenta uno de quiénes son sus amigos. Mañana un pequeño grupo vendrá aquí para encontrarme vestido, con las manos vendadas en forma menos conspicua, con mi nueva dentadura colocada. Naturalmente, me pondré anteojos oscuros. Mountolive, Amaril, Pombal y Clea, dos a cada lado. Recorreremos toda la rue Fuad y tomaremos un gran café público en la vereda del Pastrudi. Mountolive ha reservado la mesa más grande del Mohammed Alí y se propone ofrecerme un almuerzo con veinte invitados para celebrar mi resurrección de entre los muertos. Es un gesto maravilloso de solidaridad, que seguramente acallará las lenguas malévolas y las burlas. Por la noche, los Cervoni me han invitado a cenar. Gracias a esa feliz ayuda, creo que podré a la larga recuperar mi perdida confianza y la de mis antiguos pacientes. ¿No le parece que es un gesto generoso de parte de ellos, y muy dentro de las tradiciones de la ciudad? Ya que no para amar, puedo vivir para sonreír otra vez: una sonrisa fija y deslumbrante que sólo Pierre verá con afecto, el afecto del artífice por su obra.

Levantó los blancos guantes de boxeo como un campeón que entra en el cuadrilátero y saludó con gesto torvo a una imaginaria multitud. Luego se dejó caer de nuevo en las almohadas y me contempló con benévola tristeza.

—¿Dónde ha ido Clea? —pregunté.

—A ninguna parte. Estuvo aquí ayer por la tarde preguntando por usted.

—Nessim dijo que había ido a alguna parte.

—Tal vez a El Cairo, por la tarde: ¿usted dónde estuvo?

—Pasé la noche en Karm.

Hubo un largo silencio durante el cual nos miramos el uno al otro. Era evidente que había preguntas que con sumo tacto evitaba infligirme; por mi parte, sentía que tenía poco que explicar. Tomé una manzana y la mordí.

—¿Y la literatura? —preguntó al cabo.

—Detenida. No creo que pueda hacer nada más por el momento. Por alguna razón, no puedo conciliar la verdad con las ilusiones del arte sin que se vea la brecha, sabe, como un costurón deshilachado. Precisamente en eso pensé en Karm, cuando volví a ver a Justine. Pensaba que, a pesar de la falsificación de los hechos, el manuscrito que le envié era en cierto modo poéticamente verdadero, o psicográficamente, si prefiere. Pero un artista que no es capaz de amalgamar los elementos falla. Voy por mal camino.

—No veo por qué. En realidad, ese mismo descubrimiento tendría que alentarlo en lugar de turbarlo. Me refiero a la mutabilidad de toda verdad. Un mismo hecho puede tener mil motivos, todos igualmente válidos, y además mil rostros. ¡Hay tantas verdades que no tienen nada que ver con los hechos! Su deber es perseguirlos hasta conseguir atraparlos. En cada instante la multiplicidad acecha a sus espaldas. Pero Darley, eso debería conmoverlo y dar a su literatura la plenitud de curvas de una mujer encinta.

—En cambio, he fracasado. Por el momento, en todo caso. Y ahora, que estoy de nuevo aquí, en la Alejandría real de donde saqué tantas de mis ilustraciones, no siento más la necesidad de escribir, o mejor dicho de escribir algo que no satisfaga los complicados criterios que acechan por detrás del arte. ¿Recuerda lo que escribió Pursewarden?: «Una novela debe ser un acto de adivinación a través de las entrañas, no el cuidadoso relato de una partida de pato en el prado de una casa parroquial».

—Sí.

—Y así tiene que ser en realidad. Pero ahora que estoy otra vez frente a mis modelos me avergüenzo de haberlos ensuciado. Si vuelvo a empezar, lo haré desde otro ángulo. Pero hay tantas cosas que todavía no sé, que probablemente nunca sabré, acerca de todos ustedes. Capodistria, por ejemplo, ¿cuál es su papel?

—¡Parece como si supiera que está vivo!

—Mnemjian me lo dijo.

—Sí. No es un misterio muy complicado. Trabajaba para Nessim y se comprometió por un error grave. Tenía que desaparecer. Por suerte para él, aquello ocurrió en un momento en que estaba casi en bancarrota. El dinero del seguro le venía muy bien. Nessim proporcionó el escenario, yo conseguí el cadáver. Usted sabe que nosotros solemos recibir cadáveres, por una u otra causa. Pobres. Gente que dona su cuerpo o que lo vende por adelantado en una suma determinada. Las escuelas de medicina necesitan cadáveres. No fue difícil conseguir uno en secreto, relativamente fresco. Una vez traté de sugerirle la verdad, pero usted no me entendió. En todo caso, las cosas marcharon a pedir de boca. Da Capo vive ahora en una torre Martello elegantemente transformada, dividiendo su tiempo entre el estudio de la magia negra y el trabajo en ciertos planes de Nessim que desconozco. En verdad, veo a Nessim rara vez, y a Justine nunca. Aunque los invitados están permitidos por orden especial de la policía, nunca invitan a nadie a Karm. Justine llama a la gente por teléfono de tanto en tanto, para charlar un rato, eso es todo. Usted es un privilegiado, Darley. Deben de haberle conseguido un permiso. Pero me alegro de verlo contento y confiado. Ha adelantado algo, ¿no?

—No sé. Me preocupo menos.

—Será feliz esta vez, lo siento; muchas cosas han cambiado, pero también muchas permanecen idénticas. Mountolive me dice que lo ha recomendado para su puesto en el departamento de censura, y que probablemente vivirá con Pombal hasta que encuentre algo.

—Otro misterio. A Mountolive apenas lo conozco. ¿Por qué se habrá constituido de pronto en mi benefactor?

—No sé, posiblemente a causa de Liza.

—¿La hermana de Pursewarden?

—Ahora están en la Legación de verano por un par de semanas. Supongo que recibirá noticias de ellos, de ambos.

Se oyó un golpe en la puerta y entró un sirviente a ordenar el departamento. Balthazar se enderezó y dio órdenes. Me puse de pie para despedirme.

—Hay un solo problema que me preocupa —dijo—. No sé si dejar mi pelo como está. Cuando no está teñido represento por lo menos doscientos setenta. Pero creo que, en definitiva, es mejor que lo deje así, como símbolo de mi regreso de entre los muertos con la vanidad purificada por la experiencia, ¿eh? Sí, lo dejaré así. Creo que lo dejaré definitivamente así.

—Tire una moneda.

—Puede ser que lo haga. Esta noche tengo que levantarme por un par de horas para practicar una corta caminata; es extraordinario lo débil que uno se siente por la simple falta de práctica. Después de un par de semanas en cama uno pierde el dominio de sus piernas. Y no debo caerme mañana, si no la gente va a pensar que estoy otra vez borracho y eso no debe ocurrir. En cuanto a usted, trate de encontrar a Clea.

—Iré al estudio a ver si está trabajando.

—Me alegro de que haya vuelto.

—Yo también, aunque de una manera extraña.

Era difícil, en el tráfago inconexo y deslumbrador de la calle, no sentirse como un antiguo habitante de la ciudad, que regresa del otro lado de la tumba, para visitarla. ¿Dónde podría encontrar a Clea?

V

No encontré a Clea en el departamento, pero el buzón vacío me hizo suponer que había recogido ya el correo y que podía estarlo leyendo, como tenía costumbre de hacerlo en el pasado, junto a un *café crème*. Tampoco había nadie en el estudio. Como estaba de buen ánimo, se me ocurrió ir a buscarla en alguno de los cafés conocidos, de modo que me puse a recorrer sin prisa la rue Fuad, en dirección a Baudrot, el Café Zoltan y el Coquin. Ni el menor rastro de Clea. En el Coquin, sin embargo, un mozo que me recordaba, la había visto pasar por la rue Fuad un rato antes con un portafolios. Proseguí mi ronda, deteniéndome en los escaparates y los tenderetes de libros de segunda mano, hasta llegar al Select, frente a la costa. Tampoco allí estaba. Regresé al departamento y me encontré con una nota en la que me decía que no podríamos encontrarnos hasta el atardecer, pero que fuese a buscarla allí; era fastidioso porque tendría que pasar solo casi todo el día, pero a la vez me convenía, pues podría visitar el redecorado emporio de Mnemjian y someterme a un corte de pelo postfaraónico y a una afeitada. («El baño de natrón», solía llamarlo Pursewarden.) Tendría también tiempo de sacar mis cosas de las maletas.

Nos encontramos inesperadamente, por puro azar. Salí a comprar un poco de papel para escribir y tomé por el atajo de una callejuela llamada Bab-El-Fedan. De pronto mi corazón dio un brinco enloquecido: Clea estaba allí, absorta en la contemplación de su taza de café, con un aire de irónica y reflexiva diversión, la barbilla apoyada en las manos. En aquel mismo lugar, a aquella misma hora, había encontrado una vez (la primera) a Melissa. Y con la misma dificultad que en aquel otro encuentro, tuve que juntar todo mi coraje antes de decidirme a entrar y hablarle. La repetición de aquel mismo acto tan remoto en el tiempo me causó un extraño sentimiento de irrealidad; como si levantara el cerrojo de una puerta que hubiese permanecido cerrada a piedra y lodo durante una generación. Pero era Clea, no Melissa: su rubia cabeza se inclinaba con infantil concentración sobre la taza de café. En aquel momento, acababa de agitar tres veces la borra y de dejarla caer en el platillo para estudiar, a medida que se secaba, las figuras que se iban formando (una costumbre tan suya) como suelen hacerlo las adivinas cuando dicen la buenaventura.

—Parece que no has cambiado. Sigues echando la suerte.

—Darley. —Saltó de la silla con un grito de alegría y nos abrazamos tiernamente. Sus labios tibios y sonrientes, sus manos sobre mis hombros me produjeron una extraña conmoción, como de un conocimiento nuevo. Como si en algún lugar una ventana se hubiese hecho añicos súbitamente, permitiendo que el aire puro y fresco penetrase en una habitación largo tiempo cerrada. Permanecimos abrazados y sonrientes durante un rato largo.

—¡Me sorprendiste, Darley! Estaba por ir a casa a encontrarte.

—Me tuviste mordiéndome la cola durante todo el día.

—Estuve ocupada. ¡Cómo has cambiado, Darley! Ya no te agachas. Y tus anteojos...

—Se me rompieron hace un siglo, y entonces descubrí que en realidad no me hacían falta.

—Me alegro tanto. ¡Bravo! Dime, ¿ves mis arrugas? Temo tener algunas. ¿Piensas que he cambiado mucho?

Era más hermosa que mi recuerdo; estaba más delgada, con una desconocida gama de gestos y expresiones sutiles que sugerían en ella el despertar de una madurez nueva y turbadora.

—Tu risa ha cambiado.

—¿Sí?

—Sí. Es más profunda, más melodiosa. ¡Pero no debo envanecerte! La risa de un ruiseñor, si es que los ruiseñores ríen.

—No me intimides, Darley. ¡Tengo tantas ganas de reírme junto contigo! Si sigues así terminaré por croar como una rana.

—Clea, ¿por qué no fuiste a esperarme?

Frunció la nariz y tomándome el brazo volvió a inclinar la cabeza sobre la borra de café que se secaba velozmente en pequeñas espirales y curvas, al igual que dunas de arena.

—Enciéndeme un cigarrillo —suplicó.

—Nessim me dijo que nos dejaste plantados a último momento.

—Sí, querido; fue así.

—¿Por qué?

—De pronto se me ocurrió que podía ser inoportuna; una complicación, en algún sentido. Tú tenías que saldar viejas cuentas, antiguas deudas; que explorar nuevas relaciones. En realidad, me sentía incapaz de estar contigo hasta... bueno, hasta que hubieses visto a Justine. No sé por qué. Es decir, lo sé. No estaba segura de que el ciclo hubiese cambiado en un sentido verdadero. Ignoraba en qué medida tú mismo habías cambiado. Eres tan imposible como corresponsal que no tenía ningún indicio que me permitiera imaginar tu estado de ánimo. ¡Tanto tiempo sin escribir! Y además la niña y tantas otras cosas. Después de todo, suele ocurrir que la gente se raye como un disco viejo y no pueda moverse de un mismo surco. Y bien podía ser ése tu destino con Justine. Entonces yo no era nadie para interferir, pues la parte que a mí me toca... ¿Te das cuenta? Tenía que dejarte respirar.

—¿Y si me hubiese rayado como un disco?

—Bueno, pero no es el caso.

—¿Cómo lo sabes?

—Por tu cara, Darley. Lo adiviné en cuanto te vi.

—No sé cómo explicarte...

—No es preciso que lo hagas. —Su voz trepó en una curva jubilosa y sus ojos claros me sonrieron—. Tenemos derechos muy distintos el uno sobre el otro, Darley. ¡Somos libres de *olvidar*! Vosotros los hombres sois las criaturas más asombrosas. Pero escucha, he preparado este primer día de nuestro reencuentro como si fuera un cuadro o como una charada. Ven, iremos primero a ver la extraña inmortalidad que ha alcanzado uno de los nuestros. ¿Te confiarás a mis manos? Siempre anhelé actuar de dragomán en... pero no, no te lo diré. Aguarda a que pague este café.

—¿Qué te augura la borra?

—¡Encuentros casuales!

—Me parece que inventas.

El cielo se había nublado y empezaba ya a caer la tarde, aunque todavía era temprano. Los violetas cambiantes del crepúsculo se confundían con las perspectivas de las calles a lo largo de la costa. Tomamos un viejo coche a caballo que descubrimos perdido entre una fila de taxis junto a la estación Ramleh. El viejo cochero, con la cara llena de cicatrices, nos preguntó esperanzado si deseábamos un «coche de amor» o un «coche ordinario». Clea, riéndose, optó por la última variedad del mismo coche, pues era más barata.

—¡Oh, hijo de la verdad! —dijo—. ¿Qué mujer tomaría

un lozano marido en un carruaje como éste, cuando tiene en su casa un buen lecho que no le cuesta un centavo.

—Dios es misericordioso —repuso el viejo con resignación sublime.

Tomamos la blanca curva de la Esplanade, con sus toldos flameantes y el sereno mar abriéndose a nuestra derecha hacia un horizonte vacío. ¡Cuántas veces habíamos recorrido en el pasado aquella misma calle para ir a visitar al viejo pirata en sus destartaladas habitaciones de Tatwig Street!

—Clea, ¿adónde diablos vamos?

—Espera y verás.

¡Recordaba al viejo con tanta claridad! Me pregunté si su raído fantasma rondaría siempre por aquellos lóbregos cuartos, silbando al loro verde y recitando: *«Taisez-vous, petit babouin»*. Cuando doblamos a la izquierda y penetramos en el hormiguero de la ciudad árabe, en sus calles sofocantes por el humo de las hogueras de escoria, el potente y especiado olor de la carne asada, el del pan recién horneado en las panaderías, sentí en mi brazo la presión de la mano de Clea.

—¿Se puede saber para qué me llevas a la casa de Scobie? —volví a preguntar cuando el carruaje empezó a traquear ruidosamente por aquella callejuela familiar.

Los ojos de Clea destellaban malicioso deleite en tanto ponía los labios en mi oído y murmuraba:

—Paciencia. Ya verás.

Era la misma casa de siempre. Una vez más, como lo habíamos hecho con tanta frecuencia en el pasado, cruzamos la alta y lúgubre arcada. En la creciente oscuridad, el pequeño patio era como un daguerrotipo viejo y descolorido. Me pareció, sin embargo, que era más grande. Varias medianeras habían sido demolidas (acaso se habían derrumbado), y las míseras dimensiones del patio habían crecido unos veinte metros. Una tierra de nadie ruinosa y picada de

93

viruelas, greda roja mezclada con desperdicios. En un rincón se alzaba un pequeño santuario que no recordaba haber visto antes. Estaba rodeado por una gran verja de acero de chocante estilo moderno, con una pequeña cúpula blanca y un árbol marchito; todo parecía vetusto, deteriorado. Advertí que se trataba de uno de los numerosos *maquams* que pululan por todo Egipto, sitios que se convierten en sagrados por la muerte de un eremita o santo, adonde los fieles acuden para orar o solicitar favores por medio de exvotos. Como tantos otros, aquel pequeño altar tenía un aspecto de absoluto abandono y miseria, como si su existencia hubiese sido ignorada, olvidada durante siglos. Yo miraba perplejo a mi alrededor. De pronto oí la voz límpida de Clea que llamaba:

—¡Ia Abdul!

Algo en ella me sugirió un reprimido gozo, aunque no podía adivinar la causa. Un hombre avanzó hacia nosotros desde las sombras, escudriñando la oscuridad.

—Está casi ciego. Dudo que te reconozca.

—Pero, ¿quién es? —dije un poco exasperado ante tanto misterio.

—Abdul, el de Scobie, ¿recuerdas? —susurró con prisa. Luego se dio vuelta—: Abdul, ¿tiene la llave del *maquam* de El Scob?

Al reconocerla, Abdul la saludó con elaborados movimientos de los brazos sobre el pecho; extrajo un juego de grandes llaves y dijo con voz grave:

—En seguida ¡oh señorita! —sacudiendo las llaves como han de hacer todos los cuidadores de santuarios para atemorizar a los *djinns* que rondan cerca de los lugares sagrados.

—¡Abdul! —murmuré con asombro—. ¡Pero si era un muchacho!

Era absolutamente imposible identificarlo con aquella anatomía deforme, a aquel personaje de voz cascada, que se encorvaba al andar como un centenario.

—Vamos —dijo Clea con prisa—. Luego te explicaré. Ven a ver el santuario.

Siempre perplejo seguí al guardián. Abdul volvió a sacudir violentamente su llavero para ahuyentar los demonios, abrió el herrumbroso portal y me guió hacia el interior. En aquella tumba pequeña y sin aire hacía un calor sofocante. En un nicho ardía un único pabilo, que iluminaba el lugar con una luz macilenta y temblorosa. En el centro se hallaba, cubierta con una tela verde con complicados dibujos en oro, lo que yo supuse debía ser la tumba del santo. Abdul levantó el manto con profunda reverencia, descubriendo un objeto tan inverosímil que no pude evitar una exclamación involuntaria. Era una bañera de hierro galvanizado, en una de cuyas patas aparecía grabada en altorrelieve la siguiente inscripción: «*The Dinky Tub* Crabbes's. Luton». Estaba llena hasta el tope de arena limpia y sus cuatro repugnantes patas de cocodrilo pintadas con el color azul habitual contra los *djinns*. Era sin duda un objeto de devoción inusitado. Con una mezcla de diversión y horror oí al ahora totalmente irreconocible Abdul, guardián de aquel objeto, musitando las plegarias convencionales en nombre de El Scob, a medida que tocaba uno tras otro los exvotos suspendidos en las paredes como pequeñas borlas blancas. Advertí que se trataba, por supuesto, de los trozos de tela que las mujeres arrancan de sus prendas interiores y cuelgan como ofrendas a los santos que, según creen, habrán de curarlas de la esterilidad. ¡Al diablo! Nada menos que la bañera del viejo Scobie se invocaba para que confiriese fertilidad a los estériles, y con éxito, a juzgar por la cantidad de ofrendas.

—¿El Scob era un santo? —pregunté en mi árabe titubeante.

El torcido y fatigado montón de humanidad, con la cabeza envuelta en un chal andrajoso, asintió; hizo una profunda reverencia y graznó:

—De muy lejos llegó, de Siria. Aquí halló su reposo. Que su nombre alumbre a los justos. Era un iniciado en la senda de la pureza.

Yo me sentía como en sueños. Casi podía oír la voz de Scobie: «Sí, en realidad, es un pequeño santuario muy floreciente. Es verdad que no hago fortuna, pero presto buenos servicios». La risa empezó a agolparse en mi interior cuando sentí en mi hombro el gatillo de los dedos de Clea. Intercambiamos gozosos apretones y nos retiramos de aquel tugurio sagrado hacia el patio anochecido, mientras Abdul volvía a cubrir la bañera con la tela, atendía la lámpara de aceite y se reunía con nosotros. Cerró con cuidado la verja de hierro, y tras aceptar con una interminable sarta de roncos agradecimientos la propina de Clea, se perdió otra vez entre las sombras. Nos sentamos sobre un montón de escombros.

—No entré contigo —dijo Clea— porque temí que nos tentara la risa y no quería alarmar al pobre Abdul.

—¡Pero Clea! ¡*La bañera* de Scobie!

—Ya lo sé.

—Pero, ¿qué diablos significa esto?

Volvió a reír con su risa tan nueva.

—Tienes que decírmelo.

—Es una historia maravillosa. La descubrió Balthazar. Scobie es ahora oficialmente El Yacub. Así, por lo menos, está registrado el santuario en los libros de la Iglesia copta. Pero, como has visto, ¡se trata en realidad de El Scob! Ya sabes lo que ocurre con los *maquams* de los santos, los descuidan, hasta se olvidan de ellos. Mueren, y al cabo de un tiempo la gente ya no sabe quién fue el santo original. A veces, una duna termina por enterrar el santuario. Pero también a veces resucitan. De pronto, un buen día, se cura un epiléptico, una loca oye una profecía cerca del santuario, y entonces el santo despierta, resucita. Bueno, durante todo el tiempo que nuestro viejo pirata vivió en esta casa, El Yacub

96

estaba allí, en el fondo del jardín, pero nadie lo sabía. Enladrillado, rodeado de paredes dispuestas al azar; sabes lo disparatada que es aquí la edificación. Había sido olvidado para siempre. Mientras tanto Scobie, después de muerto, se había convertido en una figura de afectuoso recuerdo entre el vecindario. Circulaban relatos acerca de sus grandes poderes. Preparaba filtros mágicos (¿como el Whisky Sintético?). A su alrededor empezó a florecer una especie de culto. Decían que era un nigromante. Los jugadores juraban en su nombre. «El Scob escupió en esta carta», se convirtió al poco tiempo en una de las frases proverbiales del barrio. Decían también que tenía el poder de transformarse en mujer a voluntad (!) y que si dormía con hombres impotentes les restauraba las fuerzas. También podía hacer concebir a las estériles. Algunas mujeres llegaron incluso a dar a sus hijos el nombre de Scobie. Lo cierto es que al poco tiempo se había reunido con los santos legendarios de Alejandría. Naturalmente, no tenía un santuario propio, pues todo el mundo sabía con una mitad del cerebro que el padre Paul había escamoteado su cadáver envuelto en una bandera y lo había enterrado en el cementerio católico. Lo sabían porque muchos habían asistido al servicio y habían disfrutado inmensamente de la horrenda música de la banda de policía a la que Scobie perteneció en una época, creo. Me pregunto a menudo si tocaba algún instrumento y cuál. ¿El trombón acaso? De todos modos, en aquel momento, cuando la santidad de Scobie estaba como quien dice aguardando una mera Señal, un Prodigio, una Confirmación, la pared tuvo la feliz idea de derrumbarse para descubrir al tal vez indigno Yacub. Bueno, pero no había tumba en el santuario. La misma Iglesia copta, que de mala gana había terminado por registrar a Yacub en sus libros, no sabe nada de él, salvo que vino de Siria. Ni siquiera están seguros de que haya sido musulmán. A mí me suena más bien judío. Sin embargo, interrogaron con diligencia a los habitantes más viejos del barrio y llegaron al menos a establecer su nombre. Pero nada más. Y así, de pronto, un buen día, el vecindario descubrió que había un santuario vacío, libre para Scobie. Porque necesitaba, por supuesto, un santuario digno de la grandeza de su nombre. Hubo un festejo popular espontáneo, y la bañera, que habían llenado previamente con arena sagrada del Jordán, fue consagrada y santificada con toda solemnidad. Los coptos no podían aceptar oficialmente a Scob e insistieron en conservar el nombre de Yacub, pero para los fieles ha quedado el nombre de Scob. Me imagino que se habrá planteado más de un dilema, pero los del clero, como magníficos diplomáticos que son, hacen la vista gorda a la reencarnación de El Scob, y pretenden que se trata en realidad de El Yacub en una pronunciación local. De este modo todo el mundo es feliz. Hasta tienen registrada oficialmente —y aquí se advierte esa maravillosa tolerancia que no existe en ningún otro lugar de la tierra— la fecha de nacimiento de Scobie, supongo que porque ignoran la de Yacub. Y más aún: ¿sabes que harán un *mulid* anual en honor de Scobie el día de San Jorge? Abdul debía recordar la fecha, porque Scobie colgaba siempre para su cumpleaños, en cada esquina de la cama, una franja con los colores de todos los países, que pedía prestada a la agencia periodística. Y solía emborracharse, me contaste una vez, y cantar canciones marineras y recitar «El viejo plumero rojo» hasta que le brotaban las lágrimas. ¡Qué inmortalidad maravillosa la suya!

—¡Qué feliz debe de sentirse el viejo pirata!

—¡Qué feliz! ¡Ser santo patrono de su propio *quartier*! Sabía que te encantaría, Darley. A menudo vengo aquí a esta hora del atardecer, me siento en una piedra y me río a solas, feliz por el viejo Scobie.

Así permanecimos sentados largo rato, entre las sombras que envolvían el santuario, riendo y conversando en voz baja, como conviene hacerlo en todo lugar sagrado. Evocando la imagen del viejo pirata del ojo de vidrio, cuya sombra vaga siempre por el destartalado tugurio del segundo piso. Las luces de Tatwig Street titilaban apenas, no con el antiguo brillo de siempre, sino veladas, como una bruma: había un oscurecimiento en la zona portuaria, uno de cuyos sectores comprendía la famosa calle. Mis pensamientos eran errabundos.

—Y a Abdul —pregunté—, ¿qué le ocurrió?

—Sí, prometí contártelo; Scobie le había instalado una barbería, ¿recuerdas? Bueno, recibió una advertencia por no tener limpias las navajas y por propagar la sífilis. Abdul no se preocupó, tal vez porque creía que Scobie no lo denunciaría jamás oficialmente. Pero el viejo lo hizo, y los resultados fueron terribles. Abdul fue apaleado a muerte, casi, por la policía, perdió un ojo. Amaril estuvo cerca de un año tratando de reconstruirlo. Para colmo de males, pescó una enfermedad devastadora, y tuvo que abandonar el negocio. ¡Pobre Abdul! Con todo, no estoy seguro de que no sea el guardián más adecuado para el santuario de su amo.

—¡El Scob! ¡Pobre Abdul!

—Pero ahora ha encontrado consuelo en la religión; hace una que otra prédica y recita los Suras, aparte de su trabajo de guardián del santuario. ¿Sabes?, creo que se ha olvidado del verdadero Scobie. Una vez le pregunté si recordaba al viejo señor del segundo piso; me miró con aire ausente y murmuró algo, como si tratase de bucear en su memoria algo demasiado remoto. El verdadero Scobie se ha desvanecido, lo mismo que Yacub, y ahora lo ha reemplazado El Scob.

—Me siento casi como debe de haberse sentido uno de los Apóstoles, quiero decir, haber sido testigo del nacimiento de un santo, de una leyenda. ¿Te das cuenta? ¡Nosotros conocimos al verdadero El Scob! Conocimos su voz...

99

Para mi deleite, Clea empezó a imitar al viejo en forma admirable, dando vida a la perfección a aquella cháchara vaga e inconsistente. ¿La recitaría tal vez de memoria?

«Sí, el día de San Jorge siempre me emborracho un poco, en homenaje a Inglaterra y en el mío propio. Siempre tomo un trago o dos del púdico, como decía Toby. Y también del espumante, si se presenta la ocasión. Pero, bendito seas, yo no soy vehículo de tracción a sangre, siempre me mantengo sobre mis pernos. La copa que reanima, no la que em... em... embriaga. Otra de las expresiones de Toby. Estaba lleno de citas literarias. Y con razón. ¿Por qué? Porque nunca andaba sin un libro bajo el brazo. En la Marina lo consideraban un original. "¿Qué llevas ahí?", solían gritarle. Y Toby, que sabía ser desfachatado, se enojaba y contestaba espontáneamente: "¿Qué te parece, Puffy? Mi licencia de casamiento, por supuesto, y ¿qué hay con eso?". Pero era siempre algún libraco pesado que a mí me hacía doler la cabeza, aunque me encanta leer. Un año, eran las obras de Stringbag, un autor sueco, si no me equivoco. Otro año el Frausto de Goitre. Toby decía que era una educación liberal. Mi educación no estaba a la altura de la suya. La escuela de la vida, como diría usted. Pero entonces mi papá y mi mamá murieron jóvenes y quedamos nosotros, tres huerfanitos muertos de hambre. Nos destinaban a grandes cosas; mi padre nos destinaba: uno a la Iglesia, uno al Ejército, uno a la Marina. Al poco tiempo mis dos hermanos fueron atropellados por el tren privado del príncipe regente cerca de Sidcup. Ése fue el fin para *ellos*. Pero salió en todos los diarios y el príncipe mandó una corona. Yo me quedé completamente solo. Tuve que abrirme camino sin influencias, de lo contrario ahora sería almirante, supongo...»

La fidelidad de la versión era impecable. El viejo se había levantado de su tumba y caminaba frente a nosotros con su paso tambaleante, jugaba con el telescopio, abría y cerraba su ajada Biblia, se arrodillaba sobre sus crujientes piernas para avivar el fuego con el diminuto par de fuelles. ¡Su cumpleaños! Recordaba haberlo encontrado una noche de cumpleaños un poco pasado de alcohol, bailando en la habitación completamente desnudo al son de una música de fabricación casera, con un peine y un papel.

Recordando aquel festejo del día de su santo, me puse a imitarlo a mi vez, para oír una vez más aquella sorprendente risa de Clea.

«¡Oh, es usted, Darley! Buen susto me di cuando llamó. Adelante, estaba solo, bailando con mi tutú, para recordar viejos tiempos. Es mi cumpleaños, sí. Siempre vivo un poco en el pasado. En mi juventud fui un verdadero galancete, no me importa decirlo. Un verdadero as en el Velouta. ¿Quiere verme? No se ría porque estoy *in puris*. Siéntese en aquella silla y observe. Ahora, adelante con sus compañeros, shimmy, arco, reverso. Parece fácil, pero no lo es. La suavidad engaña. Podía hacer cualquier cosa en mis tiempos, hijo. Lanceros, caledonianos, círculos circasianos. ¿Nunca vio una *demi-chaine anglais*, supongo? Claro, anterior a su tiempo. Me encantaba bailar, sabe, y durante muchos años estuve al día. Llegué hasta el Hootchi-Kootchi, ¿lo vio alguna vez? Sí, la hache es *haspirada*, como en *hotel*. Tiene algunos pequeños movimientos fascinantes, lo que llaman seducción oriental. Ondulaciones parecen. Se saca primero un velo, después otro y otro hasta que se descubre todo. El suspenso es terrible, y hay que menearse a medida que uno se desliza, ¿ve?»

Adoptó una postura de la más ridícula seducción oriental y empezó a menearse suavemente, sacudiendo el trasero y tarareando una musiquilla adecuada que copiaba con bastante fidelidad la lentitud y declinaciones de los cuartos de tono árabes. Dio vueltas y más vueltas por la habitación hasta que empezó a marearse y se derrumbó triunfante sobre la cama, con risa sofocada y gestos de autoaprobación y felicitación, mientras se servía un trago de *arak* cuya fabricación constituía otro de sus secretos. Había encontrado la receta en las páginas del *Vade Mecum para viajeros en tierras extrañas* de Postlethwaite, libro que guardaba bajo llave y candado dentro del baúl y por el que siempre juraba. Contenía, según él, todo cuanto debe saber un hombre en la situación de Robinson Crusoe, hasta cómo hacer fuego frotando astillas; era una maravillosa mina de informaciones. («Para obtener arrack de Bombay, disuelva los escrúpulos de lores de benjamín en una cuarta de buen ron; el alcohol se impregnará con la fragancia del arrack.») Y cosas por el estilo. «Sí —añadía con gravedad—, el viejo Postle es insuperable. Dice cosas para todo tipo de mentalidad, para toda clase de situaciones. Es un genio, diría.»

Una sola vez Postlethwaite no se había mostrado a la altura de su reputación. Fue cuando Toby dijo que se podía hacer fortuna con moscas españolas si él, Scobie, las podía conseguir en cantidades suficientes como para la exportación.

«Pero el desgraciado no explicó de qué se trataba ni para qué, y aquélla fue la única vez que Postlethwaite me dejó en ayunas. ¿Sabe qué dice sobre las moscas, cantáridas, como las llama? Es tan misterioso que lo aprendí de memoria para repetírselo a Toby cuando lo viese. El viejo Postle dice lo siguiente: "Para usos internos, las cantáridas tienen propiedades diuréticas y estimulantes; para uso externo son epispásticas y rubefacientes". Y ahora, ¿se puede saber qué quiere decir todo esto? ¿Y cómo encaja semejante cosa con la idea de Toby de un negocio floreciente? Especies de gusanos parece que son. Le pregunté a Abdul, pero no conozco la palabra árabe.»

Renovado por el descanso, Scobie se adelantó hasta el espejo y admiró su viejo y arrugado caparazón. Un pensamiento súbito puso de pronto una sombra de tristeza en su rostro. Señaló una parte de su gastada anatomía y dijo:

«¡Y esto es lo que el viejo Postlethwaite describe como "un tejido meramente eréctil"! Por qué "meramente", me pregunto siempre. A veces esos médicos usan un lenguaje misterioso. ¡Un simple brote de tejido eréctil, en verdad! ¡Y piense en todas las molestias que causa! ¡Ah!, si usted hubiera visto lo que he visto yo no tendría ni la mitad de la energía nerviosa que tengo todavía.»

Y entonces, el santo prolongó la fiesta de cumpleaños poniéndose un pijama y entregándose a una breve sesión de canto que incluía muchas de las viejas canciones favoritas y una curiosa tonada que sólo cantaba para los cumpleaños. Se titulaba «El cruel capitán cruel» y tenía un coro que concluía así:

> Y era una vieja planta del cielo, tum tum,
> y era una vieja tajada de carne, tum tum,
> y era un viejo pendenciero.

Y después, virtualmente extenuado por la danza, agotada la atiplada voz cantante, faltaban todavía unos breves acertijos que enunciaba mirando el techo, con los brazos cruzados detrás de la cabeza.

«"¿Dónde cenó el verdugo del rey Carlos y qué fue lo que pidió?"

»"No sé."

»"¿Vencido?"

»"Sí."

»"Bueno, se tomó un chop en The King's Head."»[1]

---

1. Juego de palabras intraducible. Se refiere a una taberna de este nombre que significa «La cabeza del rey». *Chop* significa también tajada, trozo. *(N. del t.)*

Risas y más risas de diversión.

«"¿Cuándo se pueden definir como plumas los bienes de un señor?"

»"No sé."

»"¿Vencido?"

»"Sí."

»"Cuando todos sus bienes son inalienables (hen-tails, ¿ve?)."»[1]

La voz que se extingue gradualmente, el reloj que gira, los ojos que se cierran, las risas que se disuelven lánguidamente en el sueño; así, el santo se durmió por fin, con la boca abierta, en el día de San Jorge.

Tomados del brazo volvimos a cruzar la oscura arcada, risueños con la risa compasiva que la imagen del viejo merecía: una risa que de algún modo doraba otra vez el icono, volvía a llenar de aceite las lámparas en torno al santuario. Nuestros pasos sonaban atenuados sobre el pavimento de escoria apisonada. El oscurecimiento parcial de la zona había sustituido la luz brillante de los focos eléctricos por las lámparas de aceite que derramaban por todas partes su lumbre vacilante y azulada. Como si nos deslizáramos por una selva oscura alumbrados por las luciérnagas, y las voces y los ruidos de los edificios que nos rodeaban parecían más misteriosos que nunca. Cuando llegamos al final de la calle, donde nos aguardaba el desvencijado coche, nos envolvió el frío aliento estremecedor del mar ensombrecido, ese frío que durante la noche se infiltraría en las venas de la ciudad y dispersaría la humedad irrespirable del lago. Trepamos al carruaje y la noche fresca nos envolvió como las veteadas hojas de una higuera.

1. Juego de palabras intraducible. *Entails* significa bienes inalienables. *Hen-tails*, colas de gallina. *(N. del t.)*

104

—Y ahora te llevaré a cenar, Clea, para festejar tu nueva risa.

—No, no he terminado todavía. Hay otro cuadro que quiero mostrarte, de una especie diferente. ¿Ves, Darley?, quería recomponer para ti la ciudad, para que pudieses entrar de nuevo en el cuadro por otro ángulo, para que te sintieras como en tu propia casa, aunque no sea ésta en realidad la palabra adecuada para definir una ciudad de exiliados, ¿no te parece? De todos modos...

Inclinándose hacia adelante (pude sentir su aliento sobre mi mejilla) ordenó al cochero:

—¡Llévenos al Auberge Bleue!

—Más misterios.

—No. Esta noche la Virtuosa Semira hace su primera aparición en público. Para mí es casi como un *vernissage*; sabes, ¿no es verdad que Amaril y yo somos los autores de su preciosa nariz? Fue una aventura fabulosa la de estos largos meses; y Semira se mostró muy paciente y valerosa bajo las vendas y las grapas. Ahora todo está terminado. Ayer se casaron. Esta noche toda Alejandría estará en el Auberge Bleue para verla. Nosotros no podemos faltar, ¿no te parece? Simboliza algo demasiado raro en la ciudad, y tú, como estudiante serio del tema, lo verás con tus propios ojos. *Amor Romántico*, con letras mayúsculas. Mi participación ha sido importante, de modo que puedo envanecerme un poco; he sido en parte dueña, en parte enfermera, en parte artista, y todo por el bueno de Amaril. Te diré, Semira no es muy inteligente, y tuve que pasar con ella largas horas preparándola para su entrada en el mundo. Y enseñándole a leer y escribir. En una palabra, educándola. Lo curioso es que Amaril no vea como un obstáculo inseparable la enorme diferencia que hay entre su educación y la de ella. Al contrario, la quiere más aún. Dice: «Sé que es un poco tonta, pero es precisamente eso lo que la hace tan adorable».

105

»La flor más pura de la lógica romántica, ¿verdad? Y se ha consagrado a su rehabilitación con una inventiva prodigiosa. Yo hubiese pensado que era un poco peligroso jugar al Pigmalión, pero sólo ahora empiezo a comprender el poder de la imagen. ¿Sabes, por ejemplo, qué ha descubierto para ella como profesión, como especialidad? Una idea brillante. Como Semira no tiene demasiadas luces para ocuparse de cualquier tarea complicada, le ha enseñado, con mi ayuda, la profesión de cirujano de muñecas. Y su regalo de bodas es una elegante clínica que ya se ha puesto de gran moda, aunque no será inaugurada oficialmente hasta que vuelvan de la luna de miel. Pero Semira se ha entregado a esta nueva actividad con alma y vida. Pasamos meses y meses juntas desarmando y armando muñecas. Te aseguro que ningún aspirante a médico puede haber estudiado con tanto ahínco. «Es la única forma —dice Amaril— de conservar a una mujer estúpida que uno adora. Darle una ocupación propia.»

Atravesamos la gran curva de la Corniche y regresamos a la zona iluminada de la ciudad, donde las azules lámparas de la calle se asomaban una tras otra espiando el interior del coche. Tuve de pronto la sensación de que el pasado y el presente se confundían, que todos mis recuerdos e impresiones se acomodaban a una estructura integral, cuya metáfora era siempre la misma, aquella deslumbrante ciudad de los desheredados, la ciudad que tendía ahora suavemente sobre la noche sus alas multicolores y pegajosas, como una libélula recién nacida. ¡Amor Romántico! Pursewarden lo llamaba «El Demonio Cómico».

El Auberge no había cambiado nada. Se conservaba intacto, como una parte imperecedera del decorado de mis sueños, y allí (como los rostros de un sueño) estaban los alejandrinos sentados en torno a mesas engalanadas con flores, mientras la orquesta puntuaba sus ocios con la lenta melodía de algún blue. Los saludos, las bienvenidas, trajeron a mi memoria la desvanecida generosidad de la antigua Alejandría. Athena Trasha con grillos de plata en las orejas, el indolente Pierre Balbz que tomaba opio porque hacía «florecer los huesos», los arrogantes Cervoni y las expertas e irreflexivas hermanas Martinengo, todos estaban presentes. Todos menos Nessim y Justine. Hasta el bueno de Pombal estaba allí en traje de etiqueta, tan planchado y almidonado que hacía pensar en un relieve monumental para la tumba de Francisco Primero. Con él estaba Fosca, a quien yo no conocía aún, cálida y oscura de color. Sentados los dos, rozándose apenas con los nudillos, en un extraño y rígido éxtasis. Atento como un conejo, con la mirada absorta en los ojos de aquella dama joven y atrayente, Pombal tenía un aspecto realmente absurdo. («Lo llama Georges-Gaston, cosa que a él parece encantarle», dijo Clea.)

Nos abrimos paso lentamente entre las mesas, saludando a los viejos amigos como tan a menudo lo habíamos hecho en el pasado, hasta llegar a la pequeña mesa alcoba con la tarjeta de celuloide escarlata a nombre de Clea. Allí, ante mi sorpresa, Zoltan el mozo se materializó de la nada y me estrechó calurosamente la mano. Ahora era el elegante *maître d'hôtel*, vestido de punta en blanco, con el pelo cortado en *brosse*. También él estaba al parecer en el secreto, porque advirtió a Clea, en un susurro, que todo había sido preparado con absoluta reserva; hasta se permitió una guiñada.

—He enviado a Anselm afuera para que monte la guardia. En cuanto vea el coche del doctor Amaril, pasará el santo y seña. Entonces la orquesta comenzará a tocar; madame Trasha ha pedido el viejo *Danubio Azul*. —Juntó ambas manos extasiado y tragó como un escuerzo.

—¡Qué idea magnífica la de Athena! ¡Bravo! —exclamó Clea.

Era sin duda un gesto afectuoso, pues Amaril era quien

mejor bailaba el vals vienés en toda Alejandría, y aunque no era vanidoso gozaba absurdamente de sus proezas de bailarín. Era evidente que habría de gustarle.

No tuvimos mucho que esperar; la expectativa y el suspenso no habían llegado aún a tornarse fatigosos cuando la orquesta, que había estado ejecutando música suave, con un oído alerta al ruido de un automóvil, quedó de pronto en silencio. En el ángulo del vestíbulo irrumpió Anselm agitando su servilleta. Llegaban. Los músicos hicieron sonar un arpegio vibrante y prolongado, como el arpegio final de una melodía cíngara, y entonces, cuando la hermosa figura de Semira apareció entre las palmeras, viraron con grave lentitud al tiempo de vals de *El Danubio Azul*. Yo experimenté una profunda emoción cuando vi a la tímida Semira detenerse en el umbral de aquel colmado salón de baile; a pesar de la magnificencia de su traje, a pesar de la escolta, se sentía insegura, intimidada por aquellas miradas. Titubeó, con una indecisión casi imperceptible, que me hizo pensar en el movimiento de un barco de vela cuando se suelta la amarra, y recala lentamente, como si meditara un instante antes de virar para ofrecer luego la mejilla, con un profundo suspiro, a la caricia del viento. Pero en aquel instante de encantadora vacilación, Amaril llegó a su lado y la tomó del brazo. También él, pensé, parecía más bien pálido y nervioso, no obstante la habitual afectación de su atavío. Así, presa de pánico, parecía en realidad increíblemente joven. Entonces oyó los acordes del vals, tartamudeó algo al oído de Semira con labios temblorosos, y a través de las mesas la condujo con aire grave hasta la pista, donde los dos, con movimientos lentos y bien delineados, empezaron a bailar. En seguida, después de la primera figura del vals, recobraron la seguridad. La sentíamos llegar, inundarlos de calma. Serenos, mudos como hojas, Semira con los ojos cerrados y Amaril con su sonrisa de siempre, alegre y confiada.

Una suave lluvia de aplausos se volcó sobre ellos desde todos los rincones del salón. Los mismos mozos parecían conmovidos, y el bueno de Zoltan hasta sacó un pañuelo, pues Amaril era muy querido.

También Clea estaba dominada por la emoción.

—¡Pronto! Tomemos un trago —dijo—, tengo un enorme nudo en la garganta y si lloro se me correrá la pintura.

Las baterías de botellas de champagne irrumpían ahora de todas partes y la pista estaba colmada de bailarines. La luz cambiaba constantemente de color. Azul, roja, verde, veía alternativamente la sonriente cara de Clea por encima del borde de su copa de champagne, contemplándome con una expresión burlona y feliz.

—¿No te importa que me emborrache un poquito esta noche para celebrar el éxito de la nariz de Semira? Creo que podemos beber sin reservas por el futuro de ambos, porque no se van a separar jamás; están ebrios de amor, de ese amor que sólo conocemos a través de los libros y leyendas de caballería de tiempos del rey Arturo, el caballero que salva a la dama. Y pronto tendrán hijos, todos con mi preciosa nariz.

—De eso puedes estar segura.

—Bueno, déjame creerlo.

—Bailemos un rato.

También nosotros nos reunimos a los bailarines apiñados en el gran círculo resplandeciente bajo los prismáticos rayos de luz multicolor; los suaves redobles del tambor ritmaban la sangre; girábamos al compás de aquella música lenta como grandes guirnaldas de algas coloreadas que se mecen en un lago submarino, confundiéndose con todos y con cada uno de los bailarines.

No nos quedamos hasta el final. Cuando salimos al aire fresco y húmedo, Clea se estremeció, se apoyó en mí y me tomó del brazo.

—¿Qué te pasa?

—De pronto me sentí mareada. Ya pasó.

Regresamos a la ciudad a lo largo de la costa sin viento, arrullados por el repiqueteo de los cascos de los caballos sobre el pavimento, el tintineo de los arneses, el olor de la paja y los ecos de la música que nos llegaban intermitentemente desde el Auberge Bleue para perderse entre las estrellas. En el Cecil despedimos al cochero y caminamos por las tortuosas calles desiertas en dirección al departamento de Clea, tomados lánguidamente del brazo, escuchando el rumor de nuestros pasos que se magnificaba en el silencio de la noche. En la vitrina de una librería había algunas novelas, entre ellas una de Pursewarden. Nos detuvimos un instante a espiar el interior de la tienda oscura y reanudamos la marcha.

—¿Te quedarás un rato? —preguntó Clea.

También allí reinaba una atmósfera de celebración: había flores y sobre la pequeña mesa un balde con una botella de champagne.

—No sabía que cenaríamos en el Auberge y preparé algo para alimentarte aquí en caso necesario —dijo Clea, sumergiendo los dedos en el agua helada. Suspiró con alivio.

—Por lo menos tomaremos juntos la última copa.

Allí, por fin, todo estaba intacto; no había nada que pudiese desconcertar o traicionar el recuerdo; volver a entrar en aquel cuarto encantador era algo semejante a penetrar en el interior de una pintura favorita. Todo permanecía allí: los anaqueles atestados de libros, los pesados tableros de dibujo, el pequeño piano y en un rincón la raqueta de tenis y los floretes de esgrima. Sobre el escritorio, en su desordenada profusión de cartas, dibujos y cuentas, había algunas velas que Clea se ocupaba de encender en aquel momento. Contra la pared, un montón de cuadros. Di vuelta a uno y lo contemplé con curiosidad.

—¡Dios mío! Te has vuelto abstracta, Clea.

—¡Ya lo sé! Balthazar los detesta. No es más que una fase, espero, de modo que no debes considerarlos como algo irrevocable y definitivo. Es una manera nueva de movilizar la sensibilidad pictórica. ¿Te parecen detestables?

—No, creo que tienen más fuerza.

—Hum. La luz de las bujías los favorece con falsos claroscuros.

—Puede ser.

—Ven, siéntate; he preparado un trago.

Como por tácito acuerdo nos sentamos el uno frente al otro sobre la alfombra, como solíamos hacerlo en el pasado, con las piernas cruzadas como «sastres armenios», había dicho Clea una vez. Brindamos a la luz rosada de las bujías escarlatas que iluminaban sin titubeos el aire inmóvil, cuyas fantasmagóricas radiaciones delineaban la boca sonriente, los rasgos puros de Clea. Allí, por fin, en aquel gastado trozo de alfombra, nos abrazamos —¿cómo decirlo?— con una calma sonriente y grave; como si la copa del lenguaje se hubiese vertido silenciosamente en aquellos besos elocuentes que reemplazaban las palabras y compensaban el silencio, aquel silencio que era una forma nueva y más perfecta del pensamiento y del gesto. Aquellos besos eran como finísimas nubes destiladas a través de una inocencia recién nacida, a través del genuino dolor de la ausencia de deseo. Recordé aquella otra noche, hacía tanto tiempo, en que habíamos dormido abrazados y sin sueños; y comprendí que tras un largo rodeo por el árido desierto de mis fantasías, mis pasos me habían devuelto a aquel mismo punto del tiempo, al umbral de aquella puerta aherrojada que entonces se me había cerrado, detrás de cuyos cristales, sonriente e irresponsable como una flor, se movía la sombra de Clea. Yo no había sabido encontrar la llave de aquella puerta. Ahora se me abría espontáneamente. En tanto que otra puerta, aquella que en un tiempo me había dado acceso a Justine, se había cerrado en forma irrevocable. ¿No hablaba Pursewarden de puertas corredizas? Pero se refería a libros, no al corazón humano. El rostro de Clea no reflejaba artificio ni premeditación, sino una especie de generosa malicia que le inundaba los magníficos ojos y se transmitía en la firmeza consciente con que introducía mis manos en sus mangas para entregarse a mi abrazo en la actitud condescendiente de una mujer que ofreciera su cuerpo a una valiosa capa. O cuando me tomaba la mano, la apoyaba sobre su corazón y murmuraba:

—¡Siente! Ha cesado de latir.

Así dejamos correr el tiempo, y así hubiéramos podido quedar, como figuras estáticas de un cuadro olvidado, saboreando sin prisa la dicha concedida a los seres destinados a gozarse mutuamente sin reservas ni autodesprecio, sin los premeditados ropajes del egoísmo, las limitaciones inventadas del amor humano. De pronto el aire oscuro de la noche se ensombreció, inflamado por la lúgubre turgencia de un estruendo que, como el aleteo frenético de un pájaro prehistórico, devoró la habitación, las velas, las figuras. Clea se estremeció al primer alarido terrible de las sirenas, pero no se movió; a nuestro alrededor, la ciudad íntegra despertó como un hormiguero. En las calles, oscuras y silenciosas un momento antes, se dejó oír el rumor de los pasos de la gente que se dirigía a los refugios antiaéreos, susurrando como un montón de hojas secas arrastradas por una ráfaga de viento. Fragmentos de soñolientas conversaciones, gritos, risas, trepaban hasta la ventana silenciosa de la alcoba. La calle se había colmado con la misma rapidez que el lecho seco de un río con las primeras lluvias primaverales.

—Clea, tendrías que ir al refugio.

Pero Clea se estrechó aún más contra mí y movió la cabeza como vencida por el sueño, o acaso por la suave explosión de los besos que estallaban como burbujas de oxígeno en la sangre paciente. La sacudí dulcemente, y ella murmuró:

—Soy demasiado fastidiosa para morir amontonada en un refugio como en una sucia cueva de ratones. Vamos a acostarnos e ignoremos la grotesca realidad del mundo.

Y así, el acto del amor se convirtió en una especie de desafío al torbellino exterior, al violento y destructor huracán de metralla y de sirenas, que incendiaba los cielos pálidos de la ciudad con la magnificencia de sus rayos. Y los besos se impregnaron de la deliberada afirmación que sólo la premonición y la presencia de la muerte puede traer. Morir en aquel momento hubiera sido casi una felicidad, pues en alguna parte el amor y la muerte se habían abrazado... Y era también una expresión del orgullo de Clea dormir allí, en el hueco de mis brazos, como un pájaro salvaje extenuado por la lucha, desafiando al mundo entero, como si aquélla fuese una noche de verano pacífica y normal. Despierto a su lado, escuchando el estrépito infernal de las ametralladoras, observando las rompientes y los giros de luz detrás de la celosía, recordé las palabras con que Clea, en un pasado ahora tan remoto, me había hecho notar las limitaciones que el amor desnudaba en nosotros; había dicho algo acerca de la capacidad del amor de quedar reducido a una ración de hierro para cada alma, recordaba, y luego había agregado gravemente:

—El amor que tú sientes por Melissa, ese mismo amor, es el que intenta expresarse a través de Justine.

¿Descubriría acaso que, por extensión, aquello era también válido con respecto a Clea? No lo creía, porque aquellos abrazos frescos y espontáneos eran tan prístinos como la invención misma, no meras copias borrosas de actos pasados. Eran genuinas improvisaciones del corazón; al menos eso era lo que me decía mientras descansaba junto a ella, y me esforzaba por recuperar la esencia de sentimientos tejidos, tiempo atrás, en torno a aquellos otros rostros. Sí, improvisaciones en torno a la auténtica realidad, liberadas esta vez de los amargos impulsos de la voluntad. Con la pureza perfecta de la impremeditación habíamos zarpado en las aguas serenas, las velas desplegadas; por primera vez me parecía natural encontrarme donde me encontraba, derivando hacia el sueño, con el dormido cuerpo de Clea junto al mío. Ni los interminables estampidos de los cañones que estremecían los edificios, ni el clamor de los cascos en las calles, nada interrumpía aquel silencio de sueño que era nuestra cosecha común. Cuando nos despertamos, todo estaba otra vez sumido en el silencio. Clea encendió una bujía y a su luz temblorosa nos miramos, hablando entre murmullos.

—Me porto siempre tan mal la primera vez, ¿por qué crees que será?

—Yo también.

—¿Me tienes miedo?

—No. Ni a ti ni a mí.

—¿Imaginaste esto alguna vez?

—Los dos debemos de haberlo imaginado. De lo contrario no hubiese ocurrido jamás.

—¡Shh! Escucha.

Como a menudo ocurre en Alejandría antes del amanecer, se derramaba ahora una lluvia espesa, que refrescaba el aire, pulía las vibrátiles hojas de las palmeras en los Jardines Municipales, lavaba las verjas de hierro de los bancos, los pavimentos. En la ciudad árabe, las callejas de barro con su olor de tumba recién cavada. Los floristas desplegando su mercancía en los tenderetes para ofrecerla a la frescura purificadora de la lluvia. Recordé su pregón: «¡Claveles dulces como el aliento de una muchacha!». Desde el puerto, los olores del alquitrán, el pescado y las redes de pesca fluirían a través de las calles silenciosas para ir a reunirse con los

114

pozos de aire neutro del desierto, que un poco más tarde, con los primeros rayos del sol, penetraría en la ciudad desde el este, para secar las húmedas fachadas. Por un momento, los soñolientos acordes de una mandolina inscribieron en el susurro de la lluvia una melodía pensativa y melancólica. Yo temía la intrusión de cualquier pensamiento, de cualquier idea que, irrumpiendo en aquellos instantes de dichosa paz, pudiese llegar a inhibirlos, a transformarlos en una fuente de tristeza. Pensé también en aquel largo viaje emprendido hacía tanto tiempo desde aquel mismo lecho, desde la noche distante en que lo habíamos compartido, a través de tantos climas, tantas tierras, que nos había devuelto una vez más a nuestro punto de partida, al devorador campo magnético de la ciudad. Un nuevo ciclo que se abría al conjuro de los besos y caricias deslumbradoras que ahora podíamos compartir. ¿Adónde podría llevarnos? Recordé unas palabras de Arnauti, escritas a propósito de otra mujer, con un contexto muy distinto: «Uno se dice que lo que tiene entre sus brazos es una mujer; pero si la contempla dormida advertirá que la criatura crece sin cesar: verá en el rostro amado, eternamente misterioso, el perfecto e infalible florecimiento de las células, repitiendo hasta el infinito el delicado promontorio de la nariz humana, una oreja copiada de una concha marina, cejas dibujadas como helechos, labios inventados por bivalvos durante su unión de sueño. Pero este crecimiento es humano, lleva un nombre que atraviesa el corazón, y que promete el sueño demente de una eternidad que el tiempo desvirtúa a cada instante. ¿Y si la criatura humana fuese una ilusión? ¿Si, como dice la biología, cada célula de nuestro cuerpo es reemplazada por otra cada siete años? En el mejor de los casos, tengo entre mis brazos una fuente de carne, un juego incesante; y mi mente es un arco iris de polvo». Entonces, desde otro punto del compás, oía la voz agria de Pursewarden que decía: «¡No existe el Otro;

115

sólo existe uno afrontando eternamente el problema del descubrimiento de sí mismo!».

Me volví a hundir en el sueño; cuando desperté sobresaltado, el lecho a mi lado estaba vacío y la bujía se había extinguido. Clea estaba de pie junto a la ventana; había corrido las cortinas y contemplaba desnuda y esbelta como un lirio oriental, el amanecer que se derramaba sobre los derruidos techos de la ciudad árabe. Y en aquel amanecer primaveral denso de rocío, que se insinuaba en el silencio de la ciudad antes aún de que la despertase el canto de los pájaros, oí la voz dulcísima del muecín ciego de la mezquita que recitaba el Ebed, una voz suspendida como un cabello en el alto aire alejandrino mecido por las hojas de las palmeras.

—Alabo la perfección de Dios, el Eterno; la perfección de Dios, el Amado, el Existente, el Singular, el Supremo; la Perfección de Dios, el Único, el Solo...

La hermosa plegaria crecía en espirales de luz, atravesaba la ciudad. Yo observaba la grave y apasionada intensidad con que Clea, de espaldas a mí, contemplaba estática y despierta el nacimiento del sol, cuyos resplandores acariciaban ya los minaretes y las palmeras. Percibí el olor cálido de su pelo en la almohada. Como aquel brebaje que la Cábala llamaba en un tiempo «La Fuente de Todo lo Existente», me sentía poseído por el júbilo de una libertad totalmente desconocida.

—Clea —llamé en un susurro.

Pero ella no me escuchaba; entonces me dormí otra vez. Sabía que Clea habría de compartir conmigo todas las cosas, que no retendría para sí nada, ni siquiera la mirada cómplice que las mujeres reservan tan sólo a sus espejos.

SEGUNDA PARTE

I

La ciudad —aquella misma ciudad que, a través de las nuevas promociones del tiempo, se había tornado ahora menos hiriente y aterradora que en el pasado— volvía a reclamarme. Si bien era cierto que algunas partes de la vieja tela se habían gastado, otras, en cambio, aparecían restauradas. Durante las primeras semanas de mi nuevo empleo tuve tiempo de experimentar un doble sentimiento de familiaridad y alienación, de medir la estabilidad con relación al cambio, el pasado con el presente. Y aunque los vínculos con mis amigos no habían cambiado demasiado, penetraron ahora nuevas influencias, se levantaron vientos nuevos; como las figuras de las mesas giratorias de las joyerías, nos mostrábamos, unos a otros, rostros siempre nuevos de nosotros mismos. También las circunstancias proporcionaban un nuevo contrapunto, pues la antigua ciudad, en apariencia no modificada, se había sumido ahora en la penumbra de una guerra. En cuanto a mí, había llegado a verla como sin duda había sido siempre: un sórdido puerto de mar edificado sobre un arrecife de arena, un remanso moribundo, sin espíritu. No cabía duda de que aquel elemento desconocido, la «guerra», la había envuelto en algo así como un hálito de modernismo, pero aquello pertenecía al invisible mundo de la estrategia y de los ejércitos, no a nosotros, los habitantes;

la población había crecido en unos cuantos miles de refugiados con uniformes y provocado aquellas interminables y oscuras noches de tormento; pero el peligro era todavía relativo, pues el enemigo confinaba sus ataques a la zona portuaria. Sólo una pequeña parte del barrio árabe había sufrido la acción directa del fuego; la ciudad alta permanecía casi intacta, salvo, tal vez, algún ocasional error de cálculo. Sí, era la zona del puerto la que el enemigo rascaba y arañaba, como un perro una llaga inflamada. A un kilómetro de distancia, los banqueros dirigían día a día sus negocios, como inmunizados por Nueva York. Las intrusiones en aquel otro mundo eran raras y accidentales. Y causaba una dolorosa sorpresa encontrarse de pronto frente a la derruida fachada de una tienda o a una casa de inquilinato devastada, con las ropas de todos los ocupantes tendidas como guirnaldas en los árboles vecinos. Aquel espectáculo no formaba parte de la sucesión previsible y normal de las cosas; tenía más bien el horrible y extraño interés de un espantoso accidente callejero.

¿Cuál era entonces el factor que había transformado las cosas? No el peligro, sino algo mucho menos fácil de analizar, era el elemento que definía la idea de guerra: la sensación de un cambio en el peso específico de las cosas. Era como si el contenido de oxígeno del aire que respirábamos fuese incesante, invisiblemente reducido día a día; y junto con aquella sensación de inexplicable envenenamiento de la sangre, se advertían otras presiones de naturaleza puramente material, creadas por la inmensa y fluctuante población de soldados, en quienes aquel florecimiento de la muerte desataba la furia de pasión y libertinaje latente en todo rebaño. Aquella alegría frenética intentaba adaptarse a la gravedad innegable de la situación; hasta la ciudad parecía sentirse a veces abrumada por los violentos estallidos de aquella tristeza, de aquel disfrazado tedio, y el aire mismo se impregnaba del espíritu demente del carnaval; una dolorosa y heroica búsqueda de placer que turbaba y fragmentaba la antigua armonía de las relaciones personales, que ponía en tensión los lazos que nos unían. Pienso en Clea, en su odio por la guerra y todo cuanto ésta implicaba. Creo que temía que la realidad vulgar y sangrienta de aquel mundo en guerra pudiese infectar, envenenar nuestras caricias.

—¿Te fastidia esta necesidad que siento de conservar tu cabeza, de evitar esta extraña avidez sexual de sangre a la cabeza que llega con la guerra, una guerra que excita a las mujeres más allá de lo que es posible soportar? Jamás imaginé que el olor de la muerte pudiese excitarlas a tal extremo. No, Darley, no quiero ser cómplice de esta saturnal del espíritu, de esta inundación de burdeles. ¡Cuando pienso en todos esos pobres hombres aquí apiñados! Alejandría se ha convertido en un inmenso orfanato, todos se prenden a la última oportunidad que les ofrece la vida. Tú no has estado todavía el tiempo suficiente para sentir toda la violencia. La desorientación. Alejandría fue siempre una ciudad perversa, pero disfrutaba de sus placeres con altura, a un ritmo anticuado, tradicional, incluso en lechos mercenarios; ¡jamás así, de pie contra un muro o un árbol o un camión! Ahora la ciudad se parece a un enorme orinal público. Tropiezo con cuerpos de borrachos cuando vuelvo a casa por las noches. ¡Porque además del sol, supongo, también se los ha despojado de sensualidad y el alcohol compensa la pérdida! Pero éste no es lugar para mí. No puedo ver a los soldados con los ojos de Pombal. Él se regocija como un chiquillo, como si se tratase de relucientes soldaditos de plomo, porque ve en ellos la única esperanza de que Francia sea un día liberada. Yo, en cambio, no puedo sentir otra cosa que vergüenza; como la que sentiría viendo a algún amigo en traje de penado: por vergüenza, por simpatía, doy vuelta la cara. ¡Oh, Darley!, sé que todo esto no es razonable, sé que cometo una tremenda injusticia. Tal vez no sea sino egoísmo. Por eso me empeño en servirles té en sus cantinas, en ponerles vendajes, en organizar conciertos. Pero en mi fuero íntimo me siento cada día más pequeña. Sin embargo, siempre pensé que el amor hacia mis semejantes florecería con más fuerza ante un infortunio común. No es verdad. Y ahora temo que me quieras menos a causa de estas ideas absurdas, de estos sentimientos rebeldes. En un mundo como éste estar así, solos los dos, conversando a la luz de la vela, es casi un milagro. No me reprocharás que quiera conservarlo, protegerlo de la intrusión del mundo, ¿verdad? Lo curioso es que lo que más odio es ese sentimentalismo que termina por desatar la violencia.

Yo comprendía lo que Clea quería decirme, entendía sus temores; y en lo profundo, en lo íntimo de mi egoísmo, aquellas presiones externas eran también motivo de alegría, pues circunscribían perfectamente nuestro mundo, nos permitían una intimidad más verdadera, ¡nos aislaban! En el mundo de antes hubiese tenido que compartir a Clea con una multitud de amigos y admiradores. No ahora.

Y a la vez, por alguna razón inexplicable, muchos de esos mismos factores externos, al envolvernos en aquella mortal contienda, creaban en torno a nuestra unión un sentimiento, una atmósfera, no de angustia sino de impermanencia. Algo semejante en categoría, aunque distinto en especie, al brutal celo orgiástico de los soldados; no podíamos rechazar la verdad, el hecho de que la muerte (que no nos tocaba aún de cerca, pero que estaba ya en el aire) enardece los besos, imprime un insoportable patetismo a cada sonrisa, a cada abrazo. Y aun cuando yo no fuese soldado, el mismo oscuro interrogante se cernía sobre nuestros pensamientos, pues los afectos más íntimos del corazón eran parte integrante de algo a que todos, aunque nos repugnara admitirlo, pertenecíamos: el mundo entero. Y si la guerra no significaba la muerte para nosotros, nos traía en cambio una sensación de envejecimiento, nos obligaba a gustar el verdadero sabor rancio de las cosas humanas, a afrontar la inestabilidad con valentía. Nadie podía predecir qué había más allá del capítulo cerrado de cada beso. En aquellos largos atardeceres serenos, antes de que empezara el bombardeo, nos sentábamos en el pequeño cuadrado de alfombra a la luz de las bujías y hablábamos de todos estos problemas, intercalando los silencios con abrazos que constituían nuestra única e inútil respuesta a aquella crisis de todo lo humano. Jamás, en las interminables noches de sueño incierto interrumpido por el ulular de las sirenas, cuando yacíamos el uno en brazos del otro (como por un acuerdo tácito), hablábamos de amor. Porque pronunciar la palabra hubiese sido admitir una variedad más rara pero menos perfecta del sentimiento que nos embargaba. En algún capítulo de *Moeurs* se hace una apasionada denuncia de la palabra. No puedo recordar en boca de quién se pone el discurso, probablemente de Justine. «Puede definírselo como un brote canceroso de origen desconocido que aparece en cualquier parte sin que el individuo lo sepa ni lo desee. Cuántas veces hemos intentado en vano amar a la persona "apta", aun cuando nuestro corazón sepa que la ha hallado después de una búsqueda interminable. No, una pestaña, un perfume, un andar que obsesiona, una frutilla en la garganta, el olor de almendras del aliento, tales son los cómplices que el espíritu busca para confabular nuestra derrota.»

Recordando aquellos pasajes de terrible perspicacia y profundidad —hay tantos en aquel extraño libro— me volvía hacia Clea dormida y estudiaba su perfil sereno para... devorarla, para beberla íntegramente, sin derramar una sola gota, para mezclar con los suyos los latidos de mi corazón. «Por más cerca que deseamos estar de la criatura amada, así, tan separados permanecemos siempre», escribe Arnauti. Aquella frase no reflejaba ya nuestra verdad. ¿O acaso, confundido por mi propia visión, me estaría engañando una vez más? No lo sabía ni me preocupaba; ya no me dedicaba a rumiar en la mente mis pensamientos, había aprendido a tomar a Clea como quien bebe un transparente sorbo del agua de un manantial.

—¿Me mirabas mientras dormía?

—Sí.

—¡No debes hacerlo! ¿Qué pensabas?

—Muchas cosas.

—No es leal mirar a una mujer cuando duerme, cuando no está alerta.

—Tus ojos han vuelto a cambiar de color. Fuma.

(Una boca cuya pintura se corría levemente bajo los besos. Las dos comas, como dos pequeñas cúspides, dispuestas siempre a convertirse en hoyuelos cuando las perezosas sonrisas subían a la superficie. Clea se despereza y cruza las manos en la nuca, moviendo hacia atrás el casco de pelo dorado que resplandece a la luz de la bujía. Antes no poseía ese dominio sobre su belleza. Ritmos y gestos recién nacidos, lánguidos sin duda, pero que revelan una nueva y deslumbradora madurez. Una sensualidad límpida no fragmentada ya por titubeos e indecisiones. La chiquilla ingenua de antes se ha transformado en esta hermosa y sorprendente criatura en la que cuerpo y mente parecen integrarse a la perfección. ¿Cómo pudo haber ocurrido esto?)

Yo.— Ese vulgar libro de Pursewarden. ¿Cómo diablos lo descubriste? Lo llevé hoy a la oficina.

Ella.— Liza. Le pedí algo como recuerdo de su hermano. Absurdo. ¡Como si uno pudiese olvidar a la bestia! Está en todas partes. ¿No te asombró?

Yo.— Sí. Fue como si Pursewarden mismo hubiese aparecido a mis espaldas. La primera cosa con que tropecé fue una descripción de mi nuevo jefe, Maskelyne. Parece que

Pursewarden trabajó con él en una época. ¿Quieres que te lo lea?

ELLA.– Lo conozco.

(«Como la mayor parte de mis compatriotas, tiene un gran cartel pintado a mano colgado a la entrada de su cerebro que dice: NO MOLESTAR BAJO NINGÚN CONCEPTO. Alguna vez, en algún remoto pasado, le dieron cuerda y empezó a andar como un reloj de cuarzo. Su funcionamiento es tan infalible como el de un metrónomo. No hay que alarmarse por la pipa. Está destinada a proporcionarle un aire judicial. Hombre blanco fuma puf-puf, hombre blanco piensa puf-puf. En realidad hombre blanco está profundamente dormido entre los sellos de la oficina, la pipa, la nariz, el pañuelo recién almidonado que asoma por su manga.»)

ELLA.– ¿Se lo leíste a Maskelyne?

YO.– No, por supuesto.

ELLA.– Hay cosas hirientes sobre todos nosotros; tal vez por eso mismo me gustó tanto. Cuando lo leía, me parecía oír la voz de la bestia. Sabes, querido, creo que soy la única persona que lo quiso, en vida, por lo que era en realidad. Había captado su longitud de onda. Lo quería por lo que era en sí, digo, precisamente porque, en un sentido estricto, no tenía idea de sí, jamás la tuvo. Por supuesto, podía llegar a ser pesado, difícil, cruel incluso, lo mismo que todos. Pero de algún modo era un símbolo. Por eso su obra sobrevivirá y seguirá iluminando diría yo. Enciéndeme un cigarrillo. Había alcanzado una altura a la que yo no me atrevería a aspirar. ¡El punto desde el que se mira hacia la cumbre porque da miedo mirar hacia abajo! ¿No me contaste que Justine dice también algo parecido? Me imagino que en cierto modo llegó a captar lo mismo que yo, aunque sospecho que en ella se trata más bien de un sentimiento de gratitud, como el de un animal al que el amo le saca una espina de la pata. Tenía una intuición muy femenina y mucho más profunda que la de Justine, y a las mujeres, sabes, les gustan instintivamente los hombres con muchos elementos femeninos, porque piensan que en ellos habrán de encontrar el único amante capaz de identificarse con ellas lo suficiente como para... liberarlas de la condición femenina, de ser simples mujeres, catalizadores, estorbos, piedras de afilar. ¡La mayor parte de nosotras tiene que contentarse simplemente con representar el mísero papel de *machine à plaisir*!

Yo.— ¿Por qué te has puesto a reír así, de pronto?

Ella.— Recordaba la vez que hice el ridículo con Pursewarden. ¡Supongo que tendría que sentirme avergonzada! Ya verás qué dice de mí en el cuaderno. Me llama «una jugosa gansa de Hanover, ¡la única muchacha verdaderamente caleipigia de la ciudad!». No me imagino qué me ocurría, salvo el hecho de que estaba desesperada por mi pintura. Me sentía absolutamente estéril. No podía pintar, las telas me enfermaban. Por último, llegué a la conclusión de que la culpable era mi maldita virginidad. No te imaginas lo terrible que es ser virgen; es como no haber asistido a la escuela primaria, como no haber aprobado el Bachillerato. Estaba ansiosa por liberarme, pero... Se trata de una experiencia demasiado importante, sabes, y si no la haces con alguien que realmente te interese, todo será en vano. Bueno, así estaba, varada. Entonces, en uno de esos arranques fantásticos, que en tiempos pasados eran para todos indicio de mi estupidez, decidí, ¿a ver si adivinas?, ofrecerme al único artista que conocía, al único que, pensaba, sería capaz de sacarme de aquella miseria. Pursewarden, me decía, habría de comprender mi situación, de tener en cuenta mis pensamientos. Me hace gracia recordarlo. Me puse un grueso traje de *tweed*, zapatos de tacón bajo y anteojos oscuros. Me sentía tímida, sabes, y a la vez desesperada. Durante un rato que me pareció interminable, me paseé de un lado

126

a otro del corredor del hotel, angustiada y temerosa, con los anteojos oscuros firmemente montados en la nariz. Pursewarden estaba en su cuarto. Lo oía silbar, como solía hacerlo cada vez que pintaba a la acuarela: ¡un silbido desafinado, enloquecedor! Por fin me abalancé sobre él como un bombero sobre un edificio en llamas; me temblaba la voz: «He venido a pedirle que me *dépucelle*; si no lo hace no podré pintar nunca más». Se lo dije en francés. En inglés hubiera sonado como una cosa sucia. Se quedó perplejo. Toda clase de emociones contradictorias pasaron fugitivamente por su rostro en un segundo. Y entonces, mientras yo me echaba a llorar y me dejaba caer en una silla, Pursewarden echó la cabeza hacia atrás y lanzó una carcajada. Se rió hasta que las lágrimas le corrieron por las mejillas. Por último, se derrumbó exhausto sobre la cama y estuvo así un rato, mirando el techo. Entonces se levantó, me puso los brazos sobre los hombros, me sacó los anteojos, me besó y volvió a colocármelos. Después se puso las manos en las caderas y volvió a reírse. «Mi querida Clea —dijo—, cualquiera soñaría con acostarse con usted, y confieso que ese pensamiento ha rondado más de una vez en algún rincón de mi cerebro, pero... ángel mío, usted acaba de arruinarlo todo. No podría gozarla después de esto, ni tampoco usted gozaría de usted misma. Perdone que me ría. Ha desbaratado para siempre mi sueño. Ofrecerse de *este* modo, sin *desearme*, es un insulto tal a mi vanidad masculina que, sencillamente, me hace sentirme incapaz de satisfacer su pedido. ¡Me imagino que tendría que sentirme halagado por el hecho de que haya sido yo el elegido, en lugar de cualquier otro, pero mi vanidad es demasiado grande! ¡En realidad, me siento como si me hubiera echado sobre la cabeza un balde de agua sucia! Siempre recordaré con placer el privilegio que me ha acordado y me arrepentiré de haberla rechazado... pero si se le hubiera ocurrido hacerlo de otro modo, ¡qué feliz me hubiese sentido en complacerla! ¿Por qué me hizo ver que no es a *mí* a quien quiere?»

»Se sonó gravemente la nariz con un extremo de la sábana, me sacó los anteojos, se los puso y se miró en el espejo. Después volvió a mirarme, hasta que volvió a predominar el sentido cómico de la situación, y ambos nos echamos a reír. Confieso que experimenté una inmensa sensación de alivio. Y cuando hube reparado frente al espejo mi estropeado maquillaje, me permitió que lo invitara a cenar para discutir, con una honestidad magnífica y generosa, mis problemas frente a la pintura. ¡El pobre me escuchaba con tanta paciencia! «Sólo puedo decirle lo que sé, que no es mucho. Lo primero que tiene que hacer es saber y comprender intelectualmente lo que quiere pintar; luego soñar despierta, hasta que lo logre. El verdadero obstáculo es siempre uno mismo. Creo que los artistas estamos hechos de vanidad, indolencia y un exceso de autoestima. Los bloqueos como el suyo se deben a una excrecencia del ego en alguno de esos frentes, acaso en todos. ¡Uno se asusta un poco de la importancia imaginaria de lo que hace! ¡La Adoración del espejo! La solución que le sugiero es que aplique una cataplasma en las partes inflamadas, que mande su ego al demonio para que no termine por convertir en miseria aquello que en esencia debería ser pura *gracia, alegría.*» Dijo muchas otras cosas esa noche, pero me he olvidado del resto; lo más extraño de todo fue que el simple hecho de hablar con él, de que me escuchara, hizo que el panorama se fuese aclarando para mí. A la mañana siguiente, límpida como una campana, me puse otra vez a trabajar. Me pregunto si de algún modo, de una manera un tanto curiosa, no me habrá desvirgado en realidad. Sufría por no poder recompensarlo como merecía, pero me daba cuenta de que tenía razón. Debía esperar hasta que cambiase la marea. Y eso no ocurrió sino más tarde, en Siria. Entonces, tuvo un carácter amargo y definitivo, cometí los errores habituales que se cometen por inexperiencia, y tuve que pagarlos. ¿Quieres que te cuente?

Yo.— Sólo si lo deseas.

Ella.— De pronto me encontré perdidamente enamorada de alguien a quien había admirado algunos años atrás, aunque nunca lo había imaginado como amante. El azar nos reunió durante unos pocos meses. Creo que ninguno de los dos había previsto este *coup de foudre* súbito. De pronto nos encendimos, como si un invisible vidrio de aumento hubiese estado jugando con nosotros sin que lo supiéramos. No deja de ser extraño que una experiencia tan dolorosa pueda sentirse al mismo tiempo como sana, como positivamente constructiva. Supongo que yo debía estar un poco ávida de sufrir, de lo contrario no hubiese cometido tantos errores. Él estaba ya comprometido con otra, de modo que jamás, desde el principio, hubo ni siquiera una remota simulación de permanencia en nuestra unión. Sin embargo (y aquí aflora de nuevo mi famosa estupidez) yo ansiaba tener un hijo suyo. Si hubiese reflexionado un momento, me hubiera dado cuenta de que era imposible; pero lo pensé sólo cuando ya estaba encinta. No importaba, me decía, que él se alejara de mí, que se casara con otra. ¡Por lo menos tendría el hijo! Pero cuando se lo confesaba, en el preciso instante en que las palabras brotaban de mis labios, desperté bruscamente y me di cuenta de que aquello equivaldría a perpetuar un vínculo al que yo no tenía ningún derecho. Para decirlo lisa y llanamente, que lo que haría sería aprovecharme de él creándole una responsabilidad, una cadena que tendría que arrastrar a su matrimonio. La idea surgió como un relámpago y entonces me tragué las palabras. Por suerte él no me había oído. Estaba como tú ahora, recostado, semidormido, y no había entendido mi murmullo. «¿Qué dices?», me preguntó. Yo lo sustituí por otro comentario, intentado ante

129

el estímulo del momento. Un mes después abandoné Siria. Era un día de sol, el aire impregnado del zumbido de las abejas. Sabía que debía destruir al niño. Lo lamentaba amargamente, pero no parecía existir ningún otro medio honorable de solucionar el problema. Tal vez pienses que hice mal; sin embargo todavía hoy me alegro de haber adoptado aquella solución, pues no hacerlo hubiese sido perpetuar algo que no tenía derecho a existir más allá del entreacto de aquellos dichosos meses. Fuera de eso, no tenía nada que perder. Me sentía inmensamente madura, enriquecida por la experiencia. Estaba llena de gratitud, y todavía hoy lo estoy. Si soy generosa en el amor, es tal vez porque pago una deuda, restituyo un viejo amor en uno nuevo. Ingresé en una clínica y pasé la prueba. Después el viejo y amable anestesista me llevó a una pileta sucia para mostrarme el pálido homúnculo con sus pequeñas uñas, sus membranas. Lloré con gran tristeza. Parecía una yema de huevo aplastada. El anciano la dio vuelta con curiosidad con una especie de espátula, como quien da vuelta una lonja de tocino en una sartén. No me pude reconciliar con su fría curiosidad científica; me sentía enferma. Él sonrió y dijo: «Ya pasó todo. ¡Qué alivio debe de sentir ahora!». Y era verdad, porque junto con mi pena experimentaba un verdadero alivio por haber hecho lo que admitía como correcto. Y también un sentimiento de pérdida; sentía mi corazón como un nido de golondrinas despojado. Entonces regresé a las montañas, al mismo caballete, a la misma tela blanca. Es extraño, pero advertí que precisamente aquello que más me hería como mujer, más me nutría como artista. Aunque por supuesto, lo extrañé durante mucho tiempo: una simple criatura física cuya presencia se prende a nosotros sin que lo sepamos, como un trocito de papel de cigarrillo en el labio. Duele sacarlo, arranca trozos de piel. Pero con o sin dolor, aprendí a soportarlo e incluso a apreciarlo, pues me permitía ponerme de acuerdo con otra ilusión. O mejor dicho, ver la relación entre cuerpo y espíritu en una forma nueva, porque lo físico no es más que la periferia exterior, el contorno del espíritu, su parte sólida. Por medio del olfato, el gusto, el tacto, nos conocemos unos a otros, ponemos en ignición la mente del otro; los datos que nos transmiten los olores del cuerpo después del orgasmo, el aliento, el sabor de la lengua, constituyen medios primitivos de conocimiento. En mi caso, se trataba de un hombre perfectamente común, sin dotes excepcionales, pero en lo elemental, por así decirlo, tan bueno para mí; exhalaba los olores de las cosas buenas de la naturaleza; como pan recién horneado, como café tostado, cordita o sándalo. ¡En este sentido lo extrañaba como una comida salteada, sí, sé que parece vulgar! Paracelso dice que los pensamientos son actos. Y de todos los actos, supongo, el sexual es el más importante, pues es aquel en el que más se divulgan nuestros espíritus. Sin embargo, uno lo experimenta como una especie de paráfrasis de lo poético, lo noético; de *pensamiento* que adopta la forma de un beso o de un abrazo. El amor sexual *es* conocimiento tanto en su etimología como en el hecho en sí: ¡«la conoció», dice la Biblia! El sexo es la unión o acoplamiento que ata los cabos del hilo de Ariadna del macho y de la hembra: ¡la nube de lo desconocido! Cuando una cultura anda mal sexualmente, está invalidada para toda especie de sabiduría. Nosotras, las mujeres, lo sabemos muy bien. Bueno, aquello había ocurrido ya cuando te escribí preguntándote si podía ir a visitarte a tu isla. ¡Qué agradecida te estoy por no haberme contestado! Hubiese sido un paso en falso en aquel momento. Tu silencio me salvó. Perdóname, querido, si te aburro con mis divagaciones, ¡pareces un poco adormecido! ¡Pero es tan agradable conversar contigo en los intervalos del amor! ¡Para mí es algo tan nuevo! Pues aparte de ti, no hay nadie más que nuestro querido Balthazar, cuya rehabilitación, sabes, prosigue a toda marcha. Pero él mismo te lo ha dicho, ¿verdad? Después del banquete que le ofreció Mountolive, ha recibido un diluvio de invitaciones, y parece que no va a tener dificultades para restablecer de nuevo la práctica clínica.

Yo.— Pero está lejos de haberse reconciliado con sus dientes.

Ella.— Ya lo sé. Y todavía sigue bastante conmovido e histérico, ¿quién no lo estaría? Sin embargo, todo anda bien, y no creo que vaya a reincidir.

Yo.— Pero ¿qué pasa con la hermana de Pursewarden?

Ella.— ¡Liza! Creo que tendrás que admirarla, aunque no sé si te gustará. Es bastante extraordinaria, en realidad un poquito aterradora. La ceguera no aparece en ella como una incapacidad, sino que le da más bien una expresión de conciencia doble. Lo escucha a uno como si uno fuese una música, con una intensidad tal que uno advierte de inmediato la trivialidad de la mayor parte de las cosas que dice. No se parece a su hermano, pero es muy hermosa, aunque de una palidez mortal; sus movimientos son rápidos y absolutamente seguros, lo que la diferencia de casi todos los ciegos. Nunca he visto que se equivocara con un picaporte, ni que tropezara con alguna alfombra, o que retardara el paso en un lugar extraño. Todos los errores de juicio, como hablar con una silla que acaba de ser abandonada... no se advierten en Liza. Uno se pregunta a veces si es ciega en realidad... Vino a recoger las cosas de su hermano y a reunir material acerca de él para una biografía.

Yo.— Balthazar insinúa una especie de misterio.

Ella.— No hay duda de que David Mountolive está desesperadamente enamorado de ella; y por lo que le dijo a Balthazar aquello comenzó en Londres. Se trata, sin duda, de una *liaison* un poco inaudita para alguien tan correcto como Mountolive, y es evidente que les causa a ambos un enorme sufrimiento. ¡Me los imagino a menudo en Londres, bajo la nieve, encontrándose de pronto frente a frente con el Demonio Cómico! ¡Pobre David! Y sin embargo, ¿por qué esta frase compasiva? ¡Dichoso David! Sí, sé algo, gracias a una conversación con Balthazar. Repentinamente, en un taxi moribundo que corría hacia los suburbios, Liza volvió el rostro hacia David y le dijo que muchos años antes le habían profetizado su llegada; que en el instante en que oyó su voz supo que se trataba del extranjero moreno y principesco de la profecía. Que no debía abandonarla jamás. Y hasta le pidió que le permitiera verificarlo recorriendo con sus fríos dedos el rostro de David para sentirlo todo. Luego se recostó otra vez contra los duros almohadones y lanzó un suspiro. Sí, era él. Me imagino la extraña sensación de los dedos de la joven ciega palpándole el rostro, con el tacto de un escultor. ¡David cuenta que se estremeció, que sintió que la sangre le abandonaba, que le empezaron a castañetear los dientes! Suspiró y apretó los labios. Así permanecieron, temblorosos, tomados de la mano, mientras los suburbios iluminados por la nieve desfilaban velozmente. Después, ella le hizo poner la mano en el sitio exacto de la suya que aparentemente predecía un cambio y la aparición de aquella figura inesperada que habría de convertirse en algo fundamental en su vida. Balthazar se muestra escéptico con respecto a ese tipo de profecías, lo mismo que tú, y no puede ocultar un tono de divertida ironía cuando relata la historia. Sin embargo, el sortilegio sigue todavía, ¡de modo que tal vez te sientas dispuesto a hacer alguna concesión al poder de la profecía, escéptico y todo como eres! Pues bien: con la muerte de su hermano, Liza llegó aquí; desde entonces se ha dedicado a clasificar papeles y manuscritos y a entrevistarse con las personas que lo conocieron. A mí también vino a verme un par de veces, a hablar conmigo; no fue nada fácil, aunque le dije todo cuanto pude recordar. Sin embargo, creo que la pregunta que ocupaba su pensamiento era una que en realidad no hizo, quiero decir, si yo había sido alguna vez la amante de Pursewarden. Con suma cautela dio vueltas y más vueltas en torno a la pregunta. Creo, no estoy segura de que pensó que le mentía, ¡todo cuanto pude decirle era tan inconsecuente! Tal vez la misma vaguedad de lo que yo decía le hizo sospechar que le ocultaba algo. Tengo todavía en el estudio el negativo de la mascarilla mortuoria que le enseñé a hacer a Balthazar. Liza la estrechó por un momento contra su pecho, como si la estuviera amamantando, con una expresión de infinito dolor; sus ojos ciegos parecían agrandarse más y más hasta invadir todo el rostro y convertirse en un vacío de interrogación. Me sentí horriblemente incómoda y triste al advertir de pronto, adheridos al yeso, algunos pelos del bigote de Pursewarden. Y cuando Liza trató de unir las partes del negativo y colocarlas sobre su rostro, casi se la saco de la mano por temor de que pudiera sentirlos. ¡Qué absurdo! Pero su actitud me desconcertó, me inquietó. Sus preguntas me ponían sobre ascuas. Había en nuestras entrevistas una atmósfera de indefinida vergüenza; en mi fuero íntimo, me disculpaba frente a Pursewarden todo el tiempo por no hacer mejor papel; uno debiera, después de todo, encontrar algo interesante que decir sobre un gran hombre cuya grandeza reconoció siempre mientras estaba vivo. No como lo que le ocurrió al pobre Amaril, que se enfureció al ver la mascarilla mortuoria de Pursewarden junto a la de Keats y Blake en la National Portrait Gallery. Fue todo lo que pudo hacer, dice, para dominarse y no dar una bofetada a aquel objeto insolente. Pero lo insultó: «*Salaud!* ¿Por qué no me dijiste que eras un gran hombre que pasabas por mi vida? ¡Me siento tan frustrado por no haber advertido tu existencia, como un chiquillo a quien se olvidaron de avisarle, y perdió la oportunidad de ver al alcalde paseando en su carroza!». Yo no tenía esa excusa, y sin embargo, ¿qué podía decir? Fíjate, me parece que el factor cardinal es la falta de todo sentido del humor en Liza; cuando dije que cada vez que pensaba en Pursewarden sonreía instintivamente, adoptó un aire de interrogante perplejidad. Es posible que jamás se hayan reído los dos juntos, me dije; y sin embargo, su única semejanza en el sentido físico está en la alineación de los dientes y el trazado de la boca. ¡Cuando está fatigada tiene aquella misma expresión casi insolente que en él era un indicio de su genio! Pero supongo que también tú tendrás que verla, y decirle lo que sabes, lo que recuerdas. ¡No es fácil, frente a esos ojos ciegos, saber por dónde empezar! En cuanto a Justine, hasta ahora ha tenido la suerte de escaparle; me imagino que la ruptura entre Mountolive y Nessim le ha facilitado una excusa suficientemente válida. O tal vez el mismo David la convenció de que cualquier contacto podría comprometerlo oficialmente. No sé. Pero estoy segura de que no ha visto a Justine. Tal vez tengas que proporcionarle un retrato de ella, pues en el cuaderno de notas de Pursewarden las únicas referencias a Justine son crueles y superficiales. ¿Llegaste ya a esa parte de ese libro tan vulgar? No. Ya llegarás. Temo que ninguno de nosotros salga del todo ileso. En cuanto a un misterio verdaderamente profundo, creo que Balthazar se equivoca. Me parece que en esencia el problema que los preocupa es, sencillamente, el del efecto de la ceguera de Liza en la carrera de David. Mejor dicho, estoy segura, pues lo he visto con mis propios ojos. A través del viejo telescopio de Nessim... ¡sí, el mismo! Estaba en el Palacio de Verano, ¿recuerdas? Cuando los egipcios empezaron a expropiar los bienes de Nessim, toda Alejandría se consagró a defender a su bienamado. Todos nosotros compramos cosas suyas, con el propósito de conservárselas hasta que pasara la tormenta. Los Cervoni compraron los caballos árabes, Ganzo el automóvil, que le vendió luego a Pombal, y Pierre Balbz el telescopio. Como no tenía donde ponerlo, Mountolive le permitió que lo instalara en la galería de la Legación de verano, un sitio perfecto. Desde allí se divisa todo el puerto y casi toda la ciudad, y durante las cenas de verano, los invitados pueden jugar un poco a la astronomía. Bueno, fui a verlos una tarde, y me informaron que David y Liza habían salido juntos a dar un paseo, cosa que hacían todos los días en invierno. Iban con el automóvil hasta la Corniche y luego caminaban tomados del brazo hasta Stanley Bay, durante una media hora. Como yo tenía que matar el tiempo, me puse a jugar con el telescopio y enfoqué, indolentemente, la parte más alejada de la bahía. Era un día ventoso, de mareas altas; las banderas negras izadas indicaban peligro. Había pocos automóviles en esa parte de la ciudad, y casi ningún paseante. Muy pronto descubrí el coche de la Embajada dando vuelta la esquina y deteniéndose frente al mar. Liza y David descendieron y empezaron a caminar hacia el extremo de la playa. No puedes imaginarte la claridad con que los veía; me parecía que si extendía la mano podía tocarlos. Discutían apasionadamente, y Liza tenía en el semblante una expresión de enojo y angustia. Hice girar el amplificador, ¡y entonces descubrí con un sobresalto que podía leer las palabras en sus labios! Era asombroso y aterrador al mismo tiempo. A David no lo «oía» porque miraba para otro lado, pero Liza estaba en mi telescopio como una imagen agigantada en una pantalla cinematográfica. El viento tiraba hacia atrás su pelo oscuro, y con los ojos ciegos, se parecía a una extraña estatua griega que hubiese cobrado vida de repente. Gritó entre lágrimas: «No, no puedes tener una embajadora ciega», y sacudió la cabeza de un lado a otro como si buscara la manera de escapar a aquella terrible verdad que, debo admitirlo, no se me había ocurrido hasta que registré las palabras. David la tomó por los hombros y empezó a hablarle con seriedad, pero ella no le prestaba atención. De pronto, con un movimiento brusco, se desprendió de él y de un salto cruzó como un gamo el parapeto y aterrizó en la arena. Entonces echó a correr en dirección al mar. David gritó algo y se quedó un segundo gesticulando en lo alto de las gradas de piedra que descienden hasta la playa. Lo veía con tanta claridad, con aquel traje magníficamente cortado, la flor en el ojal y el viejo chaleco castaño con botones de cuero que tanto le gusta. Con el bigote flotando al viento, me impresionó como una figura extrañamente displicente e irreal. Tras un instante de indecisión, también él saltó a la arena y se lanzó en pos de Liza. Ella corría velozmente hacia el agua que le salpicaba y oscurecía la falda en torno a los muslos, y que le obstruía el paso. Por un momento vaciló, se detuvo, dio media vuelta, y David, que la alcanzaba ya, la tomó por los hombros y la abrazó. Era extraño verlos así, abrazados, entre las olas que les castigaban las piernas. Entonces David la llevó de nuevo hasta la playa, con una curiosa expresión de gratitud y felicidad, como si se sintiera maravillado por aquel extraño encuentro. Los vi volver con prisa al automóvil. El ansioso chófer los aguardaba en el camino, la gorra en una mano, aliviado sin duda por no haber tenido que acudir al salvamento. «¿Una embajadora ciega?», pensé para mí. «¿Y por qué no? Si David fuese un hombre de espíritu más mezquino podría pensar que la mera originalidad del hecho sería antes un estímulo que un obstáculo para su carrera, pues le crearía simpatías artificiales en lugar de la admiración respetuosa que sólo se atreve a exigir en virtud de su rango. Pero David es demasiado noble para que se le ocurran pensamientos semejantes.»

»No obstante, cuando regresaron a la hora del té, empapados, Mountolive estaba muy animado. «Tuvimos un pequeño accidente», anunció con alegría cuando entraba con ella a cambiarse. Por supuesto, no hubo ninguna otra alusión a la escapada de aquella tarde. Después, me preguntó si quería hacerle un retrato a Liza y acepté. No sé por qué tuve un sentimiento de recelo. No pude rehusarme, y sin embargo he encontrado la manera de dilatar el asunto y me gustaría postergarlo indefinidamente, si fuese posible. Me parece raro sentir lo que siento, pues Liza es un modelo magnífico y acaso después de varias sesiones llegáramos a conocernos un poco y a aflojar la tensión que experimento cuando estoy con ella. Además, me gustaría en realidad hacerlo por él, que ha sido siempre tan buen amigo. Pero es así... Tengo una gran curiosidad por saber qué quiere preguntarte acerca de su hermano. Y de ver qué encuentras tú para decirle.

Yo.— Pursewarden se transformaba a cada instante con tanta rapidez, que lo obligaba a uno a revisar sus juicios sobre él casi en el momento de formularlos. Empiezo a dudar de que nos asista algún derecho a emitir opiniones acerca de personas que no conocemos.

Ella.— Creo, querido, que tienes la manía de la exactitud y una impaciencia tal frente al conocimiento a medias que es... bueno, injusta con respecto al conocimiento verdadero. Porque, ¿qué otra cosa puede ser el conocimiento sino imperfecto? No puedo imaginar que la realidad guarde jamás una auténtica semejanza con la verdad humana, como, digamos, en el caso de El Scob y Yacub. Por mi parte, espero sentirme colmada con el mero simbolismo poético que nos brinda, la forma de la naturaleza en sí, si te parece. Acaso fuese esto mismo lo que Pursewarden intentaba decir a través de sus hirientes ataques contra ti. ¿Llegaste ya·a los pasajes titulados «Mis silenciosas conversaciones con el Hermano Asno»?

Yo.— Todavía no.

Ella.— No te vayas a sentir demasiado lastimado por lo que dice. Procura exonerar a la bestia con una carcajada buena y saludable; después de todo era uno de los nuestros, uno de la tribu; el grado relativo de éxito carece de importancia. Como él mismo lo dice: «No existe fe, caridad o amor suficientes como para proporcionar a este mundo un único rayo de esperanza; y sin embargo, no todo estará perdido en tanto el gemido extraño y doliente del parto del artista resuene por el mundo. Pues ese llanto, el llanto del recién renacido, prueba que todo pesa aún en la balanza. Escúchame, lector, pues tú mismo eres el artista, todos lo somos: la estatua que debe liberarse del duro trozo de mármol que la aloja y despertar a la vida. Pero ¿cuándo? ¿Cuándo?». Y luego, en otro párrafo: «La religión no es otra cosa que arte envilecido, absolutamente irreconocible»: ¡una opinión tan suya! Ése era el nudo central de sus discrepancias con Balthazar y con la Cábala. Pursewarden, en realidad, había invertido la proposición fundamental.

Yo.– Para adaptarla a sus fines personales.

ELLA.– No. Para adaptarla a sus necesidades inmortales. No creo que hubiese en eso nada deshonesto. Si has nacido en la tribu de los artistas y quieres funcionar como sacerdote, pierdes irremisiblemente el tiempo. Te has mantenido fiel a tus ideas, aunque admites su parcialidad. Hay una forma de perfección que consiste en adaptarse a las aptitudes de uno mismo en todos los planos. Para alcanzarla, me imagino habrá que abandonar la lucha y a la vez las ilusiones. Siempre consideré al viejo Scobie como un ejemplo admirable del encuentro del verdadero camino hacia la propia realización. En realidad fue un triunfador.

Yo.– Sí, supongo que sí. Pensé en él hoy. Lo mencionaron en la oficina a propósito de algo. Clea, imítalo otra vez. Lo haces con una perfección tal que me dejas pasmado.

ELLA.– Pero si sabes todas sus historias.

Yo.– Tonterías. Eran inagotables.

ELLA.– ¡Lo que me gustaría sería poder imitar su expresión! Aquella mirada de búho prodigioso, el movimiento del ojo de vidrio. Muy bien; pero cierra los ojos y escucha la historia de la caída de Toby, una de las tantas caídas. ¿Estás listo?

Yo.– Sí.

ELLA.– Me la contó durante una cena antes de mi viaje a Siria. Me dijo que había conseguido algún dinero e insistió en llevarme a cenar al Lutetia con toda pompa, donde comimos *scampi* con vino Chianti. Empezó a hablar en voz baja y confidencial. «Bueno, ¡lo más característico de Toby era su soberbia desfachatez, fruto de una educación perfecta! ¿Le conté que su padre era miembro del Parlamento? ¿No? Raro, creí que se lo había mencionado alguna vez. Sí, tenía una posición muy elevada, se puede decir. Pero Toby no se envanecía por eso. En realidad –y esto le hará ver qué clase de tipo era– me había pedido que fuese discreto y no lo mencionara a los muchachos de a bordo. No quería favores de nadie, decía. Ni tampoco que los otros se le prendieran, nada más que porque su padre era miembro del Parlamento. Quería pasar por la vida de incógnito, decía, y hacer carrera trabajando duramente. Fíjese, andaba casi siempre en líos con la gente de cubierta. Por sus convicciones religiosas más que nada, creo. Sentía una atracción fatal por el clero, el viejo Toby. Era vívido. La única carrera que le gustaba era la de piloto del cielo. No sé por qué razón no pudo hacerse ordenar. Decían que bebía mucho. Pero él decía que su vocación era tan fuerte que lo llevaba a cometer excesos. Si le hubiesen permitido ordenarse, decía, todo hubiera sido distinto. Hasta hubiera dejado de beber. Me lo contó muchas veces, cuando estaba en la línea a Yokohama. Cada vez que se emborrachaba quería oficiar una misa en la bodega N.º 1. Naturalmente, la gente empezó a quejarse y en Goa el capitán hizo subir a bordo un obispo para que conversara con Toby. No hubo nada que hacer. "Scurvy –me decía–, Scurvy, moriré mártir de mi vocación, es eso." Pero en la

140

vida no hay nada como la determinación. Y Toby la tenía a montones. No me sorprendió para nada, un buen día, después de muchos años, verlo desembarcar ordenado. Cómo se las arregló para meterse en la Iglesia, no lo dijo nunca. Pero uno de sus compañeros contó que había conseguido que un obispo católico un poquito vicioso lo ordenase en Hong Kong. Una vez que todos los artículos estaban firmados, sellados y envueltos, nadie podía hacer nada, de modo que vicioso y todo la Iglesia tuvo que ponerle buena cara. Entonces Toby se convirtió en un terror sagrado, oficiaba la misa por todas partes y distribuía cajillas de cigarrillos con la efigie de los santos. El barco en que servía se hartó y lo echaron. Inventaron una historia: dijeron que lo habían visto bajar a tierra con un bolso de mujer en el brazo. Toby lo negó diciendo que se trataba de algo religioso, de una casulla o algo parecido, que habían tomado por un bolso. En todo caso, volvió a aparecer a bordo de un barco de pasajeros que transportaba peregrinos. Toby decía que por fin sentía que estaba cumpliendo su misión. Misas durante todo el día en el Salón "A" y nadie que le impidiera predicar la palabra del Señor. Pero yo noté con alarma que bebía más que nunca y que tenía una risa rara, un poco chiflada. No, no era ya el viejo Toby. Y no me extraño enterarme de que andaba otra vez en líos. Sospecharon, parece, que se emborrachaba cuando estaba en funciones y se dijo además que había hecho una alusión inconveniente al trasero de un obispo. Bueno, ahora verá su viveza soberbia, porque cuando lo llamaron a la corte marcial tenía lista la respuesta perfecta. No sé muy bien cómo funcionan las cortes marciales en la Iglesia, pero supongo que aquel barco de peregrinos estaba lleno de obispos o algo parecido, y que lo convocaron a tambor batiente en el Salón "A". Toby era demasiado listo para ellos, demasiado desfachatado. No hay nada como una educación de primera para hacerlo a uno rápido en las respuestas. Su defensa fue la siguiente: que si alguien lo había oído respirar pesadamente durante la misa, era a causa de su asma, y segundo, nunca había hecho ninguna alusión al trasero de nadie. ¡Había hablado del *foxterrier* [1] de un obispo! ¿No es prodigioso? Fue la cosa más inteligente que hizo en su vida el viejo Toby, aunque nunca lo conocí sin una respuesta ingeniosa. Los obispos se quedaron tan perplejos que lo dejaron en libertad bajo caución y mil avemarías como penitencia. Esto le resultó muy fácil a Toby; en realidad no tenía que molestarse para nada porque había comprado una rueda china de oraciones, que Budgie había adaptado para que rezara por él las avemarías. Era un aparatito muy sencillo, ingeniosamente adaptado a la época, como diría usted. Una revolución era un avemaría o cincuenta cuentas. Simplificaba la oración, según él; en realidad, se podía seguir orando sin pensar. Pero alguien lo denunció y el aparatito le fue confiscado por el fulano jefe. Otra caución para el pobre Toby. Entonces ya reaccionaba a todo con un encogimiento de hombros y una risa sardónica. Estaba a punto de irse a pique, como ve. Se le había ido un poco la mano. Yo no podía dejar de advertir lo mucho que había cambiado; tenía cuestiones casi todas las semanas con esos peregrinos tontos. Creo que eran italianos que visitaban Tierra Santa. Iban y volvían, y Toby siempre con ellos. Pero había cambiado. Ahora andaba siempre en líos, y daba la sensación de que había tirado por la borda todo dominio. Se había vuelto muy fantasioso. Una vez fue a visitarme vestido de cardenal con un gorro rojo y una especie de pantalla de lámpara en la mano. "¡Cielos! —exclamé sofocado—. ¡No estarás medio orquídeo, Toby!" Después lo echaron brutalmente por vestirse con ropas superiores a su rango,

---

1. Juego de palabras intraducible. *Foxterrier* en inglés puede confundirse fonéticamente con *posterior* (trasero). *(N. del t.)*

y me di cuenta de que estaba a punto de irse al bombo, como quien dice, que era sólo cuestión de tiempo. Hice lo que pude, como viejo amigo, para hacerlo entrar en razón; pero no hubo manera. Hasta intenté hacerlo volver a la cerveza, pero eso tampoco anduvo. Aguardiente, nada más que aguardiente para el pobre Toby. Una vez tuve que hacerlo llevar a bordo por la policía. Estaba todo emperifollado en un traje de prelado. Y quería lanzar un anatema sobre la ciudad desde la Dársena "A". Agitaba un "ábside" o algo semejante. Lo último que vi fue un verdadero tumulto de obispos de verdad que lo sujetaban. ¡Estaban tan rojos como el manto robado que llevaba Toby! ¡Había que ver cómo empujaban aquellos italianos! Lo habían atrapado en delito flagrante de beber a grandes tragos el vino sacramental. Viene sellado por el Papa, ¿sabe usted?, ¿no? Se compra en la tienda de Cornfold, el proveedor eclesiástico de Bond Street, ya sellado y bendecido. Toby había *roto el sello*. Estaba perdido. No sé si lo excomulgaron o qué, pero en todo caso lo borraron para siempre del registro. La próxima vez que lo vi era una sombra de sí mismo y estaba vestido de marinero común. Todavía bebía copiosamente, pero de manera distinta, decía. "Scurvy —me dijo—, ahora bebo sencillamente para expiar mis pecados. Bebo como castigo, no por placer." Toda la serie de tragedias lo había dejado irascible e inquieto. Hablaba de irse al Japón y hacerse religioso allí. Lo único que se lo impedía era que uno tiene que afeitarse la cabeza y el pobre no podía soportar la idea de tener que separarse de su cabello que era largo y justamente admirado por sus amigos. "No —dijo, después de discutir la idea—, no, Scurvy, viejo, no podría soportar la idea de andar pelado como un huevo, después de todo lo que he pasado. A mi edad, parecería una casa sin techo. Además, una vez cuando era muchacho pesqué la tiña y perdí mi corona de gloria. Tardó siglos en crecerme de nuevo. Crecía con tal lentitud que llegué a temer que no volviese a florecer nunca más. Y ahora no podría soportar la idea de quedarme sin ella. Por nada del mundo." Yo comprendía perfectamente bien su dilema, pero no veía ninguna salida para él. Siempre sería el mismo tipo tozudo, el viejo Toby, siempre nadando contra la corriente. Era un signo de su originalidad, ¿sabe? Durante algún tiempo se las compuso para vivir haciendo chantajes a todos los obispos que habían ido a confesarse con él cuando era cura en la Primera Misa, y dos veces consiguió vacaciones gratuitas en Italia. Pero entonces tuvo otras complicaciones y se embarcó hacia el Lejano Oriente, trabajando en los hospedajes para marineros cuando estaba en tierra, y contando a todo el mundo que iba a hacer fortuna con el contrabando de diamantes. Ahora lo veo muy de tanto en tanto, tal vez una vez cada tres años, y nunca escribe; pero jamás me olvidaré del viejo Toby. Fue siempre tan caballero a pesar de sus pequeñas chifladuras; y cuando muera su padre heredará unos cuantos centenares de libras anuales, para él solo. Entonces, sabe, reuniremos fuerzas con Budgie en Horsham, y haremos marchar el negocio de inodoros sobre una base económica sólida. El viejo Budgie no puede llevar los libros y los archivos. Ésa es tarea para mí, con mi experiencia policial. Al menos así lo decía siempre el viejo Toby. Me pregunto dónde podrá estar ahora.»

Concluido el recitado, la risa expiró súbitamente y una expresión nueva, que yo no recordaba haber visto antes, apareció en el rostro de Clea. Algo entre la duda y el temor que jugaba como una sombra alrededor de la boca. Agregó con una naturalidad tensa y forzada:

—Después me leyó el porvenir. Sé que vas a reírte. Dijo que sólo podía hacerlo con ciertas personas y en determinados momentos. ¿Creerás si te digo que me describió con fidelidad perfecta y lujo de detalles el episodio de Siria?

Volvió la cara a la pared con un movimiento brusco y

144

advertí sorprendido que le temblaban los labios. Puse la mano sobre su hombro tibio y susurré:

—Clea. ¿Qué pasa?

Y entonces, abruptamente, prorrumpió:

—¡Oh!, ¡déjame sola! ¿No ves que tengo sueño? ¡Quiero dormir!

II

MIS CONVERSACIONES CON
EL HERMANO ASNO
(Extractos del cuaderno de notas de Pursewarden)

¡Con qué temerosa compulsión volvemos una y otra vez
—como la lengua a una muela hueca— al tema de la literatura! ¿Será posible que los escritores no puedan hablar de otra
cosa que de su negocio? No. Pero con el viejo Darley se
apodera de mí una especie de vértigo convulsivo, porque
aunque tenemos todo en común, sucede que no puedo hablar con él para nada. Pero aguarden. Quiero decir que sí
hablo: ¡indefinidamente, apasionadamente, histéricamente,
sin pronunciar una sola palabra en voz alta! No hay manera
de meter una cuña en sus ideas que, *ma foi*, son profundas,
ordenadas, la esencia misma de la «solidez». ¡Dos hombres
encaramados en las banquetas de un bar royendo a conciencia el universo como una caña de azúcar! Uno habla en voz
baja, modulada, utilizando el lenguaje con tacto e intuición;
el otro oscila tímidamente entre un trasero y otro trasero
apático, insultándose mentalmente, pero respondiendo sólo
con un sí o un no ocasionales a las rotundas proposiciones
que son en su mayor parte incontestablemente válidas y
verdaderas. ¿Podrá ser éste acaso el germen de un cuento

corto? («Pero Hermano Asno, ¡falta toda una dimensión en lo que usted dice! ¿Cómo es posible que uno exprese esto en el inglés de Oxford?») Siempre con triste ceño de penitente el hombre sentado en la alta banqueta prosigue su exposición acerca del problema del acto creador, pregunto yo. De tanto en tanto lanza una tímida mirada de reojo a su torturador, porque de una manera bastante curiosa parece que en realidad lo torturo; de lo contrario no estaría siempre conmigo, apuntando con el tope de su florete las grietas de mi autoestima, o el sitio donde supone que debo guardar mi corazón. No, nosotros nos contentaríamos con temas de conversación más triviales, el tiempo, por ejemplo. En mí huele un enigma, algo que pide a gritos la sonda. («Pero Hermano Asno, ¡soy claro como una campanilla! ¡Aquí está el problema, aquí, en ninguna parte!») A veces, mientras habla, siento el impulso súbito de saltar sobre su espalda y cabalgarlo frenéticamente de un extremo a otro de la rue Fuad, hostigándolo con un Thesaurus y gritando: «¡Despierta, becerro lunar! ¡Déjame que te tome por tus largas orejas de pollino y te lleve al galope a través del museo de figuras de cera de nuestra literatura, en medio del clic-clic de las cajas de sorpresa que producen cada una su instantánea monocrómica de una realidad supuesta! ¡Juntos embaucaremos a las furias y nos haremos célebres por nuestra descripción de la escena inglesa, de la vida inglesa que se mueve al ritmo solemne de una autopsia! ¿Me oyes, Hermano Asno?».

Pero él no oye, no quiere oír. Su voz me llega desde muy lejos, como a través de una imperfecta línea de tierra. «¡Hola! ¿Puedes oírme?» Yo grito, sacudo el receptor. Oigo su voz perdiéndose entre el rugido de las cataratas del Niágara. «¿Qué es eso? ¿Dijiste que querías contribuir a la literatura inglesa? Cómo, ¿poner una ramita de perejil sobre ese rodaballo muerto? ¿Soplar con diligencia en las fauces de este cadáver? ¿Has movilizado tus recursos, Hermano Asno?

¿Has conseguido anular tu educación asnal? ¿Eres capaz de saltar como un gato con los esfínteres flojos? Pero entonces, ¿qué dirás a la gente cuya vida afectiva es como la de un alegre posadero suizo? Te lo diré. Te lo diré y os evitaré problemas a todos vosotros los artistas. Una simple palabra: *Edelweiss*. ¡Dila en voz baja y bien modulada, con un acento refinado, y lubrícala con un suspiro! ¡Allí está todo el secreto, en una palabra que crecé sobre la nieve! Y entonces, una vez resuelto el problema de fines y medios tendrás que hacer frente a otro problema igualmente perturbador, porque si por cualquier azar una obra de arte llegase a cruzar el canal, ¡ten por seguro que sería devuelta a Dover con el pretexto de que no está decentemente vestida! No es fácil, Hermano Asno. Acaso sería más prudente solicitar asilo intelectual a los franceses. Pero veo que no me escuchas. Continúas en el mismo tono resuelto describiendo la escena literaria que fue resumida una vez y para siempre por el poeta Gray en los versos: "El mugido del rebaño serpentea lentamente sobre las hojas". Aquí no puedo negar la verdad de lo que dices. Es convincente, es presciente, está bien pensado. Pero yo he tomado mis precauciones contra una nación de abuelas mentales. Cada uno de mis libros lleva una faja escarlata con la leyenda: NO DEBE SER ABIERTA POR MUJERES VIEJAS DE CUALQUIER SEXO. (¡Amado D. H. L., tan equivocado, tan acertado, tan grande, que su espíritu nos aliente a todos!)»

El Hermano Asno deposita su vaso sobre la mesa con un pequeño chasquido y suspirando se pasa los dedos por el pelo. La bondad no es excusa, me digo. La bondad desinteresada no exime de las exigencias fundamentales de la vida del artista. Ya ves, Hermano Asno, está mi vida y además la vida de mi vida. Ambas deben tocarse como el fruto y la cáscara. No soy cruel, ¡lo que ocurre es que no soy indulgente!

«Qué feliz es usted de no interesarse en la literatura

—dice Darley con un acento de lamentosa desesperación en su voz—. Lo envidio.» Pero no es verdad, en realidad no me envidia para nada. Hermano Asno, te voy a contar un cuento. Un equipo de antropólogos chinos fue a Europa a estudiar nuestras costumbres y creencias. A las tres semanas todos habían muerto. ¡Sí, habían muerto de risa incontrolable y fueron enterrados con todos los honores militares! ¿Qué conclusión sacas de esto? Hemos convertido las ideas en una forma muy bien remunerada de turismo.

Darley sigue hablando con la mirada oblicua enterrada en su cóctel de ginebra. Yo le respondo sin palabras. En verdad, me aturde la pomposidad de mis propias frases. Resuenan en mi cráneo como los eructos reverberantes de Zarathustra, como el viento soplando a través de las barbas de Montaigne. A ratos lo tomo mentalmente por los hombros y grito: ¿Será la literatura un buscahuellas o un bromuro? ¡Decide! ¡Decide!

Él no me escucha, no me oye. Acaba de salir de la biblioteca, de la taberna o de un concierto de Bach (la salsa le chorrea todavía por la barbilla). Hemos alineado nuestros zapatos sobre el riel de bronce pulido del bar. La tarde empieza a bostezar a nuestro alrededor con la aburrida promesa de muchachas ávidas de ser exploradas. Y aquí está el Hermano Asno discurriendo acerca del libro que escribe y del que ha sido lanzado como de un caballo una y otra vez. No es el arte en realidad lo que perseguimos, sino nosotros mismos. ¿Nos contentaremos siempre con la vieja ensalada envasada de la novela pasada de moda? ¿O el cansado sorbete de poemas que se lloran a sí mismos hasta adormecerse en los refrigeradores de la mente? Si fuese posible adoptar una escansión más intrépida, un ritmo más veloz, ¡todos respiraríamos con más libertad! ¡Pobres libros de Darley! ¿Serán siempre descripciones tan dolientes de los estados de alma de... la tortilla humana? (El arte crece en el preciso instante en que una forma es honrada con sinceridad por un espíritu despierto.)

Ésta es mía.

—No, viejo, me toca a mí.

—No. No; insisto.

—No. Ésta es mía.

Esta cordial argucia me da precisamente el fragmento de segundo que necesito para tomar nota de los puntos esenciales de mi autorretrato, con un puño un poco andrajoso. Me parece que abarca todo el tema en forma admirablemente sucinta. Artículo primero: «Como todo gordo, tiendo a convertirme en mi propio héroe». Artículo segundo: «Como todo joven, me propuse ser un genio; felizmente intervino la risa». Artículo tercero: «Siempre aspiré a tener la visión del Ojo de Elefante». Artículo cuarto: «Comprendí que para convertirse en artista uno tiene que desprenderse de todo el complejo de egoísmos que lo llevan a la elección de la autoexpresión como único medio de crecimiento. A esto, como es imposible, ¡lo llamo la Gran Broma!».

¡Darley habla de decepciones! Pero Hermano Asno, si el desencanto es la esencia del juego. Con qué elevadas esperanzas invadimos Londres desde las provincias en aquellos viejos días muertos ya, arrastrando maletas que estallaban de manuscritos. ¿Lo recuerdas? Con qué profunda emoción contemplábamos el Westminster Bridge, recitando el indiferente soneto de Wordsworth y preguntándonos si su hija fue menos hermosa por el hecho de que era francesa. Toda la metrópoli parecía estremecerse ante el prodigio de nuestro talento, nuestro ingenio, nuestro discernimiento. Caminando a lo largo del Mall nos preguntábamos quiénes serían aquellos hombres, aquellos hombres de facciones aguileñas encaramados en balcones y sitios elevados, que escudriñaban la ciudad con grandes binóculos. ¿Qué buscarían con tanta seriedad? ¿Quiénes serían, tan serenos y alertas? Con timidez

150

deteníamos a un policía para preguntarle. «Son editores —respondía con mansedumbre.» ¡Editores! Nuestros corazones cesaban de latir. «Están en busca de nuevos talentos.» ¡Gran Dios! Era a *nosotros* a quienes aguardaban y vigilaban. Entonces el amable policía bajaba la voz confidencialmente y decía con tono hueco y reverente: «*¡Están esperando el nacimiento del nuevo Trollope!*». ¿Recuerdas qué pesadas nos parecían de pronto nuestras maletas, al oír esas palabras? ¿Cómo se retardaban nuestros latidos, se demoraban nuestros pasos? Hermano Asno, habíamos imaginado tímidamente una especie de iluminación como la que soñara Rimbaud —un poema obsesionante que no fuese didáctico ni expositorio sino *infeccioso*—, no una simple intuición nacionalizada, ¡envuelta en cola de pescado, quiero decir! ¡Habíamos entrado a la tienda por error, con el cambio equivocado! ¡Y cuando vimos caer la niebla en Trafalgar Square, enroscando a nuestro alrededor sus cilios de ectoplasma, nos estremecimos de frío! ¡Un millón de moralistas tragamolletes aguardando no a nosotros, Hermano Asno, sino al denodado y tedioso Trollope! (Si estás descontento con tu forma, busca la *curette*.) ¿Te extraña ahora que me ría un poco fuera de tono? ¿Te preguntas todavía qué me ha convertido en este vergonzante y pequeño aforista de la naturaleza?

> ¡Disfrazado como un eiron, pues quién habría de ser
> sino Yo adulador, borracho y sicofante!

Nosotros que, después de todo, somos simples colaboradores de la psique de nuestra nación, ¿qué podemos esperar sino el natural y automático rechazo de un público que no admite interferencias? Y con toda razón por cierto. No hay injusticia en eso, pues también a mí me molestan las interferencias, lo mismo que a ti, Hermano Asno. No, no se trata de sentirse agraviado, se trata de tener mala suerte. De las

151

diez mil razones de la impopularidad de mis libros me tomaré el trabajo de darte sólo la primera, porque incluye a todas las demás. El concepto del arte de una cultura puritana es el de algo que apruebe su moralidad y halague su patriotismo. Nada más. Veo que alzas las cejas. Hasta tú mismo, Hermano Asno, te das cuenta de la irrealidad esencial de este propósito. Y sin embargo lo explica todo. Una cultura puritana, tártaro, ignora lo que es el arte; cómo puede esperarse entonces que se ocupe de él. (Dejo la religión para los obispos, a ellos puede hacerles más daño.)

> Ni pierna torcida ni ojo lagañoso
> ni parte alguna deforme contra natura,
> nada puede ser ni siquiera la mitad
> de lo engañosa que es la mente del hombre.
> La noria a que estoy atado es la paciencia.
> El tiempo es la nada en el interior de la rueda.

Recopilamos poco a poco nuestras propias antologías de infortunio, nuestros diccionarios de verbos y nombres, nuestras cópulas y gerundios. Ese policía sintomático del atardecer londinense fue el primero que nos susurró el mensaje. Aquella bondadosa figura paterna puso la verdad en una cáscara de nuez. Y aquí estamos los dos ahora en una ciudad extraña construida con cristal coloreado, espuma y oropel, cuyas costumbres, si las describiéramos, serían consideradas como fantasías de nuestros cerebros desordenados. Hermano Asno, nos queda todavía por aprender la lección probablemente más difícil: ¡que a la verdad no se la obliga, sino que hay que esperar a que ella misma suplique! ¿Me oyes? ¡La línea anda mal otra vez, tu voz se aleja! ¡Oigo el rugido del agua!

> Sé sombrío, joven, y aléjate de quienes son alegres
> y honra a Venus si puedes dos veces por noche.

Puesto que todo es igual no te rehúses
a hacer sonar la triste esquila de la musa inglesa.

El Arte es la explícita No-entidad de la Verdad.
Si no es eso, entonces, ¿qué diablos es?

Cuando escribía anoche en mi cuarto vi una hormiga
sobre la mesa. Pasó cerca del tintero y la vi titubear ante la
blancura de una hoja de papel en la que yo había escrito la
palabra «Amor»; la pluma vaciló, la hormiga dio media
vuelta, y súbitamente la vela se extinguió. Claras octavas de
luz amarilla quedaron revoloteando detrás de mis pupilas.
Yo me proponía empezar una oración con las palabras «Intermediarios del amor»; ¡pero el pensamiento se había extinguido junto con la vela! Más tarde, en el preciso instante en
que me dormía, se me ocurrió una idea. En la pared que
está sobre la cabecera de mi cama escribí con lápiz las palabras: «¿Qué hacer cuando uno no puede compartir sus ideas
acerca del amor?». Oí mi propio suspiro exasperado en el
momento de dormirme. A la mañana me desperté, transparente como un apéndice perforado, y escribí en el espejo,
con la brocha de afeitar, mi propio epitafio:

«Nunca supe qué cara de mi arte estaba enmantecada»
fueron Las Últimas Palabras que el pobre Pursewarden
                                                    [pronunciara.

En cuanto a los intermediarios del amor, me alegraba
de que se hubiesen desvanecido, pues me hubieran llevado
irresistiblemente en la dirección del sexo, esa mala deuda
que pende de la conciencia de mis compatriotas. ¡La quintaesencia! La verdadera quintaesencia y núcleo de este mundo desordenado, el único campo adecuado para que nuestros
talentos se explayen, Hermano Asno. Pero una sola palabra
verdadera, honesta, no grandilocuente, produciría de inme-

diato uno de los consabidos relinchos de nuestros compatriotas intelectuales. Para ellos el sexo es o bien la Fiebre del Oro o bien la Retirada de Moscú. ¿Y para nosotros? No, pero si nos pusiéramos serios por un momento, te explicaría lo que quiero decir. (Cu-cu, Cu-cu, una nota alegre, desagradable para el oído del cerdo.) Soy más profundo de lo que ellos piensan. (La extraña y triste figura del hermafrodita en la bruma londinense, el Centinela que aguarda en Ebury Street al caballero con título.) No, un campo de investigación totalmente distinto, que no puede alcanzarse sin atravesar este *terrain vague* de los espíritus parciales. Nuestro tema, Hermano Asno, es el mismo, siempre e irremediablemente el mismo; te deletreo la palabra: a-m-o-r. Cuatro letras, cada letra un volumen. ¡El *point faible* de la psique humana, la verdadera raíz del carcinoma máximo! ¿Por qué, desde los griegos, se lo ha mezclado con la cloaca máxima? Es un misterio del que los judíos tienen la clave, a menos que mis conocimientos de historia me engañen. ¡Porque esa raza talentosa e inquietante, que jamás conoció el arte, sino que agotó su potencia creadora en la mera estructuración de sistemas éticos, nos ha apadrinado a todos, ha impregnado literalmente la psique de la Europa occidental con una infinidad de ideas basadas en la continencia racial y sexual, destinada a conservar la pureza de su propia raza! ¡Oigo a Balthazar que gruñe y mueve la cola! ¿Pero de dónde diablos vienen estas fantasías de corrientes sanguíneas depuradas? ¿Me equivoco si acudo a las terribles prohibiciones numeradas en el Levítico para hallar una explicación a la furia maníaco-depresiva de los Hermanos de Plymouth y de otra multitud de sectarios tan funestos como ellos? Durante siglos hemos permitido que la ley mosaica nos exprimiera los testículos; de allí el aire alicaído y desmochado de nuestros muchachos y muchachas. De allí la remilgada impudicia de los adultos condenados a una adolescencia perpetua. ¡Habla,

Hermano Asno! ¿Me necesitas? Si estoy equivocado no tienes más que decirlo. Pero en mi concepto sobre la palabra de cuatro letras —que, dicho sea de paso, me sorprende no figure en la lista negra junto con las otras tres censuradas por la imprenta inglesa— soy terco y decisivo. Me refiero a *toda la maldita variedad*, desde las leves fracturas del corazón humano hasta sus más elevadas connivencias espirituales con... bueno, con los verdaderos medios naturales, si te parece. Dime, Hermano Asno, ¿piensas que es éste un estudio impropio para un hombre? ¿La gran válvula de escape del alma? ¡Podríamos confeccionar un atlas con nuestros suspiros!

Zeus toma a Hera por las nalgas
y descubre que ella ha perdido la gracia.
Extenuada por los excesos
es impotente, confiesa.

Sin arredrarse Zeus, que ingenioso es,
prueba una docena de atrayentes disfraces.
Águila, ciervo, toro y oso
muy pronto atienden las súplicas de Hera.

Se sabe que un dios debe ser prolífico,
¡pero imaginaos todos esos distintos...!

¡Me interrumpo aquí, un tanto confuso, porque advierto que corro el riesgo de no tomarme tan en serio como debiera! Y ésta es una ofensa imperdonable. Además se me escapó tu última observación; era algo acerca de la elección de un estilo. Sí, Hermano Asno, la elección de un estilo tiene importancia máxima; en el mercado de frutos de nuestra cultura local encontrarás flores terribles y extrañas con todos los estambres en erección. O escribir como Ruskin. ¡Cuando el pobre Effie Grey quería irse a la cama, echaba a la muchacha! ¡O como Carlyle! *Haggis* mental.[1] Cuando un escocés viene a la ciudad, ¿puede estar muy lejos la primavera? No. Todo cuanto dices es verdadero y muy acertado; verdad relativa, y la punta un tanto roma, pero con todo trataré de pensar acerca de esta invención de los escolásticos, porque evidentemente el estilo es un problema tan importante para ti como para mí.

¿Por dónde empezamos? Keats, borracho verbal, buscaba las resonancias de sonidos vocales que tuviesen un eco en su interior. Con nudillos pacientes golpeaba el ataúd vacío de su prematura muerte y escuchaba la opaca resonancia de su segura inmortalidad. Byron era descomedido con el inglés, lo trataba como un amo a un sirviente, pero el idioma, que no es lacayo, crece como lianas tropicales entre las resquebrajaduras de sus versos, y casi lo estrangula. Byron vivía realmente; su vida era en verdad imaginaria: bajo la fantasía de su yo apasionado había un mago, aunque él mismo lo ignorase. Donne se detuvo sobre el nervio desnudo y arrancó sonidos discordantes a todo el cráneo. La verdad nos haría retroceder, pensaba. Donne nos hiere por temor a su propia felicidad; y a pesar del dolor que producen, sus versos deben ser destrozados con los dientes. Shakespeare suspende de su cabeza a la naturaleza íntegra. Pope, angustiado por el método, como un niño constipado, lija las superficies para tornarlas suaves y resbaladizas. Los grandes estilistas son aquellos que están menos seguros de sus efectos. ¡La secreta ausencia de fondo los obsede sin que lo sepan! Eliot aplica una fría compresa de cloroformo a un espíritu demasiado oprimido por lo que ha llegado a conocer. Su honestidad en la medida y su heroísmo de entregar la cabeza al hacha del verdugo es un desafío para todos nosotros; pero ¿dónde queda la sonrisa? ¡Provoca torpes esguinces en el instante preciso en que

1. Plato típico escocés.

nos preparamos para iniciar la danza! Ha preferido la grisura a la luz, elección que comparte con Rembrandt. Blake y Whitman son burdos envoltorios de papel pardo llenos de vasijas sacadas del templo, que se desparraman por todas partes cuando se rompe la cuerda. Longfellow proclama la era de la invención porque fue el primero en imaginar el piano mecánico. Se aprieta el pedal, el piano recita. Lawrence fue una rama del auténtico roble, con la guincha y la guía necesarias. ¿Por qué les habrá dejado ver que aquello era importante, poniéndose así al alcance de sus dardos? Auden también habla siempre. Fue quien emancipó el diálogo...

Pero aquí, Hermano Asno, corto la comunicación; porque evidentemente esto no es crítica elevada, ni siquiera crítica menor. No veo que esta especie de fustán pueda llegar jamás a nuestras universidades, donde todavía siguen tratando penosamente de extraer del arte alguna sombra de justificación para sus formas de vida. Sin duda tiene que haber en él una semilla de esperanza, se dicen angustiados. Después de todo tiene que existir una semilla de esperanza para gente cristiana decente y honesta en todo este galimatías que nuestra tribu transmite de generación en generación. ¿O el arte no es otra cosa que el pequeño bastón blanco de los ciegos, cuyo tap-tap le ayuda a encontrar el camino, aunque no pueda verlo? ¡Tú tienes que decidirlo, Hermano Asno!

Cuando Balthazar me increpaba diciéndome que era equívoco, le respondí, sin un solo instante de pensamiento consciente: «Puesto que las palabras son lo que son, puesto que la gente es lo que es, ¿no sería acaso mejor decir siempre lo contrario de lo que uno piensa?». ¡Después, cuando reflexioné sobre esta actitud (que ignoraba era la mía propia) me pareció en verdad muy prudente! Lo mismo ocurre con el pensamiento consciente: ya lo ves, nosotros los anglosajones somos incapaces de pensar *para* nosotros mismos; en cambio podemos, sí, pensar *en* nosotros mismos. Cuando pensamos *en* nosotros mismos componemos toda clase de bonitas partituras en todas las claves, desde el entrecortado acento de Yorkshire hasta la voz de papas calientes en la boca de la BBC. En eso nos superamos, pues nos vemos a cierta distancia de la realidad, como un preparado bajo el microscopio. Esta idea de objetividad es en el fondo una alentadora prolongación de nuestro fariseísmo. Cuando uno piensa para uno mismo, ya no puede seguir mintiendo, y nosotros vivimos la hipocresía. ¡Ah, te oigo citar con un suspiro, a otro de nuestros escritores ingleses, eminentes carceleros del alma! ¡Cómo nos fatigan y nos inquietan! ¡Muy cierto y muy triste!

> ¡Salve, lúgubre Albion, amada cuna del engaño!
> Pursewarden te envía sus mezquinos saludos.
> Aborreciendo la hipocresía, adorando el...
> hizo mirar al frente el trasero de tus ideas.

Pero si deseas ampliar la imagen, vuélvete a Europa, la Europa que abarca, digamos, desde Rabelais hasta Sade. Un paso adelante desde la conciencia de la panza a la conciencia de la cabeza, de la carne y la comida a la dulce (¡dulce!) razón. Acompañado por todos los cambiantes males que se mofan de nosotros. ¡Un progreso desde el éxtasis religioso a la úlcera duodenal! (Probablemente sea más saludable carecer del todo de cerebro.) Pero, Hermano Asno, esto es algo que no tuviste en cuenta cuando decidiste participar en el Campeonato de Pesos Pesados de los Artistas del Milenio. Ahora es demasiado tarde para arrepentirse. Pensabas que de alguna manera lograrías eludir las penalidades sin que se te pidiera nada más que una demostración de tu habilidad verbal. Pero las palabras... no son sino un arpa eólica, o un xilófón barato. Hasta un lobo marino puede aprender a sostener una pelota de fútbol en la nariz o a tocar el trombón en un circo. (¿Qué hay más allá...?)

No, pero en serio, si quisieras ser, no digo original sino tan sólo contemporáneo, podrías ensayar un juego con cuatro cartas en forma de novela; atravesando cuatro historias con un eje común, por así decir, y dedicando cada una de ellas a los cuatro vientos. Un *continuum*, por cierto, que comprendiera no sólo un *temps retrouvé* sino también un *temps délivré*. La misma curvatura espacial te proporcionaría el relato estereoscópico, mientras que la personalidad humana vista a través de un *continuum*, ¿podría tal vez tornarse más prismática? Quién puede saberlo. Yo te regalo la idea. Puedo imaginarme una forma que, si se realiza plenamente, pueda plantear en términos humanos los problemas de la causalidad y de la indeterminación... Nada demasiado *recherché*, tampoco. Una historia común, de la Muchacha que Encuentra al Muchacho. ¡Pero tomada en esta forma no necesitarías, como lo hacen la mayor parte de tus contemporáneos, trazar la soporífera línea de puntos!

Éste es el problema que tendrás por fuerza que plantearte algún día («¡Nunca llegaremos a la Meca!» como dicen las hermanas de Chéjov en una comedia cuyo título he olvidado).

Amó la naturaleza, y después de la naturaleza el desnudo,
combatió con toda mujer digna de combate,
calentó ambas mejillas ante el fuego de la vida,
y cayó en la contienda con un millón de beatas.

¿Quién puede atreverse a soñar que ha cazado la imagen fugitiva de la verdad en toda su aterradora multiplicidad? (No, no, cenemos alegremente trozos de vieja cataplasma y dejemos que la ciencia nos clasifique como cebos secos o húmedos.)

¿Quiénes son las figuras que veo ante mí, pescando los salobres designios del C. de I.?

¡Uno escribe, Hermano Asno, para los que padecen de hambre espiritual, para los exiliados del alma! Y estarán siempre en mayoría, aun cuando todos sean millonarios de propiedad del estado. ¡Ten coraje, pues aquí siempre dominarás a tu auditorio! Y un genio que no puede ser ayudado debe ser cortésmente ignorado.

Tampoco pienso que sea inútil practicar y dominar constantemente tu arte. No. Un buen escritor debe ser capaz de escribir cualquier cosa. Pero un gran escritor está al servicio de compulsiones ordenadas por la verdadera estructura de la psique y no puede ser ignorado. ¿Dónde está? ¿Dónde está?

Ven, hagamos juntos una obra de cuatro o cinco puentes, ¿quieres? «Por qué resbaló el cura» sería un buen título. Pronto, que nos aguardan, aquellas figuras hipnagógicas, entre los minaretes de Londres, los muecines del comercio. «¿Conseguirá el cura *mujer* y estipendio o solamente estipendio? Lea las mil páginas subsiguientes y lo sabrá.» La vida inglesa en crudo, como en algunos melodramas piadosos representados por capilleros criminales sentenciados a cadena perpetua de terrores sexuales. En esta forma, podremos colocar un cubretetera sobre la realidad para nuestro mutuo beneficio, y escribirlo todo en la prosa ordinaria que apenas se diferencia del hierro galvanizado. ¡Y pondríamos una tapa sobre una caja sin paredes laterales! Hermano Asno, ¡reconciliémonos con el mundo de avaros apáticos que leen para verificar, no sus intuiciones, sino sus prejuicios!

Recuerdo que el viejo Da Capo dijo una tarde: «Hoy me acosté con cinco mujeres. Sé que habrá de parecerles exagerado. No es que haya querido ponerme a prueba. Pero si yo hubiese dicho que había mezclado sencillamente cinco variedades de té para satisfacer mi paladar o cinco clases de tabaco para armar mi pipa, ustedes no hubieran dado al asunto ninguna trascendencia. Al contrario, hubiesen admirado mi eclecticismo, ¿no es así?».

Kennilworth, con su panza acicalada, me dijo una vez en el F. O., en tono quejoso, que «se había metido» con James Joyce por pura curiosidad y que se había sentido sorprendido y apenado al encontrarlo tan grosero, arrogante y malhumorado. «Pero —le dije—, ¡él pagaba su aislamiento dando lecciones a los negros a razón de un chelín seis peniques la hora! ¡Bien podía sentirse con derecho a estar a salvo de seres inefables como usted que imaginan que el arte es algo a que automáticamente da derecho la buena educación; que es parte del equipo social, una aptitud de clases, como lo era para un caballero inglés la pintura a la acuarela! Puedo imaginarme al pobre Joyce con el corazón despedazado contemplando su rostro con esa expresión de estúpida condescendencia, ¡la insondable vanidad que vemos pasar a veces fugazmente por los ojos de un pez de oro con un título hereditario!» Después de esto jamás hablamos, que era lo que yo más ansiaba. ¡El arte de hacerse enemigos necesarios! Sin embargo, me gustaba en él una cosa: siempre pronunciaba la palabra «civilización» como si tuviese una Z encorvada.

(El Hermano Asno está ahora en el simbolismo, y en realidad habla con sentido común, debo admitirlo.) Simbolismo. La abreviación del lenguaje en poema. ¡El aspecto heráldico de la realidad! El simbolismo es el equipo más completo de reparación de la psique, Hermano Asno, el *fond de pouvoir* del alma. ¡La música que afloja los esfínteres e imita el susurro del camino del alma a través de la carne humana, jugando en nosotros como una corriente eléctrica! (El Viejo Parr dijo una vez, borracho: *«Sí, ¡pero duele admitirlo!»*.)

Por supuesto que duele. Pero nosotros sabemos que la

161

historia de la literatura es la historia de la risa y del dolor. He aquí las formas imperativas para las que no existe escapatoria: *¡Ríete hasta que duela, y sufre hasta la risa!*

Los pensamientos más grandes son accesibles sólo a una minoría. ¿Por qué tenemos que luchar tanto? Porque comprender es una función no del raciocinio, sino de una etapa de crecimiento de la psique. Ése, Hermano Asno, es el punto en el que disentimos. Ninguna explicación podrá cerrar la brecha. Sólo la comprensión. Un día vas a despertar de tu sueño riéndote a gritos: *Ecco!*

Acerca del Arte me digo siempre: mientras ellos contemplan el despliegue de fuegos de artificio que se llama Belleza, tú debes introducir de contrabando la verdad en sus venas como un virus filtrable. Pero es más fácil decirlo que llevarlo a cabo. ¡Con cuánta lentitud aprendemos a abrazar la paradoja! Ni siquiera yo he llegado a ese punto; sin embargo, como aquel pequeño grupo de exploradores, «¡aunque estábamos todavía a dos días de marcha de las cataratas, oímos de pronto crecer su rugido a la distancia!». ¡Ah, que a quienes lo merecen, un bondadoso departamento de gobierno les conceda algún día un certificado de renacimiento! Un certificado que les permitiera recibirlo todo gratuitamente, un premio reservado para aquellos que nada quieren. ¡Economía celestial, acerca de la que Lenin guardó un inexplicable silencio! ¡Ah!, ¡los desvaídos rostros de las musas inglesas! ¡Pálidas y entristecidas damas con sus camisones y sus perlas, sirviendo té y panecillos a los incautos!

> ¡Los rostros astutos
> de las Gracias Eduardianas
> encantadoras caras de caballo
> con collares de perlas
> y un paquete de semillas
> y un penacho de mono en las axilas!

¡Sociedad! Compliquemos la existencia hasta hacerla desagradable para que actúe como droga contra la realidad. ¡Injusto! ¡Injusto! Pero mi querido Hermano Asno, ¡el libro que imagino estará caracterizado por la cualidad necesaria de que nos hará ricos y famosos; estará caracterizado por una ausencia total de bacalao!

Cuando quiero enfurecer a Balthazar digo: «Si los judíos quisieran tan sólo *asimilarse* podrían ayudarnos a destruir el puritanismo en todas partes. ¡Porque son ellos quienes poseen las licencias y patentes del sistema cerrado, la respuesta ética! Hasta nuestras absurdas prohibiciones e inhibiciones alimentarias están copiadas de su melancólica jerigonza sin curas acerca de la carne y la caza. ¡Ay! Nosotros los artistas no nos interesamos en la política sino en los valores, ése es nuestro campo de batalla. Si algún día lográsemos aflojar, liberarnos de la terrible garra del llamado Reino de los Cielos, que ha convertido la tierra en un lugar tan sangriento, podríamos tal vez redescubrir en el sexo la clave de una búsqueda metafísica que es nuestra *raison d'être* aquí abajo. Si el sistema cerrado y la exclusividad sobre los derechos divinos se relajaran un poco, ¿qué no seríamos capaces de hacer?». Qué, en verdad. Pero el buen Balthazar fuma su Lakadif con aire taciturno y sacude su hirsuta cabeza. Pienso en los negros suspiros aterciopelados de Julieta y guardo silencio. ¡Pienso en los blancos y suaves capullos —flores aún no abiertas— que decoran las tumbas de las mujeres musulmanas! ¡La lenta, suave, insípida mansedumbre de aquellas hembras de la mente! No, sin duda no sé suficiente historia. El Islam también liba, lo mismo que el Papa.

¡Hermano Asno, investiguemos los avances del artista europeo desde niño difícil hasta caso clínico, desde caso clínico hasta niño llorón! Gracias a su capacidad de equivocarse, a su permanente cobardía, ha mantenido viva la psique europea, ésa es su función. ¡Niño llorón del Mundo

Occidental! ¡Niño llorón de la Unidad Mundial! Me apresuro a agregar por temor de que esto te parezca cínico o desesperado, que estoy lleno de esperanzas. ¡Pues siempre, a cada instante de tiempo, existe la posibilidad de que el artista tropiece con lo que sólo se me ocurre llamar «La Gran Sospecha»! Cuando esto suceda, el artista quedará en seguida en libertad de gozar de su función fecunda; pero esto no habrá de ocurrir jamás con absoluta plenitud en tanto no se produzca el milagro, ¡el milagro de la Comunidad Ideal de Pursewarden! Sí, creo en este milagro. Nuestra propia existencia de artistas lo afirma. Es el acto de anuencia de que habla el poeta de la ciudad en un poema cuya traducción me mostraste una vez.* Y el hecho de que sigan naciendo artistas lo afirma y reafirma para una y otra generación. El milagro existe congelado, por así decirlo. Un buen día florecerá: entonces el artista empezará a crecer de pronto y aceptará íntegramente la responsabilidad plena de su origen popular, y *simultáneamente* el pueblo reconocerá su significado y su valor y lo aclamará como al hijo aún no nacido, el niño Alegría. Estoy convencido de que llegará el día. Por el momento, parecen luchadores, dan vueltas nerviosamente el uno alrededor del otro, buscando el sitio por donde atacar. Cuando eso ocurra, cuando llegue el maravilloso y deslumbrante segundo de iluminación, sólo entonces podremos liberarnos de la jerarquía como forma social. La nueva sociedad, tan distinta de todo cuanto podamos imaginar ahora, brotará en torno al pequeño y sobrio templo blanco del niño Alegría. Hombres y mujeres se congregarán a su alrededor, el crecimiento protoplasmático de la aldea, la ciudad, la capital. Nada impide el avance de esta Comunidad Ideal, salvo el hecho de que siempre, en cada generación, la vanidad e indolencia del artista se ha adaptado a la ceguera autoindulgente del pueblo. Pero, ¡prepárate, prepárate! Está en marcha. ¡Está aquí, ahora, en ninguna parte!

Surgirán las grandes escuelas del amor, y el conocimiento sexual e intelectual tomarán, uno de otro, nuevos ímpetus. El animal humano será sacado de la jaula, y se limpiará su sucia paja cultural y sus restos coprolíticos de creencias. Y el espíritu humano, radiante de luz y de alegría, hollará suavemente el pasto verde como un danzarín; surgirá para cohabitar con las formas de tiempo y procrear hijos al mundo de lo elemental, ondinas y salamandras, sílfides y silvestres, gnomos y vulcanos, ángeles y elfos.

Sí, para que la sensualidad física llegue hasta las matemáticas y la teología; para alimentar, no para obstruir las intuiciones. Porque cultura significa sexo, raíz cognoscitiva, y allí donde las facultades aparecen desviadas o mutiladas, derivativos tales como la religión nacen, enanos o deformes, y en lugar de la mística rosa emblemática se obtienen coliflores judías como los mormones o los vegetarianos, en lugar de artistas se obtienen niños llorones, en vez de filosofía, semántica.

La energía sexual y la energía creadora marcharán de la mano. Se transformarán alternativamente una en otra: lo sexual solar y lo lunar espiritual mantendrán un eterno diálogo. Juntos recorrerán la espiral del tiempo. Abrazarán la totalidad de los motivos del hombre. La verdad sólo habrá de encontrarse en nuestras propias entrañas: la verdad del tiempo.

«¡La copulación es la lírica de la plebe!» Ay, y también la universidad del alma, pero sin fondos, sin libros, sin estudiantes ahora. No, hay unos pocos.

Qué extraordinaria lucha mortal la de Lawrence; comprender plenamente su naturaleza sexual, liberarse de las ataduras del Antiguo Testamento; relampaguear en el firmamento como un gran hombre-pez invencible, el último mártir cristiano. Su lucha es la nuestra: rescatar a Jesús de Moisés. Por un instante eso parecía posible, pero San Pablo restableció el equilibrio y las férreas esposas de la prisión judaica se cerraron para siempre en torno del alma en pleno florecimiento. Sí, en *El hombre que murió,* Lawrence relata sencillamente lo que debe ser, lo que debió significar el despertar de Jesús, el verdadero nacimiento del hombre libre. ¿Dónde está? ¿Qué le ha ocurrido? ¿Vendrá algún día?

¡Mi espíritu tiembla de dicha cuando contemplo la ciudad de luz que un accidente divino puede hacer surgir en cualquier momento ante nuestros ojos! Allí, el arte encontrará su forma y lugar verdaderos, y el artista podrá fluir sin cesar, como una fuente, sin siquiera proponérselo. Porque veo el arte cada vez con mayor claridad como un abono de la psique. Sin intenciones, es decir, sin teología. Nutriendo la psique, abonándola, la ayudará a hallar, como el agua, su propio nivel. Y ese nivel será una inocencia original; ¿quién inventó la perversión del Pecado Original, esa sucia obscenidad de Occidente? El arte, como un hábil masajista en un campo de juegos, está siempre alerta para ayudar a sanar heridas y golpes; y como los del masajista, sus oficios alivian las tensiones musculares de la psique. Por eso busca siempre las zonas de dolor, oprime con los dedos los ligamentos musculares, los tendones acalambrados, los pecados, las perversiones, todo lo desagradable y molesto que nos repugna admitir. Una ternura áspera que afloja las tensiones, relaja la psique. La otra parte de la tarea, si es que hay otra tarea, pertenece a la religión. El arte es tan sólo el elemento purificador. No predica nada. ¡Es la doncella del silencioso contento, indispensable tan sólo para la alegría, para el amor! Tan extrañas creencias, Hermano Asno, verás en acecho bajo mi humor mordaz, que puede describirse como una simple técnica terapéutica. Como dice Balthazar: «Un buen médico, y en particular un psicólogo, debe impedir deliberadamente que el enfermo se recupere con excesiva facilidad. Esto se hace para saber si la psique ha sufrido algún golpe real, pues

166

el secreto de la cura está en el paciente y no en el médico. ¡La única medicina es la reacción!».

¡Yo nací bajo el signo de Júpiter, Héroe del Genio Cómico! Mis poemas como música suave invadiendo los abrumados sentidos de los jóvenes amantes solitarios en medio de la noche... ¿Qué estaba diciendo? Lo mejor que se puede hacer con una gran verdad, y eso lo descubrió Rabelais, es enterrarla entre una montaña de desatinos a la espera de las picas y palas de los elegidos.

Entre el infinito y la eternidad se tiende la delgada y rígida soga por la que, unidos por la cintura, caminan los seres humanos. No permitas que estos propósitos poco amigables te desalienten, Hermano Asno. Están escritos con pura alegría, incontaminados del deseo de predicar. Escribo en realidad para un auditorio ciego, pero ¿acaso no somos todos ciegos? ¡El arte verdadero señala con el dedo, como un hombre demasiado enfermo para hablar, como un niño pequeño! Pero si en lugar de seguir la dirección que indica, lo tomas por una cosa en sí, por algo que posee una especie de valor absoluto determinado, o como una tesis acerca de algo que pueda ser parafraseado, te equivocas sin duda; te pierdes en seguida a ti mismo entre las abstracciones estériles de la crítica. Procura decirte que su objeto esencial era tan sólo invocar el último silencio saludable y que el simbolismo contenido en la forma y en el diseño no es más que una estructura de referencia, en la que, como en un espejo, se puede divisar la idea de un universo en calma, un universo enamorado de sí mismo. Entonces, como un niño de pecho, beberás «la leche del universo en cada soplo de aliento». Debemos aprender a leer entre líneas, entre vidas.

Liza solía decir: «Pero su misma perfección nos prueba que habrá de terminar». Tenía razón, pero las mujeres no admiten el tiempo y los dictados del segundo que diviniza la muerte. No ven que una civilización es sencillamente una gran metáfora que describe las aspiraciones del alma individual en forma colectiva, como acaso una novela o un poema puedan hacerlo. Se lucha siempre por alcanzar una conciencia cada vez mayor. Pero, ¡ay! Las civilizaciones mueren en la misma medida en que adquieren conciencia de sí mismas. Cuando lo advierten, desalentadas, el impulso del motivo inconsciente se ha desvanecido. Entonces empiezan a mirarse con desesperación en el espejo. De nada les sirve. Sin embargo, tiene que haber sin duda algún asidero en todo esto. Sí, el Tiempo es el asidero. El espacio es una idea concreta, pero el Tiempo es abstracto. En el tejido cicatrizado del gran poema de Proust puedes verlo con toda claridad: su obra es la gran academia de la conciencia del Tiempo. ¡Pero como no quiso transmutar el significado del Tiempo, cayó en el recuerdo, antepasado de la esperanza!

Ah, pero por el hecho de ser judío tenía esperanza, y con la Esperanza viene el irresistible deseo de hacer intrigas. En cambio, nosotros los celtas nos entendemos sólo con la desesperación, de la que sólo nace la risa, y el romance desesperado de los eternamente desesperanzados. Perseguimos lo inalcanzable, para nosotros existe una única búsqueda interminable.

Para Proust mi frase «la prolongación de la infancia en el arte» no tendría sentido. Hermano Asno, la tabla de salvación, el trapecio, se encuentran precisamente al este de esta actitud. Un salto a través del firmamento hacia una nueva posición, pero ¡no vayas a pisar en falso!

¿Por qué, por ejemplo, no reconocen a Jesús como el Gran Satírico, el comediante? Estoy convencido de que dos terceras partes de las Beatitudes son bromas o buscapiés a la manera de Chuang Tzu. Generaciones y generaciones de pedantes mistagogos han hecho que se perdiera el sentido de sus palabras; pero yo sigo convencido, pues para mí Jesús debió saber que la Verdad desaparece en cuanto se la pronuncia. Que sólo se la puede transmitir, jamás afirmar; y el único medio de expresarla es la ironía.

Pero veamos otro aspecto del problema; tú mismo, hace apenas un momento, mencionaste la pobreza de nuestra observación en todo cuanto concierne al otro, las limitaciones de la visión misma. ¡Bien dicho! Traducido en un sentido espiritual, obtienes el cuadro de un hombre que da vueltas por la casa en busca de los anteojos que lleva montados en la frente. ¡Ver es imaginar! ¿Y qué mejor ilustración, Hermano Asno, que tu manera de ver a Justine, a la luz fantasmagórica de los signos luminosos de la imaginación? No es, evidentemente, la misma mujer que se propuso asediarme y que terminó por dejarse contagiar por mi risa sardónica. Lo que tú veías en ella como delicado y enternecedor, era para mí una dureza bien calculada, no diré inventada por ella, pero que tú evocavas en ella. ¡Toda aquella ronca cháchara, la compulsión a exteriorizar la histeria, me hacían pensar en un enfermo afiebrado tironeando de una sábana! La violenta necesidad de recriminar a la vida, de *explicar* sus estados de ánimo, me hacían pensar en un mendigo que solicitara piedad exhibiendo una bonita colección de llagas. ¡Mentalmente, siempre me hacía rascarme! Sin embargo, había en ella muchas cosas admirables y dejé que mi curiosidad explorara los contornos de su carácter con cierta simpatía; la configuración de una auténtica desdicha, aunque siempre olía a pintura al aceite. ¡La niña, por ejemplo!

«La encontré, por supuesto. O mejor dicho, Mnemjian la encontró. En un burdel. Había muerto, de meningitis, creo. Darley y Nessim fueron a buscarme y me sacaron a la rastra. De pronto comprendí que no podía soportar la idea de haberla encontrado; mientras duró la búsqueda viví de la esperanza de encontrarla. Pero una vez muerta, me dejaba desposeída de toda finalidad. ¡Sabía que estaba muerta, la había reconocido, pero mi mente seguía gritando que no era

169

verdad, negándose a permitir que yo lo admitiera, aun cuando ya lo había hecho conscientemente!»

Aquella mezcla de conflictos emocionales era tan interesante que hice una nota en mi cuaderno, entre un poema y una receta de torta ángel que me dio El Kalef. Clasificada en la forma siguiente:

1. Alivio al final de la búsqueda.
2. Desesperación al final de la búsqueda; ningún otro motivo para vivir.
3. Horror ante la muerte.
4. Alivio ante la muerte. ¿Qué futuro posible para la niña?
5. Intensa vergüenza (esto no lo entiendo).
6. Deseo repentino de proseguir inútilmente la búsqueda antes que aceptar la verdad.
7. ¡Prefirió seguir alimentando falsas esperanzas!

¡Una colección desconcertante de fragmentos para dejar abandonados entre las analectas de un poema moribundo! Pero a este punto quería referirme. Justine dijo: «Naturalmente, ni Nessim ni Darley se dieron cuenta de nada. Los hombres son tan estúpidos, nunca entienden. Tal vez hubiese llegado a olvidarla, soñar que nunca la había encontrado en realidad, de no haber sido por Mnemjian que insistió en recibir la recompensa, y estaba tan convencido de la justicia de su caso que hizo un verdadero escándalo. Se habló de que Balthazar hiciera una autopsia. Cometí la locura de ir a su clínica y tratar de sobornarlo para que dijese que no era mi hija. Se quedó perplejo. Le pedía que negara una verdad que yo sabía como perfectamente cierta, *para no tener que modificar mi actitud.* Al menos no me sentiría despojada de mi pena, si te parece; quería continuar hasta el infinito la búsqueda apasionada de algo que no me atrevía a encontrar. Hasta llegué a asustar a Nessim y a despertar sus sospechas con mis incursiones en su caja fuerte. Así, todo el asunto quedó más bien relegado, y durante mucho tiempo seguí buscando automáticamente hasta que pude soportar la tensión de la verdad y me decidí a aceptarla. ¡Lo veo todo con tanta claridad, el diván, la casa!».

Al llegar a este punto Justine adoptó su expresión de belleza máxima, que era de una profunda tristeza, y se puso las manos sobre los pechos. ¿Quieres que te diga una cosa? Yo sospechaba que mentía; pensamiento indigno, sin duda, pero... yo también soy una persona indigna.

Yo.— ¿Has vuelto alguna vez?

Ella.— No. Quise hacerlo muchas veces, pero no me atreví. (Se estremeció.) En el recuerdo, sigo ligada a aquel viejo diván. Debo rondar todavía por allí. En realidad sigo semiconvencida de que todo aquello fue un sueño.

En seguida tomé mi pipa, mi violín y mi bastón de asta de ciervo, como un auténtico Sherlock. Siempre he sido aficionado a marcar los lugares con cruces. «Vamos a visitarlo», dije bruscamente. En el peor de los casos, pensaba, una visita de esa naturaleza tendría el efecto de una catarsis. En realidad, era una idea magníficamente práctica, y ante mi sorpresa Justine se puso en seguida de pie y tomó su abrigo. Caminamos en silencio hacia los arrabales del oeste de la ciudad, tomados del brazo.

En la ciudad árabe, deslumbrante bajo las lámparas eléctricas y las banderas, se celebraba alguna festividad. El mar inmóvil, las pequeñas nubes altas y una luna como un archimandrita disidente, como otra fe. El olor del pescado, de las semillas de cardamomo, de fritura sazonada con ajo y comino. El aire saturado de la música de las mandolinas que rascaban sus pequeñas almas en la noche, como si tuvieran pulgas, hasta hacer sangrar la oscuridad infectada de piojos. Los suspiros perforaban invisiblemente el aire grávido de la noche que entraba y salía de los pulmones como de un fuelle de cuero. ¡Uf! Toda aquella luz, todo aquel ruido eran insoportables. ¡Y se habla del romanticismo de Oriente! ¡Prefiero la metrópoli, Brighton, toda la vida! Atravesamos la zona iluminada con pasos rápidos y deliberados. Justine caminaba sin vacilación, con la cabeza inclinada, sumida en sus pensamientos. De pronto, las calles se oscurecieron, se fueron perdiendo en la penumbra violeta, se hicieron más angostas y tortuosas. Llegamos por fin a campo abierto, a la luz de las estrellas. Una barraca grande y sombría. Justine se movía ahora lentamente, menos segura, tratando de encontrar la puerta. Murmuró: «Esta casa la administra el viejo Mettrawi. Está postrado en cama. La puerta está siempre abierta. Pero el viejo oye todo desde la cama. Dame la mano». Nunca fui demasiado valiente y debo confesar que experimenté cierta inquietud cuando atravesamos aquella franja de absoluta tiniebla. La mano de Justine era firme y fría; su voz precisa, sin matices, no traicionaba ni emoción ni miedo. Me pareció oír la fuga precipitada de ratas inmensas en la podrida estructura que me rodeaba, en los pilares mismos de la noche. (Una vez, durante una tormenta entre las ruinas, había visto los gordos cuerpos húmedos y relucientes de las ratas cruzar con destellos, mientras hacían un banquete con los desperdicios.) «Dios mío, recuerda que aunque soy un poeta inglés no merezco ser devorado por las ratas», oré en silencio. Nos encontrábamos en un largo corredor de oscuridad cuyos pisos de madera podrida crujían a nuestro paso; de trecho en trecho faltaba alguna tabla, ¡me pregunté si no estaríamos caminando sobre el pozo de la insondable! El aire olía a ceniza mojada mezclado con el inconfundible olor a sudor de la carne negra. Muy distinto del de los blancos. Es denso, fétido, como el de la jaula del león en el zoológico. Hasta la Oscuridad sudaba, ¿y por qué no? La Oscuridad debe de tener la piel de Otelo. Siempre

172

aterrado, tuve de pronto ganas de ir al baño, pero aplasté el pensamiento como una cucaracha. Mi vejiga podía esperar. Seguimos adelante, rodeando un... trozo de oscuridad con piso de tablas desvencijadas. De pronto Justine murmuró: «¡Creo que hemos llegado!», y abrió una puerta que daba a otro trozo de insondable tiniebla. Era una habitación de regulares dimensiones, pues el aire era frío. Se alcanzaba a percibir el espacio, aunque no se veía absolutamente nada. Inspiramos profundamente.

—Sí —murmuró pensativa, y buscando a tientas en su bolso una caja de fósforos, encendió uno con vacilación. La habitación era alta, tan alta que estaba techada por la oscuridad, no obstante la temblorosa lumbre amarillenta de la llama de fósforo; una enorme ventana destartalada filtraba débilmente la luz de las estrellas. Las paredes eran de verdín, con el yeso desconchado por todas partes y el único decorado consistía en pequeñas manos azules estampadas que recorrían las cuatro paredes en un diseño asimétrico. ¡Como si un ejército de pigmeos enloquecido con la pintura hubiese recorrido las paredes galopando sobre las manos! A la izquierda, un poco lejos del centro, se veía un diván grande y tétrico, que parecía flotar como un lóbrego catafalco vikingo; una vieja reliquia de algún califa otomano, varias veces rumiada, cuajada de agujeros. El fósforo se apagó.

—Allí está —dijo Justine, y poniéndome la caja de fósforos en la mano se apartó de mí.

Cuando encendí otro fósforo Justine estaba en el diván, la mejilla apoyada en el respaldo, y lo acariciaba suavemente con un gesto de voluptuosa calma. Estaba serena. Cruzó las piernas, como una leona que se dispone a saborear su almuerzo. Había una extraña tensión en la escena, que no se reflejaba sin embargo en el rostro de Justine. (Los seres humanos son como órganos, pensé. Se aprieta la tecla que dice «Amante» o «Madre» y suenan en seguida las emociones que la situación requiere, lágrimas, suspiros o caricias. A veces pienso en nosotros más como productos del hábito que como criaturas humanas. Quiero decir, ¿acaso la idea del alma individual no nos fue injertada por los griegos con la salvaje esperanza de que, en virtud de su mera belleza, «prendiese», como decimos de una vacuna? ¿De que llegásemos a crecer hasta la altura del concepto y a encender la llama celeste en nuestros corazones? ¿Habrá prendido o no? ¿Quién puede saberlo? Algunos de nosotros conservamos todavía algún vestigio, pero tan borroso... Tal vez...)

—Nos han oído.

En algún lugar de aquella tiniebla se oyó un débil rezongo y el silencio se inflamó súbitamente de pasos precipitados en el podrido maderamen. A la luz temblorosa y moribunda del fósforo vi, en un lugar que me pareció muy distante, una franja azul, como la puerta de un horno que se abriese en el cielo. ¡Y luego voces, voces de hormigas! Las chiquillas aparecieron por una especie de escotilla, envueltas en sus camisones de algodón, absurdamente pintarrajeadas. Las manos cargadas de anillos, campanillas en los dedos de los pies. (¡Siempre habrá música a su alrededor!) Una de las niñas llevaba un platillo con una vela de cera. Parloteaban con voz gangosa, preguntándonos nuestros deseos con horrorosa franqueza, pero las sorprendió ver a Justine sentada junto al catafalco vikingo con el rostro (sonriente ahora) vuelto en parte hacia ellas.

—Creo que tendríamos que irnos —dije en voz baja, porque aquellas diminutas apariciones apestaban y además mostraban una desagradable tendencia a rodearme la cintura con sus brazos descarnados, a adularme, a salmodiarme.

Justine se volvió hacia una de ellas y dijo:

—Trae la luz aquí, donde todos podamos ver.

Cuando trajeron la luz, cruzó las piernas y con la voz alta y vibrante de los juglares callejeros entonó: «Y ahora

174

acercaos, vosotras, benditas hijas de Alah, y escuchad la historia maravillosa que os voy a contar».

El efecto fue electrizante. Como un montón de hojas muertas arrastradas por una ráfaga de viento, las niñas se aproximaron, la rodearon. Algunas treparon al viejo sofá, entre risas y codazos de deleite. Con la misma voz rica y triunfante, saturada de lágrimas contenidas, Justine empezó a hablar de nuevo como un juglar profesional:

«¡Ah, escuchadme, todas vosotras, verdaderas creyentes; os contaré la historia de Yuna y Aziz, de su gran amor multipétalo y de los infortunios que se derramaron sobre ellos por culpa de Abu Alí Saraq-el-Maza! Era en los tiempos del Gran Califato, cuando caían tantas cabezas y los ejércitos estaban en marcha...»

Era un relato de salvaje poesía adecuado al lugar y al momento; el pequeño círculo de rostros mustios, el diván, la luz incierta y temblorosa; la extraña fascinación del canturreo árabe con sus imágenes damasquinadas y suntuosas, el espeso brocado de repeticiones aliterativas, el acento nasal, todo contribuía a dar a la historia un esplendor secular que me hacía llorar, llorar con lágrimas hambrientas. ¡Qué alimento potente para el alma! Pensé en la magra ración que nosotros, los modernos, ofrecemos a nuestros ávidos lectores. Aquel cuento tenía contornos épicos. Sentía envidia. ¡Qué ricas eran aquellas pequeñas mendigas! Y también le envidié el auditorio. Como plomadas, las niñas se sumergían en las imágenes de la historia. Podía ver sus verdaderas almas, deslizándose como ratones, asomando a hurtadillas por detrás de las máscaras pintarrajeadas, en súbitas expresiones de asombro, de suspenso, de alegría. En el macilento crepúsculo, aquellas expresiones reflejaban una verdad terrible. Se las veía como habrían de ser en la edad madura: la bruja, la buena esposa, la chismosa, la arpía. La poesía de aquel cuento las desnudaba hasta los huesos, permitía florecer la verdad de cada una de ellas, en rostros que retrataban con fidelidad sus pequeños espíritus frustrados.

No pude menos que admirar a Justine, porque me proporcionaba uno de los momentos más significativos y memorables en mi vida de escritor. Rodeé sus hombros con mi brazo y me senté, tan extasiado como cualquiera de las niñas, siguiendo las curvas largas y sinuosas de la historia inmortal que desplegaba de modo admirable ante nuestros ojos.

Cuando el cuento terminó, las niñas no podían soportar la idea de nuestra partida. Se nos colgaban, suplicaban, pedían más. Algunas se prendían al borde de su falda y se la besaban en una suplicante agonía.

—No hay tiempo —dijo Justine sonriendo con calma—. Pero volveré, pequeñas mías.

Ni siquiera miraron el dinero que Justine les distribuyó. Se arrastraron detrás de nosotros por los largos corredores hasta la calle oscura. Cuando llegamos a la esquina me volví y miré hacia atrás, pero sólo alcancé a divisar las pequeñas sombras temblorosas. Nos despidieron con voces de desolada dulzura. En profundo silencio, caminamos a través de la ciudad ruinosa, corrompida por el tiempo, y llegamos al frío de la costa. ¡Allí estuvimos un rato apoyados en las heladas piedras de la escollera, mirando el mar, fumando, sin hablar! Por último, Justine me miró con una expresión de indecible fatiga y murmuró:

—Llévame a casa ahora. Estoy muerta de cansancio.

Llamamos a un desvencijado y ruidoso coche que, tambaleando, nos llevó a lo largo de la Corniche, tan serenos como banqueros después de un congreso.

—¡Me imagino que lo que todos buscamos es el secreto del crecimiento! —dijo en el momento en que nos separábamos.

¡Extraño comentario para una despedida! La observé

176

mientras subía con infinito cansancio los escalones de la gran casa, buscando a tientas la llave. ¡Me sentía ebrio todavía con la historia de Yuna y Aziz!

Es una lástima, Hermano Asno, que nunca puedas llegar a leer esta tediosa jerigonza; me divertiría observando tu expresión de perplejidad. ¿Por qué será que el artista procura siempre saturar el mundo con su propia angustia?, me preguntaste una vez. ¿Por qué, en verdad? Te diré otra frase: ¡gongorismo emocional! Siempre he tenido talento para hacer frases corteses.

> La soledad y el deseo,
> Señor de las Moscas,
> son tu imperio no sagrado
> y la más profunda sorpresa del yo.
> ¡Ven a estos brazos, viejo holandés amado
> y cierra bien la puerta
> que no podría amarte tanto, amado,
> si no amase... más!

Más tarde, cuando vagaba sin rumbo, ¿a quién habría de encontrar sino a Pombal, tambaleándose levemente, de vuelta del Casino con una bacinilla llena de billetes de banco y una furiosa sed de un último trago de champagne, que bebimos juntos en el Étoile? Era extraño que no tuviese ganas de buscar una muchacha aquella noche; de algún modo Yuna y Aziz me lo impedían. En cambio, me dejé llevar por mis pasos de regreso al Monte de los Buitres, con una botella de champagne en el bolsillo de mi impermeable, y me enfrenté una vez más con las malhadadas páginas de mi libro, que dentro de treinta años dará motivo a abundantes zurras entre las clases más bajas de nuestras escuelas. Lo veía como un regalo lamentable para las generaciones aún no nacidas; hubiera preferido legarles algo semejante a Yuna y Aziz, pero eso no lo ha logrado nadie después de Chaucer:

¿habrá que culpar acaso a la sofisticación de nuestro auditorio? La imagen de todos aquellos traseritos vivarachos me hizo cerrar el cuaderno con una serie de golpes malhumorados. Sin embargo, el champagne es una bebida maravillosamente apaciguadora y me impidió sentirme demasiado abatido. Entonces tropecé con la notita que tú, Hermano Asno, habías deslizado por debajo de la puerta un poco más temprano; la nota en la que me felicitabas por la nueva serie de poemas que Anvil tenía en prensa (un error de imprenta por línea); y, como los escritores somos lo que somos, pensé en ti con todo cariño, bebí por ti. A mis ojos, te habías convertido en un crítico del más puro discernimiento; una vez más me pregunté exasperado por qué diablos no te dedicaba más tiempo. Una verdadera negligencia de mi parte. Y mientras me dormía, anoté mentalmente que debía invitarte a cenar la noche siguiente para hablar con tu orejuda cabeza, de literatura, por supuesto, ¿de qué si no? ¡Ah, pero ésa es la cuestión! Rara vez un escritor es también un buen conversador. Sabía que, mudo como un Goldsmith, estaría sentado en mi silla abrazado a mis axilas, mientras *tú* hablases.

En mi sueño desenterraba una momia de labios de amapola, vestida con el blanco y largo traje de bodas de las muñecas de azúcar que hacen los árabes. La momia sonreía, pero no se despertaba, aunque yo la besaba y le hablaba con voz persuasiva. Por un momento abrió los ojos, pero los volvió a cerrar en seguida y se sumió otra vez en un sueño sonriente. Susurré su nombre que era Yuna, pero que inexplicablemente se transformaba en Liza. Y como todo era inútil, la enterraba de nuevo entre las dunas movedizas donde (los vientos cambiaban sin cesar las formas) no dejaría ningún rastro. Al amanecer me desperté y tomé un coche para ir a bañarme a la playa Rushdi en las aguas del alba. No había un alma a aquella hora, excepto Clea, que se hallaba en la playa más distante con un traje de baño azul, el maravilloso pelo flotando alrededor de su cabeza, como una virgen botticelliana. La saludé con la mano y me devolvió el saludo, pero no hizo ademán de ir a hablarme, cosa que le agradecí infinitamente. Estábamos los dos tendidos a unos quinientos metros de distancia, fumando, mojados como focas. Pensé por un instante en el delicioso color tostado de su piel, con los pelitos de las sienes teñidos de ceniza. La aspiré metafóricamente, como una vaharada de café puro, ¡soñando con los blancos muslos y las tenues venas azules! Bueno, bueno... hubiese valido la pena tomarse el trabajo si ella no fuese tan hermosa. Esa deslumbrante mirada suya que deja todo al desnudo me obligaba a buscar refugio lejos de ella.

Lo malo es que no es posible pedirle que se vende los ojos para hacer el amor con ella. Y, sin embargo... ¡cómo las medias negras en que insisten algunos hombres! ¿A dónde va el pobre Pursewarden?

Su prosa creaba entre las clases medias
una lascivia dolorosa.

Sus ideas fueron censuradas
porque eran peligrosas para las masas.

Sus mejores obras fueron clasificadas
entre los gases nocivos.
¡Inglaterra despierta!

Hermano Asno, lo que llamamos acto vital es, en realidad, un acto imaginario. El mundo —que visualizamos siempre como Mundo «exterior»— sólo cede a la autoexploración. Ante esta paradoja cruel, pero necesaria, el poeta descubre que le empiezan a crecer cola y agallas, nada mejor para nadar contra las corrientes de la ignorancia. Lo que puede tal vez parecer un acto de arbitraria violencia, es justamente lo contrario, pues al invertir de este modo el proceso, el poeta unifica la presurosa y distraída corriente de humanidad con la quieta, tranquila, inmóvil, inodora, insípida plenitud de donde deriva la esencia de los motivos del hombre. (¡Sí, pero *duele* admitirlo!) Si el poeta tuviese que abandonar toda esperanza de hallar un asidero en la superficie resbaladiza de la realidad, estaría perdido, ¡y todo en la naturaleza desaparecería! Pero ese acto, el acto poético, ya no será necesario el día que cada uno pueda cumplirlo por sí mismo. ¿Qué se lo impide, preguntas? Bueno, todos tenemos un innato terror de separarnos de nuestra moral dolorosamente racionalizada; y ocurre que el salto poético que predico se encuentra precisamente del otro lado. Nos aterra únicamente porque no nos atrevemos a reconocer en nosotros mismos las horribles gárgolas que decoran los pilares totémicos de nuestras iglesias: criminales, mentirosos, adúlteros, etc. (Cuando nos reconocemos, las máscaras de *papier maché* se desvanecen.) ¡Quienquiera que dé el salto misterioso hacia la realidad heráldica de la vida poética descubrirá que la verdad posee su propia moral interna! No es necesario ya usar braguero. En la penumbra de esta verdad, la moral puede ser ignorada, pues es una *donnée,* una parte de la cosa en sí, no una mera palanca, una inhibición. ¡Existe no para que se piense en ella, sino para que se la viva! Ah, Hermano Asno, esto podrá parecerte una prédica demasiado ajena a las preocupaciones «puramente literarias» que te abruman; pero si no siegas con tu hoz esta parte del campo, jamás recogerás la cosecha interior, jamás cumplirás tu verdadera función en este mundo.

¿Pero cómo?, me preguntas quejumbroso, en tono de lamento. Y a esto, sinceramente, no sé qué responderte. Porque a cada uno de nosotros le ocurre de una manera distinta. Sugiero tan sólo que tú no has llegado aún al límite de la desesperación, al límite de la determinación. De algún modo, en lo profundo, tienes todavía un espíritu indolente. Pero entonces, ¿para qué luchar? Si tiene que sucederte, te sucederá sin que tú hagas nada. Tal vez hagas bien en abandonarte así, a la deriva, a la expectativa. Yo era demasiado altivo. Sentía que debía tomarla por los cuernos a esa cuestión esencial de mis derechos naturales. Para mí, se trataba de un acto de voluntad. Y a la gente como yo le decía: «¡Fuerza la cerradura, derriba la puerta. Afronta, desafía, desmiente el Oráculo y te convertirás en el poeta, el vidente!».

Sé que la prueba puede presentarse bajo cualquier disfraz, aun en el mundo físico, como un golpe entre los ojos o algunas líneas garabateadas a lápiz al dorso de un sobre olvidado en un café. La realidad heráldica puede estallar en cualquier punto, arriba o abajo, no tiene importancia. Pero sin ella el enigma subsistirá. Podrás viajar alrededor del mundo y colonizar los remotos extremos de la tierra con tus frases, pero jamás escucharás el cántico.

III

Leí estos pasajes del cuaderno de notas de Pursewarden con toda la atención y diversión que merecían, sin ningún pensamiento de «exoneración», para emplear la frase de Clea. Por el contrario, me parecía que sus observaciones eran muy penetrantes y que todos los azotes y escorpiones aplicados a mi imagen se justificaban perfectamente. ¡Además, es útil y a la vez saludable verse retratado con tan violento candor por alguien a quien se admira! No me sorprendió para nada el hecho de no sentirme herido en mi vanidad. No sólo no había huesos rotos sino que por momentos, mientras me reía en alta voz de sus ocurrencias, me encontraba conversando con él por lo bajo, como si en realidad estuviese presente, pronunciando antes que escribiendo aquellas indigestas verdades caseras.

—Aguarda, hijo de...; aguarda un poco y verás.

¡Como si tuviese algún día la posibilidad de arreglar cuentas con él, de saldar viejas deudas! Y me molestaba, al alzar la cabeza, advertir que se había ocultado ya detrás de las cortinas, que había desaparecido de escena; a tal punto imponía su presencia en todas partes, aquella extraña mezcla de fuerzas y debilidad que conformaban su enigmático carácter.

—¿De qué se ríe? —preguntó Telford, siempre ansioso

por intercambiar bromas burocráticas, con tal que tuviesen la dosis necesaria de intención moribunda.

—Un cuaderno de notas.

Telford era un hombrón envuelto en trajes mal cortados y una corbata de lazo a lunares azules. Tenía el cutis manchado del que se lastima fácilmente con la navaja de afeitar; por esa razón se veía siempre un pequeño parche adherido a su barbilla o a su oreja, para restañar alguna herida. Siempre voluble, desbordaba una equívoca *bonhomie* expansiva, y se tenía la impresión de que vivía en guerra permanente con su floja dentadura postiza. Engullía palabras, mordía empastes flojos, tragaba en falso, boqueando como un pez fuera del agua cada vez que lanzaba sus bromas o se reía de sus propios chistes, como un hombre montado sobre una batidora de huesos con la dentadura superior corcovándole entre ambas encías. No era demasiado desagradable como compañero de la oficina que compartíamos en el departamento de censura, pues el trabajo no era excesivo, y él, como viejo empleado, estaba siempre dispuesto a darme un consejo o una mano; también me divertía con sus historias empecinadamente repetidas sobre míticos «viejos tiempos», cuando él, el pequeño Tommy Telford, había sido un personaje de gran importancia, segundo tan sólo en rango y autoridad al gran Maskelyne, nuestro jefe actual. Siempre se refería a él como el «Brig» y aclaraba que el departamento, que en un tiempo había sido el Bureau Árabe, había conocido tiempos mejores; en realidad, había sido rebajado de categoría y convertido en el departamento de censura que se ocupaba de la vulgar tarea de atender las idas y venidas de la correspondencia civil del Medio Oriente. Una función insignificante si se la comparaba con la de «Espionaje», palabra que pronunciaba ostentosamente marcando sus cuatro sílabas bien articuladas.

Las historias de aquella antigua gloria, perdida ahora

para siempre, constituía algo así como una parte del Ciclo Homérico de la vida burocrática; Telford las recitaba, melancólico, durante los intervalos entre las rachas de trabajo intenso, o por las tardes, cuando algún pequeño contratiempo, como por ejemplo la rotura de un ventilador, impedía la concentración en aquel edificio mal ventilado y sin aire. Por Telford me enteré de la encarnizada guerra entre Pursewarden y Maskelyne, guerra que en un sentido se continuaba en otro plano entre el silencioso brigadier y Mountolive, pues Maskelyne estaba ansioso, desesperado en realidad, por colgar el traje civil y volver al regimiento. Este anhelo había sido frustrado. Mountolive, explicaba Telford entre suspiros frecuentes y estrepitosos (agitando las manos agrietadas y regordetas, rellenas de venas azuladas, como pasteles de ciruelas), Mountolive había ido personalmente al Departamento de Guerra y los había persuadido de que no propiciaran la renuncia de Maskelyne. Diré que el brigadier, a quien veía acaso un par de veces por semana, me impresionaba como un individuo dominado por la sombría furia saturnina de verse anclado en una oficina civil, cuando había tanto que hacer en el desierto, pero, lógicamente, cualquier soldado sentiría lo mismo que él.

—Cuando hay guerra, viejo, hay ascensos a montones, a montones, ¿sabe? Y el Brig tiene derecho a pensar en su carrera, igual que cualquiera. Para nosotros el asunto es distinto. Somos en realidad civiles natos.

Él, por su parte, se había dedicado durante varios años al comercio de pasas de Corinto en el Levante oriental, y había residido en sitios tales como Zante y Patras. Los motivos de su venida a Egipto eran oscuros. Tal vez le parecía más agradable vivir en una gran colonia británica. La señora Telford era una gansa regordeta que usaba lápiz de labios de color malva y sombreros que parecían alfileteros. Sólo daba señales de vida en las reuniones de la Embajada para celebrar el cumpleaños del rey. («A Mavis le encanta su pequeña tarea diplomática.»)

Pero si en la guerra administrativa con Mountolive, Maskelyne no había logrado todavía ninguna victoria, tenía en cambio algunos consuelos, decía Telford, de los que el Brig obtenía satisfacciones un tanto rebuscadas: porque Mountolive estaba en la misma situación. Esto hacía que él (Telford) se «regodeara», frase característica que usaba con frecuencia. Mountolive, parece, no estaba menos ansioso que Maskelyne por abandonar su puesto; a decir verdad, había solicitado varias veces su traslado de Egipto. Desgraciadamente, había sobrevenido la guerra con su política de «bloqueo de personal», y Kennilworth, que no era amigo del embajador, había sido enviado para encauzar esa política. De modo que si el brigadier estaba anclado a causa de las intrigas de Mountolive, también Mountolive se encontraba anclado debido a la actitud del consejero de personal recientemente designado, ¡anclado «por tiempo indeterminado»!

—Ya veremos quién se zafa primero —decía Telford—. Y si me lo pregunta, le diré que el Brig conseguirá escapar antes que sir David. Piense bien lo que le digo, viejo.

Un simple y solemne gesto afirmativo bastaba para hacerle suponer que su observación había sido registrada.

El vínculo que unía a Telford y Maskelyne era bastante curioso y me intrigaba. ¿Qué demonios podían tener en común aquel soldado solitario y monosilábico y el efusivo hombrecillo? ¡Hasta sus nombres en las listas impresas de la Embajada sugerían irresistiblemente una pareja de cómicos de music-hall o bien una respetable firma de empresarios! Sin embargo, creo que lo que los unía en realidad era la admiración, pues Telford mostraba en presencia del jefe un respeto grotesco y maravillado; revoloteaba ansioso a su alrededor, trataba de anticiparse a sus órdenes, para obtener alguna palabra de elogio. Sus «Sí, señor» y «No, señor», profusamente salivados, saltaban de entre sus dientes postizos con la insensata regularidad de los cucú de un reloj. Por extraño que parezca, aquella sicofancia no era fingida. Era en realidad algo así como un enamoramiento burocrático, porque cuando Maskelyne no estaba presente, Telford se refería a él con grandiosa reverencia, con una profunda devoción por el héroe, compuesta en partes iguales de admiración social por su rango y sincero respeto por su carácter y su criterio. Por curiosidad, traté de ver a Maskelyne a través de los ojos de mi colega, pero no alcancé a desentrañar otra cosa que un soldado bien educado, más bien taciturno, de escasas dotes intelectuales, con un acento trasquilado y cansador de escuela pública. Sin embargo... «El Brig es un caballero genuino, de hierro forjado», decía Telford, embargado por una emoción tan intensa que casi le hacía brotar lágrimas de los ojos. «Es recto como una cuerda, el viejo Brig. Nunca se aviene a hacer nada que esté por debajo de su rango.» Tal vez fuese cierto, pero eso no lo hacía menos insignificante a mis ojos.

Telford desempeñaba varias tareas menores que él mismo se había impuesto, y que realizaba para su héroe: por ejemplo, comprarle el *Daily Telegraph* de la semana anterior y depositarlo cada mañana sobre el escritorio del gran hombre. Cuando atravesaba el piso encerado del despacho vacío de Maskelyne (pues íbamos a trabajar temprano) adoptaba un curioso paso remilgado; como si temiese dejar marcas en el piso. Cuando se acercaba al escritorio, lo hacía con el sigilo de un ladrón. Y la ternura con que doblaba el periódico y pasaba los dedos por los pliegues antes de depositarlo con reverencia en el secante verde, me hacía pensar en una mujer cuando acomoda la camisa de su marido recién planchada y almidonada.

En cuanto al brigadier, no parecía ver con malos ojos la carga de aquella ingenua admiración. Supongo que pocos hombres se le resistirían. Al principio me desconcertó el hecho de que una o dos veces por semana nos visitase, sin ningún propósito evidente, y se paseace alrededor de nuestros respectivos escritorios, murmurando alguna ocasional broma informe y monocrómica, indicando el destinatario de la misma apuntándolo ligeramente, casi con timidez, con el caño de su pipa. No obstante, durante aquellas visitas, su curtido rostro de perro de caza, con la pequeña pata de gallo bajo los ojos, jamás cambiaba de expresión, y la voz tenía siempre las mismas estudiadas inflexiones. Al principio, como decía, aquellas apariciones me habían intrigado, pues Maskelyne podía ser cualquier cosa menos un alma cordial, y rara vez hablaba de otra cosa que del trabajo. Hasta que un día descubrí, en la lenta y elaborada figura de danza que trazó entre nuestros escritorios, vestigios de una coquetería inconsciente, que me hizo pensar en la forma en que el pavo real abre su gran abanico decorado de ojos frente a la hembra, o el arabesco que describe una modelo cuando exhibe un vestido. En realidad, Maskelyne venía, sencillamente, a que se lo admirase, a exhibir en presencia de Telford los tesoros de su personalidad y su educación. ¿Sería posible que aquella fácil conquista le hubiese proporcionado algo de la seguridad interior de que carecía? Era difícil afirmarlo. Sin embargo, parecía reconfortado por la admiración ilimitada de su colega. Estoy convencido de que aquella actitud del hombre solitario hacia su único admirador sincero era totalmente inconsciente. En cuanto a él, Maskelyne, sólo podía retribuir aquella admiración con la condescendencia lógica de su educación. Íntimamente despreciaba a Telford por no ser un caballero.

—¡Pobre Telford! —decía suspirando cuando el otro no podía oírlo—. ¡Pobre Telford!

El tono compasivo de la voz sugería la piedad hacia un ser digno, pero desesperadamente falto de inspiración.

Aquéllos fueron mis compañeros durante el primer verano agotador, y su compañía no me planteaba problemas. El trabajo era sencillo y no me ocupaba la mente. Mi rango era humilde y no creaba obligaciones sociales de ninguna especie. Por otra parte, no nos frecuentábamos fuera de la oficina. Telford vivía cerca de Rushdi, en una pequeña villa suburbana, alejada del centro de la ciudad, en tanto que Maskelyne rara vez se movía del severo cuarto del piso más alto del Cecil. De modo que cuando salía de la oficina, podía olvidarla por completo y retornar a la vida de la ciudad, a lo que quedaba de ella.

La nueva relación con Clea tampoco me creaba problemas, tal vez porque evitábamos deliberadamente definirla en términos demasiado concretos; la dejábamos en libertad de seguir las curvas de su propia naturaleza, de cumplir su propio destino. No siempre, por ejemplo, me quedaba a dormir en su departamento; a veces, cuando trabajaba en algún cuadro, me pedía algunos días de absoluta soledad y reclusión para concentrarse en su tema, y aquellos intervalos, de una semana o más a veces, enriquecían y renovaban nuestro afecto sin dañarlo. ¡A veces ocurría, sin embargo, que, después del pacto, nos encontrábamos por obra del azar, y por debilidad reanudábamos la relación suspendida antes de que se cumpliese el plazo de tres días o una semana! No era fácil.

Por las tardes solía encontrarla, sola y absorta, con la mirada perdida en la lejanía, en la pequeña terraza de madera pintada del Café Baudrot. Los cuadernos de croquis sobre la mesa, intocados. ¡Sentada así, quieta como un conejo, se había olvidado de limpiarse el diminuto bigote de crema que el *café viennois* le había dejado en los labios! En momentos como aquéllos, tenía que dominarme para no derribar la balaustrada de madera y estrecharla entre mis brazos, pues aquel detalle conmovedor, que la hacía aparecer tan infantil, tan serena, renovaba vívidamente su recuerdo. La imagen leal y ardiente de Clea la amante se alzaba ante mis ojos y de pronto la separación se me hacía insoportable. Otras veces, en cambio, ocurría que, de pronto (sentado en un banco de algún parque, leyendo), sintiese la súbita presión de unas manos frías sobre mis ojos; entonces me volvía rápidamente y la abrazaba para aspirar otra vez la fragancia de su cuerpo a través del ligero vestido de verano. Y, a veces, a menudo en momentos en que pensaba realmente en ella, aparecía como por milagro en el departamento diciendo:

—Sentí que me llamabas.

O si no:

—De pronto empecé a necesitarte de tal modo...

Aquellos encuentros tenían una dulzura tan intensa que, inesperadamente, volvían a encender nuestra pasión. Como si hubiésemos estado separados no unos pocos días sino durante años.

Nuestra firmeza en materia de separaciones deliberadas dejaba pasmado a Pombal, quien no lograba adoptar la misma actitud en sus relaciones con Fosca, sino la de trepar a la luna. Despertaba a la mañana con su nombre en los labios. Lo primero que hacía era llamarla ansiosamente por teléfono para preguntarle si estaba bien, como si su ausencia la dejase expuesta a peligros desconocidos. Su día oficial, con sus diversas obligaciones, constituía para él un verdadero tormento. Llegaba a casa a almorzar literalmente al galope, para correr a verla nuevamente. En rigor de verdad, debo decir que su afecto por Fosca era plenamente compartido, si bien sus relaciones eran, por su pureza, como las de dos ancianos jubilados. Si él se demoraba en una comida oficial, Fosca se sumía en una fiebre de aprensiones. («No, no es su fidelidad lo que me preocupa, es su seguridad. Usted sabe cómo es de distraído cuando conduce el automóvil.») Por fortuna, durante aquel período los bombardeos nocturnos del puerto tenían, sobre las actividades sociales de la ciudad, el efecto de un toque de queda, de modo que Pombal y Fosca podían estar juntos casi todas las noches, jugando al ajedrez o a los naipes, o bien leyendo en voz alta. Encontré en Fosca una joven reflexiva, casi intensa, un poco desprovista de humor, pero sin la cursilería que me había hecho sospechar la descripción que me hiciera Pombal de ella durante nuestro primer encuentro. Tenía un semblante vivaz y móvil, en el que las arrugas prematuras sugerían tal vez sus dolorosas experiencias de refugiada. Jamás se reía a carcajadas y su sonrisa tenía siempre un toque de pensativa tristeza. Pero era inteligente y siempre tenía una respuesta a mano, una respuesta espiritual y meditada, en verdad, el *esprit* que los franceses con tanta razón aprecian en las mujeres. El hecho de que se aproximase el término de su embarazo parecía acrecentar el interés y la adoración de Pombal; en realidad, mostraba cierta complacencia con respecto a la criatura. ¿Acaso intentaba sugerir que era suya, como una prueba ante un mundo que podía pensar tal vez que «no era hombre»? No sabría decirlo. En las tardes del verano salía a navegar en su pequeño barco de vela por los alrededores del puerto, con Fosca sentada en la popa, remolcando en el mar una de sus blancas manos. A veces, cantaba para él con una voz pequeña y límpida como la de un pájaro. Pombal se sentía transportado; adoptaba el aire de un buen *bourgeois papa de famille* y marcaba el compás con un dedo. Por las noches, preferían aislarse del bombardeo, junto a un tablero de ajedrez, elección un tanto singular; el estrépito de los cañonazos le producía dolores de cabeza nerviosos, pero Pombal, con increíble habilidad, había confeccionado orejeras para ambos, recortando filtros de las boquillas de cigarrillos. Así podían concentrarse en silencio.

Sin embargo, una o dos veces aquella pacífica armonía se vio ensombrecida a causa de los acontecimientos del mundo exterior, que despertaban dudas y recelos lógicos en una relación tan nebulosa —tan conversada y analizada, tan no vivida— como la suya. Un día encontré a Pombal en bata y pantuflas, vagando por el departamento con un aire sospechosamente acongojado y con los ojos enrojecidos.

—¡Ah, Darley! —suspiró ruidosamente. Se dejó caer en su silla de gotoso y se mesó las barbas con los dedos como si quisiera arrancárselas—. Jamás las entenderemos, jamás. ¡Mujeres! ¡Qué mala suerte! ¡Tal vez lo único que ocurre es que yo soy un estúpido! ¡Fosca! ¡Su marido!

—¿Ha muerto? —pregunté.

Pombal negó tristemente con la cabeza.

—No. Lo tomaron prisionero y lo enviaron a Alemania.

—Bueno, ¿y por qué tanta historia?

—Me siento avergonzado, es eso. Hasta que llegó la noticia no me había dado cuenta, ni tampoco ella, de que en realidad estábamos *esperando* que lo mataran. Inconscientemente, por supuesto. Ahora siente horror de sí misma. Pero la verdad es que todos nuestros proyectos para una vida futura estaban construidos inconscientemente sobre la idea de que él perdiese la suya. Es monstruoso. Su muerte nos hubiera liberado; pero ahora el problema queda diferido tal vez por varios años, acaso para siempre...

Tenía un aire ausente y se abanicaba con un periódico, murmurando como si hablara consigo mismo.

—Las cosas toman los giros más extraños —dijo por último—. Porque si Fosca era demasiado generosa para confesarle la verdad mientras estaba en el frente, tampoco lo hará jamás con un pobre prisionero. La dejé hecha un mar de lágrimas. Y ahora todo queda postergado *hasta que termine la guerra*.

Apretó los dientes y me miró desesperado.

Era difícil para mí encontrar palabras de consuelo.

—¿Por qué no le escribes y se lo dices?

—¡Imposible! Sería demasiado cruel. ¿Y con la criatura a punto de nacer? Tampoco yo, Pombal, desearía que lo hiciese. Jamás. La encontré llorando, mi amigo, con el telegrama en la mano. Me dijo con voz angustiada: «Oh, Georges-Gaston, cuando pienso que hubiésemos preferido su muerte me siento por primera vez avergonzada de mi amor». Puede parecerte confuso, ¡pero sus emociones son tan sutiles, su sentido del honor, el orgullo y todo el resto! Entonces ocurrió algo inesperado. Nuestro dolor era tan grande que, para consolarla, me dejé llevar por mis impulsos y nos pusimos a hacer el amor realmente, sin darnos cuenta. Un cuadro bastante extraño. Y una operación nada fácil. Entonces, cuando nos recuperamos, ella empezó a llorar otra vez: «Ahora, por primera vez, siento una especie de odio hacia ti, Georges-Gaston, porque nuestro amor está en el mismo plano que el de todo el mundo. ¡Lo hemos degradado!». Las mujeres siempre lo ponen a uno en situaciones difíciles. Y yo que me sentía tan feliz de poseerla por fin... Súbitamente sus palabras me hundieron en la desesperación. Salí corriendo. Y hace *cinco horas* que no la veo. ¿Será éste el final? ¡Ah, pensar que podía haber sido el principio de algo que me alentase por lo menos hasta que todo pueda salir a la luz del día!

—¿No será que ella es demasiado estúpida?

Pombal estaba horrorizado.

—¡Cómo puedes decir semejante cosa! Todo esto nace de su espíritu exquisitamente sensible. Es eso. No me hagas más desdichado todavía diciendo tales disparates de una criatura tan maravillosa.

—Bueno, llámala por teléfono.

—Su teléfono no funciona. ¡Ay! Es peor que un dolor de muelas. Por primera vez en mi vida he estado jugando con la idea del suicidio. Ya ves a qué punto he llegado.

En aquel preciso instante se abrió la puerta y Fosca entró en la habitación. También ella había estado llorando. Se detuvo con extraña dignidad y tendió ambas manos a Pombal, que lanzó un grito inarticulado de felicidad y se lanzó en bata, a través del cuarto, para abrazarla apasionadamente. Entonces la rodeó con el brazo y juntos fueron lentamente por el corredor hasta la habitación de él, donde se encerraron.

Un poco más tarde, al anochecer, lo vi venir radiante por la rue Fuad.

—¡Hurra! —gritó, arrojando su sombrero al aire—. *«Je suis enfin là!»*

El fino sombrero describió una gran parábola y fue a caer en medio de la calle, donde inmediatamente, en rápida sucesión, fue aplastado por tres automóviles. Pombal juntó las manos y contempló extasiado el espectáculo, como si le causase una felicidad infinita. Entonces, alzó al cielo su cara de luna, como si buscara una señal, un prodigio. Cuando llegué a su lado, me tomó las manos y dijo:

—¡Divina lógica femenina! En verdad no hay en la tierra nada tan maravilloso como una mujer que analiza sus sentimientos. Es adorable. Adorable. Nuestro amor... ¡Fosca! Es perfecto ahora. Estoy atónito, sinceramente, *atónito*. Nunca hubiera llegado a pensarlo con tanta exactitud. Escucha, ella no podía decidirse a engañar a un hombre que corría constante peligro de muerte. Perfecto. Pero ahora que está seguro, entre rejas, es distinto. Somos libres de vivir normalmente. Por supuesto, no vamos a herirlo ahora confesándoselo. Lo que haremos, sencillamente, es comer en la despensa, como decía Pursewarden. ¿No es maravilloso, mi querido amigo? Fosca es un ángel.

—Parece una mujer, después de todo.

—¡Una Mujer! Con todo lo magnífica que es, la palabra resulta insuficiente para un espíritu como el suyo.

Se echó a reír y me palmeó afectuosamente el hombro. Seguimos caminando juntos por la calle.

—Voy hasta Pierantoni a comprarle un regalo costoso... ¡Yo, que jamás hice regalos a las mujeres, jamás en la vida! Siempre me pareció absurdo. Una vez vi una película sobre el celo de los pingüinos. El pingüino macho, que se parece al hombre de una manera tan ridícula, recoge piedras y las deposita frente a la dama de su elección cuando se le declara. Hay que verlo para apreciarlo. Y ahora me porto como un pingüino macho. No importa. No importa. Nuestra historia sólo puede tener un final feliz.

Palabras fatídicas que he recordado a menudo desde entonces; unos meses más tarde Fosca dejó de ser problema para siempre.

IV

Transcurrió un tiempo bastante largo antes de que tuviera noticias de la hermana de Pursewarden, si bien sabía que estaba siempre en la Legación de verano. En cuanto a Mountolive, sus visitas se registraban en el memorándum oficial de la Embajada, de modo que estaba enterado de que venía de El Cairo por una noche cada diez días. Al principio esperaba en cierto modo alguna noticia directa de él, pero a medida que pasaba el tiempo casi llegué a olvidar su existencia, como probablemente él habría olvidado la mía. De modo que la voz de Liza, cuando vibró por primera vez a través del teléfono de la oficina, me llegó como una intrusión inesperada, una sorpresa en un mundo en el que las sorpresas eran escasas y, naturalmente, bienvenidas. Una voz curiosamente descarnada, como la de un adolescente tímido.

—Creo que usted me conoce. Como amigo de mi hermano, me gustaría hablar con usted.

Definió como «íntima, sin etiqueta y no oficial» la invitación a cenar la noche siguiente, lo que me hizo suponer que Mountolive estaría también allí. Cuando caminaba por el largo sendero, con sus setos de boj tan ingleses, y atravesaba el bosquecillo de pinos que rodeaba la residencia de verano, sentí el cosquilleo de una curiosidad inusitada. La

195

noche era calurosa y sin aire, como si presagiara en algún lugar del desierto un *khamseen* que más tarde arrastraría como pilares de humo sus nubes de polvo por las calles y las plazas de la ciudad. Pero a aquella hora la atmósfera de la noche era todavía árida y transparente.

Llamé dos veces sin resultado, y cuando empezaba a pensar que acaso no sonara, oí en el interior pasos suaves y rápidos. La puerta se abrió. Liza estaba frente a mí, con una expresión ávida y triunfante en su rostro ciego. A primera vista me pareció muy hermosa, aunque de estatura más bien pequeña. Llevaba un vestido oscuro; del escote, muy abierto, brotaban, como de una corola, el cuello esbelto y la cabeza morena. Erguida, con un aire de espectral valentía, como si ofreciera el cuello encantador a un invisible verdugo. Cuando le dije mi nombre sonrió y lo repitió en un murmullo tenso como una cuerda.

—Gracias a Dios que ha venido usted por fin —dijo como si hubiese aguardado mi visita durante años. Cuando me acerqué, agregó con prisa:

—Perdóneme si... Es mi única manera de saber.

De pronto sentí sus dedos en mi rostro, suaves, cálidos; veloces, intensos, como si lo descifraran. Me recorrió un extraño escalofrío, una mezcla de sensualidd y repugnancia, mientras aquellos dedos expertos viajaban por mis mejillas y mis labios. Tenía manos pequeñas y bien formadas: los dedos transmitían una sorprendente sensación de delicadeza, ligeramente arqueados en las puntas, como antenas blanquísimas tendidas hacia el mundo. Una vez había visto a un pianista famoso con aquellos mismos dedos, tan sensitivos que parecían crecer del teclado cuando lo rozaba. Liza lanzó un breve suspiro de alivio y tomándome por la muñeca me condujo a través del vestíbulo hacia el salón con su suntuoso y desvaído mobiliario oficial, donde nos aguardaba Mountolive de pie junto a la chimenea. Parecía sentirse incómodo y preocupado. De una radio invisible llegaban los acordes de una música suave. Cuando me estrechó la mano tuve la sensación de algo vacilante, indeciso, que concordaba con la voz fugitiva con que se disculpó por su largo silencio.

—Tenía que esperar a que Liza estuviese preparada —dijo con misterio.

Mountolive había cambiado mucho, aunque se advertían siempre en él los vestigios de la elegancia superficial indispensable para su trabajo. Se vestía con excesivo cuidado porque (pensé con fastidio) un traje de diario es siempre un uniforme para un diplomático. Seguía tan atento y amable como antes. Pero había envejecido. Advertí que usaba anteojos para leer, pues los vi junto al sofá sobre un ejemplar de *The Times*. Se había dejado crecer un bigote que no cuidaba y que modificaba la forma de su boca, acentuando una refinada debilidad de expresión. No podía jamás imaginármelo en las garras de una pasión tan intensa que pudiese dejar rastros en las reacciones típicas de alguien con una educación tan definida como la suya. Ni siquiera ahora, mirando a ambos alternativamente, podía dar crédito a las sospechas que Clea había expresado acerca de su amor por aquella extraña bruja ciega que ahora, sentada en el sofá, me miraba fijamente con sus ojos vacíos, las manos recogidas sobre la falda, aquellas manos de músico, rapaces, avaras. ¿Sería posible que se hubiese enroscado como una serpiente llena de odio en el centro de la vida pacífica de Mountolive? Acepté el cóctel que Mountolive me ofrecía y descubrí entonces, en el calor de su sonrisa, que lo había querido y admirado, y que mis sentimientos eran siempre los mismos.

—Estábamos los dos ansiosos por verlo, especialmente Liza, pues piensa que usted puede ayudarla. Ya hablaremos de esto más tarde.

Con abrupta suavidad abandonó el tema real de mi

visita para preguntarme si me gustaba mi trabajo, si me sentía feliz en él. Un cambio de bromas corteses que provocaban las respuestas neutras adecuadas. De tanto en tanto, sin embargo, el resplandor de algún nuevo indicio.

—Liza estaba totalmente decidida a que usted se quedara con nosotros; hemos estado ocupados con los preparativos.

¿Por qué? ¿Porque quería someterme, sencillamente, a un catecismo acerca de su hermano, a quien, en honor a la verdad, no pretendía haber conocido íntimamente, y cuya imagen se me hacía cada vez más misteriosa: menos importante como individuo y, sin embargo, más como artista? Era evidente que tenía que esperar a que Liza se decidiera a expresar su pensamiento. Pero aquel tiempo perdido en conversaciones triviales me hacía sentirme frustrado.

La reunión proseguía en aquella misma atmósfera de indefinida superficialidad; para mi sorpresa, la joven permanecía muda, no pronunciaba ni una sola palabra. Sentada siempre en el sofá, parecía blanda, atenta, como en una nube. Noté que llevaba una cinta de terciopelo en la garganta. Se me ocurrió que aquella palidez, que tanto había impresionado a Clea, se debía probablemente al hecho de que no podía maquillarse frente al espejo. Clea tenía razón en cuanto al trazado de la boca; un par de veces capté en ella una expresión sardónica y cortante, una réplica de la de su hermano.

Un lacayo sirvió la cena en una mesa rodante; hablando siempre de temas sin importancia nos sentamos a comer; Liza comía apresuradamente, como si estuviese hambrienta, con una perfecta seguridad de movimientos, del plato que Mountolive le había servido. Cuando alzó la copa de vino advertí que sus expresivos dedos temblaban levemente. Por último, terminada la cena, Mountolive se levantó con un aire de alivio apenas disimulado y se disculpó.

—Los dejaré solos para que hablen de negocios. Yo tengo

algo que hacer en la Cancillería esta noche. Me disculpa, ¿verdad?

Un gesto de aprensión ensombreció por un instante el semblante de Liza, pero aquella sombra se desvaneció casi en seguida para cambiarse en una expresión que sugería angustia y resignación. Acarició suavemente, con sus dedos sensitivos, la borla de un almohadón. Cuando la puerta se cerró detrás de Mountolive, quedó en silencio, pero ahora, siempre tensa, dejó caer la cabeza hacia adelante, como si procurase descifrar un mensaje escrito en la palma de su mano. Por último, habló con una voz pequeña y fría, pronunciando incisivamente cada palabra, como para aclarar su significado.

—Cuando se me ocurrió por primera vez la idea de solicitar su ayuda, nunca pensé que pudiera ser tan difícil de explicar. El libro...

Hubo un largo silencio. Vi que en el labio superior brotaban diminutas gotas de sudor y que las sienes parecían oprimidas, tensas. Su angustia me apenó; entonces dije:

—No puedo decir que lo haya conocido bien, aunque nos veíamos con bastante frecuencia. Para ser sincero, no creo que nos tuviésemos mucha simpatía.

—Al principio —dijo de pronto, interrumpiendo con impaciencia mis vaguedades— pensé que podría convencerlo de que escribiese un libro acerca de él. Pero comprendo ahora que usted necesitaría saberlo todo. No es fácil empezar. Y yo misma dudo de que los sucesos de su vida puedan en realidad escribirse y publicarse. Cuando pensé en esa posibilidad, fue, en primer lugar, a causa de la insistencia de sus editores: afirman que hay un enorme interés de parte del público; pero sobre todo a causa del libro que ese periodista está escribiendo o ha escrito ya. Keats.

—¡Keats! —repetí con sorpresa.

—Creo que anda por aquí, pero no lo conozco. La esposa

199

de mi hermano le dio la idea. Lo empezó a odiar, sabe, cuando se enteró; pensaba que entre mi hermano y yo habíamos arruinado su vida. Sinceramente, le tengo miedo. No sé qué le habrá dicho a Keats ni qué podrá escribir él. Ahora veo que mi propósito original cuando le pedí que viniera era convencerlo de que usted escribiese un libro que... disfrazase en cierto modo la verdad. Pero sólo lo comprendí en el momento en que me encontré frente a usted. Me causaría un indecible dolor que se publicara cualquier cosa que pudiese herir la memoria de mi hermano.

Desde el este llegó hasta nosotros el estampido de un trueno. Liza se levantó con expresión de pánico y tras un instante de vacilación se dirigió hacia el gran piano y tocó un acorde. Luego bajó ruidosamente la tapa y se me acercó.

—Me aterran los truenos. Permítame por favor que le tenga la mano.

La suya estaba mortalmente helada. Entonces, echando hacia atrás su pelo negro, dijo:

—Éramos amantes, ¿sabe? Ése es el verdadero significado de nuestra historia. Él quería terminar. Su matrimonio fracasó a causa de lo nuestro. Tal vez fue una deslealtad suya no decirle a ella la verdad antes de casarse. Pero las cosas ocurren de maneras extrañas. Durante muchos años disfrutamos de una felicidad perfecta, él y yo. Nadie tiene la culpa, supongo, de que las cosas hayan terminado trágicamente. Él no pudo liberarse de mi dominio, aunque hizo todo lo posible, luchó con todas sus fuerzas. Y yo no podía liberarme de él, aunque para ser sincera jamás lo deseé hasta... hasta el día vaticinado por él, años atrás, en que llegó el hombre a quien siempre había llamado «el extranjero moreno». Lo veía con tanta claridad cuando miraba las llamas. Era David Mountolive. Durante algún tiempo no pude decirle que me había enamorado, enamorado del hombre de la profecía. (David no me lo permitió. La única persona que lo supo fue la madre de Nessim. David pidió mi consentimiento para decírselo.) Pero mi hermano lo supo con absoluta certeza; me escribió después de un largo silencio para preguntarme si el extranjero había llegado ya. Cuando recibió mi carta comprendió súbitamente que nuestro amor podía ser herido o destruido como lo había sido su relación con su mujer; no por nada de lo que hicimos, no, sino por el simple hecho de mi existencia. Entonces se suicidó. Me lo explicó todo con tanta lucidez en su última carta. Puedo repetírsela de memoria. Decía: «Durante muchos años he aguardado con angustiosa expectativa tu carta. A menudo, muy a menudo, la escribía por ti mentalmente, palabra por palabra, como en un sortilegio. Sabía que en tu felicidad te volverías en seguida a mí para expresar tu gratitud por lo que te había dado, por haberte enseñado, a través de mi amor, el sentido de todo amor; para que cuando el extranjero llegase estuvieses preparada... Ahora he recibido el tan esperado mensaje en el que dices que él ha leído las cartas. Entonces, por primera vez, tuve la sensación de un indecible alivio. Y de alegría a la vez, una alegría tal como jamás pensé que podía experimentar en mi vida, al verte, de pronto, entrar en la vida con toda su plenitud, por fin; ¡no atada ya a la imagen de tu atormentado hermano! Las bendiciones brotan de mis labios. Pero entonces, gradualmente, a medida que la nube se levanta y dispersa, siento el peso de otra verdad, totalmente imprevista, del todo inesperada. El temor de que, mientras yo esté vivo, y exista todavía en algún lugar del mundo, te sentirás en realidad incapaz de desprenderte de las crueles cadenas con que te he sujetado durante todos estos años. Este temor ha helado mi sangre, pues sé que en verdad lo que se me exige es algo mucho más definitivo, para que tú puedas renunciar a mí para siempre y empezar a vivir. Tengo que abandonarte definitivamente, salir del escenario para siempre, de modo que no quede ya

201

lugar a equívocos en nuestros vacilantes corazones. Sí, había anticipado la alegría, pero no que traería consigo una visión tan clara de mi muerte. Esto era nuevo para mí. Y, sin embargo, es el mejor regalo de bodas que te puedo ofrecer. Si eres capaz de ir más allá del dolor inmediato, verás qué perfecta es la lógica del amor para alguien que está dispuesto a morir por él».

Lanzó un sollozo breve y claro y dejó caer la cabeza. Buscó el pañuelo en el bolsillo superior de mi chaqueta y lo apretó contra sus labios temblorosos. Yo me sentía desconcertado ante el peso de aquellas abrumadoras confidencias. Y en medio de la dolorosa piedad hacia Pursewarden, sentí crecer en mí un nuevo conocimiento de su ser, una nueva explicación. ¡Cuántas cosas se aclaraban ahora! Sin embargo, no había palabras de consuelo o conmiseración que pudiesen hacer justicia a una situación tan trágica. Liza empezó a hablar otra vez.

—Le daré sus cartas íntimas para que las lea y pueda aconsejarme. Son las cartas que yo no tenía que abrir, sino que debía guardar cerradas hasta que llegase David. Él me las leería y entonces las destruiríamos, eso fue lo que dijo. ¡Qué extraña esa certeza suya! Las otras cartas, las comunes, me las leyeron, por supuesto, en la forma habitual; pero las íntimas, que son muchas, venían todas perforadas con un alfiler en el ángulo superior izquierdo. Para que yo las reconociera y las dejara a un lado. Están en aquella maleta. Me gustaría que usted se las llevase y las estudiase. ¡Oh Darley, usted no ha dicho una sola palabra! ¿Me ayudará en este horrible trance? ¡Me gustaría tanto poder leer su expresión!

—Por supuesto que la ayudaré. Pero, ¿cómo y en qué sentido?

—Aconséjeme. Nada de esto hubiese ocurrido de no haber sido por la intromisión de este periodista infame que fue a ver a la esposa de mi hermano.

—¿Nombró su hermano un apoderado literario?

—Sí, yo soy su apoderada.

—Entonces tiene derecho a negar autorización para la publicación de cualquier obra inédita mientras esté protegida por los derechos de autor. Además, no veo cómo pueden publicarse estas cosas sin su permiso, ni siquiera en una biografía no autorizada. No hay ningún motivo para preocuparse. Ningún escritor en sus cabales tocaría un material así, ni ningún editor del mundo se comprometería a imprimirlo, si eso ocurriera. Creo que lo mejor que puedo hacer es tratar de averiguar algo acerca del libro de Keats. Entonces sabrá por lo menos cómo están las cosas.

—Gracias, Darley. Yo no podía ponerme en contacto con Keats porque sabía que trabajaba para ella. La odio y le temo, tal vez injustamente. Supongo que tengo también la sensación de haberle hecho daño sin quererlo. Fue un error deplorable de parte de mi hermano no decírselo antes de casarse. Creo que él lo admitió, además, pues estaba decidido a que yo no cometiese el mismo error cuando David llegase. Por eso escribió las cartas íntimas, que no dejan lugar a dudas. Entonces, todo ocurrió como él lo previera, como lo profetizara. Cuando se lo dije a David la primera noche, fuimos directamente a casa para que me leyera las cartas. Nos sentamos en la alfombra frente a la estufa y David las leyó con esa voz inconfundible, la voz del extranjero.

Liza sonrió con una extraña sonrisa ciega ante el recuerdo, y yo tuve una súbita y piadosa visión de Mountolive sentado frente a la estufa, leyendo aquellas cartas con voz lenta y vacilante, azorado ante la revelación de su participación en aquella mascarada fantasmagórica que se preparaba para él desde hacía muchos años, sin que lo supiera. Liza estaba a mi lado, perdida en profundos pensamientos, la cabeza inclinada, moviendo lentamente los labios como si explicara algo, como si prosiguiera un recitado interior.

La sacudí dulcemente, como para despertarla.

—Debo irme ahora —dije en voz baja—. Pero, ¿por qué razón tengo que ver las cartas íntimas? No creo que sea necesario.

—Ahora que usted sabe lo peor y lo mejor quisiera que me aconsejara si debo o no destruirlas. Él quería que lo hiciese. Pero David piensa que son parte de su obra, que tenemos el deber de preservarlas. Yo no sé qué hacer. Usted es escritor. Trate de leerlas como escritor, como si las hubiese escrito usted mismo y dígame si debo conservarlas. Están en aquella maleta. Hay uno o dos fragmentos que usted podría ayudarme a prologar si tiene tiempo o si lo cree conveniente. Siempre me desconcertó, salvo cuando nos abrazábamos.

Una súbita expresión de salvaje resentimiento pasó por su rostro blanco. Como si se sintiera aguijoneada por un recuerdo penoso. Se pasó la lengua por los labios secos y cuando nos pusimos de pie añadió con una voz pequeña y ronca:

—Hay algo más. Ya que usted ha llegado a conocer tan profundamente nuestras vidas, ¿por qué no hacerle ver el fondo? Lo llevo siempre conmigo.

Buscó en su vestido, sacó una fotografía y me la extendió. Estaba borrosa y ajada. Una niña pequeña de cabello atado con una cinta estaba sentada en el banco de un parque, mirando con una sonrisa melancólica y ansiosa la cámara fotográfica. Tenía entre las manos un bastón blanco. Tardé un rato en identificar en el inquietante dibujo de la boca y la nariz los rasgos de Pursewarden, y en llegar a comprender que la niñita era ciega.

—¿La ve? —preguntó Liza en un murmullo tenso y tembloroso en el que se confundían extrañamente la furia, la amargura, la angustia triunfante—. ¿La ve? Era nuestra hija. Cuando murió, él se sintió dominado por el remordimiento de una situación que hasta entonces no nos había dado más que alegría. Su muerte de pronto despertó en él la culpa. Nuestra relación se fue a pique entonces; sin embargo, en otro sentido, se hizo aún más intensa, más íntima. Desde aquel momento nos unía también nuestra culpa. Me pregunto a menudo por qué. Una felicidad inmensa, sin nubes, y de pronto... un día, como una cortina de hierro, se alza la *culpa*.

La palabra cayó como una estrella errante y se extinguió en el silencio. Yo tomé aquella reliquia, la más desdichada de todas, y la apreté contra sus manos frías.

—Me llevaré las cartas —dije.

—Gracias —respondió con un aire de aturdido agotamiento—. Sabía que en usted teníamos un amigo. Cuento con su ayuda.

Cuando cerraba silenciosamente la puerta del frente alcancé a oír un acorde en el piano, un solo acorde, que quedó suspendido del aire silencioso, mientras sus vibraciones se perdían como un eco. Después, cuando cruzaba la arboleda, vi a Mountolive que se escurría hacia la puerta lateral de la casa; y adiviné de pronto que había estado caminando de uno a otro lado del parque, en un temor agónico, como un escolar que espera frente a la casa de su maestro que se le dé una paliza. Sentí una súbita simpatía hacia él, hacia su debilidad, ante la espantosa tragedia en que se veía envuelto.

Para mi sorpresa, descubrí que era temprano todavía. Clea había ido a pasar el día a El Cairo y no regresaría hasta más tarde. Llevé la pequeña maleta a su departamento y sentándome en la alfombra la abrí disponiéndome a esperar tranquilamente.

En la habitación silenciosa empecé a leer, a la luz de las velas, aquellas cartas íntimas, con una curiosa premonición interior, una sensación semejante al miedo: tan espantoso es explorar los secretos más íntimos de la vida de otro ser humano. Y ese sentimiento no decreció a medida que leía; por el contrario, creció hasta convertirse en una especie de terror, casi un horror de lo que podía seguir. ¡Las cartas! Feroces, hoscas, brillantes, profusas; el torrente de palabras fluía interminable salpicado de imágenes duras como diamantes, el salvaje frenesí autoanalítico de la desesperación, del remordimiento, de la pasión. Empecé a temblar como en presencia de un gran maestro, a temblar y a murmurar. De pronto, con una profunda conmoción, tuve la absoluta certeza de que no había en ninguna dimensión de nuestra literatura, ¡nada que pudiese compararse con aquellas cartas! Por muchas obras maestras que el mismo Pursewarden hubiese escrito, aquellas cartas las ensombrecían con su frenética y espontánea plenitud. ¡Literatura digo! Si esas cartas eran la vida misma, no una cuidada representación de sus formas; la vida misma, el fluido e intacto torrente de la vida con todos sus dolorosos recuerdos intoxicados de voluntad, sus angustias, sus terrores, sus sumisiones. Ilusión y realidad se confundían en ellas en la visión única y enceguecedora de una pasión perfecta, incorruptible, que pendía del espíritu del escritor como una oscura estrella: ¡la estrella de la muerte! La inmensa aflicción y belleza que aquel hombre expresaba con tanta sencillez, la terrorífica opulencia de su genio, me llenaban de desesperación impotente y a la vez de alegría. Las palabras parecían emanadas de todos los poros de su cuerpo: blasfemias, gemidos, lágrimas confusas de alegría y desesperación, todo integrado en la feroz y rápida notación musical de un lenguaje perfeccionado por su intención. Allí, por fin, dos amantes se enfrentaban, desnudos hasta los huesos, hasta la médula.

En medio de aquella experiencia aterradora y extraña alcancé a vislumbrar por un instante el verdadero Pursewarden, el hombre que siempre me había eludido. Pensaba con vergüenza en los mezquinos pasajes que le había dedicado en el manuscrito de Justine, en mi imagen de él. Por envidia o celos inconscientes había inventado un Pursewarden, para poder criticarlo. En realidad, no había hecho otra cosa que acusarlo de mis propias debilidades, y hasta había cometido el error de considerar algunas cualidades suyas como inferioridades sociales que eran exclusivamente mías, que él jamás había tenido. Sólo ahora, mientras leía los párrafos escritos por aquella mano veloz y certera, comprendía que el conocimiento poético o trascendental anula de algún modo el conocimiento puramente relativo; comprendía que su humor negro era la simple ironía, fruto de aquel conocimiento enigmático cuyo campo de acción está por encima y más allá del alcance de quienes se limitan a la mera búsqueda de hechos relativos. En verdad, no existía respuesta para las preguntas que yo había planteado. Pursewarden había tenido razón. Ciego como un topo, yo me había consagrado a excavar el cementerio del hecho relativo, amontonando datos, informaciones, pero desperdiciando totalmente la referencia mitopoética que es la raíz del hecho. ¡Y a eso había llamado la búsqueda de la verdad! No existía tampoco ninguna posibilidad de que yo aprendiese, salvo a través de aquellas ironías que me habían parecido tan hirientes. ¡Ahora veía que su ironía era en realidad ternura vuelta al revés como un guante! Y al ver por primera vez a Pursewarden en este nuevo aspecto, comprendía que, a través de toda su obra, había buscado la íntima ternura de la lógica misma, el Verdadero Sentido de las Cosas; no la lógica del silogismo ni las huellas de la marea de las emociones, sino la esencia pura de los hechos, la verdad desnuda, la Sospecha... la Gran Broma sin objeto. Broma, sí. Me desperté estremecido, con un juramento en los labios.

¿Qué es un acto humano sino una ilusión cuando dos interpretaciones distintas son igualmente válidas? Una ilusión, sí, un gesto insinuado contra la pantalla nebulosa de una realidad que sólo la naturaleza ilusoria de la división torna palpable. ¿Acaso algún otro novelista había planteado este problema antes que Pursewarden? No lo creo.

Y mientras pensaba en aquellas cartas terribles, tropecé de pronto con el verdadero sentido de mi relación con Pursewarden y a través de ella con todos los escritores. Comprendí que nosotros, los artistas, formamos una de esas patéticas cadenas humanas que los hombres organizan para pasarse baldes de agua durante un incendio, o para llevar hasta la playa un bote salvavidas. Una ininterrumpida cadena de humanidades para explorar los tesoros ocultos de la vida solitaria, y ofrecerlos a una comunidad indiferente, incapaz de perdonar; unidos todos, maniatados por la gracia.

Advertía también que la verdadera ficción no se encontraba en las páginas de Arnauti, ni en las de Pursewarden, ni tampoco en las mías. La vida era la ficción; y todos intentábamos expresarla a través de diferentes lenguajes, de interpretaciones distintas, acordes con la naturaleza propia y el genio de cada uno.

Veía por primera vez de qué manera tan misteriosa mi propia vida se había configurado de acuerdo con las propiedades de elementos que no pertenecen al mundo de lo relativo, sino a aquel otro reino que Pursewarden llama el «universo heráldico». Éramos tres escritores —podía verlo ahora— entregados a una ciudad mítica que debía brindarnos nuestro alimento, ante la cual tendríamos que afirmar nuestra condición. Arnauti, Pursewarden, Darley: ¡tiempo Pasado, Presente y Futuro! Y en mi vida (¡el torrente fluía sin cesar desde el flanco herido del Tiempo!) las tres mujeres que también se habían prestado a conjugar los tiempos del gran verbo: Melissa, Justine, Clea.

Una inmensa melancolía, una gran angustia me invadieron de pronto, tenía que admitir la naturaleza limitada de mis propias fuerzas, cercadas por las barreras de una inteligencia demasiado potente, desposeídas de la pura magia del verbo, de verdadero impulso, de pasión para lograr aquel otro mundo de plenitud artística.

Acababa de guardar aquellas cartas terribles y me encontraba sumido en la melancólica comprensión de su mensaje, cuando se abrió la puerta y entró Clea, radiante, dichosa.

—Pero Darley, ¿qué haces sentado en medio del piso, en esa actitud desesperada? ¡Pero querido, has estado llorando!

Se arrodilló a mi lado, llena de afecto.

—Lágrimas de exasperación —dije, abrazándola—. Acabo de saber que no soy un artista. No existe ni la más remota esperanza de que llegue a serlo, alguna vez.

—Pero, ¿qué estuviste haciendo?

—Leyendo las cartas de Pursewarden a Liza.

—¿La viste?

—Sí. Parece que Keats está escribiendo un libro absurdo...

—¿Keats? Lo encontré hace un momento. Acababa de llegar del desierto; viene por una noche.

Me puse de pie con dificultad. Me parecía imprescindible encontrarlo y descubrir todo cuanto fuese posible acerca de su proyecto.

—Habló —dijo Clea— de ir a casa de Pombal para tomar un baño. Supongo que lo encontrarás allí si te apuras.

¡Keats!, pensé cuando me dirigía apresuradamente al departamento; también él tenía un sombrío papel en esta mascarada, en este cuadro de la vida del artista. Siempre hay un Keats que arrastra su estela de lodo sobre la vida dolorosa y compleja de donde el artista, a través de tanto sufrimiento, extrae las solitarias gemas de su luz. Después de la lectura de aquellas cartas sentía que era realmente imperioso evitar que gente como Keats interfiriese en problemas tan distantes, tan ajenos a sus posibilidades normales de entendimiento. Como todo periodista que descubre una historia romántica, pues el suicidio es el acto más romántico de la vida de un artista, había creído encontrarse en presencia de «algo formidable», «una historia única», como solía decir en los viejos tiempos. Yo creía conocer bien a Keats, pero una vez más había olvidado tener en cuenta la labor del Tiempo. Keats, lo mismo que todos nosotros, había cambiado, y mi encuentro con él fue tan imprevisible y desconcertante como todos mis encuentros anteriores con la ciudad.

No podía encontrar mi llave y tuve que tocar el timbre para que Hamid me abriera. Sí, dijo, Keats estaba allí, en el baño. Atravesé el corredor y llamé a la puerta. Desde el baño llegaba el ruido del agua y un alegre silbido.

—¡Dios santo, Darley, qué alegría! —gritó en respuesta a mi llamada—. Pase y espere mientras me seco. Sabía que había vuelto.

¡Bajo la ducha se veía la imagen de un dios griego! Estaba tan asombrado por la transformación, que me dejé caer sobre el inodoro y estudié aquella... aparición. Tenía la piel bronceada, casi negra, y el cabello canoso. Estaba más delgado, pero parecía gozar de una salud perfecta. El bronce de la piel, la ceniza del pelo hacían parecer más azules que nunca sus ojos vivaces. No guardaba absolutamente *ninguna semejanza* con mi recuerdo de él.

—Me escapé por una noche —dijo con una voz nueva, rápida y confiada—. Me salió en el hombro una de esas malditas llagas del desierto, de modo que me escurrí, y aquí me tiene. No sé a qué diablos se deben, nadie sabe; tal vez toda la mugre enlatada que comemos allí, en el desierto. Pero dos días de Alejandría, una inyección, y listo. La maldita llaga se cura. Qué alegría volver a verlo, Darley. Tengo tantas cosas que contarle. ¡Esta guerra!

210

Keats desbordaba alegría.

—Dios santo, este baño es una verdadera cura. Estuve de parranda, ¿sabe?

—Lo veo magníficamente bien.

—Lo estoy. Lo estoy —se palmeó las nalgas con exuberancia—. Es bueno volver a Alejandría de vez en cuando. Los contrastes permiten apreciar mejor las cosas. Aquellos tanques se calientan tanto que uno termina por sentirse como una boga en una sartén. Alcánceme mi copa, ¿quiere? Es del bueno.

Alcé del suelo un gran vaso lleno de whisky y soda, con un cubito de hielo flotante, y se lo alcancé. Keats se lo acercó al oído y lo agitó.

—¡Escuche cómo canta el hielo! —exclamó extasiado—. Música, verdadera música para el alma.

Levantó el brazo, frunció ligeramente el ceño y bebió a mi salud.

—Usted también está muy bien, parece —dijo, mientras sus ojos azules centelleaban con una luz nueva, maliciosa—. Ahora, a echarse algo encima y luego... mi querido amigo, soy rico. Lo invito a una gran cena en el Petit Coin. No me diga que no, no me frustre. Quería verlo especialmente, hablar con usted. Tengo novedades.

De un salto estuvo en el dormitorio. Mientras se vestía, yo me senté en la cama de Pombal. Tenía una alegría sumamente contagiosa. No podía estarse quieto. Multitud de ideas y pensamientos se agitaban como burbujas en su interior, y deseaba expresarlos todos a la vez. Bajó la escalera haciendo cabriolas como un colegial y saltó el último tramo. Pensé que se pondría a bailar en la rue Fuad.

—En serio —exclamó apretándome el hombro hasta hacerme doler—. *En serio*, la vida es maravillosa —y como si quisiera ilustrar aquella seriedad, lanzó una sonora carcajada—. Cuando pienso en todo lo que hemos sufrido...

211

En apariencia, me incluía en aquella nueva concepción eufórica de la vida.

—Qué estúpidos éramos; me siento avergonzado cada vez que lo pienso.

En el Petit Coin, tras un amigable altercado con un teniente naval, conseguimos una mesa en un rincón. Keats monopolizó en seguida a Menotti, y ordenó que nos trajesen champagne. ¿De dónde diablos había sacado aquel aire de alegre autoridad que, sin ofender, despertaba inmediatamente espontáneo respeto y simpatía?

—¡El desierto! —dijo, como en respuesta a mi pregunta silenciosa—. El desierto, viejo. ¡Vale la pena verlo!

Extrajo de un gran bolsillo un ejemplar de *Los papeles de Pickwick*.

—¡Diantre! —dijo—. No tengo que olvidarme de llevar un ejemplar nuevo de este librito. Si no lo hago, los muchachos me comerán crudo.

Era un librito sucio, con las esquinas dobladas, manchado de grasa y con una herida de bala en la tapa.

—Es el único ejemplar de nuestra biblioteca, y algún degenerado ha de haberse limpiado con él. Les prometí reemplazarlo. Hay un ejemplar en el departamento. Me imagino que Pombal no se va a enojar si se lo robo. Es tan absurdo. Cuando no estamos en acción de guerra, lo leemos en voz alta, a la luz de las estrellas. Absurdo, mi amigo, pero en todo caso no menos absurdo que todo lo demás. Todo es absurdo, cada vez más y más absurdo.

—Parece feliz, Keats —dije no sin cierta envidia.

—Sí —dijo en tono un poco más bajo. De pronto, por primera vez, se puso relativamente serio—. Sí, Darley, soy feliz. Y voy a confiarle algo. Prométame no burlarse.

—Prometido.

Se inclinó hacia mí y dijo, en un murmullo, con ojos chisporroteantes:

—Me he convertido en un escritor.

Se echó a reír con su nueva risa vibrante.

—Prometió no burlarse.

—No me burlé.

—Bueno, me pareció que tenía un aire desdeñoso y burlón. Por lo menos hubiera tenido que gritar «¡Hurra!».

—No hable tan fuerte que nos van a echar.

—Disculpe, no me di cuenta.

Bebió un gran trago de champagne con el aire de quien brinda por sí mismo y se recostó de nuevo en su silla, mientras me miraba con el mismo brillo malicioso en sus ojos azules.

—¿Qué ha escrito? —pregunté.

—Nada —sonrió—. Ni una palabra todavía. Todo está aquí —dijo señalándose la sien con su índice bronceado—. Pero ahora por lo menos sé que está ahí. En cierto sentido, no tiene demasiada importancia el hecho de que lo escriba o no; o, si lo prefiere, no es escribir lo único que se requiere para ser escritor, como yo creía antes.

Afuera, en la calle, empezó a sonar el canturreo triste y hueco de un organito. Se trataba de un organito inglés que Arif, el viejo ciego, había encontrado entre un montón de escombros, y que había reparado de manera más o menos aproximada. Algunas notas no sonaban y varios acordes estaban horriblemente desafinados.

—Escuche —dijo Keats con profunda emoción—, escuche al viejo Arif.

Keats se encontraba en aquel maravilloso estado de inspiración que se produce debido al champagne y la fatiga: una borrachera melancólica, deliciosamente espiritual.

—Dios santo —prosiguió extasiado. Y entonces se puso a cantar, en un susurro ronco y suave, al mismo tiempo que marcaba el compás con un dedo—: *Taisez-vous petit babouin.*

Lanzó un suspiro de satisfacción, y se levantó para ir a buscar un cigarro en la gran caja de Menotti. Luego volvió pausadamente a la mesa y se sentó frente a mí, con una sonrisa extática.

—Esta guerra —dijo finalmente—. En realidad, quiero decir... Es algo tan distinto de lo que yo suponía debía ser una guerra...

En medio de su borrachera de champagne, se había puesto de pronto relativamente grave.

—Nadie que la vea por primera vez puede dejar de gritar, con toda razón, en actitud de protesta: «¡Abajo la guerra!». Querido amigo, para poder apreciar la ética del hombre *normal* es preciso ver un campo de batalla. El concepto general puede resumirse en la expresiva frase: «Si no puedes comerla o..., entonces... encima». ¡Dos mil años de civilización! Se vienen abajo en lo que dura un relámpago. Rasque un poquito con el dedo meñique y encontrará bajo el barniz de la civilización, la gualda o la pintura de la guerra ritual. Así.

Rascó lánguidamente el aire con su gran cigarro.

—Sin embargo, ¿sabe una cosa? La cosa más inexplicable y desconcertante. A mí me ha hecho hombre, como quien dice. Más aún, escritor. Mi alma se ha transfigurado. ¡Me imagino que usted me consideraba un ser monstruoso! Y ahora, por fin, he empezado ese condenado libraco. Capítulo tras capítulo, va tomando forma en mi vieja mollera de periodista; no, no ya de periodista, de *escritor*.

Se rió otra vez ante lo disparatado de la idea.

—Darley, cuando miro aquel... campo de batalla, por las noches, me extasío de vergüenza, entre las luces multicolores y las señales luminosas que empapelan el cielo. Entonces me digo: «Pensar que tenía que ocurrir todo esto para que el pobre John Keats se hiciese hombre». Pero es así. Para mí es un verdadero enigma, pero estoy convencido de que es así. No existía ninguna otra posibilidad de que me salvara, porque era tan malditamente *estúpido*, ¿sabe?

Se quedó un rato callado, con aire ausente, chupando su cigarro, como si revisara mentalmente, palabra por palabra, la validez de lo que acababa de decir. Luego añadió con cautela, y una expresión de azorada concentración, como un hombre que se aventura en un campo poco frecuentado:

—El hombre de acción y el hombre de pensamiento son en realidad el mismo hombre, que operan en distintos ámbitos. Pero la finalidad es la misma. Espere, estoy empezando a disparar.

Se golpeó la frente a modo de reproche y frunció el ceño. Tras un momento de reflexión prosiguió, con la misma seriedad:

—¿Quiere que le diga mis ideas acerca de... la guerra? ¿Qué es lo que pienso? Creo que el afán de la guerra apareció por primera vez entre los instintos del hombre como un mecanismo biológico de catálisis destinado a precipitar una crisis espiritual que sólo la guerra era capaz de provocar en la gente limitada. Los menos sensibles de entre nosotros, incapaces de visualizar la guerra, son, por supuesto, mucho más incapaces aún de vivir en paz con ella. Por esa razón, los poderes que dispusieron las cosas para nosotros los seres humanos, comprendieron que era necesario darle forma concreta, darla alojamiento en el verdadero presente. Por simple espíritu de colaboración, ¿entiende?

Volvió a reírse, esta vez con tristeza.

—Naturalmente, la situación ha cambiado un poco ahora, pues es la retaguardia la que recibe los golpes más fuertes, no los fulanos que dirigen la guerra. Es algo tan injusto para los hombres de la tribu que quisieran dejar a sus mujeres e hijos en una situación relativamente segura, antes de embarcarse en ese ritual primitivo. Por mi parte, creo que el instinto se ha atrofiado en cierta medida, y es posible que esté a punto de desaparecer. ¿Pero qué surgirá en su reemplazo?, me pregunto. Por lo que a mí me toca, Darley, sólo puedo decirle que ni media docena de amantes francesas, ni un viaje alrededor del globo, ni un sinfín de aventuras en el mundo pacífico que conocimos podía hacerme madurar como la guerra, en la mitad del tiempo. ¿Recuerda cómo era yo? Y ahora, ya ve, soy realmente maduro, aunque, por supuesto, envejezco con rapidez, ¡con excesiva rapidez! A usted puede parecerle disparatado, pero la presencia de la muerte como un aspecto normal de la vida —aunque a plena marcha, por decirlo de algún modo— ¡me ha permitido vislumbrar la Vida Eterna! Ahora, lo probable es que me haga matar allí, en plena posesión de mi imbecilidad, como diría usted.

Se rió otra vez; y alzó tres veces el cigarro, en un brindis ritual y silencioso. Luego me miró con intensidad, volvió a llenar su copa y agregó con aire incierto la frase:

—¡La vida sólo adquiere su pleno significado para aquellos que cooptan por la muerte!

Advertí que estaba ya bastante borracho, pues los efectos calmantes de la ducha caliente habían desaparecido, y comenzaba a aflorar la fatiga del desierto.

—¿Y Pursewarden? —dije, adivinando que era el momento preciso para dejar caer su nombre, como un anzuelo, en el río de nuestra conversación.

—¡Pursewarden! —repitió como un eco en una clave distinta, con un tono melancólico de tristeza y afecto—. Pero Darley, querido, si era esto mismo lo que trataba de decirme, a su manera más bien cruel y sanguinaria. ¿Y yo? Me ruborizo todavía cuando pienso en las cosas que le preguntaba. Ya ve, sus respuestas, que entonces me parecían tan crueles y enigmáticas, *ahora* son para mí claras como el agua. La verdad es un arma de doble filo, ¿sabe? Y es imposible

216

expresar su dualidad, su extraña bifurcación, por medio del lenguaje. ¡El lenguaje! ¿En qué consiste la ímproba tarea del escritor, sino en una lucha por utilizar con la mayor precisión posible un medio expresivo que reconoce como absolutamente fugitivo e incierto? Una labor ardua y desesperanzada, no cabe duda, pero no por eso menos válida, menos compensadora. Pues es la lucha misma, el acto en sí de debatirse frente a un problema insoluble, el que madura al escritor. Esto era lo que sabía el viejo hijo de... ¡Si usted leyera las cartas a su mujer! ¡Qué maravillosa soberbia, y a la vez qué humildad! ¡Con cuánto desprecio hablaba de sí, como un personaje dostoievskiano abrumado por una neurosis compulsiva maligna! Es asombrosa la mezquindad, la trivialidad de alma que descubre en esas cartas.

¡Qué extraña me pareció aquella imagen de la criatura atormentada e intacta a la vez de las cartas que yo mismo acababa de leer!

—Keats —dije—, por amor de Dios, dígame: ¿está escribiendo un libro sobre Pursewarden?

Keats bebió lenta y reflexivamente y volvió a colocar la copa sobre la mesa, con pulso un poco vacilante.

—No —dijo. Se acarició la barbilla y guardó silencio.

—Se dice que lo está escribiendo —insistí.

Negó obstinadamente con la cabeza y contempló su copa con aire ausente.

—Tenía intenciones de hacerlo —admitió por último, hablando con lentitud—. Tuve que hacer, para una pequeña revista, una extensa reseña de su obra novelística. Entonces recibí una carta de su mujer. Quería que alguien escribiera un libro sobre Pursewarden. Era una joven irlandesa huesuda, muy histérica y sucia; bastante linda en su tipo, supongo. Siempre sonándose la nariz con un sobre usado. Siempre en pantuflas. Debo confesar que sentí piedad por él. Pero me había metido en un avispero. Ella lo odiaba y con razón, por lo que pude ver. Me facilitó toda clase de informaciones y una cantidad fabulosa de cartas y manuscritos. Un verdadero tesoro escondido. Pero, mi querido amigo, yo no podía utilizar aquel material. Aunque no fuese más que por respeto a su memoria y a su obra. No. No. La dejé plantada. Le dije que jamás conseguiría que le publicaran tales cosas. Me pareció que quería sentirse mártir públicamente, para recuperarlo a él, ¡al viejo Pursewarden! Yo no podía hacer tal cosa. Por otra parte, el material era espeluznante. No quiero hablar del asunto. En realidad, jamás diré la verdad a nadie.

Nos miramos pensativos durante un rato, hasta que volví a hablar.

—¿Conoce a Liza, su hermana?

Keats negó lentamente con la cabeza.

—No. ¿Para qué? Abandoné en seguida el proyecto, de modo que no tenía ninguna necesidad de ir a escuchar su historia. Sé que tiene en su poder un montón de material manuscrito inédito, porque la mujer me lo dijo. Pero... Está aquí, ¿no es cierto?

Arqueó los labios, en un gesto de repugnancia.

—Sinceramente, no quiero verla. La amarga verdad de todo esto, me parece, es que la persona que más amó el viejo Pursewarden, en un sentido puramente espiritual, quiero decir, no entendió para nada el sentido de su muerte: tampoco tenía la más remota idea de la grandeza de su genio. No, estaba absorbida por una intriga mezquina y vulgar, la legalización de sus relaciones con Mountolive. Me imagino que temía que su matrimonio con un diplomático se viese amenazado por la posibilidad de un escándalo. Puede ser que me equivoque, pero ésa es mi impresión. Creo que estaba tratando de conseguir que alguien escribiera un libro rosa, que ocultara toda la verdad. Pero todo eso carece de importancia. Ahora, en cierto sentido, tengo un Pursewarden propio, una imagen mía de Pursewarden, si le parece mejor. Y me basta. ¿Qué interés pueden tener los detalles? ¿Para qué necesitaría ir a ver a la hermana? No es su vida lo que nos interesa, sino su obra, que nos ofrece uno de los muchos significados de la palabra de cuatro rostros.

Sentí el impulso de gritarle «Injusto», pero me contuve. En este mundo es imposible lograr que se haga plena justicia a todos, a cada uno. A Keats se le cerraban los párpados. Pedí la cuenta.

—Vamos —dije—, es hora de que se vaya a casa y duerma un rato.

—Me siento un poco cansado —murmuró.

—*Avanti*.

Tuvimos la suerte de encontrar un viejo coche a caballo estacionado en una callejuela lateral. Keats se quejaba de los pies; también el hombro le había empezado a doler. Estaba en un estado de agradable cansancio, un poco borracho por las excesivas libaciones. Se recostó en el asiento del pestilente coche y cerró los ojos.

—Sabe, Darley —dijo un poco confuso—. Quería decírselo, pero me olvidé. No se enoje conmigo, viejo compañero de yugo. Sé que usted y Clea... Sí, y me alegro mucho. Pero tengo el curiosísimo presentimiento de que algún día me voy a casar con ella. Verdad. No vaya a ponerse tonto. Por supuesto, nunca diré una sola palabra, ni ocurrirá tampoco hasta mucho después de que termine esta guerra estúpida. Pero presiento que estoy destinado a unirme a ella.

—Y ahora, ¿qué quiere que le diga?

—Bueno, hay miles de posibilidades. Si usted me dijese a mí una cosa semejante, me pondría a gritar y llorar. Le rompería la cara; lo arrojaría fuera del coche. Cualquier cosa. Me metería el dedo en el ojo.

El coche se detuvo con una sacudida frente a la casa.

—Hemos llegado —dije, y ayudé a mi compañero a descender.

—No estoy tan borracho —exclamó alegremente rechazando mi ayuda—. Un poco de fatiga apenas, mi querido amigo.

Mientras yo arreglaba el precio del viaje con el cochero, Keats dio la vuelta y sostuvo una larga conferencia privada con el caballo, mientras le acariciaba el hocico.

—Le daba algunos consejos para que viva bien —explicó mientras subíamos fatigados la escalera—. Pero el champagne ha entreverado un poco mi cofre de citas. ¿Cómo es aquello de Shakespeare acerca del amante cornudo, que busca el nombre del traidor hasta en la boca del cañón?

Pronunció la última frase con la voz extraña (del hombre que masca madera) tan característica de Churchill.

—Y aquello del salto a la pureza de los nadadores, ¡prefabricada de la mente eterna, nada menos!

—Los ha asesinado a ambos.

—Diantre, estoy cansado. Parece que esta noche no habrá bombardeo. Ahora son menos frecuentes.

Se dejó caer vestido sobre la cama y empezó a desatar lentamente sus botas de gamuza, que se sacó moviendo los dedos de los pies hasta dejarlas caer con ruido sobre el piso.

—¿Conoce el librito de Pursewarden titulado *Selección de plegarias para intelectuales ingleses?* Es graciosísimo. «Jesús amado, consérvame tan dieciochesco como puedas, pero sin los c...» —Lanzó una carcajada soñolienta, apoyó la cabeza en los brazos y se hundió en un sueño sonriente. Cuando apagué la luz lanzó un profundo suspiro y dijo:

—Hasta los muertos nos abruman sin cesar con sus bondades infinitas.

Tuve una visión súbita de Keats, en su infancia, al borde de un precipicio, juntando huevos de aves marinas. Un pequeño desliz...

Nunca más lo volvería a ver. *¡Vale!*

V

Los diez dedos sedientos de mi Musa ciega
confieren a mi rostro su sensual hechizo.

Recordaba estos versos en el momento en que tocaba el timbre de la residencia de verano a la tarde siguiente. Llevaba en la mano la maleta de cuero verde que contenía las cartas íntimas de Pursewarden, aquella maravillosa descarga verbal que resonaba aún en mi memoria, que me hacía volar y arder como un fuego de artificio. Había telefoneado a Liza por la mañana desde la oficina, para concertar la entrevista. Cuando me abrió la puerta se quedó inmóvil frente a mí, con un pálido rostro insondable, expectante.

—Bien —murmuró cuando dije mi nombre—. Pase.

Dio media vuelta y entró en la casa con paso rígido, la cabeza erguida. Yo la seguía. Parecía fatigada y tensa, pero al mismo tiempo extrañamente altiva. Me hizo pensar en una niña disfrazada de reina Isabel para un baile de carnaval. El salón estaba desierto. Yo sabía que Mountolive había vuelto a El Cairo aquella misma mañana. Para mi sorpresa, pues la estación estaba bastante avanzada, en la chimenea ardía un fuego de leña. Liza se detuvo y arqueó la espalda para recibir el calor, frotándose las manos como si las tuviera heladas.

—Ha venido pronto, muy pronto —dijo con cierta irritación, con una especie de velado reproche—. Pero me alegro.

Yo ya le había comunicado por teléfono la substancia de mi conversación con Keats acerca del libro inexistente.

—Me alegro, porque ahora podremos, por fin, tomar una decisión. Anoche no pude dormir. Me lo imaginaba a usted leyendo las cartas. Y a él escribiéndolas.

—Son maravillosas. Jamás he leído nada semejante, en toda mi vida.

Había en mi voz una nota de pesar.

—Sí —dijo con un profundo suspiro—. Y ése era mi temor; temor, digo, porque me imaginé que usted estaría de acuerdo con David y me aconsejaría conservarlas, *cueste lo que cueste*. Sin embargo, él me pidió expresamente que las quemase.

—Ya lo sé.

—Siéntese, Darley. Dígame lo que en realidad piensa.

Me senté y coloqué la pequeña maleta a mi lado en el suelo.

—Liza —dije—, no se trata de un problema literario, a menos que usted quiera considerarlo como tal. No necesita pedir consejo a nadie. Por supuesto, nadie que las haya leído podrá hacer otra cosa que lamentar la pérdida.

—Pero Darley, ¿si hubiesen sido sus cartas, si las hubiese escrito usted a una persona amada?

—Me sentiría feliz de saber que mi pedido había sido atendido. Supongo al menos que es esto lo que él debe sentir, dondequiera se encuentre ahora.

Liza volvió hacia el espejo su lúcido rostro ciego y apoyando las puntas de sus frágiles dedos en la repisa de la chimenea, pareció explorar con absorta seriedad su propia imagen.

—Soy tan supersticiosa como mi hermano —dijo por último—. Pero es más que eso. Siempre le obedecí porque sabía que él veía más profundamente, que comprendía más que yo.

Ese reflejo enjaulado no le devuelve nada,
las mujeres beben de los espejos como ciervos sedientos.

Iluminada por el nuevo conocimiento, la poesía de Pursewarden me parecía ahora precisa, clara como un cristal. Qué substancia, qué fuerza adquirían ahora aquellos versos en la figura de Liza, con el pelo negro flotando sobre los hombros, explorando en el gran espejo su mirada ciega.

Entonces volvió a mirarme, suspiró y advertí en su rostro una tierna expresión de súplica, que las cuencas vacías de sus ojos tornaban más intensa, más obsesionante. Avanzó un paso y dijo:

—Bueno, entonces está resuelto. ¿Me ayudará a quemarlas? Son muchas. Llevará un buen rato.

—Si usted lo desea.

—Sentémonos juntos al lado de la chimenea.

Nos sentamos en la alfombra frente a frente y puse la maleta entre nosotros; apreté el cierre y la tapa saltó con un chasquido.

—Sí —dijo—. Así tenía que ser. Debí saber desde el principio que tendría que obedecerle.

Lentamente, uno a uno, fui sacando los sobres perforados; extraje una tras otra las cartas y se las fui entregando para que las quemase.

—Así, como estamos ahora, solíamos sentarnos cuando éramos pequeños, en invierno, junto al fuego, con la caja de juguetes entre nosotros. Sí, lo hacíamos siempre; siempre juntos. Tendría usted que bucear muy profundamente en nuestro pasado para entenderlo. Y aun así, no creo que

223

llegase jamás a entenderlo del todo. Dos niños pequeños, abandonados, a solas en una vieja granja ruinosa, circundada de lagos helados, en medio de las lluvias y las brumas de Irlanda. No había nada fuera de nosotros mismos. Él transformó mi ceguera en poesía, yo veía con su inteligencia, él con mis ojos. Juntos inventamos todo un mundo poético, mucho más alto, mucho más hermoso que el mejor de sus libros; los he leído todos con mis dedos, están en el instituto. Sí, los leí y releí infinitas veces tratando de encontrar la clave de aquella culpa que lo transformó todo. Nada nos había afectado hasta entonces, todo se había confabulado para aislarnos, para mantenernos unidos. Nuestros padres murieron cuando nosotros éramos todavía demasiado pequeños para comprenderlo. Vivíamos en aquella vieja granja al cuidado de una tía excéntrica y sorda, que atendía la casa y se ocupaba de que estuviésemos alimentados, pero que nos dejaba librados a nuestra imaginación. Teníamos un único libro, un Plutarco, que sabíamos de memoria. Todo lo demás lo inventaba él. Así, me convertí en la exótica reina de su vida; habitaba un inmenso palacio de suspiros, como decía él. A veces era en Egipto, otras en Perú, o en Bizancio. En realidad, yo debía saber, me imagino, que se trataba de la cocina de una vieja granja, con viejos muebles de pino y piso de mosaicos rojos. Por lo menos, cuando los pisos estaban recién lavados, *sabía*, por el olor fenólico del jabón, con una mitad de mi cerebro, que era el piso de una granja y no los pisos taraceados, deslumbrantes de serpientes, águilas y pigmeos, de un palacio maravilloso. Pero con una palabra él me hacía volver a la realidad, como decía. Más tarde, cuando empezó a buscar justificaciones para nuestro gran amor, en vez de sentirse simplemente orgulloso de él, me leyó un pasaje de un libro: «En los ritos mortuorios africanos es la hermana quien devuelve la vida al rey muerto. En Egipto y en Perú, el rey, que era considerado como un dios, tomaba por esposa a su hermana, pero el motivo no era sexual sino ritual, pues encarnaban al sol y la luna en conjunción. El rey desposa a su hermana porque él, astro divino, errante por la tierra, es inmortal y no puede perpetuarse en los hijos de una extraña, así como no puede morir de muerte natural». Por eso vino aquí a Egipto, porque sentía una identificación poética interior con Osiris e Isis, Ptolomeo y Arsinoe, la raza del sol y de la luna.

Con sereno cuidado ponía las cartas una tras otra en la pira ardiente, mientras hablaba, tal vez más consigo misma que conmigo, en voz triste, monótona.

—No, no creo que nadie que no sea de nuestra misma raza pueda entenderlo jamás. Entonces, cuando de pronto apareció la culpa, toda la antigua poesía de nuestra vida fue perdiendo su magia, no para mí, para él solamente. Él, mi hermano, quiso que me tiñera el pelo de negro, para simular que yo era una hermanastra suya, no su propia hermana. Cuando advertí que se sentía culpable sufrí profundamente; pero a medida que crecíamos, el mundo, el otro mundo de las gentes, fue invadiendo cada vez más nuestras vidas, perturbando aquel solitario mundo nuestro de palacios y reinados. Él me dejaba sola durante largos períodos. Y entonces, no me quedaba nada más que una oscuridad vacía, desnuda, que sólo podía poblar con su recuerdo; pero sin él los tesoros de su invención se tornaban opacos; sólo él, su voz, su tacto les devolvía el antiguo brillo. Todo cuanto sabíamos de nuestros padres, la suma de nuestros recuerdos y nuestros conocimientos, consistía en un viejo cofre de roble lleno de antiguos trajes. Qué enormes nos parecían cuando éramos pequeños: vestidos de gigantes, zapatos de gigantes. Un día me dijo que aquellas ropas lo abrumaban. No necesitábamos padres. Llevamos todo al patio e hicimos una gran hoguera en la nieve. No sé por qué, lloramos los dos amargamente. Y bailamos alrededor de la hoguera cantando una vieja canción de caza, siempre llorando, pero con una sensación de triunfo salvaje.

Se quedó en silencio durante un rato, con la cabeza inclinada, concentrada en aquella antigua imagen, como una vidente en trance que escudriña el cristal insondable de la juventud. Luego suspiró, levantó la cabeza y dijo:

—Ya sé por qué duda. Es la última carta, ¿verdad? Las conté, ¿sabe? Démela, Darley.

Se la entregué sin decir palabra y ella la acercó delicadamente a las llamas diciendo:

—Ahora, todo ha terminado, por fin.

TERCERA PARTE

I

A medida que el verano se extinguía en el otoño, el otoño en el invierno, adquiríamos lentamente conciencia de que la guerra que había invadido la ciudad se alejaba, paso a paso, por los caminos costeros que flanquean el desierto, aflojando la garra que había aprisionado nuestras vidas, nuestros placeres. Y al encontrar siempre blancas y desiertas, bajo el vuelo incesante de las gaviotas, aquellas playas que en otro tiempo habían sido nuestras, abandonaba, en su reflujo, extraños trofeos coprolíticos. Durante mucho tiempo la guerra nos había robado aquellas playas; ahora cuando volvíamos, las encontrábamos cubiertas de desechos: tanques aplastados, cañones destrozados, los despojos irreconocibles de abandonados muelles provisorios, que ahora se herrumbraban y pudrían bajo el sol ardiente del desierto, y que las móviles dunas terminarían por tragar. Bañarse ahora en esas playas producía una extraña sensación de melancólica serenidad; como si estuviéramos en un petrificado bosque de la era neolítica: tanques como esqueletos de dinosaurios, cañones grandes y erectos como muebles pasados de moda. Las minas constituían un peligro, y los beduinos solían extraviarse en ellas cuando llevaban a pastar sus rebaños. Incluso Clea se perdió una vez, pues el camino estaba cubierto por brillantes fragmentos del choque reciente de alguna caravana. Pero tales ocasiones eran raras, y en cuanto a los tanques, aunque estaban quemados, no tenían ocupantes, no había en ellos restos humanos. Probablemente los cadáveres fueron retirados y enterrados decentemente en alguno de los enormes cementerios que como mortuorios municipios, brotaron de pronto en varios rincones del desierto occidental. También la ciudad parecía recuperar sus hábitos y ritmo normales; los bombardeos habían cesado totalmente y la vida nocturna del Levante florecía otra vez con su compás de siempre. Y aunque se veían ahora menos uniformes, los bares y los clubs nocturnos seguían haciendo magníficos negocios con los soldados en licencia.

También mi propia vida, sin altibajos, parecía haberse establecido dentro de una rutina natural, dividida entre una vida íntima de total absorción en Clea y una actividad burocrática que, aunque no fatigosa, no tenía para mí mayor significado. Pocas cosas habían cambiado en realidad: Maskelyne logró por fin soltar amarras y regresó a su regimiento. Nos fue a visitar con su uniforme flamante, y apuntó a su servil colega, no ya con la pipa, sino con un nuevo y atildado bastón.

—Le dije que lo haría —dijo Telford con triunfante tristeza en la voz—. Lo sabía. Siempre lo supe.

En cambio Mountolive permanecía siempre «congelado» en su puesto.

De vez en cuando iba a visitar a la niña en Karm-Abu-Girg, para saber cómo andaba. Comprobaba con alegría que el trasplante, que me había causado tantos recelos, marchaba a las mil maravillas. La realidad de su vida presente coincidía en apariencia con los sueños que yo había creado para ella. Todo era como debía ser: las imágenes coloreadas del juego de naipes, ¡entre las que también ella figuraba ahora! Y aunque Justine seguía siendo un personaje un tanto lejano, de actitudes y silencios imprevisibles, aquello contribuía, por lo que pude ver, a convertirla en la sombría imagen de una emperatriz destronada. En Nessim, en cambio, había encontrado un padre. Su figura se había definido a través de la familiaridad, de la ternura. En realidad, se había convertido en un encantador padre y compañero; juntos exploraban a caballo las desiertas landas que rodeaban la casa. Nessim le había regalado un arco y flechas, y una niñita de su misma edad, Taor, como doncella y *amah*. El supuesto palacio, que también habíamos imaginado juntos, soportaba maravillosamente la prueba de la realidad. Sus intrincados laberintos de habitaciones musgosas, sus devastados tesoros eran para la niña motivo de perpetuo deleite. Así, con sus propios caballos y sirvientes, con un palacio privado para jugar en él, se sentía como una reina de las Mil y Una Noches. Tan absorbida estaba entre sus nuevos tesoros, que casi se había olvidado de la isla. Yo no veía a Justine durante aquellas visitas, ni tampoco trataba de verla. A veces estaba Nessim, pero nunca nos acompañaba en nuestros paseos y cabalgatas; habitualmente la niña iba hasta el vado a buscarme con un caballo para mí.

En la primavera, Balthazar, que estaba casi recuperado y había retomado su antiguo ritmo de trabajo, nos invitó a Clea y a mí a participar en una ceremonia que satisfacía su temperamento irónico por naturaleza. Se trataba de la ceremonia de llevar flores a la tumba de Capodistria en el aniversario del nacimiento del Gran Porn.

—Tengo autorización expresa del propio Capodistria —nos explicó—. En realidad, él mismo paga las flores todos los años.

Era un hermoso día de sol y Balthazar insistió en ir a pie. Aunque un poco trabado por el gran ramo que llevaba, Balthazar estaba de buen ánimo. El problema de su vanidad con respecto al pelo se le había hecho tan insoportable, que terminó por someterse a los buenos oficios de Mnemjian para «borrar la edad», como decía el barbero. El cambio era en verdad notable. Una vez más el antiguo Balthazar, con su sapiente mirada dirigida a los sucesos de la ciudad. Y también a Capodistria, de quien acababa de recibir una extensa carta.

—Ustedes no tienen ni la más remota idea de las cosas a que se dedica la vieja bestia del otro lado del mar. Ha seguido el camino de Lucifer; ha consagrado su vida a la magia negra. Pero voy a leerles la carta. ¡Y se me ocurre que su tumba es el sitio más adecuado para leer el relato de sus extraños experimentos!

El cementerio estaba absolutamente desierto. Era evidente que Capodistria no había reparado en gastos para proveerse de una última morada imponente y digna de su nombre: la tumba estaba decorada con una vulgaridad tan espantosa que lastimaba la sensibilidad. ¡Todos aquellos querubines y volutas, todas aquellas coronas de flores! En la losa aparecía grabada la siguiente inscripción irónica: «No perdido sino antes partido». Balthazar se rió afectuosamente mientras depositaba sus flores sobre la tumba. «Feliz cumpleaños», dijo. Dio media vuelta, se quitó la chaqueta y el sombrero, y nos sentamos los tres juntos en un banco a la sombra de un ciprés. Clea comía bombones y Balthazar buscaba en sus bolsillos el abultado sobre dactilografiado que contenía la última y extensa carta que le mandó Capodistria.

—Clea —dijo—, ¿quiere leerla usted? He olvidado mis anteojos. Además, me gustaría escucharla, para ver si suena más o menos fantástica. ¿Quiere hacerlo?

Clea tomó obedientemente las nutridas páginas dactilografiadas y empezó a leer.

—«Mi querido M. B.»

—Las iniciales —interrumpió Balthazar— se refieren al mote que me aplicó Pursewarden: Melancolia Borealis, ni

232

más ni menos. Un tributo, a mi supuesta melancolía judaica. Adelante, Clea, mi querida.

La carta estaba escrita en francés.

—«Tenía conciencia, mi querido amigo, de que le debía alguna explicación acerca de mi nueva vida en estos lugares, pues aunque le he escrito con bastante frecuencia, había adquirido el hábito de evitar el tema. ¿Por qué? Bueno, mi corazón desfallecía siempre imaginando su risa burlona. Absurdo, pues jamás fui un hombre susceptible o dispuesto a preocuparme por la opinión ajena. Pero había otra cosa. Hubiera tenido que darle una larga y tediosa explicación acerca de la incomodidad y separación que siempre experimenté en las reuniones de la Cábala, que aspiraba a impregnar el mundo con su abstracta bondad. Yo no sabía entonces que mi sendero no era el Sendero de la Luz sino el de las Tinieblas. En aquel tiempo lo hubiese confundido moral o éticamente con el bien y el mal. Hoy reconozco que mi camino es el simple contrapeso, el extremo inferior del subibaja que mantiene la parte liviana en lo alto. ¡Magia! Recuerdo que una vez usted me citó un pasaje (sin sentido para mí entonces) de Paracelso. Creo incluso que usted agregó que aquella jerigonza incoherente debía tener algún sentido. ¡Lo tiene! "La Verdadera Alquimia que enseña a hacer o a transmutar con los metales imperfectos, no hace necesario el uso de ningún otro material fuera de dichos metales. Los metales perfectos se obtienen con los metales imperfectos, con ellos y sólo a través de ellos; pues con otras cosas es *Luna* (fantasía), pero en los metales es *Sol* (sabiduría)."

»Hago una breve pausa para dar lugar a su risa tan característica, ¡a la que en tiempos pasados no hubiera tardado en hacer eco! Qué montón de escoria en torno a la idea de la *tinctura physicorum,* observaría usted. Sí, pero...

»El primer invierno que pasé en esta torre, a merced de todos los vientos, no fue muy feliz que digamos. El techo

233

tenía goteras. Y yo no contaba aún con mis libros para solazarme. Mis cuarteles me parecían estrechos y pensaba en la posibilidad de ampliarlos. La propiedad en que se levanta la torre tiene también algunas cabañas y edificios dispersos; allí se alojaba el anciano matrimonio de italianos sordos que atendía mis necesidades, lavaba, limpiaba y me daba de comer. Yo no quería echarlos, pero pensaba que acaso podía transformar un par de graneros sobrantes que estaban al lado de su vivienda. Entonces descubrí, para mi sorpresa, que tenían otro habitante a quien yo no había visto nunca, una criatura extraña y solitaria que sólo salía de noche y usaba un hábito de monje. A él debo mi nueva orientación. Es un monje italiano exclaustrado, que se define a sí mismo como rosacruz y alquimista. Vivía aquí entre una montaña de manuscritos masónicos, algunos muy antiguos, que se dedicaba a estudiar. Fue él quien me convenció de que este camino de investigación estaba (a pesar de algunos aspectos desagradables) íntimamente relacionado con el autoconocimiento del hombre, con los dominios más inexplorados de la criatura humana; la comparación con la ciencia conocida no es falaz, pues las formas de estos estudios están tan firmemente fundamentadas como aquélla en el método, sólo que parten de diferentes premisas. Y, si como digo, tiene algunos aspectos ingratos, también los tiene la ciencia formal, la vivisección por ejemplo. En todo caso, me había topado con una relación y se abría ante mí un campo de estudios cada vez más apasionante a medida que transcurrían los meses. Más tarde descubrí también algo que se adaptaba perfectamente a mi naturaleza. ¡En verdad, todo cuanto descubría me nutría y sustentaba! Además, podía prestar considerable ayuda práctica al abate F. —como lo llamaré—, pues algunos de aquellos manuscritos (robados a las logias secretas de Athos, pienso yo) estaban redactados en griego, árabe o ruso, idiomas que él no conocía bien.

Nuestra amistad terminó por convertirse en una sociedad. Pero no transcurrieron muchos meses antes de que me presentara otro extraño, en verdad formidable personaje que también estaba metido en estas cosas. Era un barón austríaco que vivía en una gran mansión mediterránea y que se dedicaba a estudiar (no, no se ría) el oscuro problema que una vez discutimos (¿es en *De Natura Rerum* donde se habla de la *generatio homunculi*?). El barón tenía un mayordomo y una fámula, turcos ambos, que le ayudaban en sus experimentos. Pronto me convertí en *persona grata* también allí, y el barón me permitió que lo ayudara en todo cuanto estaba a mi alcance.

»Ahora bien, este barón, a quien usted consideraría sin duda como una figura extraña e imponente, con una espesa barba y dientes enormes como granos de maíz, este barón tenía... ¡ah! mi querido Balthazar, había producido en realidad diez homúnculos que llamaba sus "espíritus proféticos". Los conservaba en grandes jarros de vidrio de los que aquí se usan para lavar aceitunas o conservar frutas, y vivían en agua. Estaban colocados en un anaquel de roble en el estudio o laboratorio del barón. Los había obtenido o "modelado", para emplear su propia expresión, en el curso de cinco semanas de intensa labor mental y ritual. Eran objetos exquisitamente hermosos y enigmáticos; flotaban en el agua como hipocampos. Había un rey, una reina, un caballero, un monje, una monja, un arquitecto, un minero, un serafín y, por último, ¡un espíritu azul y uno rojo! Se balanceaban con languidez en los pesados jarros de vidrio. El sonido de una uña los alarmaba. Tenían apenas el tamaño de un palmo, y como el barón quería hacerlos crecer, lo ayudamos a enterrarlos en varias carradas de bosta de caballo. Ese gran albañal era regado a diario con un líquido apestoso preparado con sumo trabajo por el barón y su turco, y que contenía algunos ingredientes repugnantes. Cada vez que se la rociaba con aquel líquido, la bosta empezaba a despedir un espeso vapor, como calentada por un fuego subterráneo. Alcanzaba una temperatura tan alta que era casi imposible acercar la mano. Una vez cada tres días el abate y el barón pasaban la noche en vela orando y fumigando el albañal con incienso. Finalmente, el barón consideró que el proceso había terminado. Las jarras fueron transportadas con grandes precauciones al laboratorio y colocadas una vez más en los anaqueles. Todos los homúnculos habían crecido de tal modo que las botellas eran ahora apenas lo bastante grandes para contenerlos; las figuras masculinas tenían abundantes barbas. Las uñas de los dedos habían crecido también considerablemente, tanto en las manos como en los pies. Los que representaban criaturas humanas estaban vestidos con ropas adecuadas a su rango y estilo. Flotaba en torno de ellos un hálito de hermosura y obscenidad, y tenían una expresión que sólo una vez he visto antes, ¡en una cabeza de jíbaro! ¡Los ojos se movían en las órbitas, los pálidos labios de pez se abrían para mostrar dientes pequeños perfectamente formados! En las botellas que contenían respectivamente el espíritu rojo y azul, no se veía nada. Todas las botellas —dicho sea de paso— habían sido cerradas cuidadosamente con vejigas de buey y cera con un sello mágico. Pero cuando el barón golpeó las botellas con la uña y pronunció unas palabras en hebreo, el agua se nubló y empezó a colorearse de rojo y azul, respectivamente. Los homúnculos empezaron a mostrar sus rostros, a revelarse nebulosamente como una placa fotográfica, a crecer poco a poco en tamaño. El espíritu azul era hermoso como un ángel, pero el rojo tenía una expresión verdaderamente aterradora.

»Aquellas criaturas eran alimentadas por el barón cada tres días con una substancia seca de color rosado que se guardaba en una caja de plata cubierta de madera de sándalo. Eran pildoritas del tamaño de arvejas secas. Una vez por semana, además, se vaciaban las botellas y se las volvía a llenar con agua de lluvia fresca. Esta operación tenía que llevarse a cabo con suma rapidez porque durante los contados momentos en que los espíritus quedaban expuestos al aire, parecían debilitarse y perder conciencia, como si estuviesen a punto de morir como peces fuera del agua. El espíritu azul no se alimentaba nunca; en cambio, el rojo, recibía una vez por semana un dedal lleno de sangre fresca de algún animal, creo que de un pollo. La sangre desaparecía en seguida en el agua sin teñirla ni enturbiarla siquiera. ¡Cada vez que se abría la botella, el agua se oscurecía y despedía olor a huevos podridos!

»Al cabo de un par de meses los homúnculos habían alcanzado las dimensiones establecidas, el estado de profecía, como decía el barón; entonces, todas las noches se transportaban las botellas a una capillita ruinosa situada en un pequeño bosque a alguna distancia de la casa. Allí se oficiaba una misa y se "interrogaba" a las botellas acerca del futuro. Se escribían las preguntas en hebreo sobre trozos de papel y se las colocaba contra las botellas, frente a los ojos de los homúnculos; una cosa semejante a la exposición de papel fotográfico sensible a la luz. Quiero decir que las criaturas no leían sino que adivinaban las preguntas, con lentitud, titubeantes. Las respuestas las revelaban dibujando con el dedo en el vidrio transparente de las botellas. El barón copiaba inmediatamente aquellas respuestas en un gran cuaderno. A cada homúnculo se le hacían sólo preguntas adecuadas a su condición, y los espíritus rojo y azul respondían apenas con una sonrisa o un gesto de asentimiento o disentimiento. Sin embargo, parecían saberlo todo, se les podía interrogar sobre cualquier cosa. El rey tocaba exclusivamente temas políticos, el monje religiosos, y así los demás. Como ve, fui testigo de la recopilación de lo que el barón denominaba "los anales del tiempo", documento tan impresionante por lo menos como el que dejara Nostradamus. Tantas de aquellas profecías han probado ser verdaderas en los últimos meses que no tengo casi ninguna duda de que también habrán de serlo las demás. Es una sensación muy curiosa la de escudriñar el futuro.

»Un día, por accidente, la jarra que contenía el monje cayó sobre las lajas y se rompió. El pobre monje murió después de un par de dolorosas inspiraciones, a pesar de los esfuerzos del barón por salvarlo. Su cadáver fue enterrado en el jardín. Hubo una tentativa abortada de "modelar" otro monje, pero fracasó. Se obtuvo un ser pequeño, semejante a una sanguijuela, sin vitalidad, que murió al cabo de unas horas.

»Al poco tiempo el rey consiguió escaparse de su botella durante la noche; lo encontraron sentado sobre la botella que contenía la reina, ¡tratando de arrancar el sello con las uñas! Estaba fuera de sí, sumamente ágil, aunque muy debilitado por estar expuesto al aire. Con todo, tuvimos una verdadera cacería entre las botellas, que temíamos derribar. Su ligereza era en verdad extraordinaria y si no hubiese sido porque se debilitaba cada vez más al estar fuera de su elemento natural, dudo de que le hubiésemos dado caza. Por fin lo atrapamos y, entre arañazos y mordiscos, lo metimos de nuevo en su botella, pero no sin que antes rasguñase seriamente la barbilla del abate. Durante la batalla, aquella criatura despedía un olor extraño, como el de una chapa metálica caliente cuando se enfría. Rocé con los dedos una de sus piernas: tenía una consistencia húmeda y gomosa que me hizo estremecer hasta la médula.

»Pero ahora había ocurrido una desgracia. La cara del abate se inflamó, se infectó; cayó presa de una fiebre alta y tuvo que ser llevado al hospital, donde ahora convalece. Y vendrían más desgracias, acaso peores: el barón, que era austríaco, había sido siempre motivo de curiosidad, y tanto más ahora con la manía del espionaje que toda guerra engendra. Oí decir que el Gobierno estaba investigando sus actividades. El barón recibió esta noticia con una calma desconcertante; sin embargo, era evidente que no permitiría la intromisión en su laboratorio de personas no iniciadas. Se decidió "disolver" los homúnculos y enterrarlos en el jardín. En ausencia del abate, me comprometí a ayudarle. No sé qué fue lo que echó en las botellas, lo cierto es que brotaron de ellas todas las llamas del infierno y el cielo raso del laboratorio quedó cubierto de hollín y telarañas. Las criaturas se habían encogido hasta las dimensiones de sanguijuelas secas o de los cordones umbilicales que los aldeanos suelen conservar. El barón aullaba de tanto en tanto, y tenía la frente cubierta de sudor. Los gemidos de una parturienta. Por último, concluida la tarea, a medianoche sacamos las botellas y las enterramos debajo de algunas lajas flojas en la pequeña capilla donde presumo estarán todavía. El barón ha sido internado, sus libros y papeles, confiscados por el Gobierno. El abate, como dije, sigue hospitalizado. ¿Y yo? Bueno, mi pasaporte griego me hace menos sospechoso que la mayor parte de mis vecinos. Por el momento me he retirado a mi torre. Todavía queda en los graneros del abate una gran cantidad de literatura masónica; me he hecho cargo de ella. He escrito una o dos veces al barón, pero por prudencia sin duda no me ha contestado, temiendo tal vez que mi relación con él pueda perjudicarme. Entonces... bueno, la guerra prosigue a nuestro alrededor. Su término y lo que habrá de ocurrir después, a fines de este siglo, ya lo conozco; lo tengo aquí, a mi lado, mientras escribo, bajo la forma de preguntas y respuestas. Pero, ¿quién me creería si lo publicase, y mucho menos usted, doctor de las ciencias empíricas, escéptico e irónico? En cuanto a la guerra, ya lo dijo Paracelso: "Innumerables son los *Egos* del hombre; hay en él ángel y demonio, cielo e infierno, toda la creación animal, los reinos vegetal y mineral; y así como el pequeño hombre individual puede enfermarse, así también el gran hombre universal tiene sus enfermedades, que se manifiestan en los males que afectan a la humanidad entera. En este hecho se basa la predicción de los sucesos futuros". Entonces, mi querido amigo, he elegido el Sendero Tenebroso hacia mi propia luz. Sé que debo seguirlo, me lleve a donde me lleve. ¿No le parece que se trata de algo digno? Tal vez no. A mí, en verdad, sí me lo parece. Pero oigo su risa.

»Su siempre devoto Da Capo.»*

—Ahora —dijo Clea— déle el gusto y ríase.

—Lo que Pursewarden llama «la melancólica risa de Balthazar, indicio de solipsismo» —dije yo.

Balthazar se reía ahora abiertamente, palmeándose las rodillas y doblándose como una navaja sevillana.

—Este condenado bribón de Da Capo —dijo—. Sin embargo, *soyons raisonnables,* si es ésta la expresión que corresponde. No creo que sea capaz de mentir de ese modo. Tal vez sí. No, no lo creo. Ahora, ¿pueden creer lo que dice, ustedes dos?

—Sí —dijo Clea, y entonces ambos sonreímos; sus relaciones con las videntes de Alejandría la predisponían naturalmente a las artes mágicas—. Ríanse —dijo con calma.

—A decir verdad —observó Balthazar más serio— cuando uno frecuenta los campos de lo que llamamos el conocimiento, que en parte hemos explorado, uno termina por admitir que bien pueden existir zonas de absoluta oscuridad que pertenezcan a las regiones paracélsicas: la parte sumergida de la montaña de hielo del conocimiento. No, diantre, debo admitir que usted tiene razón. Cuando viajamos de un lado a otro por los ferrocarriles del hecho empírico, nos sentimos demasiado seguros de nosotros mismos. Sin embargo, de vez en cuando recibimos un pequeño golpe en la cabeza de

240

un ladrillo lanzado desde alguna otra región. Ayer mismo, por ejemplo, Boyd me contó una historia que suena tan extraña como la de Capodistria: acerca de un soldado que murió la semana pasada. Por supuesto, yo podía encontrar explicaciones más o menos adecuadas para el caso, pero sólo más o menos, sin ninguna certeza. Parece que el muchacho fue a El Cairo a pasar su licencia de una semana. Cuando regresó dijo que se había divertido muchísimo. De pronto, empezó a tener fiebres intermitentes con máximas muy elevadas. Al cabo de una semana murió. Pocas horas antes de morir le aparecieron en los ojos espesas cataratas blancas, y una especie de nódulo rojo en cada retina. Lo único que repitió durante todo su delirio fue una simple frase: *«Ella lo hizo con una aguja de oro».* Nada más. Como digo, el caso se podía clasificar desde el punto de vista clínico con una o dos conjeturas más o menos inteligentes... pero si he de ser sincero, debo admitir que no entra en ninguna de las categorías conocidas, que yo sepa al menos. Tampoco —dicho sea de paso— dio la autopsia ningún indicio que permitiese seguir estudiando el caso. Análisis de sangre, de líquido cefalorraquídeo, estómago, etc. Ni siquiera un bonito y familiar (aunque tal vez igualmente inexplicable) trastorno meníngeo. ¡Un cerebro precioso, completamente sano! Al menos eso es lo que dice Boyd, y parece que le encantó explorar a fondo al muchacho. Misterio. Ahora, ¿qué diablos puede haber estado haciendo durante su licencia? No ha sido posible descubrirlo. Su estancia no figura en ninguno de los registros de los hoteles y posadas para soldados en tránsito. No hablaba otro idioma que el inglés. Esos pocos días pasados en El Cairo se han borrado misteriosamente de la cuenta. ¿Y la mujer de la aguja de oro?

»Aunque es realidad, estas cosas ocurren todos los días y creo que usted tiene razón (esto a Clea) en afirmar con obstinación la existencia de poderes tenebrosos y en el hecho de que algunas personas puedan hacer profecías con la misma facilidad con que yo miro a través de mi microscopio. No todas, por supuesto, sino algunas. Incluso gente totalmente estúpida como el viejo Scobie, por ejemplo. Le diré, pienso que era algo de eso lo que contaba a veces cuando se emborrachaba y quería exhibirse, me refiero a la supuesta historia acerca de Naruz; en realidad era demasiado terrible para que uno pudiese tomarla en serio. Y aunque algunos detalles eran correctos, es posible que se haya enterado de ellos a causa de su misma función policial. En todo caso, Nimrod atendió el proceso verbal, y el documento ha de andar dando vueltas por alguna parte.

—¿Qué pasó con Naruz? —pregunté con curiosidad, secretamente herido por el hecho de que Clea hubiese confiado a Balthazar cosas que a mí me había ocultado. Advertí entonces que se había puesto muy pálida y miraba para otro lado. Balthazar parecía no darse cuenta de nada e insistía.

—Tiene contornos novelescos, en realidad, eso de querer arrastrarla a la tumba junto con él. ¿No le parece? Y el llanto que usted oía.

Se interrumpió abruptamente, advirtiendo por fin la exasperación de Clea.

—¡Dios santo, Clea, querida! —prosiguió con tono contrito—, supongo que no estaré traicionando una confidencia. Me pareció de pronto que se sentía molesta. ¿Me pidió que no repitiera la historia de Scobie?

Le tomó las manos y miró de frente el rostro redondo de Clea. Dos manchas rojas habían aparecido en sus mejillas. Negó con la cabeza, en silencio, pero se mordió los labios como si sufriera.

—No —dijo por último—, no hay ningún secreto. No se lo dije a Darley simplemente porque... bueno, es una tontería, como usted dice; de todos modos él no cree en tales disparates. No quería parecerle más estúpida de lo que ya me considera.

Se inclinó para besarme en la mejilla a modo de disculpa. Pero sintió mi enojo, lo mismo que Balthazar, que dejó caer la cabeza y dijo:

—He hablado de más. ¡Maldición! Ahora usted se va a enojar con ella.

—¡Santo cielo, no! —protesté con vehemencia—. Simple curiosidad, eso ha sido todo. No tengo intenciones de fisgonear, Clea.

Ella hizo un gesto de angustiada exasperación:

—Muy bien —dijo—. No tiene ninguna importancia. Te voy a contar toda la historia.

Y empezó a hablar con prisa, como para liberarse cuanto antes de un tema ingrato e inútil.

—Fue durante la última cena que te relaté. Antes de que yo fuera a Siria. Scobie estaba borracho. Dijo lo que Balthazar acaba de contarte y agregó la descripción de alguien que me hizo pensar en el hermano de Nessim. Señaló sus labios con la uña del pulgar y dijo: «Tiene los labios hendidos aquí; lo veo tendido sobre una mesa, lleno de heridas pequeñas, cubierto. Afuera hay un lago. Ya lo ha decidido, tratará de arrastrarla a usted también. Usted estará prisionera en un sitio oscuro, y no podrá resistírsele. Sí, hay alguien cerca que tal vez pudiese ayudarla. Pero no es bastante fuerte».

Se puso súbitamente de pie y dio por terminada la historia con el aire de quien arranca una rama.

—Luego se echó a llorar —concluyó.

¡Qué extraño hálito de tristeza había dejado en nuestros espíritus aquel recitado absurdo y siniestro a la vez! Algo perturbador y repulsivo que había invadido el deslumbrante sol primaveral, la intensa luminosidad del aire. Nos habíamos quedado silenciosos. Balthazar, con aire taciturno, doblaba y desdoblaba su chaqueta sobre sus rodillas. Clea, con mirada ausente, parecía estudiar la distante curva del gran puerto con sus flotillas de embarcaciones pintarrajeadas como cuadros cubistas, y los brillantes y esparcidos pétalos de los barcos de carrera que habían cruzado ya el botalón del puerto y se abrían paso alegremente hacia la distante boya azul.

Recostada una vez más en el profundo remanso que la guerra abandonaba, Alejandría volvía virtualmente a la normalidad, recuperaba sus placeres. Pero para nosotros el día se había oscurecido de pronto, abrumaba nuestros espíritus, sensación tanto más exasperante por lo absurdo del motivo. Maldije la petulancia del viejo Scobie al hacerse el adivino.

—Si esas dotes hubieran sido auténticas, hubiese hecho carrera en su profesión —dije malhumorado.

Balthazar se rió, con una risa triste e insegura. Su remordimiento por haber removido aquella historia estúpida era evidente.

—Vamos —dijo Clea con aspereza. También ella parecía enfadada y por primera vez se desprendió de mí cuando la tomé del brazo. Encontramos un viejo coche a caballo, y regresamos lentamente, en silencio, a la ciudad.

—¡No, maldición! —profirió de pronto Balthazar—. Bajemos a tomar un trago cerca del puerto, por lo menos.

Sin esperar respuesta, dio la orden al cochero, y siempre en silencio desembocamos por las lentas curvas de la Grande Corniche en dirección al Yacht Club en el muelle exterior, donde nos aguardaba, para volcarse sobre nosotros, algo trascendente y terrible. Recuerdo todo con tanta claridad: el día primaveral sin mareas altas; un mar verde susurrante iluminando los minaretes, salpicado de tanto en tanto por los oscuros remolinos que levantaban las finas ráfagas del viento. Sí; y el lamento de las mandolinas en la ciudad árabe, y los vestidos relucientes como calcomanías de colores brillantes. Un cuarto de hora más tarde toda aquella magnificencia sería devorada, envenenada por una muerte imprevisible, absolutamente inmerecida. Pero si el choque de la tragedia es súbito, el instante preciso en que transcurre permanece vibrando, resonando en el tiempo como los agrios ecos de un gong, obnubilando el espíritu, la comprensión. El golpe es súbito, sí, pero con cuánta lentitud se expanden en la inteligencia, en la razón, las ondas del creciente círculo del terror. No obstante, fuera de la parte central del cuadro con su pequeña anécdota trágica, la vida normal prosigue siempre, indiferente. (Ni siquiera habíamos oído los disparos, por ejemplo; el viento había arrastrado su estampido maléfico.)

Sin embargo, nuestras miradas se sentían atraídas, como por las líneas de fuerza de una inmensa pintura marina, hacia un grupo de yates reunidos a sotavento de uno de los barcos de guerra, tendido hacia el cielo como una sombría catedral. Las velas flameaban y giraban, luchando con la brisa, libres y ligeras como mariposas. Alcanzábamos a distinguir un vago movimiento de remos y brazos que pertenecían a figuras demasiado pequeñas desde aquella distancia, para que pudiésemos distinguirlas o reconocerlas. No obstante, aquella pequeña conmoción había atraído nuestras miradas, quién sabe a causa de qué premoniciones interiores. Y mientras el coche se deslizaba en silencio a la orilla del puerto, el paisaje se abría a nuestras miradas como una majestuosa marina pintada por algún gran maestro. La variedad y distinción de las pequeñas embarcaciones de refugiados de todos los rincones del Levante, con sus diferentes diseños y jarcias que se reflejaban en el espejo del agua, parecían prestarle una sensualidad deslumbrante, rítmica. Todo era sorprendente y normal a la vez: las sirenas de los remolcadores, el griterío de los niños y desde los cafés el repiqueteo de las mesas de *trictrac*, las voces de los pájaros.

La normalidad de todo un mundo circundaba aquel pequeño plano central con sus velas temblorosas, con aquellos bruscos gestos que no podíamos interpretar, las voces apagadas. La pequeña embarcación se ladeaba, los brazos subían y bajaban.

—Ha ocurrido algo —dijo Balthazar contemplando la escena con sus pequeños ojos oscuros; y como si su frase hubiese afectado al caballo, el coche se detuvo bruscamente. Fuera de nosotros, solamente otro hombre había visto lo que ocurría desde la dársena; miraba también con distraída curiosidad, boquiabierto, consciente de que sucedía algo fuera de lo común. De pronto, por todas partes, la gente empezó a inquietarse, los boteros gritaban. En la dársena, a los pies del otro espectador, tres niños jugaban absortos: colocaban bolitas en las vías con la esperanza de verlas reducidas a polvo cuando pasase el próximo tranvía. Un aguatero hacía tintinear sus recipientes de bronce y gritaba: «Venid vosotros, los sedientos». Discretamente, en el fondo del cuadro, como si viajara sobre seda, un transatlántico se alejaba de la costa verde y deslizábase en silencio hacia el mar abierto.

—Es Pombal —gritó Clea por fin con tono perplejo, tomándome ansiosamente del brazo.

Era en verdad Pombal. Lo ocurrido era esto: habían navegado por los alrededores del puerto en el pequeño yate de Pombal, con la indolencia y distracción habituales en ellos. Aparentemente, un inesperado cambio de viento los había desviado de su ruta llevándolos a sotavento, hasta uno de los barcos franceses. ¡Con cuánta ironía, con qué increíble rapidez había sido preparada aquella escena por el director invisible que dispone los actos humanos! Los barcos franceses, aunque cautivos, conservaban además de sus armas pequeñas, cierto sentido del honor, que hacía que sus reacciones fuesen de una excesiva e imprevisible susceptibilidad. Los centinelas que montaban guardia tenían orden de dispa rar tiros de advertencia hacia las proas de los barcos que se acercasen a menos de doce metros de cualquier buque de guerra. Entonces, cumpliendo órdenes solamente, un centinela hizo un disparo contra la vela de Pombal cuando el pequeño yate corría incontroladamente hacia el barco. Una mera advertencia, sin el deliberado propósito de herir. Y aun así pudo haber... pero no; no podía ocurrir de otro modo, pues mi amigo, dominado por la cólera y la mortificación de verse tratado así por aquellos cobardes y degenerados de su misma sangre y de su misma fe, rojo de indignación, había abandonado el timón, y manteniendo en precario equilibrio su cuerpo enorme, gritó agitando el puño en dirección al barco de guerra: *«Salauds!»*, *«Espèces de cons!»*. Y, por último, el epíteto que era acaso definitivo: *«Lâches!»*.

¿Habría oído los disparos? No creo que los oyese en medio de aquella confusión. El yate se ladeó, viró y tomó otro rumbo. Pombal cayó pesadamente. Entonces, cuando trataba de incorporarse y recuperar el precioso timón, vio a Fosca que se desplomaba con una lentitud infinita. Después dijo que ella no sabía que estaba herida. Tal vez sintiera ella una vaga e inusitada pérdida de la atención, el súbito entorpecimiento que toda herida provoca. Se tambaleó como una alta torre, mientras la popa se le acercaba lentamente para oprimirle la mejilla. Y allí quedó tendida, con los ojos muy abiertos, redonda y blanda, como el faisán herido que conserva la mirada lúcida a pesar de la sangre que brota de su pico. Pombal la llamó a gritos, y sólo le respondió el inmenso silencio de la palabra. La ría, más profunda ahora, los llevaba a tierra. Entonces, sobrevino una nueva confusión: otras embarcaciones, atraídas como moscas por una herida, empezaron a amontonarse alrededor del yate de Pombal, con gritos de consejo y piedad. En tanto Fosca seguía tendida, con una mirada vaga en los ojos muy abiertos, sonriéndose a sí misma, en un sueño de otro mundo.

Entonces Balthazar despertó súbitamente de su trance; saltó del coche sin decir palabra y con su curioso paso tambaleante se lanzó a la carrera a través del dique en dirección al teléfono de la pequeña ambulancia roja de campaña, con su línea de emergencia. Alcancé a oír el clic del receptor y la voz de Balthazar, paciente, tranquila. El llamado fue atendido con prontitud casi milagrosa, porque el puesto de campaña con sus ambulancias se encontraba sólo a unos pocos metros. Oí el suave tintineo de la campanilla y vi la ambulancia que atravesaba la playa en dirección a nosotros. Ahora todos los rostros se volvían una vez más hacia la pequeña caravana de embarcaciones, rostros que sólo reflejaban paciente resignación u horror. Pombal estaba arrodillado en la escotilla, con la cabeza gacha. Detrás de él, al timón, Alí, el botero, que fue el primero en advertir lo que ocurría y en ofrecer su ayuda. Todos los demás barcos que navegaban por el mismo curso permanecían agrupados en torno al de Pombal, en prueba de activa simpatía. Ahora alcanzaba a leer el nombre del pequeño yate, *Manon*, que tan altivamente llevaba desde hacía apenas seis meses. Todo parecía extraño y desconcertante, como si transcurriera en una nueva dimensión impregnada de dudas y temores.

Balthazar, de pie sobre el muelle, presa de una impaciencia agónica, los instaba mentalmente a apresurarse. Oía su lengua que chasqueaba contra la bóveda del paladar *tecktsch*, lentamente, como un reproche; contra quién dirigía ese reproche, me pregunté: ¿contra la lentitud, o contra la vida misma, sus imprevisibles designios? Por fin llegaron. Ya los oíamos respirar. Y en el muelle, el ruido de las correas de la camilla, el tintineo del acero, el leve chasquido de las tachuelas de los tacos. Todo confundido en un torbellino de actividad, las velas arriadas, los gruñidos cada vez que manos oscuras asían una soga para mantener inmóvil la embarcación; los ásperos bordes dentados de las voces que daban órdenes confusas, contradictorias: «Ayúdeme», «Ahora con cuidado»; y un *fox trot* distante desde la radio de un barco. Una camilla meciéndose como una cuna, como una cesta de fruta en los hombros oscuros de un árabe. Y puertas de acero que se abren hacia la blanca garganta de la ambulancia.

Pombal había adoptado un aire de estudiada distracción; su semblante, muy pálido, tenía una expresión vaga y dispersa. Se desplomó sobre el muelle como si hubiese sido lanzado desde una nube; cayó de rodillas y se puso lentamente de pie. Flotaba con aire ausente detrás de Balthazar y de los camilleros, balando como una oveja perdida. Sin duda a causa de la visión de la sangre de Fosca, que se secaba ahora en las finas *espadrilles* blancas que había comprado una semana antes en el Emporio de Ghoshen. Son los pequeños detalles los que sacuden como golpes en los momentos más graves. Hizo una vaga tentativa por trepar al interior de la ambulancia, pero lo expulsaron brutalmente. Las puertas rechinaron en sus narices. Fosca ahora pertenecía a la ciencia, no a él. Aguardaba humildemente, con la cabeza gacha, como en una iglesia, que las puertas volvieran a abrirse y lo admitieran. Apenas respiraba. Sentí un impulso involuntario de correr a su lado, pero el brazo de Clea me detuvo. Todos esperábamos, pacientes y sumisos como niños, mientras escuchábamos los ruidos imprecisos que llegaban desde el interior de la ambulancia, el chasquido de las botas. Por último, tras una espera que pareció interminable, las puertas se abrieron, y Balthazar, asomando la cabeza, dijo con infinito cansancio:

—Entre y venga con nosotros.

Pombal miró desamparado a su alrededor; y entonces, volviendo su angustiado semblante hacia nosotros, abrió los brazos en un único gesto de desesperada incomprensión, antes de taparse los oídos con ambas manos, como para no oír algo demasiado terrible. La voz de Balthazar crujió súbitamente como un pergamino.

—Entre —dijo con rudeza y cólera, como si hablara con un criminal. Entonces, antes de que las puertas se cerraran con un chirrido metálico, oí que agregaba en voz baja:

—Está agonizando.

Sentí que la mano de Clea se helaba en la mía.

Y así nos quedamos, sentados los dos, solos, mudos, en aquel maravilloso atardecer primaveral. Encendí un cigarrillo y me levanté para caminar unos pocos pasos por el muelle, en medio de los mercachifles árabes que describían a gritos el accidente. Alí se preparaba para llevar el barco hasta su amarra en el Yacht Club; todo cuanto necesitaba era fuego para su cigarrillo. Se me acercó y con toda cortesía me pidió que se lo encendiera. Entonces, mientras lo hacía, advertí que las moscas ya habían descubierto la pequeña mancha de sangre en las varengas.

—La limpiaré —dijo Alí notando la dirección de mi mirada; con un salto felino trepó a bordo y desplegó la vela. Sonrió y agitó la mano en despedida. Entonces quiso decir, sin duda: «¡Qué pena!». Pero su conocimiento del inglés era precario. Gritó en cambio:

—¡Qué veneno!

Yo asentí.

Clea permanecía sentada en el coche, mirándose las manos. Teníamos la sensación de que aquel incidente imprevisto nos había separado.

—Volvamos —dije por último, y ordené al cochero que regresara a la ciudad.

—Quiera Dios que esté bien —rogó Clea por último—. Sería demasiado cruel.

—Balthazar dijo que estaba agonizando, lo oí.

—Pudo equivocarse.

Pero no se equivocó: tanto Fosca como la criatura habían

muerto, aunque sólo nos enteramos al anochecer. Flotábamos por las habitaciones de Clea, desganados, sin poder llegar a concentrarnos en nada. Por último, Clea dijo:

—Es mejor que te vayas y pases con él la noche. ¿No te parece?

Yo dudaba.

—Me imagino que preferirá estar solo.

—Vete —dijo Clea, y luego agregó con irritación—: No puedo soportar verte así, dando vueltas ociosas en un momento como éste... Oh, Darley, te he herido. Perdóname.

—No me has herido, no seas tonta. Iré.

Mientras caminaba por la rue Fuad pensaba en lo sucedido aquella tarde: un desplazamiento mínimo del curso previsto, una simple vida humana, tenía, sin embargo, el poder de alterar tantas cosas. Porque en realidad aquello no había afectado la integridad de ninguno de nosotros. Lo que ocurría era, simplemente, que no podíamos admitirlo, no tenía cabida dentro del cuadro que Pombal había dispuesto con tanto cuidado y devoción. Aquel hecho estúpido, mezquino, lo envenenaba todo, incluso casi nuestro afecto hacia Pombal, pues lo transformaba en horror y simpatía. Sentimientos inútiles, impotentes en verdad. Mi instinto natural hubiese sido alejarme, sencillamente. No deseaba verlo nunca más, para no entristecerlo. ¡Qué veneno, verdaderamente! Me repetí una y otra vez la frase de Alí.

Cuando llegué, Pombal estaba sentado en su sillón de gotoso, absorto en apariencia. Tenía a su lado un vaso lleno de whisky puro que parecía intacto. Estaba vestido con la vieja bata azul con faisanes y se había puesto las pantuflas egipcias que eran como palas doradas. Entré sin hacer ruido y me senté frente a él sin decir palabra. No me miró, pero de algún modo sentí que había advertido mi presencia. Su mirada vaga y soñadora parecía perderse en la distancia; tamborileaba con los dedos de una y otra mano, como si

251

ejecutara un ejercicio de digitación. Siempre con la mirada fija en la ventana dijo con una vocecita chillona, como si las palabras tuviesen el poder de conmoverlo, aunque no entendiese del todo su significado:

—Ha muerto, Darley. Han muerto los dos.

Sentí que mi corazón se convertía en un inmenso pedazo de plomo.

—*C'est pas juste* —agregó con aire ausente, mientras se acariciaba la barba con sus dedos gordos. Sin emoción, con el tono frío de un hombre que se recupera de un ataque grave. Bebió un trago de whisky y se puso de pie bruscamente ahogado por la tos.

—Es puro —dijo con sorpresa y desagrado; puso de nuevo el vaso sobre la mesa con un estremecimiento. Entonces, inclinándose hacia delante, tomó un lápiz y se puso a trazar garabatos en un anotador: verticilos, rombos, dragones. Como un niño.

—Mañana iré a confesarme por primera vez desde hace siglos —dijo lentamente, como con infinita cautela—. Le he pedido a Hamid que me despierte temprano. ¿Te importaría que sólo *Clea* me acompañase?

Negué con la cabeza. Comprendí que se trataba del funeral. Suspiró aliviado.

—*Bon* —dijo, y poniéndose de pie volvió a tomar el vaso de whisky. En aquel momento la puerta se abrió para dar paso al atribulado Pordre. Pombal cambió instantáneamente, tal vez a causa de la presencia de alguien de su raza. Lanzó una larga cadena de profundos sollozos. Los dos hombres se abrazaron murmurando palabras y frases incoherentes, como si se consolaran de un desastre que los hiriese a ambos por igual. El viejo diplomático levantó su blanca mano femenina y dijo de pronto, con fatuidad:

—He protestado ya con todas mis fuerzas.

¿Contra quién?, me pregunté. ¿Contra las potencias invisibles que decretan que las cosas sucedan de una manera u otra? Las palabras chisporrotearon, huecas, en el aire frío de la sala. Pombal hablaba otra vez.

—Tengo que escribirle a él y decírselo todo —dijo—. Confesárselo todo.

—Gastón —dijo el jefe severamente, en tono de reproche—, no debe hacer semejante cosa. Sólo aumentaría su miseria. *C'est pas juste.* Siga mi consejo: olvídese de todo.

—¡Olvidar! —gritó mi amigo como si lo hubiese picado una abeja—. Usted no comprende. Olvidar. Si es por ella que tiene que saberlo.

—Nunca lo sabrá —dijo el anciano—. Nunca.

Siguieron así un rato, tomados de las manos, mirando a su alrededor con aire distraído, a través de sus lágrimas. En aquel momento, como para completar el cuadro, la puerta se abrió nuevamente y apareció la cara porcina del padre Paul, que jamás se encontraba lejos del centro de algún escándalo. Se detuvo a la entrada con un gesto de untuosa devoción, pero con un rostro que expresaba glotona complacencia.

—Pobre muchacho —dijo, aclarándose la garganta.

Hizo con su manaza un gesto indefinido, como si nos rociara a todos con agua bendita y suspiró. Parecía un inmenso buitre calvo. Entonces, ante nuestra sorpresa, chilló algunas frases de consuelo en latín.

Dejé a mi amigo con aquellos elefantinos consoladores, aliviado en cierto modo de que no hubiese lugar para mí en medio de aquel incoherente desfile de conmiseraciones latinas. Le estreché sencillamente la mano, me escurrí del departamento, y dirigí mis pensativos pasos hacia la casa de Clea.

El funeral tuvo lugar al día siguiente. Clea volvió pálida y extenuada. Arrojó el sombrero a través del cuarto y se pasó las manos por el pelo con nerviosa impaciencia, como si quisiera borrar el ingrato recuerdo de lo ocurrido. Se dejó caer en el sofá y se cubrió los ojos con el brazo.

—Fue horrible —dijo por último—, realmente horrible, Darley. Primero la cremación. Pombal insistió en cumplir sus deseos a pesar de las violentas protestas del padre Paul. ¡Qué bestia ese hombre! Actuaba como si el cadáver hubiese pasado a ser propiedad eclesiástica. El pobre Pombal estaba enfurecido. Tuvieron una pelea terrible acerca de los detalles, creo. Y entonces... Era la primera vez que yo iba al nuevo crematorio. No está terminado todavía. Se levanta en un pequeño solar arenoso, cubierto de paja y de botellas vacías de limonada, y está flanqueado por una montaña de restos de carrocerías. En realidad, se parece más a un horno improvisado en un campo de concentración. Una horrenda fila de pequeños nichos de ladrillo con flores marchitas que parecen brotar de la arena. Y un pequeño ferrocarril con zorras para transportar los ataúdes. ¡Qué horror! ¡Y las caras de todos aquellos cónsules y vicecónsules! El mismo Pombal parecía abrumado por aquel espectáculo espantoso. ¡Y el calor! El padre Paul, en primer plano, por supuesto, feliz de poder desempeñar su papel. Entonces, con su chirrido incongruente, el ataúd rodó por el camino del jardín y tropezó con la escotilla de acero. Nosotros estábamos impacientes; el padre Paul parecía dispuesto a llenar aquel incómodo intervalo con improvisadas plegarias, cuando la radio de una casa vecina empezó a tocar valses vieneses. Varios chóferes intentaron en vano localizarla y hacerla callar. Jamás me he sentido tan desdichada como en medio de esa desolada cacería de pollos, vestida con mis mejores ropas. Del horno llegaba un terrible olor a carroña. Yo no sabía entonces que Pombal tenía intenciones de ir al desierto a esparcir sus cenizas, y que quería que sólo yo lo acompañase. Tampoco sabía, para el caso, que el padre Paul, que había olido la posibilidad de más oraciones, estaba firmemente dispuesto a acompañarlo. De modo que todo lo que ocurrió después me tomó por sorpresa.

»Bueno, por último trajeron la urna, ¡qué urna, Dios santo! Lastimaba la vista. Fruto sin duda de los esfuerzos triunfantes de un confitero para una bombonera barata. El padre Paul trató de apoderarse de ella, pero el pobre Pombal la apretaba con firmeza mientras nos dirigíamos al automóvil. Debo decir que Pombal demostró tener agallas. "No —dijo cuando el cura empezó a subir al coche—. Usted no. Voy solo con Clea." Me hizo una seña con la cabeza.

»"Hijo mío —dijo el padre Paul en voz baja y torva—. Yo también voy."

»"Le he dicho que no —insistió Pombal—, ya ha hecho su parte."

»"Hijo mío, iré", dijo el miserable con obstinación.

»Por un instante tuve la sensación de que aquello terminaría en un intercambio de bofetadas. Pombal se sacudió la barba frente al cura y lo miró con ojos enfurecidos. Yo trepé al automóvil, sintiéndome inmensamente tonta. Entonces Pombal le dio un empujón bien a la francesa, en pleno pecho, y subió también, cerrando de golpe la portezuela. Desde la asamblea de cónsules llegó hasta nosotros un murmullo ante aquella ofensa pública a un miembro del clero, pero nadie dijo una sola palabra. El cura estaba blanco de furia, e hizo con el puño un gesto involuntario, como si quisiera golpear a Pombal, pero parece que se arrepintió.

»Por fin partimos; el chófer tomó la ruta hacia el desierto occidental; aparentemente había recibido instrucciones previas. Pombal estaba sentado muy quieto, con la lúgubre bombonera entre las rodillas, respirando por la nariz, con los ojos semicerrados. Como si tratase de recuperar su compostura después de todas las pruebas de la mañana. Me tomó la mano, y así seguimos, en silencio, contemplando el desierto que se abría a ambos lados del camino. Ya nos habíamos alejado bastante cuando Pombal ordenó al chófer que detuviera la marcha. Ahora respiraba pesadamente. Descendimos y por un instante inconexo nos quedamos de pie, al borde del camino. Entonces Pombal dio uno o dos pasos por la arena y se detuvo, mirando hacia atrás. "Ahora", dijo; y echó a correr sacudiendo su gordura, hasta unos diez metros de distancia.

»Pedí al chófer que fuese a dar una vuelta y que regresase a recogernos cinco minutos más tarde. El ruido del coche al arrancar no pareció atraer la atención de Pombal. Estaba arrodillado, como un chico que juega en un pozo de arena, inmóvil durante largo rato. Lo oía hablar en voz baja y confidencial, aunque no sabía si rezaba o recitaba algún poema. Allí, en aquel solitario camino, bajo el intenso calor del desierto, me sentía completamente desamparada.

»De pronto, vi que empezaba a escarbar la arena, a recogerla en puñados y a arrojársela sobre la cabeza como un musulmán. Emitía extraños sonidos plañideros. Por último, bajó la cabeza y se quedó de nuevo inmóvil. Los minutos pasaban. A lo lejos oí el coche que se acercaba lentamente.

»"Pombal", dije por último. No hubo respuesta. Atravesé la distancia que nos separaba, sintiendo que la arena ardiente me llenaba los zapatos, y le puse la mano en el hombro. Se irguió en seguida y empezó a sacudirse. De pronto lo vi terriblemente viejo. "Sí —dijo con una incierta mirada de asombro a su alrededor, como si por primera vez se diera cuenta de dónde se encontraba—. Lléveme a casa, Clea."

»Le tomé la mano y como quien guía a un ciego lo remolqué con lentitud hasta el coche que ya había llegado.

»Se sentó a mi lado con expresión atribulada, como si de súbito lo hubiese picado el aguijón del recuerdo, y empezó a quejarse como un chiquillo que se ha lastimado una rodilla. Lo abracé. Me alegraba tanto de que tú no estuvieses presente; tu alma anglosajona se hubiera retorcido hasta el fondo. Pombal repetía: "¡Qué ridículo debe haber estado! ¡Qué ridículo!".

»De pronto se echó a reír histéricamente. Tenía la barba llena de arena. "Recordé de pronto —explicó, siempre en medio de su histérica risa de colegiala— la cara del padre Paul."

»Entonces se dominó, se enjugó las lágrimas, suspiró con tristeza y dijo: "Estoy agotado, Clea. Muerto de cansancio. Creo que podría dormir una semana seguida".

»Supongo que lo hará. Balthazar le ha dado un potente somnífero. Lo dejé en el departamento y vine hasta aquí con el coche. Yo, en verdad, no estoy menos exhausta que él. Pero a Dios gracias, todo ha concluido. De algún modo, supongo, tendrá que empezar a vivir otra vez.

Como para ilustrar la última frase de Clea, sonó el teléfono, y la voz de Pombal, cansada y confusa, dijo:

—¿Eres tú, Darley? Bueno. Sí, me imaginé que estarías allí. Antes de irme a dormir quería decirte algo, para que puedas disponer como mejor te parezca del departamento. Pordre me manda a Siria *en mission*. Salgo mañana bien temprano. Mi asignación me permitirá conservar mi parte del departamento sin dificultades hasta que regrese. ¿Eh?

—No te preocupes por eso —dije.

—No era más que una idea.

—Vete a dormir ahora.

Hubo un largo silencio. Luego añadió:

—Por supuesto, te escribiré, ¿eh? Sí. Muy bien. No me despiertes si vienes esta noche.

Prometí no hacerlo.

Pero la advertencia era innecesaria, pues cuando regresé al departamento por la noche, muy tarde, estaba todavía levantado, sentado en su sillón de gotoso, con una expresión de angustia.

—Esa droga de Balthazar no sirve para nada. Es un emético suave, eso es todo —dijo—. El whisky me adormece más. Pero no sé por qué, no tengo ganas de irme a dormir. Vaya a saber qué sueños tendré.

Por último conseguí convencerlo de que se acostara; aceptó con la condición de que me quedase con él hablándole hasta que se durmiese. Estaba relativamente sereno, cada vez más amodorrado. Hablaba con voz calmosa y relajada, como con un amigo imaginario durante una anestesia.

—Me imagino que todo habrá de pasar. Todo pasa, en definitiva, todo. Pensaba en otras personas que están en mi misma situación. Para algunas no es tan fácil. Una noche Liza vino aquí a verme. Me quedé petrificado cuando la vi en la puerta con esos ojos suyos que me dan escalofríos, como un conejo ciego en un corral de aves. Quería que la llevase a ver la habitación de su hermano en el Monte de los Buitres. Dijo que necesitaba verla. Le pregunté qué veía. Me respondió con furia: «Tengo mi propia manera de ver». Bueno, tuve que hacerlo. Pensé que a lo mejor complacía a Mountolive. Lo que no sabía entonces era que el Monte de los Buitres había dejado de ser un hotel. Se había convertido en burdel para las tropas. Estábamos ya en la mitad de la escalera cuando la verdad me iluminó. Todas aquellas muchachas desnudas, aquellos soldados sudorosos semivestidos, con sus cuerpos peludos; los crucifijos tintineaban al chocar con las chapas de identidad. Y aquel olor a sudor y ron y perfume barato. Le dije que teníamos que irnos, pues el hotel había cambiado de dueño. Pero ella siguió avanzando, insistiendo con súbita cólera. Subimos las escaleras. Todas las puertas estaban abiertas, se veía todo. Me alegré de que fuese ciega. Por fin llegamos al cuarto de Pursewarden. Estaba a oscuras. En la cama dormía una vieja, con una pipa de hachís a su lado. Olía a estercolero. Liza estaba muy excitada. «Descríbamelo», me dijo. Hice lo que pude. Se acercó a la cama. «Hay una mujer dormida», le dije tratando de apartarla. «Se ha convertido en una casa de mala fama ahora, Liza, ya se lo he dicho.» ¿Sabes qué me respondió? «Tanto mejor.» Me quedé atónito. Apoyó la mejilla contra la almohada junto a la vieja, que se puso a lloriquear inmediatamente. Liza le acarició la frente como si fuese un niño y susurró: «Vamos, duerme». Entonces se me acercó vacilante, con una sonrisa curiosa, y dijo: «Quería encontrar su huella en la almohada. Pero era una idea absurda. Es preciso hacer cualquier cosa para recuperar un recuerdo. Tiene tantos escondrijos». No entendí lo que quiso decirme. Empezamos a descender las escaleras. En el segundo piso un grupo de australianos borrachos que subían. Comprendí, por sus caras, que íbamos a tener que afrontarlos. A uno, al parecer, lo habían estafado. Estaban muy borrachos. Abracé a Liza y simulé que estábamos haciendo el amor en un rincón, hasta que se alejaron. Liza temblaba, no sé si de miedo o de emoción. Entonces dijo: «Hábleme de sus mujeres, cuénteme cómo eran». Le di una buena sacudida. «Vamos —repuse—, se está poniendo trivial ahora.» Se detuvo temblorosa, pálida de rabia. Cuando llegamos a la calle me ordenó: «Búsqueme un taxi. Usted no me gusta». Le conseguí el taxi y se fue sin decir palabra. Después me arrepentí de mi brusquedad, porque ella sufría. Las cosas suceden siempre con demasiada rapidez para que podamos comprender al punto su verdadero sentido. Y nunca conocemos a los seres humanos y sus sufrimientos lo bastante como para tener siempre pronto la respuesta adecuada. Después le dije, *in mente*, muchas palabras de simpatía. Demasiado tarde. Siempre demasiado tarde.

Un débil ronquido escapó de sus labios y se quedó en silencio. Estaba a punto de apagar el velador y salir de puntillas de la habitáción, cuando empezó a hablar de nuevo, esta vez desde otra distancia, como si retomara el hilo de su pensamiento con otro contexto:

—Y cuando Melissa estaba agonizando, Clea pasó con ella el día entero. Una vez le dijo a Clea: «Darley hacía el amor con una especie de remordimiento, de desesperación. Supongo que porque se la imaginaba a Justine. Jamás me excitó como otros hombres. El viejo Cohen, por ejemplo, no era más que un miserable, lleno de ideas sucias y mezquinas, pero siempre tenía los labios húmedos de vino. Me gustaba. Me gustaba. Me hacía respetarlo porque era un hombre. Pursewarden me trataba como a una porcelana fina, como si temiese quebrarme, como si yo fuese una preciosa reliquia. ¡Qué bueno era descansar, siquiera una vez!».

II

Así huyó aquel verano, a través de un invierno de vientos veloces, de heladas más penetrantes que la pena, preparándonos para ese último y maravilloso estío que casi no dio tiempo de brindar sus ofrendas a la primavera. Aquel verano que llegó cimbrándose desde alguna latitud remota largo tiempo olvidada, soñada acaso por primera vez en el Edén, descubierta de nuevo, como por milagro, entre los dormidos pensamientos de la humanidad. Llegó como un rompehielos del espíritu, para anclar frente a la ciudad, con las blancas velas desplegadas como las alas de un ave marina. ¡Ah! Persigo metáforas que puedan expresar aquella felicidad intensa, rara vez concedida a los amantes; pero las palabras, que fueron inventadas como primitivas armas contra la desesperación, son demasiado torpes para reflejar la gracia de algo tan apacible, tan perfecto y armónico en sí mismo. Las palabras son los meros espejos de nuestro descontento; contienen los enormes huevos no incubados de todas las penas del mundo. Acaso sea más sencillo repetir en voz muy baja algunos versos de un poema griego, escritos una vez a la sombra de una vela, en un sediento promontorio de Bizancio. Algo así como...

Pan negro, agua clara, aire azul.
Un cuello sereno de belleza incomparable.

261

Espíritu unido con espíritu.
Ojos cerrados dulcemente sobre ojos.
Pestañas trémulas, cuerpos desnudos.

Pero al traducirlos las palabras no expresan bien el sentido; y a menos que se las escuche en griego, palabra lenta tras palabra lenta, pronunciadas por una boca que se ha tornado nuestra por la tierna magulladura de besos interminables, nunca serán otra cosa que fotografías opacas y sin encanto de una realidad que nada tiene que ver con el reino de la verdadera poesía. Es triste que toda la mágica gracia de aquel verano sea irrecuperable, pues ¿qué otra cosa sino memorias tendremos en la vejez para configurar nuestra doliente felicidad? ¿Acaso podrá retener la memoria el incomparable trazado de los días? ¿La densa sombra violeta de las velas blancas, bajo la oscura linterna de las higueras en el mediodía, los conocidos caminos del desierto por donde avanzan las caravanas de especias, donde las lunas se serenan y se esfuman en el cielo, para atrapar en medio de su ensueño el batir de las alas de las gaviotas que se transforma en rocío? ¿O el frío latigazo de las aguas que se estrellan contra los derruidos frontones de islas olvidadas? ¿O la bruma nocturna que cae sobre los muelles desiertos con las antiguas huellas del mar arábigo señalando con sus gastados dedos? En alguna parte, sin duda, seguirán existiendo aquellas cosas. Todavía no había fantasmas. Un día seguía a otro día en el calendario del deseo; las noches mostraban dulcemente su revés de sueño y volvían de las tinieblas para entregarnos una vez más a la maravillosa luminosidad del sol. Todo conspiraba para que el mundo tuviese la forma de nuestros deseos.

No es difícil ahora, a esta distancia de tiempo, comprender que todo *había ocurrido ya,* todo había sido dispuesto de aquella, no de otra manera. Y ésa no era más que la etapa de gestación, que también se manifestaba así, no de otra manera. Pero el escenario estaba preparado, los actores elegidos, las salidas a escena ensayadas hasta en sus más ínfimos detalles, en la mente de aquel autor invisible que acaso no fuese sino la ciudad misma: la Alejandría de la humanidad. Todos llevamos dentro de nosotros las semillas de los sucesos futuros. Están latentes en nosotros y maduran de acuerdo con las leyes que les impone su propia naturaleza. Es difícil creerlo, lo sé, si se piensa en la perfección de aquel verano y en lo que sucedió después.

El descubrimiento de la isla fue uno de los elementos esenciales de lo que ocurrió. ¡La isla! ¿Cómo se nos había escapado durante tanto tiempo? No existía en realidad un solo rincón de la costa que no conociésemos, que no hubiésemos explorado, ninguna amarra no utilizada por nosotros alguna vez. Y, sin embargo, allí estaba, frente a nosotros, mirándonos. «Si quieres ocultar una cosa —dice el proverbio árabe— escóndela a los ojos del sol.» Allí estaba la isla, bien visible, un poco hacia el oeste del pequeño santuario de Sidi El Agami, la blanca pendiente coronada por la tumba nívea que emerge entre una mata de palmas y helechos. Una simple masa granítica desprendida del fondo del mar a causa de un terremoto o de algún movimiento submarino en un distante pasado. Cuando el mar estaba alto, la cubría; pero lo curioso es que hasta ahora no figura en las cartas del Almirantazgo, pues constituye en realidad un verdadero peligro para las embarcaciones de medio calado.

Fue Clea quien descubrió primero la pequeña isla de Naruz.

—¿De dónde habrá surgido? —preguntó perpleja; su mano bronceada hizo virar bruscamente el timón del cúter y empezamos a navegar a sotavento. La peña de granito tenía la altura suficiente como para hacer de rompevientos. Trazaba una circunferencia de agua azul e inmóvil entre las onduladas mareas. En dirección a la costa había una N toscamente tallada en la roca, sobre una vieja y corroída argolla de hierro, y un ancla que servía de amarre seguro. Era absurdo hablar de desembarcar en la costa, pues la playa consistía en una angosta franja de relucientes guijarros blancos, no más ancha que la base de una chimenea.

—Sí, es la isla de Naruz —exclamó Clea extasiada por el descubrimiento. Ahora, por fin, podía satisfacer plenamente su gusto por la soledad. Allí, en aquella isla, podíamos gozar de nuestra intimidad como aves marinas. La playa miraba a tierra. Desde allí se divisaba toda la línea curva de la costa con sus ruinosas torres Martello y sus dunas desplazándose hacia la antigua Taposiris. Sacamos nuestras provisiones. Nos sentíamos felices. Aquí podíamos nadar desnudos y tomar baños de sol interminables sin que nos molestaran.

Allí, el extraño y solitario hermano de Nessim había pasado el tiempo pescando.

—A menudo me preguntaba dónde quedaría su isla. Suponía que debía encontrarse hacia el oeste, más allá de Abu-El-Suir. Nessim no pudo indicármelo. Pero sabía que había un profundo estanque entre las rocas y un barco hundido.

—Allí hay una N grabada.

Clea batió palmas deleitada y se deslizó fuera de su traje de baño.

—Ahora estoy segura. Nessim contaba que durante muchos meses mantuvo un duelo con un pez enorme que no pudo identificar. Fue cuando me regaló el fusil-arpón de Naruz. ¿No es extraño? Lo llevo siempre en la gaveta envuelto en una lona. Se me ocurrió que algún día podía cazar un pez. Pero pesa tanto que no puedo manejarlo debajo del agua.

—¿Qué clase de pez era?

—No sé.

Trepó de nuevo al cúter y regresó con el abultado paquete de lona impermeabilizada en el que estaba envuelta aquella arma singular. Era un mecanismo de aspecto desagradable, un rifle de aire comprimido, simplemente, con un extremo hueco. Disparaba un delgado arpón de acero de casi un metro y medio de largo. Se lo habían fabricado en Alemania, de acuerdo con sus indicaciones. Tenía un aspecto verdaderamente mortífero.

—Es horrible —dijo Clea mordiendo una naranja.

—Tenemos que probarlo.

—Para mí pesa demasiado. Tal vez tú puedas manejarlo. Descubrí que en el agua dispara más lentamente. No lo pude hacer funcionar. Pero Nessim decía que Naruz era un tirador experto, que había matado muchos peces grandes. Había uno, sin embargo, uno enorme que aparecía sólo de vez en cuando. Naruz lo vigilaba, lo esperaba emboscado durante meses. Le disparó en varias ocasiones, pero siempre erró el tiro. Espero que no haya sido un tiburón, les tengo miedo.

—No abundan en el Mediterráneo. En el mar Rojo hay muchos.

—De todos modos, prefiero estar alerta.

El instrumento era demasiado pesado para llevarlo debajo del agua; además no me interesaba la caza submarina. De modo que lo envolví otra vez y lo guardé en la amplia gaveta del cúter. Clea estaba tendida al sol, desnuda, amodorrada como una foca; fumaba un cigarrillo antes de proseguir la exploración. El lago brillaba entre las rocas y la reluciente quilla del barco como una temblorosa esmeralda; las largas cintas de luz láctea penetraban en él suavemente, filtrándose en el interior como sondas doradas. Unas cuatro brazas, calculé. Inspiré profundamente y dejé que mi cuerpo se hundiera como un pez, sin usar los brazos.

El interior del lago era de una belleza maravillosa. Como

la nave de una catedral cuyos vitrales filtrasen la luz del sol a través de una multitud de arcos iris. Las paredes laterales del anfiteatro —porque se abría gradualmente hacia el mar profundo— parecían talladas por algún atribulado maestro del período romántico, en una serie de galerías inconclusas flanqueadas por estatuas. Algunas de aquellas figuras se parecían tanto a estatuas verdaderas que por un instante imaginé que acababa de hacer un descubrimiento arqueológico. Pero aquellas desdibujadas cariátides eran hijas de las olas, talladas y modeladas por los azares de las mareas, y convertidas en diosas, enanos, bufones. Un leve y brillante fuco marino dotaba a aquellas figuras de cabelleras y barbas verdosas o amarillentas; cortinados de algas apenas suspendidos en la corriente se abrían y se cerraban para insinuar sus secretos y volver a ocultarlos. Puse la mano en una de aquellas cabelleras de espeso y escurridizo follaje para tantear el rostro de una Diana o la nariz ganchuda de un bufón medieval. El suelo de aquel palacio desierto era de arcilla blanda, suave al tacto, no aceitoso. Como una cerámica de distintas tonalidades de malva, violeta y oro. En la parte interior, cerca de la isla, el lago no era profundo, tal vez una braza y media, pero caía bruscamente en la parte de la galería que se abría hacia el mar; allí, las capas más profundas del agua que cambiaban del verde esmeralda al verde manzana, del azul de Prusia al negro, sugerían gran profundidad. Allí estaba el barco abandonado de que había hablado Clea. Abrigué por un momento la esperanza de encontrar tal vez un par de ánforas romanas; pero no se trataba, ay, de un barco antiguo. Reconocí en la ancha curva de la popa el diseño de los barcos egeos, el tipo de caique que los griegos denominan *trechandiri*. Aparentemente, había recibido un violento impacto desde la popa. Tenía la quilla rota. Estaba lleno de un peso muerto de esponjas oscuras. Traté de descubrir en la proa los ojos pintados y el nombre, pero se habían borrado. El maderamen estaba cubierto de limo y en cada una de las grietas centelleaba un cangrejo ermitaño. Pensé que debió pertenecer a las flotas de pescadores de esponjas de Kalymnos, que todos los años vienen a pescar en las costas africanas y transportan su carga, para industrializarla, a las islas del Dodecaneso.

De pronto, un resplandor deslumbrante atravesó el cielo raso y el cuerpo elocuente de Clea irrumpió con los brazos tendidos, las espirales de su cabello flotando detrás de ella por el impulso del agua. La abracé y rodamos juntos hacia abajo, jugando como peces, hasta que sin aliento volvimos a la superficie, a la luz del sol, a sentarnos jadeantes en los bajíos, mirándonos con contenido deleite.

—¡Qué lago maravilloso! —Batió palmas llena de felicidad.

—Encontré el barco.

Y trepando a la media luna de playa con sus guijarros tibios, arrastrando la empapada paja de su pelo, dijo:

—Pensé otra cosa. Esta isla debe ser Timonius. Me gustaría recordar mejor los detalles.

—¿Cómo es eso?

—Nunca encontraron el sitio, ¿sabes? Estoy segura de que es Timonius. O pensemos que es, ¿quieres? Cuando Antonio volvió derrotado de la batalla de Accio, de donde Cleopatra, llena de pánico, huyó con su flota y rompió la línea de defensa, dejándolo a merced de Octavio; y cuando Antonio retornó después de aquella indescriptible guerra de nervios, y no les quedaba otra cosa que hacer sino aguardar una muerte segura al regreso de Octavio, bueno, Antonio se construyó una celda en un islote. Le dieron el nombre de un famoso recluso y misántropo —¿tal vez filósofo?— llamado Timón. Aquí ha de haber pasado sus días de ocio, aquí, Darley, rememorando su vida una y otra vez. ¡Aquella mujer y los extraños sortilegios que podía provocar! ¡Y luego el advenimiento del Dios, y todo aquello instándolo a decir adiós a Alejandría, a todo un mundo!

Sus ojos brillantes, sonrientes, con una expresión un tanto ansiosa, interrogaban los míos. Me puso una mano en la mejilla.

—¿Esperas que te diga que es Timonius?

—Sí.

—Muy bien, es Timonius.

—Bésame.

—Tu boca sabe a vino y naranjas.

Aquella playa era tan pequeña, apenas más grande que un lecho. Qué extraño amarse así, con las pantorrillas sumergidas en el agua azul, el sol ardiente sobre la espalda. Más adelante, hicimos varias tentativas un poco dispersas por describir la celda o algo que pudiese corresponder a su fantasía, pero en vano; hacia el lado del mar había una gran masa de troncos de granito, que se hundía bruscamente en el agua negra. Las pesadas gradas de algún antiguo muelle, que tal vez fuese la explicación de las características de rompevientos que tenía la isla. Había tanto silencio. No se oía sino la leve brisa del mar, distante como un eco en el interior de una concha marina. Sí, y a veces una gaviota que volaba por encima de la isla como si quisiera juzgar la profundidad de la playa, para un probable teatro de operaciones. Allí descansábamos, con los cuerpos borrachos de sol, dormidos, los serenos ritmos de la sangre respondiendo sólo a los más profundos del mar y del cielo. Un refugio de felicidad animal que ninguna palabra podrá expresar jamás.

Es extraño también rememorar la curiosa relación hija del mar que compartimos durante aquel verano inolvidable. Un gozo casi tan profundo como el de los besos compartidos: penetrar juntos en el vaivén del agua, responder al unísono al juego de las enormes olas. Clea había sido siempre una buena nadadora. Yo, en cambio, era más bien

268

mediocre. Sin embargo, gracias a la época pasada en Grecia, también era experto ahora, y nos entendíamos perfectamente bajo el agua. Jugábamos y explorábamos el mundo submarino del lago, tan inconscientes como peces en el día quinto de la Creación. Danzas acuáticas elocuentes y silenciosas que nos permitían comunicarnos tan sólo por la sonrisa y el gesto. Los silencios del agua transformaban todo lo humano en movimiento y, entonces, éramos como coloreadas proyecciones de ondinas pintadas sobre aquellas brillantes pantallas de roca y algas, repitiendo, imitando los ritmos del agua. Allí el pensamiento se desvanecía, se transformaba en alegría insondable, en movimiento. Veo la clara figura de Clea viajando como una estrella a través de aquel firmamento anochecido, con el pelo flotando en un ondulado ramaje de color.

Y no sólo allí, por supuesto. Una ciudad se convierte en un mundo cuando se ama a uno de sus habitantes. Toda una nueva geografía de Alejandría había nacido a través de Clea, recreando sus antiguos significados, renovando atmósferas semiolvidadas, arrastrando el aluvión multicolor de una nueva historia, una nueva biografía. Recuerdos de viejos cafés a lo largo de la costa en los bronceados plenilunios, los toldos rayados flotando en la brisa marina de la medianoche. Cenas tardías, la luna rielando nuestras copas. A la sombra de un minarete o en alguna franja de arena a la luz trémula de una lámpara de parafina. O recogiendo brazadas de capullos primaverales en el cabo de las Higueras: ciclámenes brillantes, deslumbrantes anémonas. O de pie, juntos, frente a las tumbas de Kom El Shugafa, aspirando las húmedas exhalaciones de oscuridad que brotan de aquellas extrañas moradas subterráneas de alejandrinos muertos hace siglos; tumbas talladas en el suelo de oscuro chocolate, apiladas una sobre otra, como literas de barco. Sofocantes, mohosas y a la vez intensamente frías. («Dame la mano.») Pero si Clea tiritaba no era todavía con la premonición de la muerte, sino tan sólo a causa del peso de la tierra grávida amontonada sobre nosotros metro a metro. Cualquier criatura solar hubiese temblado allí. El claro vestido de verano tragado por las tinieblas. «Tengo frío. Vamos.» Sí, hacía frío allí. Pero qué agradable era salir de aquella oscuridad a la ruidosa, anárquica vida de la calle abierta. Así ha de haberse levantado el dios-sol, liberándose de la húmeda prisión de la tierra, sonriendo al decorado cielo azul que inspiraba al viaje, a la liberación de la muerte, a la renovación en la vida de criaturas comunes.

Sí, los muertos están en todas partes. No se los puede eludir tan fácilmente. En cada uno de los rincones de nuestras vidas secretas sentimos la triste y ciega presión de sus dedos despojados pidiendo que se les conceda un recuerdo, que se los haga renacer a la vida de la carne, que se les permita alojarse en nuestros latidos, invadir nuestros abrazos. Llevamos dentro de nosotros, como trofeos biológicos, la herencia de sus fracasos vitales; la forma de unos ojos, la curva de una nariz; o en líneas más fugitivas aún como la muerta risa de alguien, o un hoyuelo que despierta una sonrisa ha tiempo enterrada. El más simple de aquellos besos nuestros poseía un linaje de muerte. En ellos se amparaban amores olvidados, ansiosos por renacer. Las raíces de todos los suspiros están enterradas en el suelo.

¿Y cuando los muertos nos invaden? Porque algunas veces aparecen en persona. Aquella brillante mañana, por ejemplo, tan normal en apariencia, tan engañosa, cuando Clea, mortalmente pálida, irrumpió desde el lago como un cohete, y murmuró sofocada:

—*Hay hombres muertos allí abajo.*

Yo me alarmé. Pero no se había equivocado, pues cuando reuní el coraje suficiente para descender, estaban allí, en verdad: siete hombres, sentados a la luz crepuscular del lago, con un aire de minuciosa atención, como si escucharan algún debate trascendente, decisivo para ellos. Aquel cónclave de silenciosas figuras formaba un pequeño semicírculo a la salida del lago. Estaban envueltos en bolsas y tenían plomo en los pies. Se mantenían erguidos, como piezas de ajedrez de talla humana. Habíamos visto estatuas así cubiertas viajando en camión por una ciudad, hacia algún triste museo de provincia. Allí estaban, apenas inclinados a causa de ligaduras, sin rostros, tambaleándose apenas, como figuras de cine mudo. Tapizados de muerte por las burdas mortajas de tela que los cubrían.

Más tarde nos enteramos de que eran marineros griegos que habían descendido de su corbeta para bañarse, cuando de súbito, por accidente, detonó una mina, matándolos instantáneamente. Sus cuerpos, irreconocibles ya, fueron recogidos en una vieja red, y extendidos sobre la cubierta para que se secaran antes de la inmersión definitiva. Arrojados luego por la borda con el tradicional traje funerario de los marineros, la marea los había arrastrado hasta la isla de Naruz.

Tal vez pueda parecer extraña la rapidez con que nos habituamos a la presencia de aquellos silenciosos visitantes del lago. A los pocos días los habíamos acomodado, cada uno tenía su sitio. Nadábamos entre ellos para salir a la superficie, haciendo irónicas reverencias a sus atentas figuras.

No era que nos burlásemos de la muerte, sino más bien que sus figuras pacientes, absortas, se habían convertido en símbolos cordiales y adecuados del lugar. Ni la gruesa piel de los sacos de tela, ni los espesos tegumentos de soga presentaban indicio alguno de desintegración. Por el contrario, aparecían cubiertos de ese denso rocío plateado, semejante al mercurio, que se acumula siempre sobre las telas impermeabilizadas cuando se las sumerge en el agua. Una o dos veces pensamos en solicitar a la autoridades navales griegas

271

que los sacaran de las aguas profundas, pero gracias a nuestra larga experiencia sabíamos que no encontraríamos en ellos ninguna ayuda, de modo que abandonamos el proyecto de común acuerdo. Una vez me pareció ver revolotear entre ellos la sombra de un siluro, pero debió ser un error. Más tarde, hasta se nos ocurrió darles nombres, pero nos disuadió el pensamiento de que ya los habían tenido alguna vez, los absurdos nombres de los antiguos sofistas y generales como Anaximandro, Platón, Alejandro...

Así siguió el curso de aquel verano plácido —largos eslabones de sucesivos días deslumbrantes—, dichoso, libre de augurios. Creo que fue hacia el final del otoño cuando murió Maskelyne en acción de guerra en el desierto; para mí fue un suceso sin mayor trascendencia, tan poco interesante me pareció el personaje en vida. Y fue un verdadero misterio encontrar una tarde a Telford sentado frente a su escritorio, con los ojos enrojecidos, estrujando sus manos purpúreas y repitiendo obstinadamente: «Se la dieron al viejo Brig. Pobre viejo Brig». Con una especie de asombro incoherente, que me enterneció, agregó:

—No tenía a nadie en el mundo. Me indicó como familiar suyo y me nombró heredero.

Parecía profundamente conmovido por aquella prueba de amistad. Sin embargo, examinó con reverente melancolía los exiguos efectos personales de Maskelyne. Era, en realidad, una herencia muy magra: unos pocos trajes civiles de tamaño inadecuado para Telford, unas cuantas medallas y estrellas de campañas, y una cuenta bancaria con un crédito de quince libras. Reliquias más interesantes eran para mí las contenidas en una pequeña cartera de cuero: un ajado cuaderno de pagos y un certificado de retiro perteneciente al abuelo de Maskelyne. La historia que aquellos objetos relataban poseía la elocuencia de un hecho histórico cumplido dentro de una tradición. En el año 1861 aquel joven chacarero de Suffolk, ahora olvidado, se había enrolado en Bury St. Edmunds. Actuó en las Coldstream Guards durante treinta y dos años, retirándose en 1893. Durante su actuación se había casado en la Capilla de la Torre de Londres y su esposa le había dado dos hijos. Se conservaba también una borrosa fotografía tomada a su regreso de Egipto en 1882. En ella aparecía con un casco blanco de corcho, chaqueta roja y pantalones de sarga azul, botas de cuero negro y bandoleras blancas. Llevaba prendida en el pecho la Medalla Egipcia de Guerra de la Batalla de Tel-el-Kebir y la Estrella Khedive. Del padre de Maskelyne no había entre sus efectos ningún indicio.

—Es trágico —dijo el pequeño Telford con emoción—. Mavis no podía dejar de llorar cuando se lo dije. Y lo vio sólo dos veces. Eso demuestra la impresión que causa un hombre de verdadero carácter. Siempre fue un caballero perfecto el Brig, siempre.

Yo seguía contemplando aquella figura oscura y desvaída del retrato, con su mirada triste y su gran bigote negro, con sus bandoleras blanqueadas, sus medallas. En cierto modo, iluminaba la figura del propio Maskelyne, le daba un nuevo enfoque. ¿No era aquélla acaso —me preguntaba— una historia triunfal, la historia de un triunfo perfecto y completo dentro de una pauta formal que va más allá de la vida de un individuo, una tradición? Dudaba de que el propio Maskelyne hubiese deseado que las cosas ocurriesen de otro modo. Toda muerte contiene la semilla de una enseñanza. Sin embargo, aunque la silenciosa partida de Maskelyne no me había conmovido demasiado, hice lo que pude por consolar al desolado Telford. Pero entonces ya las mareas de mi propia vida empezaban a arrastrarme hacia un futuro imprevisible. Porque en aquel otoño maravilloso, con su lluvia torrencial de bronceadas hojas secas en los parques, Clea se convirtió para mí por primera vez en un motivo de inquietud. ¿Habrá sido en realidad porque oía el llanto? No lo sé. Jamás lo admitió abiertamente. A ratos procuraba imaginar que también yo lo oía —aquel débil llanto de niño, o tal vez el gemido de un cachorro encerrado; pero sabía que no oía nada, absolutamente nada. Por supuesto, podía también considerar aquel hecho como una verdad más concreta y definitiva, como un suceso natural, pues el tiempo lo transforma todo, renueva todas las cosas. Quiero decir que el amor, como cualquier otra planta, también puede secarse, marchitar. ¿Acaso Clea había empezado a desenamorarse de mí? Sin embargo, para recordar y anotar el sentido de todo aquello, me siento casi obligado a verlo —por absurdo que pueda parecer— como la súbita aparición de un elemento vicario, venido de un ámbito desconocido, situado más allá del alcance de la simple imaginación. En todo caso, cuando llegó, tuvo un carácter bien definido, y quedó marcado como una fecha sobre una pared desnuda. Fue el 14 de noviembre, poco antes del amanecer. Habíamos pasado juntos todo el día anterior, vagando por la ciudad, haciendo compras, charlando. Clea había comprado algunas partituras para piano; yo le había regalado un nuevo perfume. (En el preciso instante de despertar, y verla de pie, o mejor dicho inclinada junto a la ventana, percibí de pronto el perfume de mi propia mano, en la que había probado, con los tapones de vidrio de los frascos de muestra, las distintas fragancias.) Una lluvia muy copiosa cayó durante toda la noche y nos habíamos dormido arrullados por su delicioso murmullo. Antes de dormir leímos juntos a la luz de las bujías.

Pero ahora Clea estaba junto a la ventana, con el cuerpo rígido, en una actitud de tensa interrogación, tan absorta e inmóvil que pensé que la acometía una crisis de terror. Tenía la cabeza un poco vuelta hacia un lado, como para acercar el oído a la ventana de vidrios desnudos a través de los cuales empezaba a filtrarse el amanecer recién lavado, que se insinuaba apenas entre los techos de la ciudad. ¿Qué escuchaba? Jamás la había visto en aquella actitud. La llamé y en seguida volvió hacia mí un rostro ciego y atribulado. Con un gesto de impaciencia, como si mi voz hubiese roto la fina membrana de su concentración. Cuando me senté en la cama gritó, con voz profunda y sofocada:

—¡Oh, no!

Se cubrió los oídos con ambas manos y cayó de rodillas, temblorosa. Como si una bala le hubiese atravesado el cerebro. Oí que sus huesos crujían; tenía el semblante distorsionado en una mueca. Apretaba las manos contra los oídos con tanta fuerza que no me fue posible separarlas, y cuando intenté alzarla tomándola por las muñecas se dejó caer sobre la alfombra, con los ojos cerrados, como una demente.

—Clea, por amor de Dios, ¿qué pasa?

Durante un rato estuvimos así, de rodillas, el uno junto al otro. Yo me sentía perplejo. Clea había cerrado los ojos y apretaba con fuerza los párpados. El frío viento de la mañana penetraba por la ventana. Fuera de nuestras exclamaciones, reinaba un silencio absoluto. Por último, lanzó un suspiro de alivio, apartó las manos de los oídos y estiró lentamente las piernas, como si quisiera liberarlas de dolorosos calambres. Negó con la cabeza para indicarme que no ocurría nada. Entonces, como una ebria, se dirigió al cuarto de baño y vomitó con violencia en el lavabo. Yo la contemplaba como sonámbulo. Me sentía perdido, desarraigado. Luego regresó a la habitación, se tendió en la cama y volvió la cara a la pared.

—¿Qué pasa, Clea? —volví a preguntar, sintiéndome tonto e inoportuno.

Los hombros le temblaban ligeramente, los dientes le castañeteaban.

—No es nada, nada en realidad. Un dolor de cabeza

súbito, terrible. Pero ya ha pasado. Déjame dormir ahora, ¿quieres?

Por la mañana se levantó temprano y preparó el desayuno. La encontré sumamente pálida, con esa palidez que sobreviene a menudo después de un largo y agónico dolor de muelas. Dijo que se sentía fatigada y sin fuerzas.

—Anoche me asustaste —dije, pero ella no respondió. Cambió evasivamente de tema con una curiosa mirada de angustia. Me pidió que la dejara sola todo el día, pues quería pintar, de modo que opté por dar un largo paseo por la ciudad, hostigado por pensamientos no formulados, por premoniciones inexplicables.

Era un día maravilloso, de mareas altas. Las olas batían las rocas como los pistones de una enorme máquina, arrojando a lo alto inmensas nubes de rocío que estallaban como bejines gigantescos y caían en susurrante espuma sobre la corona de una nueva ola. Contemplé aquel espectáculo durante un rato, sintiendo el violento empuje del viento en los faldones de mi abrigo y el helado rocío sobre las mejillas. Creo que sabía ya entonces que, a partir de aquel momento, todo había cambiado sutilmente en nuestras vidas. Que habíamos penetrado en una nueva constelación de sentimientos que alteraría nuestras relaciones.

He hablado de cambio; sin embargo, no fue en realidad un cambio brusco, coherente, definitivo. No, la metamorfosis se produjo con relativa lentitud. Crecía y decrecía como la marea, avanzando, retrocediendo. Hasta hubo períodos en que, durante semanas enteras, recuperamos plenamente nuestra antigua forma de ser, renovamos los antiguos éxtasis con una intensidad nacida ahora de la incertidumbre. De pronto, como por encanto, volvíamos a identificarnos el uno con el otro indisolublemente, y la sombra se desvanecía. Supongo —aunque ignoro todavía si era eso en verdad lo que ocurría— que durante aquellos períodos ella había deja-

276

do de oír el llanto, aquel llanto que mucho tiempo atrás había definido como el gemido de un camello hembra, o el chillido de un horrendo juguete mecánico. Pero, ¿qué sentido podía tener en realidad aquella tontería y cómo explicaba aquellos otros días interminables en que se sumía en el silencio y el abatimiento, en que se convertía en una nerviosa y angustiada versión de la antigua Clea? No lo sé. Sólo sé que el nuevo personaje caía en prolongados y absortos mutismos, en inusitadas fatigas. A veces se dormía en un sofá en medio de una fiesta y se ponía a roncar, como abrumada por el cansancio de una larga vigilia. También el insomnio empezó a asediarla y para aliviarlo recurría a grandes dosis de barbitúricos. Además, fumaba casi sin cesar.

—¿Quién es esta nueva criatura nerviosa que no reconozco? —preguntó Balthazar una noche, desconcertado. Clea lo había tratado con grosería, a causa de una broma trivial, y había salido de la habitación dando un portazo.

—Algo anda mal —dije yo.

Balthazar me miró intensamente por un momento, a la luz de un fósforo.

—¿No está encinta? —me preguntó. Yo negué con la cabeza.

—Supongo que empieza a cansarse de mí, en realidad.

Me costó un terrible esfuerzo pronunciar aquellas palabras. Pero por lo menos tenían el mérito de ofrecer una explicación plausible de su actitud, a menos que prefiriésemos creer que la poseían terrores secretos.

—Paciencia, mucha paciencia —dijo Balthazar—. Nunca hay bastante.

—Estoy pensando seriamente en ausentarme durante algún tiempo.

—Sería una buena idea. Pero no por un período demasiado largo.

—Ya lo vería.

A veces intentaba, a mi torpe manera, sondear la profundidad de su angustia con alguna observación inoportuna.

—Clea, ¿por qué miras siempre por encima de tu hombro? ¿Qué ves?

Un error de táctica fatal. La respuesta era siempre resentida o malhumorada, como si cualquier alusión a su inquietud no fuese más que una manera de burlarse de ella. Yo me intimidaba viendo la rapidez con que se le ensombrecía el semblante, la furia con que apretaba los labios. Tenía la sensación de haber intentado robarle un tesoro secreto que ella quería conservar incluso a riesgo de su propia vida.

Algunos días estaba sumamente nerviosa. Una vez, a la salida de un cine, sentí en mi brazo que se ponía tensa y rígida. Seguí la dirección de su mirada. Contemplaba con horror a un viejo con la cara destrozada, un zapatero griego, espantosamente mutilado a consecuencia de un bombardeo. Todos lo conocíamos de vista; en realidad, Amaril había intentado reparar el daño en la medida de lo posible. Yo le apreté suavemente el brazo para calmarla. Pareció despertar, se enderezó con un movimiento brusco y dijo:

—Vamos, vamos ahora. —Se estremeció y me arrastró a toda marcha.

En otros momentos en que yo hacía por inadvertencia alguna alusión a su inquietud —a aquel enloquecido gesto de estar siempre alerta, escuchando algo—, las tormentas y acusaciones que se desataban me hacían pensar seriamente que mi hipótesis era acertada, es decir, que Clea trataba de alejarme.

—No te sirvo, Darley. Desde que estamos juntos no has escrito una sola línea. Ni siquiera tienes proyectos. Además, ya casi no lees.

¡Qué duros, qué turbados se habían vuelto aquellos ojos maravillosos! Sin embargo, yo me reía. En verdad, sabía, o creía saber, que jamás llegaría a ser escritor. Aquel antiguo impulso de confiarme al mundo a través de la literatura había fracasado, se había agotado en mí. La imagen del mundo mezquino de los editores se me hacía insoportable. Con todo, no me sentía desdichado por el hecho de haber perdido el impulso. Por el contrario, sentía una especie de alivio, como si me hubiese liberado de la esclavitud hacia formas de expresión que constituían un instrumento tan poco apto para transmitir la verdad íntima de las cosas.

—Clea, querida —dije con una sonrisa ineficaz, ansioso por defenderme de su acusación, por serenarla—. Estuve pensando en escribir un libro de crítica literaria.

—¡Crítica! —repitió irritada, como si la palabra fuese un insulto. Me dio una bofetada en plena boca, un violento golpe que me hizo brotar las lágrimas. Me herí el labio con los dientes y fui al baño a enjuagarme la boca, pues sentía el gusto salobre de la sangre. No dejaba de ser interesante ver mis dientes ensangrentados. Me parecía a un ogro que acabase de devorar un bocado de la fresca carne de su víctima. Me lavé la boca enfurecido. Clea entró y se sentó en el bidé, llena de remordimiento.

—Perdóname, por favor —dijo—. No sé qué impulso me acometió. Perdóname, Darley.

—Otra hazaña como ésta —dije con enfado— y te daré tal golpe entre esos hermosos ojos tuyos, que habrás de recordarlo toda la vida.

—Lo siento tanto... —Me rodeó los hombros con los brazos y me besó en el cuello. La sangre se había detenido.

—¿Qué diablos pasa? —dije a su imagen en el espejo—. ¿Qué te ocurre, Clea? Nos estamos alejando.

—Lo sé.

—¿Por qué?

—No sé.

Su rostro se había tornado otra vez duro y obstinado.

Se sentó sobre el bidé y se acarició la barbilla pensativamente, hundida una vez más en profundas reflexiones. Entonces prendió un cigarrillo y volvió a la sala. Cuando entré estaba en silencio, sentada frente a un cuadro, contemplándolo con una fijeza distraída y malévola.

—Creo que debemos separarnos por un tiempo —dije.

—Si tú lo deseas —profirió vivamente, con voz mecánica.

—¿Y tú?

Se echó a llorar.

—¡Oh, basta de preguntas! Si por lo menos dejaras de interrogarme. Me siento como ante un tribunal.

—Muy bien —dije.

Ésta fue sólo una entre otras escenas semejantes. Me parecía evidente que debía alejarme de la ciudad, que aquélla era la única manera de dejarla en libertad, de brindarle el tiempo y el espacio necesarios para... ¿qué? No lo sabía. Más adelante, durante aquel invierno, me pareció que por las tardes tenía un poco de fiebre y provoqué otra escena terrible al pedirle a Balthazar que la examinara. Sin embargo, a pesar de su furia, se sometió al estetoscopio con relativa calma. Balthazar no encontró ningún trastorno físico, fuera del pulso un tanto acelerado y la presión sanguínea más elevada que la normal. Pero Clea ignoró totalmente los estimulantes prescritos por Balthazar. Había adelgazado mucho.

Gracias a pacientes y tediosas antesalas, descubrí por fin un pequeño empleo para el que no era del todo inepto y que de algún modo se prestaba al carácter general de la situación, pues yo no consideraba como definitiva, como una verdadera ruptura mi separación de Clea. Era un simple alejamiento deliberado por unos pocos meses, para dar lugar a cualquier resolución de largo alcance que ella pudiese tomar. Además, intervenían ahora nuevos factores, porque, finalizada la guerra, Europa se volvía accesible una vez más, lentamente, como un nuevo horizonte que se abriera más allá de los campos de batalla. Ya casi no nos atrevíamos a soñar con ella, con la forma recóndita de una Europa aplastada por los bombardeos, dominada por el hambre y el desconcierto. Pero existía siempre. Por eso, cuando fui a comunicarle mi partida, no lo hice con desesperación y pena; se trataba de una determinación tomada en frío, que ella, por su parte, debía aceptar con entusiasmo. Sin embargo, el tono con que pronunció las palabras «te vas», conteniendo el aliento, me hizo pensar por un instante que acaso temía quedarse sola.

—Así que te vas, después de todo.

—Por unos meses. Van a levantar una estación radioemisora en la isla y necesitan una persona que conozca el lugar y sepa hablar el idioma.

—Vuelves a la isla —dijo en voz baja. Pero no pude descifrar el significado de aquella voz ni el contenido de su pensamiento.

—Sólo por unos meses.

—Muy bien.

Empezó a pasearse por la alfombra con aire perplejo, mirando el suelo, perdida en sus pensamientos. De pronto me contempló con una expresión dulce que me hizo estremecer, esa mezcla de pena y ternura por hacer sufrir inconscientemente a los demás: el rostro de la antigua Clea. Yo sabía, sin embargo, que aquello no podía durar, que la sombra de aquella inquietud suya volvería a asediarme, a agobiarnos. No tenía sentido confiar una vez más en lo que no podía ser otra cosa que una breve tregua.

—¿Cuándo te vas, Darley, mi querido?

—Dentro de dos semanas. Mientras tanto, te propongo que no nos veamos. No tiene ningún sentido irritarnos mutuamente con estas querellas.

—Como quieras.

—Te escribiré.

—Sí, por supuesto.

Después de una relación tan intensa como la nuestra aquélla era en realidad una partida extrañamente fría y apática. Una especie de insensibilidad fantasmal perturbaba nuestros sentimientos. Había en mí un profundo dolor, pero no era tristeza. El muerto apretón de manos con que nos despedimos expresaba un curioso y verdadero vacío espiritual. Clea, sentada en una silla, fumaba en silencio observándome mientras yo reunía mis cosas y las amontonaba en el viejo portafolios que me había prestado Telford el verano anterior y me había olvidado devolverle. El cepillo de dientes estaba gastado. Lo tiré. La chaqueta de mi pijama tenía un hombro desgarrado, pero la parte inferior, que nunca usaba, estaba nueva todavía. Reuní aquellos objetos con el aire de un geólogo que selecciona especímenes de una era remota. Algunos libros y papeles. Flotaba en medio de una atmósfera de irrealidad, pero no puedo decir que experimentase un sentimiento de verdadera pena.

—¡Cuánto nos ha envejecido y gastado esta guerra! —dijo Clea súbitamente, como si hablara consigo misma—. En los viejos tiempos hubiésemos quizá pensado en partir para alejarnos de nosotros mismos, como suele decirse. Pero para alejarnos de *esto*...

Ahora, cuando escribo las palabras con toda su absurda trivialidad, comprendo que lo que quería era despedirse de mí. La fatalidad de los deseos humanos. Para mí el futuro se abría imparcial, objetivo; no existía un solo rincón de aquel futuro que pudiese imaginar sin la presencia de Clea, de una manera u otra. Aquella separación era... bueno, era sólo como un cambio de vendas, hasta que la herida restañase. Como no me sentía imaginativo, no podía pensar en un futuro que pudiese exigirme cosas inesperadas; como algo totalmente nuevo. Tenía que formarse en torno al vacío del presente. En cambio, para Clea el futuro se cerraba ya, se le ofrecía como una pared desnuda. ¡La pobre estaba aterrada!

—Bueno, esto es todo —dije, por último, poniéndome el portafolios bajo el brazo—. Si necesitas algo, no tienes más que llamarme. Estaré en el departamento.

—Ya lo sé.

—Me voy por una temporada. Adiós.

Cuando cerré la puerta del departamento oí su voz que me llamaba; pero era otra de aquellas ilusiones, un nuevo y breve acceso de piedad o ternura que tan a menudo nos engañaba. Hubiese sido absurdo escucharla, volver sobre mis pasos e inaugurar un nuevo ciclo de desacuerdos. Bajé las escaleras resuelto a dejar al futuro la entera posibilidad de restañar las heridas.

Era un deslumbrante día primaveral. Las calles parecían pintadas de colores. La sensación de no tener adónde ir, nada que hacer, era a la vez deprimente y alentadora. Regresé al departamento y encontré en la repisa de la chimenea una carta de Pombal en la que me decía que probablemente lo trasladarían en breve a Italia, que no podría conservar el departamento. Aquella noticia me encantó, pues podría rescindir el contrato, ya que mis ingresos no me permitirían seguir pagando el alquiler.

Al principio me pareció extraño, acaso un poco abrumador, sentirme así, libre y abandonado a mi propia y absoluta soledad. Sin embargo, pronto me adapté a la nueva situación. Además, estuve muy atareado tratando de poner al día mis papeles en la oficina de censura para entregarle el puesto a mi sucesor, y en reunir informaciones prácticas para el equipo de técnicos de la futura estación radioemisora. Entre ambas oficinas, con sus diversas necesidades y obligaciones, me mantenía ocupado casi todo el día. Durante aquella quincena cumplí mi palabra y no vi a Clea para nada. El tiempo parecía transcurrir en una especie de limbo plantado entre el mundo del deseo y el mundo del adiós, aunque en realidad no tenía emociones bien definidas, no tenía conciencia de penas ni de deseos.

Así llegó el último día fatal, disfrazado bajo un sonriente sol primaveral lo bastante cálido como para atraer a las moscas a los cristales de las ventanas. Me despertó, precisamente, el zumbido de las moscas. El sol entraba a raudales en la habitación. Deslumbrado, no reconocí, por un momento, la sonriente figura sentada a los pies de mi cama, esperando que yo abriera los ojos. Era la Clea de una olvidada versión original. Llevaba un ligero vestido de verano como un diseño de hojas de vid, sandalias blancas, y había cambiado de peinado. Fumaba un cigarrillo cuyo humo flotaba en lo alto, a la luz del sol, en espirales cenicientas. Tenía el rostro iluminado por una sonrisa serena, sin la más leve sombra de inquietud. La miré asombrado, pues se parecía precisa e inequívocamente a la Clea que siempre habría de recordar, con aquella maliciosa ternura otra vez en la mirada.

—Bueno —empecé a decir entre el sueño y la sorpresa—. ¿Qué...?

Sentí su tibia respiración en la mejilla cuando se inclinó para besarme.

—Darley —dijo—, de pronto recordé que mañana te vas; y hoy es el Mulid de El Scob. No pude resistir la tentación de pasar el día contigo y visitar el santuario esta tarde. Hace tanto calor que hasta podremos bañarnos en el mar. ¿Qué te parece si invitamos también a Balthazar?

Yo no estaba bien despierto todavía. No tenía idea de que fuese el santo del Pirata.

—Pero el día de San Jorge ha pasado hace tiempo —dije—. Estoy seguro de que es a fines de abril.

—Te equivocas. El absurdo sistema de calendario lunar que utilizan aquí lo ha convertido en una fiesta móvil igual que todas las demás. Va de uno a otro lado del calendario, lo mismo que los santos del país. En realidad, fue Balthazar quien me telefoneó ayer para decírmelo; yo misma lo hubiese dejado pasar.

Se detuvo para aspirar el humo de su cigarrillo.

—No debemos faltar, ¿verdad? —agregó con cierta ansiedad.

—Por supuesto que no. ¡Qué bueno que hayas venido!

—¿Y la isla? ¿Quieres que vayamos a la isla?

Eran las diez en punto. Podía telefonear a Telford y darle alguna excusa para estar ausente ese día. Mi corazón saltaba de gozo.

—Me encantará —dije—. ¿Cómo está el viento?

—Sereno como una monja, con rías hacia el este. Ideal para el cúter, diría yo.

Había traído una damajuana y una cesta.

—Iré a buscar provisiones; tú vístete y ve a buscarme al Yacht Club dentro de una hora.

—Sí —tenía tiempo sobrado para ir a la oficina a examinar el correo—. Una idea magnífica.

Y lo era en realidad, pues el día era luminoso, con una vibrante promesa de calor estival por la tarde. Mientras recorría en coche la Grande Corniche, estudiaba con deleite el halo luminoso del horizonte y la planicie azul del mar. La ciudad resplandecía al sol como una joya. En el fondeadero las pequeñas embarcaciones se mecían levemente, parodiadas por sus brillantes reflejos en el agua. Los minaretes resplandecían. En el barrio árabe el calor había fermentado los familiares olores a desperdicios y barro seco, a claveles y jazmines, a clavo y sudor animal. En Tatwig Street oscuros gnomos encaramados en escaleras, con floreros escarlatas en las cabezas, colocaban banderas e insignias en los balcones.

Sentía el calor del sol hasta en los dedos. Cruzamos por el emplazamiento del antiguo Faro, cuyos desmenuzados fragmentos llenan todavía las tierras bajas. Toby Mannering, recordé, tuvo una vez la idea de organizar un comercio de curiosidades, que consistía en la venta de fragmentos del Faro para pisapapeles. Scobie debía romperlos con un martillo y enviárselos a Toby para que éste los distribuyese entre los minoristas de todo el mundo. ¿Por qué había fracasado aquel proyecto? No podía recordarlo. ¿Tal vez Scobie pensó que el trabajo era demasiado pesado? ¿O acaso se perdió como aquel otro proyecto de vender agua del Jordán a los coptos a precios de competencia? De algún lugar llegaban los acordes destemplados de una banda militar.

Clea y Balthazar me aguardaban ya en el embarcadero. Balthazar me saludó cordialmente con el bastón. Llevaba pantalones blancos, sandalias y una camisa de colores; en la cabeza lucía un Panamá viejo y amarillento.

—El primer día de verano —dije con entusiasmo.

—Se equivoca —cloqueó Balthazar—. Fíjese en la niebla. Hace demasiado calor. Acabo de apostarle a Clea mil piastras, que tendremos tormenta esta tarde.

—Siempre tiene que decir algo triste —sonrió Clea.

—Conozco Alejandría —repuso Balthazar.

Así, en medio de bromas triviales, zarpamos los tres, con Clea al timón. No había casi viento y la embarcación apenas avanzaba, movida sólo por el impulso de las corrientes que se abrían en curvas a la entrada del puerto. Nos escabullimos junto a los barcos de guerra y los transatlánticos y nos lanzamos vacilantes hacia el agitado canal principal, hasta que llegamos por fin al grupo de fuertes que señalaban la entrada principal del puerto. Allí se formaba siempre un remolino del agua arrastrada por las mareas; durante un rato nos revolvimos en él, hasta que por fin el cúter tomó el rumbo del viento y enderezó el bauprés. Entonces nos deslizamos hacia el mar abierto, silbando como un pez volador a la caza de una estrella de mar. Recostado contra las varengas, yo contemplaba el dorado brillo del sol que se filtraba a través de las velas y escuchaba el leve chasquido de las pequeñas olas al golpear contra la elegante proa del cúter. Balthazar tarareaba una canción. La muñeca tostada de Clea descansaba sobre el timón con una engañosa languidez. Las velas estaban desplegadas. Me embargaba una dicha indescriptible, mezcla de voluptuosidad solar, de la alegría de aquel viento veloz y estimulante, y de la frescura del rocío que de tanto en tanto nos acariciaba las mejillas. Los simples placeres que proporciona la navegación a vela en un clima tan maravilloso como aquél. Nos alejamos hacia el este con el propósito de rodear la isla y fondear en la pequeña playa. Aquella maniobra nos era tan familiar, la habíamos realizado tantas veces, que se había convertido para Clea en una especie de segunda naturaleza. Nos acercamos a la isla de Naruz y aguardamos el momento preciso en que debíamos virar en el sentido del viento y anclar, flotando como una pestaña, en tanto yo izaba las velas y saltaba a tierra para amarrar...

—Bien hecho —dijo Balthazar con un gesto aprobatorio en el momento en que pisaba el agua; y agregó—: ¡Por Dios! ¡Está fantásticamente caliente!

—¿Qué le dije? —observó Clea, atareada con la gaveta.

—Ello no hace más que confirmar mi presagio de tormenta.

Cosa extraña, en aquel preciso momento un trueno retumbó a la distancia en aquel cielo sin una nube.

—Aquí la tiene —dijo Balthazar con aire de triunfo—. Nos empaparemos hasta los tuétanos, y usted, Clea, quedará en deuda conmigo.

—Ya veremos.

—Era una de las baterías de la costa —interpuse yo.

—¡Qué disparate! —comentó Balthazar.

Amarramos el cúter y transportamos a tierra nuestras provisiones. Balthazar se tendió sobre la playa con el sombrero sobre la nariz. Estaba de un humor excelente. No se bañaría, dijo, alegando su incompetencia como nadador; de modo que Clea y yo nos sumergimos una vez más en aquel lago nuestro que habíamos abandonado durante todo el invierno. Los centinelas seguían allí, reunidos en su silencioso debate, aunque el invierno había modificado levemente su ubicación, acercándolos un poco al barco hundido. Los saludamos con respetuosa ironía. Volvíamos a descubrir aquellos antiguos gestos, aquellas sonrisas acuáticas que constituían una felicidad familiar, nacida del mero acto de nadar juntos otra vez. Era como si la sangre empezase a fluir de nuevo a través de venas entumecidas por la inmovilidad. Tomé a Clea por el talón y en un prolongado salto mortal la arrastré hasta los marineros muertos. Ella saltó con agilidad, se trepó sobre mis hombros y me hundió hasta el fondo del lago, para subir a la superficie antes de que yo pudiese tomar mi revancha. Y allí, mientras giraba en medio del agua, con el pelo flotante detrás de su cabeza, renació la imagen de la antigua Clea. El tiempo me la devolvía, entera e intacta, «natural como la musa de ojos grises de la ciudad», como dice el poema griego. Mientras nos deslizábamos por el lago, aquellos dedos veloces, certeros, que se apoyaban en mis hombros, me la evocaban como la Clea que siempre había sido para mí.

Después nos tendimos una vez más a la luz del sol, para beber el añejo vino de San Menas. Clea cortaba la tibia y oscura hogaza de pan francés y hurgaba en la cesta en busca de un queso especial o de un racimo de dátiles; en tanto Balthazar, semidormido, discurría sobre los Viñedos de Amón, los Príncipes del Reino de los Arponeros y sus batallas, el vino mareótico al que no la historia, sino el charlatán de Horacio había atribuido en un tiempo los desvaríos de Cleopatra... («La historia todo lo sanciona, todo lo perdona, incluso aquello que nosotros mismos somos incapaces de perdonarnos.»)

Llegó así el cálido mediodía mientras descansábamos sobre los ardientes guijarros de la playa; entonces, para la alegría de Balthazar y el enojo de Clea, la anunciada tormenta hizo su aparición, precedida por una gran nube malva y que cubrió la ciudad desde el este, amoratando el cielo. Y súbitamente, como un calamar asustado que vacía su vejiga y enturbia el agua clara con una nube negra, la lluvia empezó a caer en relucientes franjas, acompañadas por el insistente rugido de los truenos. Balthazar batía palmas con alegría a cada nuevo estrépito, no sólo porque había acertado, sino porque estábamos allí, a pleno sol, perfectamente cómodos, comiendo naranjas y bebiendo vino junto al imperturbable mar azul.

—Déjese de graznar —lo reprendió Clea con severidad.

Se trataba de una de aquellas tormentas pasajeras tan comunes al principio del verano, con sus frecuentes e inusitados cambios de clima nacidos de la conjunción del mar y del desierto. Las calles se convertirían en torrentes en un abrir y cerrar de ojos, pero nunca duraban más de media hora. De pronto, las nubes desaparecían barridas por una ráfaga de viento.

—Recuerden lo que les digo —observó Balthazar, ebrio de gozo por el éxito de su predicción—. Cuando lleguemos al puerto todo estará otra vez seco, seco como un hueso.

Pero aquella tarde debía regalarnos todavía otra maravilla, un fenómeno que rara vez se observa en el verano en el mar alejandrino, pues pertenece a los días de intenso frío invernal, que preceden a las tormentas. De pronto las aguas del lago se oscurecieron, se espesaron, se tornaron fosforescentes. Clea fue la primera en advertirlo.

—Miren esto —exclamó maravillada, hundiendo los talones en los bajíos para observar el chisporroteo que brotaba de sus pies—. ¡Miren! ¡Fósforo!

Balthazar empezó a hablar acerca de los organismos que provocaban aquel fenómeno, pero sin escucharlo, Clea y yo nos lanzamos otra vez a las profundidades del lago, como figuras en llamas. Chispas rutilantes de electricidad estática brotaban de nuestros dedos. Bajo el agua, debíamos parecernos a una pintura primitiva representando la caída de Lucifer. Llamas vivas. Era tan intenso, tan ardiente aquel chisporroteo, que nos extrañaba que no nos incendiara. Rutilantes como cometas, jugábamos entre los mudos marineros que nos observaban sentados, desde lo más profundo de sus pensamientos, repitiendo vagamente los movimientos de la marea envueltos en sus sacos de tela.

—Las nubes desaparecen ya —gritó Balthazar cuando subí a la superficie para tomar aliento. También muy pronto aquella fugitiva fosforescencia empezaría a menguar y terminaría por desvanecerse. No sé por qué Balthazar había subido a bordo del cúter, tal vez para ganar altura y poder observar mejor el espectáculo de la tormenta sobre la ciudad. Apoyé los brazos en la borda y respiré hondamente. Pude ver que Balthazar sacaba de su envoltorio de tela el fusil-arpón de Naruz y lo apoyaba con descuido sobre sus rodillas. Clea subió a la superficie, lanzó un silbido de felicidad y se detuvo apenas el tiempo suficiente para gritar. «¡Qué hermoso es el fuego!» y sumergirse otra vez.

—¿Qué hace con eso? —pregunté a Balthazar sin interés.

—Estoy mirando cómo funciona.

En efecto, había colocado el arpón en el caño, y había cerrado el gatillo.

—Está cargado —dije—. Tenga cuidado.

—Sí, lo voy a descargar.

Entonces Balthazar se inclinó y pronunció la única frase seria del día.

—¿Sabe una cosa? —dijo—. Creo que será mejor que se lleve a Clea. Tengo el presentimiento de que usted no volverá a Alejandría. Llévesela.

De pronto, antes de que yo tuviese tiempo de responder, ocurrió el accidente. El arma se le resbaló de las manos y cayó con un golpe; el cañón chocó contra la borda a pocos centímetros de mi cara. Yo retrocedí alarmado cuando oí, súbitamente, el silbido de cobra del compresor y el chasquido del gatillo. El arpón silbó en el agua a mi lado, dejando tras sí una larga estela verde.

—¡Por amor de Cristo! —dije.

Balthazar estaba pálido de terror y rabia. Sus disculpas, sus murmullos de desconcierto y espanto eran sobradamente elocuentes.

—¡Lo siento! ¡Lo siento terriblemente!

Oí el ligero chasquido del acero al hacer blanco en el interior del lago. Por un segundo nos quedamos paralizados, asaltados por un pensamiento súbito y simultáneo. Vi que los labios de Balthazar empezaban a formar el nombre «Clea» y sentí que una súbita oscuridad descendía a mi espíritu, una oscuridad móvil, temblorosa; y una violencia que se agitaba en mí como el aleteo de un pájaro gigantesco. Antes aún de que Balthazar pronunciara en realidad el nombre, ya había vuelto en mí. Me lancé al agua, siguiendo la dirección de la estela verde, con el suspenso de Ariadna; y con una sensación de lentitud que sólo puede crear el presentimiento de algo terrible. Sabía con la conciencia que nadaba vigorosamente; sin embargo, me parecía encontrarme en una de esas películas lentas, en las que los movimientos humanos, retardados por la cámara, parecen estirarse, orillarse untuosamente hasta el infinito. ¿Cuántos años-luz tardaría en llegar hasta el extremo de la cinta verde? ¿Y qué encontraría? Descendía con aquella increíble lentitud a través de la fosforescencia menguante, hacia la profunda y sombría frescura del lago.

En el extremo más alejado, junto al barco, alcancé a percibir movimientos agitados, convulsos, y reconocí la figura de Clea. Parecía concentrada en un infantil juego acuático, como los que tan a menudo solíamos inventar. Tiraba de algo con la mano, apoyando el pie en el maderamen del barco, tiraba y apoyaba el cuerpo. Aunque el hilo verde llegaba hasta ella tuve por un instante una sensación de alivio, pues pensé que se afanaba por arrancar el arpón del maderamen para llevarlo a la superficie. Pero no, no era eso, pues en aquel momento se derrumbaba como una borracha. Me deslicé a su lado como una anguila, tanteando su cuerpo con mis manos. Al advertir mi presencia volvió la cabeza como para decirme algo. Su largo pelo me obstruía la visión. En cuanto a su rostro, no leí el intenso dolor que debía pintarse en él, porque el agua transforma todas las expresiones humanas y las convierte en la estereotipada mueca torcida de un calamar. Ahora se doblaba y dejaba caer la cabeza hacia atrás, con el pelo flotando libremente por encima del cráneo, en la actitud de alguien que se abre el vestido para mostrar una herida. Entonces vi. La mano derecha, atravesada por el arpón, estaba clavada contra el barco. Por lo menos no le ha atravesado el cuerpo, profirió mi mente con una sensación de alivio, a modo de consuelo; pero el consuelo se convirtió en terrible desesperación cuando así el eje de acero y apoyé los pies contra el maderamen del barco, y empecé a tirar hasta sentir que los músculos de los muslos estallaban. No conseguí moverlo ni a un pelo de distancia. No, aquello no podía ser más que un sueño disparatado, un desvarío concebido tal vez por las mentes muertas de las siete absortas figuras que con tanta atención, tanta intensidad contemplaban nuestra extraña y complicada danza, no libres y veloces como peces, sino torpes, pesados, como langostas encerradas en un recipiente. Yo luchaba frenéticamente con aquella flecha de acero, y veía con el rabillo del ojo la larga cadena de blancas burbujas que brotaban de la garganta de Clea. Sentía que sus músculos se distendían, se aflojaban. Lentamente se incorporaba al sopor azul del agua, se dejaba invadir por aquel sueño acuático que había acunado ya el sueño de muerte de los marineros. Sacudí su cuerpo con violencia.

No puedo decir que lo que siguió tuvo nada que ver con mi voluntad, pues la locura que me poseía no figuraba entre las emociones que yo hubiese admitido como naturales en mí. Excedían, en su ciega y violenta rapacidad, todo cuanto había experimentado hasta entonces. En medio de aquel curioso e inesperado ensueño subacuático, mi cerebro empezó a repicar como la campana de alarma de una ambulancia, dispersando el lánguido y arrullador flujo de la oscuridad marina. De pronto me sentí acicateado por la punzante espuela del terror. Fue como si me sintiese por primera vez obligado a medir mis fuerzas, afrontar a un *alter ego* desconocido, conformado como hombre de acción, que jamás había aflorado en mí antes. De un solo impulso furioso llegué a la superficie, y aparecí bajo las propias narices de Balthazar.

—El cuchillo —dije, bebiendo el aire a borbotones.

Balthazar clavó sus ojos en los míos, como en las costas de un continente perdido, con expresión de horror y piedad; emociones antiguas, fosilizadas, pertenecientes sin duda a alguna edad de hielo de la memoria humana. Y terror, auténtico terror. Empezó a tartamudear todas las preguntas que simultáneamente asaltaron su espíritu, palabras que no llegaban a formularse, que se frustraban en un angustioso e interrogante balbuceo.

El cuchillo que yo había de pronto recordado era en

293

realidad una bayoneta italiana que Alí el botero había convertido orgullosamente en daga. Era afilada como una navaja y Alí la utilizaba para desbastar empalmes y cordajes. Me quedé allí un instante, aguardando que Balthazar lo encontrase, sorbiendo a todo pulmón la plenitud del cielo. Entonces sentí entre mis dedos el mango de madera, y sin atreverme a mirar de nuevo a Balthazar, puse los dedos de los pies en dirección al cielo y volví sobre mis pasos en pos del hilo verde.

Clea estaba ahora totalmente blanda, lánguida y abandonada, con el largo pelo flotante extendido como una cola. Las olas se rizaban en torno a su cuerpo, lo atravesaban como una juguetona corriente eléctrica. Reinaba una calma absoluta. Plateadas cuñas de sol manchaban el piso del estanque, moviéndose entre los silenciosos vigías, entre las estatuas cuyas largas barbas y cabelleras se mecían lenta, untuosamente, de uno a otro lado. Empecé a cortar, mientras preparaba ya un gran hueco mental que pudiese contener la idea de Clea muerta. Un vacío inmenso, como un subcontinente inexplorado del mapa del espíritu. Pronto sentí que el cuerpo, sometido a aquel terrible castigo, empezaba a desprenderse. El agua estaba oscura. Solté el cuchillo y de un empujón alejé el cuerpo de Clea del maderamen del barco. La tomé por las axilas y subí con ella a la superficie. Me pareció que aquella ascensión duraba siglos, una infinita progresión de latidos, en aquel mundo de movimientos demorados. Pero llegamos al cielo con un impacto tal que quedé sin aliento, como si de pronto mi cerebro hubiese chocado contra el cielo raso del universo. Ahora estaba de pie en los bajíos, arrastrando aquel cuerpo empapado, pesado y rígido como un leño. Cuando llegaba, oí el ruido que hacía la dentadura de Balthazar al caer sobre el bote, en el momento en que saltaba al agua a mi lado. Jadeantes, jurando como estibadores, la arrastramos hasta la playa de guijarros. Balthazar, a cuatro patas, tanteaba la mano herida que sangraba a chorros. Parecía un electricista que procura atrapar y aislar un cable suelto. La tomó, y se aferró a ella con desesperación. De pronto tuve una súbita imagen de Balthazar, de niño, apretando nerviosamente la mano de su madre, entre una multitud de chiquillos, en medio de un parque donde otros niños en una ocasión le habían arrojado piedras... De entre las encías desnudas de Balthazar brotó de pronto la palabra «Venda». Por suerte había tela en la gaveta del cúter. Balthazar empezó a ocuparse de los vendajes.

—Pero si está muerta —dije yo; la palabra alteró los latidos de mi corazón y estuve a punto de desvanecerme. Clea yacía sobre el pequeño banco de guijarros como un pájaro marino caído. Balthazar estaba boca abajo, casi tendido sobre el agua, agarrado frenéticamente a aquella mano que yo no podía mirar sin horror. Entonces una vez más aquel desconocido *alter ego* cuya voz llegaba desde algún remoto lugar, me ayudó a preparar un torniquete y alcanzárselo a Balthazar. Entonces, jadeante, como si cayera desde una gran altura, me derrumbé sobre la espalda de Clea. Los pulmones impregnados de agua rebotaron bajo aquel golpe rudo. Una y otra vez, con lentitud, pero con extrema violencia, estrujé aquellos pulmones en un doloroso simulacro del acto sexual, el acto de salvarle la vida, de devolverle la vida. Balthazar parecía estar orando. Entonces, de pronto, hubo una pequeña luz de esperanza, pues los labios de aquel pálido rostro se abrieron y empezaron a destilar algunas gotas de agua de mar mezclada con vómito. No significaba nada, por supuesto, pero tanto Balthazar como yo lanzamos exclamaciones de gozo ante aquel buen augurio. Cerré los ojos e impuse a mis manos la obligación de tantear aquellos pulmones anegados hasta encontrarlos, estrujarlos, vaciarlos. Y entonces proseguía, con el mismo ritmo lento, cruel, implacable, aquel doloroso bombeo. Arriba, abajo, arriba, abajo... Sus delicados huesos crujían a cada golpe. Pero su cuerpo seguía sin vida. Yo no podía admitir el pensamiento de que estuviese muerta, aunque lo sabía de algún modo con una parte de mi cerebro. Estaba casi enloquecido por la determinación de resistir, de dominar, si fuese necesario, todo el proceso natural de la muerte, y obligarla a vivir porque así lo quería mi voluntad. Estas decisiones me asombraban, pues subsistían como imágenes claras y punzantes, emergían entre la fatiga, los gemidos y el sudor de aquel extraño alumbramiento. Sabía que estaba resuelto a devolverle la vida o arrojarme con ella al fondo del lago; pero de dónde, de qué ámbito de la voluntad provenía aquella decisión, no tenía ni la más remota idea. Ahora hacía calor. Transpiraba abundantemente. Balthazar seguía ocupándose de la mano, aquella mano de artista, con la humildad de un niño en las rodillas de su madre. Las lágrimas le chorreaban por la nariz. Movía la cabeza de un lado a otro, y repetía, en su actitud, el antiguo gesto judaico de desesperación, en tanto sus encías desnudas formaban el quejido del Muro de los Lamentos: «Aiee, Aiee». En voz muy baja, para no molestar a Clea. Al cabo, tuvimos nuestra recompensa. De pronto, como un caño que se destapa bajo la presión de la lluvia, la boca de Clea se abrió para arrojar una masa confusa de vómito y agua de mar, fragmentos de pan mojado y naranja. Balthazar y yo contemplamos aquello con voluptuoso deleite, como si se tratase de un trofeo magnífico. Entonces sentí que los pulmones empezaban a responder a la presión de mi mano. Algunos golpes más de aquella máquina brutal, y un murmullo pareció despertar súbitamente en los músculos de aquel cuerpo muerto. Ahora los pulmones despedían agua casi a cada uno de mis golpes, como con repugnancia, con sufrimiento. Entonces, después de un tiempo considerable, percibimos un débil quejido. Tuvo que dolerle, sin duda, así como le duelen al recién nacido las primeras inspiraciones. El cuerpo de Clea protestaba ante aquel forzado renacimiento. Repentinamente, los rasgos de aquel rostro blanquísimo se movieron, en un amplio gesto de dolor y de protesta. (Sí, pero *duele* comprenderlo.)

—Continúe —gritó Balthazar con una voz nueva, conmovida y triunfante a la vez.

No era necesario que me lo pidiera. Ahora Clea empezaba a agitarse y a cada nueva embestida su rostro adquiría una expresión de silencioso dolor. Tenía la sensación de que estaba tratando de poner en marcha un motor diesel demasiado frío. Entonces ocurrió otro milagro: súbitamente, por un instante apenas, abrió unos ojos ciegos sumamente azules, de mirada perdida; estudió con absorta concentración las piedras junto a la nariz y volvió a cerrarlos en seguida. El dolor, un intenso dolor, le ensombreció el rostro. Pero el dolor era un triunfo, pues al menos expresaba emociones, emociones vitales, que borraban por fin aquella rígida palidez mortuoria.

—Respira —dije—. Balthazar, respira.

—Respira —repitió Balthazar con la voz extática de un poseso.

Clea respiraba ahora, en efecto, con inspiraciones breves y vacilantes, penosas sin duda. Entonces, recibimos también otra especie de socorro. Nos hallábamos tan concentrados en nuestra tarea que no habíamos advertido que un barco acababa de entrar al pequeño muelle. Era una lancha a motor de la patrulla portuaria. Al vernos allí habían sospechado que ocurría algo grave.

—Dios misericordioso —exclamó Balthazar agitando los brazos como un cuervo viejo. Joviales voces inglesas llegaban hasta nosotros a través del agua, preguntándonos si necesitábamos ayuda; dos marineros bajaron a tierra en dirección a nosotros.

—Estará bien en seguida —dijo Balthazar con una sonrisa trémula.

—Déle un poco de alcohol.

—No —exclamó Balthazar con brusquedad—, nada de alcohol.

Los marineros trajeron a tierra un lienzo alquitranado y con suma delicadeza envolvimos el cuerpo de Clea, como una Cleopatra. A aquellos brazos musculosos debía parecerles liviana como un soplo. Eran conmovedores aquellos hombres, con sus movimientos tiernos y torpes. «Ten cuidado, Nobby. Trata bien a la niña.»

—Alguien tiene que vigilar ese torniquete —dije—. Vaya usted, Balthazar.

—¿Y usted?

—Yo llevaré el cúter de vuelta.

No perdimos más tiempo. En contados minutos los poderosos motores del patrullero lanzaron la embarcación a una velocidad de unos diez nudos por lo menos.

Oí que uno de los marineros preguntaba solícitamente a Balthazar:

—¿Tomaría un poco de Bovril?

—Gran idea —respondió Balthazar. Estaba calado hasta los huesos. Su sombrero flotaba en el agua a mi lado. Se inclinó por encima de la proa cuando lo asaltó de pronto un pensamiento súbito:

—Mis dientes, tráigame mis dientes.

Los vi alejarse y me quedé un buen rato con la cabeza entre las manos. Para mi sorpresa, advertí que estaba temblando de arriba abajo como un caballo asustado. Tenía un intenso dolor de cabeza. Subí al cúter y busqué coñac y cigarrillos. El fusil-arpón estaba en las varengas. Con un juramento lo arrojé por encima de la borda y lo vi deslizarse hacia las profundidades del lago. Sacudí el foque, hice virar el cúter en todo su largo sobre la proa y me lancé a contraviento. La operación demoró más de lo que pensaba, pues el viento había cambiado y tuve que virar varias veces antes de conseguir que la embarcación tomara rumbo. Allí me esperaba en el muelle. Estaba enterado de la situación y traía un mensaje de Balthazar comunicándome que Clea se encontraba en el hospital judío.

Allí me dirigí en cuanto pude conseguir un taxi. Me llevó a través de la ciudad a toda marcha. Las calles y los edificios pasaban junto a mí como en una niebla. Me sentía tan ansioso que lo veía todo como a través de la interminable red de estrellas que la lluvia dibuja en los vidrios. El taxímetro latía como un pulso. Veía a Clea tendida en una cama en una sala blanca bebiendo sangre por el ojo de una aguja plateada. Gota a gota, latido tras latido, la sangre penetraba en su cuerpo a través de la vena media. No tenía por qué preocuparme, pensé; pero, de pronto, recordé aquella mano terriblemente despedazada y enfurecido golpeé con el puño las paredes tapizadas del taxi.

Una enfermera me guió por los largos y anónimos corredores de paredes verdes pintadas al aceite que destilaban una atmósfera de humedad. Blancos focos fosforescentes señalaban nuestra marcha, flotando en la oscuridad como luciérnagas gigantescas. Pensé que se hallaría, probablemente, en la pequeña salita con la cama única, separada por un cortinado, que en otros tiempos estaba reservada para casos graves, casi sin esperanzas de salvación. Ahora se había convertido en la sala para heridos de emergencia. A medida que avanzaba, me invadía una sensación de fantasmal familiaridad. Allí, a aquella misma sala, había ido en un tiempo a visitar a Melissa. Clea estaría acostada en la misma angosta cama de hierro, en el rincón, junto a la pared. («Sólo la vida misma puede imitar el arte a tal punto.»)

En el corredor exterior me encontré con Amaril y Balthazar, de pie junto a una mesita rodante que una enfermera acababa de traer. Tenían ambos una curiosa expresión de penitentes. En la mesita había varias placas radiográficas mojadas y relucientes, que acababan de ser reveladas, y colocadas sobre un riel. Los dos hombres las estudiaban con ansiosa gravedad, como si estuviesen reflexionando acerca de un problema de ajedrez. Balthazar me vio y me miró con un rostro más animado.

—Está muy bien —dijo con voz quebrada, mientras me estrechaba la mano.

Cuando le entregué los dientes se ruborizó y los deslizó sin decir nada en uno de sus bolsillos. Amaril llevaba anteojos de carey. Abandonó el estudio de aquellas chorreantes y relucientes placas, con una expresión de concentrada furia.

—Qué diablos quieren que haga con esta porquería —estalló agitando con insolencia su blanca mano en dirección a las radiografías.

Yo no me pude contener ante aquella acusación implícita, y de pronto, empezamos a gritar e insultarnos como pescadores. Teníamos los ojos llenos de lágrimas. De no haber intercedido Balthazar, creo que hubiésemos llegado a las manos. De pronto, la furia de Amaril se calmó súbitamente, pasó junto a Balthazar y vino a abrazarme, murmurando una disculpa.

—Está bien —dijo en voz baja, palmeándome el hombro a modo de consuelo—. Está fuera de peligro, Darley.

—Déjelo en nuestras manos —agregó Balthazar.

—Me gustaría verla —dije con envidia, como si el hecho de haberle devuelto la vida la hubiese convertido de algún modo en propiedad mía—. ¿Es posible?

Entonces, cuando abría la puerta para penetrar como un pordiosero en la pequeña celda, oí que Amaril decía malignamente:

—Es muy fácil hablar con tanta volubilidad de cirugía plástica...

La salita, con sus ventanas altas, estaba silenciosa, blanca. En la incómoda cama de acero con ruedas de caucho amarillas, Clea estaba tendida, de cara a la pared. Olía a flores aquella salita, aunque no había ninguna que me permitiese identificar el aroma. ¿Probablemente un perfume sintético, esencia de nomeolvides? Sin ruido acerqué una silla hasta la cama y me senté a su lado. Clea tenía los ojos abiertos y contemplaba la pared con una mirada perdida que sugería una mezcla de fatiga y morfina. No dio muestra de haber advertido mi llegada; sin embargo, preguntó de pronto:

—¿Eres tú, Darley?

—Sí.

La voz era clara. Suspiró, y se movió ligeramente, como si se alegrara por mi visita.

—Estoy tan contenta.

Hablaba con un leve canturreo que, aunque parecía cansado, permitía vislumbrar, más allá de los confines de su sufrimiento presente, el nacimiento de una nueva esperanza.

—Quería agradecerte.

—Es de Amaril de quien estás enamorada —dije, estallé más bien. Yo mismo estaba sorprendido. Aquella frase había sido totalmente involuntaria. De pronto, una cortina habíase descorrido en mi mente. Advertía que aquel hecho que acababa de enunciar como nuevo era algo que siempre había sabido, aunque sin *tener conciencia de que lo sabía*. Por absurdo que pareciese, aquella diferencia era real. Amaril había estado allí siempre, frente a mí como un naipe sobre la mesa de juego, con la figura mirando hacia abajo. Y yo tenía conciencia de su existencia, pero jamás había dado vuelta la carta. Sin embargo, el tono de mi voz no reflejaba más que sorpresa auténticamente científica; no había dolor, sino una verdadera simpatía en aquella comprobación. Nosotros, Clea y yo, jamás habíamos utilizado el verbo tan temido, aquel sinónimo de enajenación o enfermedad, y si yo acababa de emplearlo deliberadamente, era porque necesitaba expresar de algún modo la naturaleza autónoma de aquella otra situación. Era como decir: «¡Pobrecita, tienes cáncer!».

Tras un momento de silencio Clea habló:

—Ay, tiempo pasado ahora —hablaba con sorprendida lentitud—. ¡Y yo que admiraba tu discreción y tu tacto, suponiendo que lo habías reconocido en mi episodio de Siria! ¿No lo sabías, realmente? Sí, Amaril me convirtió en mujer, supongo. ¿No es horrible? ¿Cuándo terminaremos de crecer todos nosotros? No, ahora mi corazón lo ha perdido. No es lo que te imaginas. Sé que no es el hombre para mí. Nada en el mundo me hubiese persuadido a reemplazar a Semira. Lo sé positivamente porque lo he amado, porque hice el amor con él. Es curioso, pero la experiencia me salvó de confundirlo con el otro, el único entre todos, el para siempre. Quién es y dónde está lo ignoro todavía. En realidad, creo que no he afrontado aún los problemas verdaderos. Están más allá de estos episodios. Sin embargo, aunque te parezca perverso, es agradable estar junto a él, aunque sólo sea en la mesa de operaciones. ¡Qué difícil es dilucidar una sola verdad acerca del corazón humano!

—Clea, ¿quieres que postergue mi viaje?

—No, de ningún modo. Necesitaré algún tiempo para recuperarme, ahora que por fin me he liberado del horror. Al menos has hecho por mí eso, me has devuelto a la corriente, has alejado al dragón. Ahora se ha ido y sé que no volverá nunca más. Ponme las manos en el hombro y estréchamelo en lugar de besarme, en despedida. No. No cambies tus planes. Ahora, por fin, podemos tomar mejor las cosas. Sin prisa. Sin apremios. Estaré bien cuidada aquí, ya lo sabes. Más adelante, cuando concluyas tu trabajo, ya veremos, ¿quieres? Trata de escribir. Creo que esta pausa podrá alentarte a empezar.

—Lo haré —dije, aunque sabía que no lo haría.

—Quiero pedirte una cosa. No dejes de ir al Mulid de El Scob esta noche, así podrás contármelo; es la primera vez después de la guerra que permiten encender todas las luces del *quartier*, sabes. Va a ser divertido. No faltes. ¿Irás?

—Es claro que iré.

—Gracias, querido.

Me puse de pie y después de una pausa dije:

—Clea, ¿qué era en realidad el horror?

Pero ya había cerrado los ojos y se perdía dulcemente en sus sueños. Movió apenas los labios, pero no pude oír la respuesta. Su boca empezó a dibujar una leve sonrisa. Mientras cerraba silenciosamente la puerta de la sala, me vino a la memoria una frase de Pursewarden: «El amor más rico es aquel que se somete a los arbitrios del tiempo».

Era tarde ya cuando conseguí un coche que me llevó de regreso a la ciudad. En el departamento encontré un mensaje diciendo que mi partida había sido demorada por seis horas; la lancha a motor zarparía a medianoche. Hamid estaba allí de pie, muy silencioso y paciente, como si conociera el contenido del mensaje. Por la tarde un camión del Ejército había recogido mis maletas. No me quedaba nada que hacer salvo matar el tiempo hasta las doce, y eso fue lo que me propuse hacer en la forma sugerida por Clea: visitando el Mulid de El Scob. Hamid estaba siempre frente a mí, grávido por el peso de otra partida.

—Usted no vuelve más, señor —dijo con una guiñada de pena en su único ojo.

Lo miré emocionado. Recordé con cuánto orgullo me había relatado la salvación de aquel ojo. Él, Hamid, era el más joven y feo de dos hermanos. A su hermano, la madre le había sacado ambos ojos, para salvarlo de la conscripción; Hamid, que era feo y enfermizo, se había salvado con uno. El hermano era ahora muecín ciego en Tanta. En cambio él, Hamid, qué poderoso se sentía con su ojo único. Representaba una verdadera fortuna en trabajo bien remunerado por extranjeros ricos.

—Iré con usted a Londres —dijo ansioso y con mirada esperanzada.

—Muy bien. Te escribiré.

Se había vestido para el Mulid con sus mejores ropas: capa carmesí y zapatos de suave cuero rojo; en el pecho, un pañuelo blanquísimo. Aquélla era su tarde libre, recordé. Pombal y yo habíamos ahorrado una suma de dinero que regalarle como presente de despedida. Tomó el cheque entre el pulgar y el índice e inclinó la cabeza en señal de gratitud. Pero el interés no podía hacerle olvidar el dolor de la partida. Y repetía, para consolarse:

—Iré con usted a Londres. —Se estrechaba ambas manos mientras pronunciaba estas palabras.

—Muy bien —dije por tercera vez, aunque no podía imaginarme al tuerto Hamid en Londres—. Te escribiré. Esta noche iré a visitar el Mulid de El Scob.

—Muy bien. —Lo tomé por los hombros y se los estreché. El gesto afectuoso le hizo bajar la cabeza. De su ojo ciego brotó una lágrima, que se deslizó por la nariz.

—Adiós, *ia* Hamid —dije, y bajé las escaleras. Hamid quedó solo y callado en lo alto, como si aguardara una señal desde el espacio abierto. De pronto, corrió tras de mí, me alcanzó en la puerta, y me puso entre las manos, como regalo de despedida, su amada fotografía de Melissa y yo caminando por la rue Fuad en una tarde olvidada.

III

Todo el barrio parecía dormitar en el violeta umbroso del crepúsculo. Un cielo de palpitante *velours* atravesado por el resplandor incandescente de innumerables lámparas eléctricas. La noche envolvía Tatwig Street como una cáscara de terciopelo. Las puntas luminosas de los minaretes flotaban en lo alto, sobre sus tallos esbeltos e invisibles, como suspendidas del cielo; temblando ligeramente en la bruma, como cobras a punto de desprenderse de la piel. Vagando con indolencia por aquellas calles recordadas bebía (para siempre esta vez: los últimos recuerdos de la ciudad árabe) el olor de los crisantemos aplastados, escoria, perfumes, frutillas, sudor humano, palomas asadas. La procesión no había llegado todavía. Debía congregarse más allá del barrio de las prostitutas, entre las tumbas, y marcharía lentamente hacia el santuario, a ritmo de danza; visitando por el camino las mezquitas para recitar un verso o dos del Libro en honor de El Scob. Pero la parte secular de la festividad estaba en su apogeo. En las oscuras alamedas la gente había sacado a las calles las mesas de la cena, que, iluminadas a vela, se veían decoradas con rosas. Desde allí podían oír las voces agudas de las cantantes que estaban ya de pie en las plataformas de madera, a la entrada de los cafés, y que atravesaban la gravidez de la noche con sus cuartos de tono. Las calles aparecían embanderadas; en lo alto, entre las antorchas y los estandartes, ondeaban los grandes cuadros de los circuncidores. Al pasar por un patio oscuro vi cómo preparaban el azúcar caliente, rojo y blanco, en los pequeños moldes de madera de los que brotaría luego todo el bestiario egipcio: patos y jinetes, conejos y cabras. Y también las figuras del folklore del delta, Yuna y Aziz, los amantes entrelazados, y los héroes barbudos como Abu Zeid, armado y montado en medio de su séquito. Aquellas figuras eran maravillosamente obscenas —la palabra más estúpida de nuestro lenguaje, sin ninguna duda—, estaban pintadas con colores brillantes, debajo de las ropas de papel, lentejuelas y oropel con que se las vestía para exhibirlas en los tenderetes de golosinas, donde atraían la atención de los chiquillos y los compradores. En todas las cuadras habían colocado marquesinas, cada una de ellas con sus insignias de familia. Los tahúres estaban en plena actividad: Abu Firan, el Padre de las Ratas, invitaba cordialmente a los parroquianos. El gran tablero de doce casillas marcadas con un número y un nombre estaba frente a él, montado en su caballete. En el centro del tablero había una rata blanca viva, pintada con franjas verdes. Se apostaba una suma de dinero al número de una casilla; si la rata entraba en ella, el postor ganaba. En otra caja, se jugaba al mismo juego con una paloma; una vez hechas todas las apuestas, se colocaba un puñado de trigo en el centro del tablero y la paloma entraba a comerlo en una de las casillas.

Compré un par de figuritas de azúcar y me senté en la vereda de un café para observar los colores prístinos y brillantes del desfile. Me hubiera gustado conservar como recuerdo aquellas pequeñas «arusas» o novias, pero sabía que terminarían por desintegrarse, o de lo contrario, se las comerían las hormigas. Aquellas figuras eran las primas más pequeñas de los *santons de Provence* y de los *bonhommes de pain d'épices* de las ferias francesas campesinas; y de nuestros desaparecidos hombrecillos de jengibre. Pedí un poco de *mastika* para comer con mi frío sorbete efervescente. Desde el ángulo entre dos callejuelas en que estaba sentado podía ver, en una ventana alta, a las prostitutas pintándose, antes de instalar sus llamativas barracas entre los prestidigitadores y nigromantes. Showal el Enano las divertía desde su barraca a ras de tierra, provocando, con sus flechas certeras, agudas carcajadas. Tenía una vocecita aflautada y podía ejecutar las acrobacias más fascinantes, a pesar de su exigua estatura. Parloteaba incesantemente, incluso cuando se paraba sobre la cabeza, y señalaba la culminación de cada broma con un doble salto mortal. Tenía el rostro grotescamente pintarrajeado y la boca agrandada en una sonrisa clownesca. En otro rincón de la barraca, detrás de una cortina de piel, estaba sentado Faraj el Vidente, con todos sus instrumentos de adivinación: tinta, arena, y una curiosa pelota velluda como los testículos de un toro cubiertos tan sólo por su pelo oscuro. A su lado se acurrucaba una prostituta de deslumbrante belleza. Faraj le había llenado de tinta la palma de la mano y la instaba con vehemencia a profetizar.

Pequeñas escenas callejeras. Una mujer loca, con cara de bruja, irrumpió de pronto en la calle, echando espuma por la boca y lanzando blasfemias tan terribles que todo el mundo cayó en un extraño silencio, como si la sangre de todos se hubiese helado súbitamente en las venas. Bajo el pelo blanco enmarañado, los ojos de la loca relucían como los de un oso. Ser loca equivalía en cierto modo a ser santa, de modo que nadie se atrevía a responder a las terribles imprecaciones que lanzaba, pues, si se volvían contra alguien, le traerían mala suerte. De pronto, un chiquillo harapiento surgió de la multitud y se prendió a la mano de la mujer. Ella pareció calmarse inmediatamente, tomó la mano del niño y dobló por una calle. El festival se cerró como una piel sobre el recuerdo de la loca.

Yo seguí allí sentado, ebrio con aquel espectáculo, cuando la voz del propio Scobie sonó súbitamente por detrás de mi hombro.

—Ahora, viejo —oí que decía con tono grave—, si uno tiene Tendencias necesita, lógicamente, tener Porvenir. Por eso estoy en el Medio Oriente, si quiere que se lo diga...

—Bueno, me dio un buen susto —dije volviendo la cabeza.

Era Nimrod, el policía, que había sido jefe del viejo en las fuerzas policiales. Se rió, y sentándose a mi lado se sacó el tarbush para enjugarse la frente.

—¿Creyó que había resucitado?

—La verdad es que lo pensé.

—Como ve, conozco mi Scobie.

Nimrod dejó el matamoscas a su lado y con una palmada llamó al mozo y pidió un café. Luego, me hizo una guiñada burlona y siguió hablando con la auténtica voz del santo:

—El asunto con Budgie era éste. En Horsham no hay Porvenir. De lo contrario yo me hubiese asociado con él hace años en la industria de inodoros. El hombre es un genio para la mecánica, no me importa decirlo. Y sin más recursos que los que le reporta el hondero de barro, como lo llama en broma, se encuentra atado. Atado de pies y manos. ¿Le hablé alguna vez del inodoro Bijou? ¿No? Es raro, pensé que se lo había contado. Bueno, era un aparato fantástico, fruto de una larga serie de experiencias. Budgie es un FRZS, usted sabe. Obtuvo el título estudiando en su casa, por correspondencia. Puede imaginarse el cerebro que tiene el hombre. Bueno, es una especie de palanca provista de un gatillo. El asiento está colocado sobre una especie de resorte. Cuando uno se sienta, se hunde, pero cuando uno se levanta, salta por su propia cuenta y arroja una palada de tierra en la taza. Budgie dice que la idea se le ocurrió viendo cómo su perro limpiaba con las patas echando tierra para atrás. Cómo la adaptó, eso sí que no pude entenderlo jamás. Genio, puro genio. Hay un depósito en la parte de atrás, que se llena con tierra o arena. Entonces, cuando uno se levanta, el resorte salta y listo. Saca unas dos mil libras por año, no me importa decirlo. Por supuesto, lleva tiempo organizar una industria como ésa, pero los gastos son reducidos. No tiene más que un obrero que le hace las cajas; Budgie compra los resortes, los manda hacer especialmente en Hammersmith. Y son muy bonitos, además, decorados con signos astrológicos en el borde. Un poco raros, no digo que no. En realidad, tienen un aspecto arcano. Pero el Bijou es un aparatito fantástico. Una vez, mientras yo estaba en Inglaterra con un mes de licencia, ocurrió una desgracia. Fui a visitar a Budgie y lo encontré hecho un mar de lágrimas. El muchacho que lo ayuda, el carpintero, Tom, se emborracha a veces, y seguramente colocó mal los resortes en toda una serie de Bijou. Lo cierto es que empezaron a lloverle quejas al pobre Budgie. Éste decía que era como si, de pronto, todos los Bijou de Sussex se hubiesen enloquecido, arrojaban tierra por todas partes de una manera extraña y peligrosa para la salud. Los clientes estaban enfurecidos. Bueno, no hubo más remedio que visitarlos a todos en una bicicleta a motor y arreglar los resortes. Como yo tenía tan poco tiempo, no quise perder la oportunidad de estar con Budgie y lo acompañé. Fue una verdadera aventura, tengo que decirlo. Algunos clientes estaban verdaderamente furiosos contra Budgie. Una mujer dijo que el resorte tenía tanta fuerza que arrojaba barro hasta en la sala. Tardamos un buen rato en calmarla. Yo contribuí con mi influencia calmante, no me importa admitirlo, mientras Budgie se las entendía con el resorte. Les contaba historias para hacerles olvidar aquel desgraciado asunto. Por fin lo arregló. Hoy el Bijou es una industria floreciente, con ramas por todas partes.

Nimrod bebió su café reflexivamente y me lanzó una mirada burlona, orgulloso de su imitación.

—Y ahora —dijo alzando las manos— el Scob...

Pasó un grupo de muchachas pintadas, brillantes como papagayos tropicales y casi tan chillonas en sus charlas y en sus risas.

—Ahora que Abu Zeid ha resuelto patrocinar el Mulid, es probable que nos traiga algunos pequeños dolores de cabeza. Este barrio es tan populoso. Esta mañana Abu Zeid envió una caravana de camellos en celo a la ciudad con un cargamento de trébol *bercim*. Usted sabe cómo apestan. Y cuando están en sazón les aparecen esas horribles excrecencias gelatinosas en el cuello. Supongo que se les irritan, o les supuran o algo parecido, porque se las rascan constantemente contra las paredes y los postes. Dos de ellos se pelearon. Nos llevó unas cuantas horas arreglar la cuestión. El sitio estaba bloqueado.

Súbitamente se oyó desde el muelle una serie de estampidos y una lluvia de cohetes de colores brillantes atravesó la noche en dirección al cielo, para volver a caer con un zumbido y un murmullo.

—Ajá —dijo Nimrod con satisfacción—. Aquí tenemos a la Armada. Me alegro muchísimo que lo hayan recordado.

—¿La Armada? —repetí yo mientras otro abanico de cohetes desplegaba su brillante plumaje en la noche.

—Los muchachos del HMS Milton —rió Nimrod—. Anoche cené a bordo. La tripulación se quedó fascinada con mi historia de la beatificación del viejo marinero de la Flota Mercante. Por supuesto, no les conté demasiadas cosas acerca de Scobie, y mucho menos sobre su muerte. Pero les insinué que algunos fuegos artificiales de la Marina británica serían bien recibidos, y que, como prueba de respeto político, les ganarían la voluntad de los fieles. La idea prendió en seguida y solicitaron permiso al almirante. Y aquí los tiene.

En compartido silencio observamos durante un rato el despliegue de fuegos de artificio y la creciente multitud que saludaba cada salva con largas y estremecidas exclamaciones de placer.

—¡Al-ah! ¡Al-ah!

Finalmente Nimrod se aclaró la garganta y dijo:

—Darley, ¿puedo hacerle una pregunta? ¿Sabe en qué anda Justine?

Debí parecerle bastante perplejo porque siguió diciendo sin ninguna vacilación:

—Le pregunto porque ayer me llamó por teléfono para decirme que hoy rompería su promesa y vendría a la ciudad deliberadamente para que yo la arreste. Me parece bastante absurdo eso de venir a la ciudad para entregarse a la policía. Dijo que quería obtener por la fuerza, si era necesario, una entrevista con Memlik. Y tenía que ser yo quien la arrestase, pues los informes de los oficiales británicos sobre las fuerzas policiales tienen peso y llamarán la atención de Memlik. Me suena a cuento, ¿no le parece? Pero tengo una cita con ella en la estación central dentro de media hora.

—No sé absolutamente nada del asunto.

—Era lo que quería saber. De todas maneras, no lo divulgue.

—No lo haré.

Se incorporó y me tendió la mano para despedirse.

—Sé que se va esta noche. Buena suerte.

En el momento de descender de la pequeña plataforma de madera, agregó:

—A propósito, Balthazar lo anda buscando. Está cerca del santuario. ¡Qué palabra!

Con un leve movimiento de cabeza se alejó hacia el torbellino brillante de la calle. Pagué mi bebida y me dirigí hacia Tatwig Street, sacudido y golpeado por la multitud.

Cintas, estameñas y grandes gonfalones de colores colgaban de los balcones a lo largo de la calle. La pequeña tierra de nadie bajo las arcadas se había convertido en un suntuoso salón. Habían levantado grandes tiendas con insignias bordadas que preparaban un clima ceremonial donde una vez concluida la procesión se bailaría y se cantaría. Había una multitud de chicos. Desde el santuario apenas iluminado llegaba en confusión el zumbido de las plegarias y el parloteo chillón de las mujeres. Las suplicantes invocaban fertilidad ante la bañera de Scobie. Los largos y vacilantes versos de los Suras se enroscaban en la noche como una red melodiosa. Di vueltas entre la multitud como un perro de caza a la pesca de Balthazar. Por fin lo vi sentado en un lugar apartado en un café callejero. Me abrí paso entre la gente para llegar a su lado.

—Bueno —dijo—. Lo buscaba. Hamid me avisó que usted partía esta noche. Me telefoneó para pedirme trabajo. Además, necesitaba compartir con usted mi mezcla de vergüenza y alivio por este horrendo accidente. Vergüenza de mi estupidez, alivio de que no haya muerto. Todo mezclado.

Estaba un poco borracho.

—Pero gracias a Dios andará bien.

—¿Qué piensa Amaril?

—Nada todavía. O si lo piensa, no lo dice. Clea necesita unas buenas veinticuatro horas de reposo antes de que se pueda tomar cualquier resolución. ¿Se va realmente, Darley?

Su voz tenía un tono de reproche.

—Tendría que quedarse, usted lo sabe.

—Clea no quiere que me quede.

—Ya lo sé. Me extrañó un poco que me dijese que le había pedido que se fuera. «Usted no comprende —me dijo—, quiero ver si tengo la voluntad necesaria para hacerlo volver. No estamos todavía maduros el uno para el otro. Hay que

312

esperar.» Me sorprendió verla tan segura de sí misma, tan radiante, otra vez. Me asombró realmente. Siéntese, querido amigo, y tome un par de tragos conmigo. Desde aquí podemos ver muy bien la procesión. No hay demasiada gente. —Golpeó las manos con cierta inseguridad y pidió más *mastika*. Cuando trajeron los vasos se quedó un rato en silencio con la barbilla entre las manos, mirándoselas. Luego suspiró y movió tristemente la cabeza.

—¿Qué ocurre? —dije mientras sacaba su vaso de la bandeja y lo colocaba frente a él sobre la mesa de estaño.

—Leila ha muerto —dijo con calma. Las palabras parecían cargadas de dolor—. Nessim me telefoneó esta noche para decírmelo. Lo curioso es que parecía alegre cuando me dio la noticia. Ha conseguido permiso para salir y tomar las disposiciones necesarias para el funeral. ¿Sabe qué me dijo? —Balthazar me miró con sus oscuros ojos omnisapientes—. «Aunque la quería mucho y todo lo demás, su muerte en cierto modo es para mí una curiosa revelación. Ahora se abre para mí una nueva vida. Me siento mucho más joven.» En verdad, no sé si fue una trampa del teléfono o qué, pero la voz parecía mucho más joven, llena de exaltación contenida. Nessim sabía, por cierto, que Leila y yo éramos viejos amigos, pero ignoraba que durante todo este tiempo me escribió siempre. Era un alma extraña, Darley, una de las raras flores de Alejandría. Me decía: «Sé que me muero lentamente, mi querido Balthazar. Usted, entre todos los hombres, no crea a los doctores ni sus diagnósticos. Como una verdadera alejandrina, me muero de desconsuelo». —Balthazar se sonó la nariz con un viejo calcetín que sacó del bolsillo superior de su chaqueta y dobló cuidadosamente para simular un pañuelo limpio antes de volverlo a guardar con ostentación—. Sí —dijo otra vez con tono grave—. Desconsuelo, ¡qué palabra! Y me parece (por lo que usted me cuenta) que en tanto Liza Pursewarden administraba la extremaunción a su

313

hermano, Mountolive hacía lo propio con Leila. Así, de mano en mano se pasa el cáliz del amor, el venenoso cáliz del amor.

Hizo un movimiento de cabeza y bebió un gran trago. Siguió hablando con inmenso cuidado y esfuerzo, como si tradujese un texto oscuro y recóndito.

—Sí, así como la carta de Liza a Pursewarden anunciándole que el extranjero había aparecido fue como quien dice su *coup de grâce*, así Leila habrá recibido supongo exactamente la misma carta. ¿Quién puede saber cómo se disponen estas cosas? Tal vez con las mismas palabras. Las mismas palabras de apasionada gratitud: «Te bendigo y te agradezco de todo corazón, pues gracias a ti puedo por fin recibir el precioso don que jamás llega a aquellos que ignoran su grandeza». Éstas son las palabras de Mountolive. Leila me las transcribió en una de sus cartas. Fue después de su partida. Entonces me escribió. Como si al separarse de Nessim no tuviese ya a nadie a quien dirigirse, nadie con quien hablar. Entonces me escribía largas cartas en las que me lo decía todo del principio al fin, con aquel candor maravilloso y aquella lucidez que tanto me gustaban en ella. Jamás quiso engañarse. ¡Ah! Había quedado presa entre dos matorrales, entre dos vidas, entre dos amores. Algo de eso me dijo cuando me lo explicó: «Pensé al principio, cuando recibí su carta, que se trataba de otra aventura como la de la bailarina rusa en el pasado. Nunca hubo entre nosotros ningún secreto acerca de sus amores y eso fue precisamente lo que hacía parecer el nuestro tan genuino, tan inmortal a su manera. Un amor sin reservas. Pero esta vez supe que era distinto cuando se negó a decirme el nombre de ella, a compartirla conmigo, por así decirlo. Entonces comprendí que todo había terminado entre nosotros. Por supuesto una parte mía había esperado siempre aquel momento, y me imaginaba afrontándolo con magnanimidad. Entonces, para mi sorpresa, descubrí que aquello era imposible. Por eso, durante mucho tiempo, aun cuando sabía que él estaba en Egipto, ansioso por verme, me negaba a recibirlo. Naturalmente, pretextaba otras razones, puramente femeninas. Pero no era eso. No era falta de coraje por mi belleza perdida, no. En realidad tengo el corazón de un hombre».

Balthazar contempló largo rato la copa vacía con los ojos muy abiertos, apretándose los dedos suavemente. Su historia tenía para mí escaso interés, salvo la sorpresa de descubrir a un Mountolive capaz de sentimientos verdaderamente profundos y la de la imposibilidad de imaginarme aquella secreta relación con la madre de Nessim.

—La Oscura Golondrina —dijo Balthazar y golpeó las manos para que trajeran más bebida—. No la veremos nunca más.

Poco a poco la noche a nuestro alrededor se henchía con el intenso rumor de la procesión que se aproximaba. Alcanzábamos a ver las luces rosadas de las antorchas entre los techos. Las calles estaban ahora negras de gente. Zumbaban como una gran colmena. Se oía el redoble distante de los tambores y el canturreo de los címbalos que se adaptaban a los extraños y arcaicos ritmos peristálticos de la danza; la marcha relativamente lenta era interrumpida por altos inusitados, para permitir que los bailarines cada vez que entraban en trance pudiesen moverse entre la multitud con sus saltos sincopados, y volver una vez más a sus lugares en la procesión en marcha. Se abría paso por el embudo angosto de la calle principal como un torrente que desborda de su lecho; todas las callejuelas laterales estaban llenas de curiosos que los seguían siempre al mismo ritmo. Primero aparecieron los grotescos acróbatas y saltimbanquis con rostros pintarrajeados y enmascarados haciendo piruetas y contorsiones, saltando en el aire, caminando sobre las manos. Los seguía un grupo de carretas cargadas de candidatos para la circuncisión, vestidos con trajes de seda de colores brillantes y birretes bordados, rodeados por sus madrinas, las mujeres del harén. Iban altivos, cantando con voces juveniles, aclamando a la multitud: como el balido de los corderos sacrificiales.

Balthazar gruñó:

—Esta noche habrá una verdadera nevada de prepucios, por lo que parece. Lo curioso es que no haya infecciones. ¿Sabe qué usan para lavar las heridas? Pólvora y jugo de lima.

Luego venían las diferentes órdenes religiosas con sus gonfalones entoldados y los nombres de los santos burdamente escritos en ellos. Temblaban como ramas al viento. Sheiks magníficamente vestidos que marchaban con dificultad a causa de su peso enorme, pero que seguían en línea recta a la procesión. Los predicadores callejeros repetían en una algarabía los centenares de nombres sagrados. Un grupo de alegres caldereros precedía los rostros serios y barbudos de dignatarios que transportaban enormes linternas de papel, como globos delante de ellos. Pasaron junto a nosotros y se encaminaron por Tatwig Street en una larga y ondulada línea de color. Entonces vimos aparecer las diversas órdenes de derviches, cada una distinguiéndose por sus colores. A la cabeza marchaban los Rifaia —los devoradores de escorpiones de legendario poder—, con sus negras capuchas. Sus breves gritos parecidos a ladridos indicaban que ya los poseía el éxtasis religioso. Algunos de ellos tenían las mejillas pintadas con franjas de colores, otros lamían cuchillos calentados al rojo. Por último, la galana figura de Abu Zeid con su pequeño séquito, montados en caballos magníficamente enjaezados, con las capas flotantes, los brazos levantados a modo de saludo, como caballeros que se preparan para un torneo. Delante de ellos venía una atropellada multitud de prostitutas con los rostros empolvados y largas y flotantes cabelleras, riéndose y chillando como pollos en un corral. A

316

toda aquella extraña, discontinua y a la vez coherente masa humana, la música le prestaba cierta homogeneidad; la unía, la confinaba entre los latidos de los tambores, el penetrante plañido de las flautas, el rechinar de los címbalos. Las largas líneas danzantes que avanzaban, se detenían, se cerraban, volvían a avanzar, a detenerse, a cerrarse, irrumpieron por fin a través de las altas arcadas de la casa de Scobie como una marea, y se desplegaron por toda la cuadra engalanada entre nubes de polvo.

Y mientras los cantores se adelantaban para recitar los textos sagrados, seis derviches *mevlevi* aparecieron de pronto en el centro del escenario, abriéndose en un lento movimiento de abanico hasta formar un semicírculo. Vestían mantos blancos y brillantes que les llegaban hasta los pies, calzados con chinelas, y llevaban altos sombreros castaños que parecían inmensas *bombes glacées*. Aquellas «peonzas de Dios» empezaron entonces a girar con absoluta calma, con infinita gracia, en tanto la música de las flautas los penetraba sutilmente. Cada vez que unían impulsivamente los brazos, que al principio apretaban contra sus hombros y que abrían como movidos por fuerza centrífuga hasta desplegarlos totalmente, la palma derecha se dirigía al cielo, la izquierda hacia abajo, hacia la tierra. Así con sus cabezas y altos sombreros redondos ligeramente vacilantes, como el eje mismo de la tierra, giraban y giraban milagrosamente, y sus pies, en aquella maravillosa parodia de cuerpos celestes en perpetuo movimiento, apenas parecían rozar el suelo. Y así seguían cada vez más veloces hasta que el cerebro se fatigaba de seguir aquel ritmo. Recordé los versos de Jalaluddin que Pursewarden solía recitar. En los círculos exteriores los Rifaia empezaban a exhibir sus cuerpos mutilados tan horribles y a la vez tan inocentes. El tacto del dedo de un sheik curaba todas aquellas heridas en mejillas y pechos. Aquí un derviche se clavaba una agujeta entre las fosas nasales, allí otro

317

se dejaba caer sobre la punta de una daga que le atravesaba desde la garganta hasta el cráneo. Todavía el grupo central de bailarines proseguía su danza girando, girando siempre en el cielo del espíritu.

—¡Dios mío! —dijo Balthazar en mi hombro con una risa sofocada—. Me pareció un rostro conocido. Aquél, el que está en el extremo más lejano. Es el propio Magzub. En un tiempo fue un verdadero terror, un verdadero loco. ¿Recuerda? Se creía que él había raptado a la niña y la había vendido a un burdel. Mírelo.

Vi un rostro de infinito cansancio del mundo y absoluta serenidad. Tenía los ojos cerrados, los labios curvados en una semisonrisa; cuando uno de los bailarines se detuvo en un lento alto, aquel esbelto personaje con un aire de juguetona modestia tomó un manojo de espinas y encendiéndolas en un brasero se lanzó la masa ardiente contra la carne del pecho; entonces empezó a girar otra vez, como un árbol en llamas. Después, cuando el círculo se detuvo en un alto oscilante, volvió a arrancar un manojo de espinas y con él golpeó levemente, con un movimiento gracioso, el rostro del derviche que estaba a su lado. Ahora una multitud de círculos danzantes se incorporaba y se adaptaba al ritmo; el pequeño patio desbordaba de contorsionadas figuras. Desde el pequeño santuario llegaba el susurro ininterrumpido de las oraciones intercalado con los agudos trinos linguales de los fieles.

—Scobie va a tener una noche de actividad —dijo Balthazar con irreverencia—. Cortando prepucios en el paraíso musulmán.

A lo lejos, desde el muelle, oímos el grito de una sirena. Volví a mis sentidos. Era hora de partir.

—Lo acompañaré —dijo Balthazar. Juntos empezamos a abrirnos paso a empujones en dirección a la Corniche.

Encontramos un coche, y en silencio, escuchando la música y el redoble de los tambores que poco a poco se alejaban de nosotros, atravesamos la línea curva del paseo marítimo. La luna estaba alta, brillante sobre el mar sereno, apenas movido por la brisa. Las palmeras parecían gesticular. Seguimos a través del dédalo de callejuelas hasta llegar al puerto comercial con sus habitantes fantasmales y silenciosos. Había unas pocas luces temblorosas, vacilantes. Un transatlántico acababa de soltar amarras y se deslizaba suavemente por el canal como una larga y centelleante creciente de luz.

La pequeña lancha que debía transportarme a la isla estaba allí. Todavía no habían terminado de cargar las provisiones y los equipajes.

—Bueno —dije—. Apártese del mal, Balthazar.

—Volveremos a vernos muy pronto —repuso con calma—. Usted no puede alejarse de mí. El Judío Errante, ya sabe. Le haré llegar noticias de Clea. Le diría algo así como «vuelva pronto» si no tuviese el presentimiento de que eso no ocurrirá. Que me cuelguen si sé por qué. Pero estoy seguro de que volveremos a encontrarnos.

—Yo también. —Nos abrazamos con afecto. Con un gesto brusco, trepó de nuevo al coche y le dio la orden de partir.

—Recuerde mis palabras —dijo en el momento en que el caballo empezaba a responder al latigazo.

Me quedé escuchando el ruido de los cascos hasta que se perdieron en la noche. Entonces volví a la lancha, a mi tarea.

IV

«Querida Clea:

»Tres largos meses y ni una sola palabra tuya. Estaría muy preocupado si el fiel Balthazar no me hubiese enviado sus puntuales tarjetas cada tantos días para comunicarme tus progresos tan favorables, aunque por supuesto, no me da detalles. Tú, me imagino, has de estar enfadada por este insensible silencio mío que tan poco mereces. Sinceramente me siento muy avergonzado. No sé qué curiosa inhibición me ha impedido escribirte. Tampoco he podido analizarla o reaccionar contra ella de manera eficaz. Como el picaporte de una puerta que se resiste a girar. ¿Por qué? Es doblemente extraño, pues durante todo este tiempo he vivido profundamente consciente de ti, de ti, activa y presente en mis pensamientos. Te he mantenido, en un sentido metafórico, como la hoja de un cuchillo contra mi mente. ¿Será posible que haya gozado más de ti en el recuerdo que como persona viva, activa en el mundo? ¿O será acaso que las palabras me parecían un consuelo demasiado vacío para la distancia que nos separaba? No lo sé. Pero ahora la tarea está casi terminada y siento que de pronto he recuperado la lengua.

»Las cosas han cambiado de aspecto en esta isla. Una vez, recuerdo, tú la llamaste una metáfora; para mí, sin embargo, es una realidad, una realidad muy real, aunque distinta, por cierto, del pequeño asilo que una vez conocí. Nosotros la hemos cambiado. Nuestra invasión. Difícilmente podría uno imaginarse que diez técnicos tuviesen la virtud de cambiarla hasta tal punto. Pero hemos importado dinero, y con él se modifica la economía del lugar. Se desplaza el trabajo a precios inflacionarios, se crea toda clase de necesidades nuevas, de las que los dichosos habitantes de esta isla no tenían antes ni la conciencia más remota. Necesidades que en última instancia destruirán la apretada trama de esta aldea con sus profundas relaciones de consanguineidad, sus festivales arcaicos, sus feudos. Su integridad terminará por disolverse bajo estas presiones foráneas. ¡Estaba tan bien tejida la trama! Tan maravillosa y simétricamente armada como un nido de golondrinas. Pero como chicos traviesos y desocupados la estamos destrozando, inconscientes del daño que le infligimos. La muerte que sin desearlo traemos al antiguo orden, parece ineludible. Además no cuesta mucho; unos pocos durmientes de acero, equipos de perforación, ¡una grúa! De súbito las cosas comienzan a cambiar de forma. Se crean nuevas necesidades, nuevas codicias. Empezará despacio, con unas pocas barberías, pero acabará por transformar toda la arquitectura del puerto. Dentro de diez años se habrá convertido en un irreconocible revoltijo de almacenes, salones de baile y burdeles para la Marina Mercante. Hay que darles tiempo.

»El solar que han elegido para la estación radioemisora está situado en la parte occidental y montañosa de la isla, no donde yo vivía antes. Por alguna razón oscura, esto me alegra. Soy todavía demasiado sentimental con mis antiguos recuerdos, y cuánto mejores me parecen a la luz de esta pequeña alteración del centro de gravedad: se renuevan, se refrescan a la vez. Además este rincón de la isla es distinto de cualquier otro: un alto valle con viñedos frente al mar. El suelo de oro, bronce y escarlata, creo que formado por greda volcánica. El vino rojo que hacen aquí es liviano y ligeramente centelleante, como si dormitase un volcán en cada botella. Sí, aquí las montañas apretaron los dientes (se las oye aún rechinar durante los frecuentes temblores) y pulverizaron esas rocas metamórficas convirtiéndolas en tiza. Vivo en una pequeña casa cuadrada de dos habitaciones construida sobre un depósito de vinos. Un patio con piso de baldosas y techo de tejas separa la edificación de otros almacenes: sótanos bajos abarrotados de vino durmiendo en toneles.

»Estamos en el corazón de los viñedos; por todas partes, siguiendo un trazado de cuadriláteros que se adapta a la columna vertebral de la montaña azul por encima del mar, corren los canales poco profundos de humus y tierra vegetal entre los viñedos simétricos que ahora están en flor. Galerías, mejor dicho, alamedas abovedadas de la tierra pardo-cenicienta, todo hecho por las manos de las industriosas jóvenes lugareñas. Las higueras y los olivares irrumpen entre esta ondulada selva verde, este tapiz color de vino. Es tan espeso que cuando se está en él, agachado, el campo de visibilidad queda reducido a poco más de medio metro y uno se siente como un ratón en un maizal. Mientras te escribo, una docena de invisibles muchachas horadan la tierra como topos, dan vueltas al suelo. Oigo sus voces pero no las veo. Sí, se arrastran por aquí como francotiradores. Se levantan y empiezan a trabajar antes del alba. Yo me despierto y las oigo llegar, a menudo cantando una canción popular griega. Me levanto a las cinco. Los primeros pájaros son saludados por un pequeño grupo de cazadores indolentes que atraviesan luego la colina charlando y bromeando. Sobre mi terraza hace sombra un alto árbol de moras blancas que da los frutos más grandes que he visto en mi vida: como orugas. Las moras están maduras, las avispas las han descubierto y se embriagan con su néctar. Se comportan igual que seres hu-

322

manos. Se ríen estrepitosamente sin causa, se caen, se pelean...

»La vida es aquí dura pero agradable. ¡Qué placer da sentir el sudor del trabajo, usar realmente las manos! Y mientras cosechamos acero para erigir, membrana a membrana, este delicado exvoto hacia el cielo, ocurre entonces que las uvas también maduran cuando se les recuerda que mucho después que el hombre haya cesado su neurótico juego con los instrumentos mortíferos con que expresa su temor por la vida, los antiguos dioses oscuros seguirán vivos allí, bajo tierra, enterrados en el humus del mundo «ctónico» (palabra favorita de P.). Están ya instalados definitivamente en el deseo del hombre. ¡Jamás habrán de capitular! (Hablo al azar, para darte tan sólo una idea de la vida que llevamos aquí.)

»Se está cosechando la primera cebada. Por todas partes te encuentras con parvas de heno ambulantes, parvas con un par de pies, caminando por estas tierras rocosas. Los extraños gritos de las mujeres, ya sea cuando llaman al ganado o se vocean unas a otras de lado a lado de la colina. "Uou", "hush", "gnaiou". La cebada se coloca en techos bajos para trillar la paja menuda que se hace con los tallos. ¡Cebada! Apenas se pronuncia la palabra y ya comienzan las procesiones de hormigas, largas cadenas de oscuras hormigas que tratan de transportarla a sus almacenes privados. Estas procesiones dan la voz de alarma a las lagartijas amarillas, que acechan por los alrededores, y se emboscan con los ojos semicerrados, para comerse a las hormigas. Y, en una octava más baja de la ley de causalidad, aquí están los gatos, dispuestos a comerse las lagartijas. En realidad les hacen daño, y muchos mueren a causa de una terrible enfermedad atribuida a esa locura. Pero me imagino que lo que los atrae es la emoción de la caza. Y luego... Bueno, de cuando en cuando una víbora mata un gato. Y el hombre con su pala quiebra la columna vertebral de la víbora. ¿Y el hombre? Las fiebres del otoño llegan con las primeras lluvias. Los ancianos caen a las tumbas como los frutos de un árbol. *Finita la guerra!* Esta aldea estuvo ocupada por los italianos y algunos lugareños conocen el idioma, que hablan con acento sienés.

»En la pequeña cuadra hay una fuente donde suelen reunirse las mujeres. Exhiben con orgullo a sus hijos pequeños y los elogian como si los pusieran en venta. Unas son gordas, las otras delgadas. Los jóvenes pasan hacia uno y otro lado del camino, lanzando miradas tímidas y ardientes. Uno de ellos canta maliciosamente: *"Solo per te, Lucia"*. Ellas vuelven apenas las cabezas y prosiguen su charla. Hay un viejo en apariencia completamente sordo que llena su cántaro. Parece casi electrocutado por la frase "Dmitri el de la casa grande ha muerto". Está fuera de sí. Gira y gira con una violentísima rabia. "¿Muerto? ¿Quién ha muerto? ¿Eh? ¿Cómo?" Su audición parece haber mejorado de pronto considerablemente.

»Hay también una pequeña acrópolis llamada Fontana, allá arriba, entre las nubes. Pero no queda lejos. Nada más que un acantilado de lechos de río de lava seca, entre nubes de moscas negras; uno se encuentra allí con rebaños de cabras oscuras como satanes. En la cumbre hay un pequeño hospicio con un monje loco. Construido como sobre una mesa giratoria, como un horno de rosca. Desde allí uno puede beber las dulces curvas brumosas y lánguidas de la parte oriental de la isla.

»¿Y el futuro?

»Bueno, hay algo como un presente casi ideal, pero que no durará eternamente; en realidad, ya ha expirado casi, pues dentro de un par de semanas habré dejado de ser necesario aquí; y con ello desaparecerá probablemente el puesto de que depende mi exigua subsistencia. No tengo

324

recursos propios y debo considerar los fines y los medios. No, el futuro se mueve y se tambalea en mi interior a cada movimiento del barco, como quien dice, como un carguero que ha quedado vacío. Si no fuese para volver a verte, dudo de que quisiera volver a Alejandría. La veo desdibujarse en mi interior; en mis pensamientos, como un espejismo de despedida, como la triste historia de una gran reina cuya fortuna se ha perdido entre las ruinas de los ejércitos y las arenas del tiempo. Mi espíritu se dirige cada vez más hacia Occidente, hacia la antigua herencia de Italia o Francia. Sin duda, ¿queda todavía algo que valga la pena hacer entre aquellas ruinas, algo que sea posible alentar, acaso revivir? Me hago esta pregunta, pero en realidad está dirigida a ti. Indeciso aún frente a todos los caminos, el que más me gustaría seguir lleva hacia el noroeste. Además hay otras razones. El término de mi contrato me da derecho a la repatriación gratuita, como dicen ellos; llegar a Inglaterra no me costará nada. Entonces, con esa generosa gratitud a que esta esclavitud me ha hecho acreedor, creo que puedo permitirme una temporada en Europa. Mi corazón salta de gozo ante ese pensamiento.

»Pero hay en todo esto algo que tiene que ser decidido fuera de mí; tengo la sensación de que no seré yo quien lo decida.

»Perdona mi silencio, por el que no puedo ofrecerte ninguna excusa y escríbeme unas líneas.

»El sábado pasado tuve un día y medio libres, de modo que atravesé la isla con un paquete para pasar una noche en la cabaña donde viví durante mi visita anterior. Qué contraste con esta tierra montañosa y verde la de aquel promontorio ventoso y salvaje, con el verde ácido de las mareas y las escarpadas costas de siempre. Aquí, durante un día y una noche, vivía la vida de un eco, pensando siempre en el pasado, en todos nosotros moviéndonos en las "ficciones selectas" que la vida baraja como un mazo de naipes, mezclando y dividiendo, quitando y poniendo. No me parece que tenga derecho a tanta calma, a tanta felicidad. Una sensación de plenitud en la que la única pregunta sin respuesta era la que evocaban todos los recuerdos que me suscitaba tu nombre.

»Sí, una isla distinta, más áspera y más hermosa de aspecto. Tenía entre mis manos el silencio de la noche y lo sentía fundirse en ellas lentamente, como un niño con un trozo de hielo. A mediodía un delfín asomó en el océano. Vapores de terremoto en la línea del mar. El gran monte de plátanos con sus negras pieles elefantinas que el viento arranca en grandes trozos apergaminados, y revelan la suave piel gris cenicienta del interior... Demasiados detalles que yo había olvidado.

»Este pequeño promontorio está más bien alejado de las rutas habituales. Sólo los juntadores de olivas llegan aquí en la temporada. De lo contrario, los únicos visitantes son los quemadores de carbón que recorren el bosque a caballo antes del amanecer, con el característico tintineo de sus estribos. Han construido en la colina largas y estrechas trincheras, y se pasan el día acurrucados detrás de ellas como demonios negros.

»Pero la mayor parte del tiempo uno puede vivir en la luna. El leve rumor del mar, el paciente chirrido de las cigarras a la luz del sol. Un día descubrí frente a mi puerta una tortuga; en la playa había un huevo de tortuga aplastado. Pequeñas cosas que se instalan en la mente como solitarias notas musicales pertenecientes a una composición mayor que imagino jamás habremos de oír. La tortuga es un animalito encantador y nada exigente. Puedo oír a P. diciendo: "El Hermano Asno y su tortuga. Un matrimonio de verdaderos espíritus".

»Por lo demás: el espectáculo de un hombre que espuma

piedras en el agua inmóvil de la laguna, por la noche, mientras aguarda una carta que debe nacer del silencio.»

Ni bien había confiado esta carta al cartero a lomo de mula que llevaba nuestro correo a la ciudad, cuando recibí una carta con sello de Egipto, dirigida a mí por una mano desconocida. Decía lo siguiente:

«No la reconociste, ¿verdad? Me refiero a la escritura del sobre. Te confieso que me reía sola mientras lo escribía, antes de comenzar esta carta: podía ver tu rostro con su expresión perpleja. Te veía dándola vueltas entre las manos tratando de adivinar quién la enviaba.

»Es la primera carta en serio que he intentado, aparte de algunas notas breves, con mi nueva mano, este extraño accesorio sucesor con que me ha equipado el bueno de Amaril. Quería que funcionara perfectamente antes de escribirte. Por supuesto, estaba asustada y contrariada con ella al principio, como puedes imaginarlo. Pero he llegado a respetarlo, a este hermoso y delicado dispositivo de acero que tan serenamente descansa a mi lado sobre la mesa, ¡cubierto con su guante de terciopelo verde! Nada sucede como uno lo imagina. Jamás supuse que la aceptaría tan totalmente, ¡el acero y el caucho parecen aliados tan extraños para la carne humana! Pero la mano ha demostrado ser casi más competente que una común de carne y hueso. En realidad sus poderes son tan vastos que estoy un poquito aterrorizada. Puede ejecutar las tareas más delicadas, hasta dar vuelta las páginas de un libro, lo mismo que otras más rudas. Pero la más importante de todas —ah, Darley, tiemblo mientras escribo las palabras—: puede *pintar*.

»Gracias a la Mano he atravesado la barrera y he tomado plena posesión de mi reino. Nada de esto fue premeditado. Un día la Mano tomó un pincel y oh milagro, empezaron a nacer pinturas de una originalidad y autoridad verdaderamente turbadora. Ya tengo cinco cuadros. Los contemplo con reverente asombro. ¿De dónde vienen? Sé que la Mano es responsable. Y esta nueva escritura es también una de sus invenciones, graciosa, intencionada y tierna. No creas que me envanezco. Hablo con absoluta objetividad, porque sé que no tengo nada que ver. Es la Mano, sólo la Mano la que me ha llevado a deslizarme a través de la barrera y a reunirme con los Verdaderos, como decía Pursewarden. Sin embargo, me da un poco de miedo; el elegante guante de terciopelo guarda celosamente su secreto. Y si uso los dos guantes, ¡me mantengo en el anonimato más perfecto! Yo la observo con asombro y cierta desconfianza, como lo haría con un animalito hermoso y peligroso, una pantera, por ejemplo. No hay nada, parece, que no pueda hacer mucho mejor que yo. Esto te explicará y disculpará, espero, mi silencio. He estado totalmente absorbida en el lenguaje de esta nueva mano y en la metamorfosis interior que ha traído consigo. Todos los caminos se me han abierto, todo me parece ahora posible por primera vez.

»Sobre la mesa a mi lado, mientras escribo, está mi pasaje marítimo para Francia; ayer supe con absoluta certeza que tengo que ir a Francia. ¿Recuerdas que Pursewarden decía que los artistas, como los gatos enfermos, sabían instintivamente con exactitud qué hierba necesitaban para curarse? ¿Y que la hierba dulceamarga del autodescubrimiento sólo crecía en un lugar, en Francia? ¡Dentro de diez días partiré! Y entre tantas nuevas certezas hay otra que también alza la cabeza: la certeza de que tú me seguirás a su debido tiempo. Te hablo de certidumbre, no de profecía; he terminado para siempre con las videntes y las adivinas.

»Esta carta, entonces, tiene como único propósito transmitirte las disposiciones que la Mano me ha impuesto y que yo acepto con entusiasmo, gratitud y resignación. La semana pasada hice algunas visitas de despedida, pues creo que pasará algún tiempo antes de que vuelva a ver Alejandría. Se ha tornado rancia y estéril para mí. Y sin embargo, ¿cómo dejar de amar los lugares que nos han hecho sufrir? Las partidas están en la atmósfera; parece como si toda la composición de nuestras vidas fuese súbitamente arrastrada por una nueva corriente. Pues no soy yo la única persona que deja el lugar, lejos de ello. Mountolive, por ejemplo, partirá dentro de un par de meses; por un gran golpe de suerte ha conseguido el puesto más codiciado de su profesión. ¡París! Con estas noticias todas las demás incertidumbres parecen haberse desvanecido; ¡la semana pasada se casó secretamente! Adivinarás con quién.

»Otra noticia profundamente alentadora es el regreso y la recuperación de nuestro querido y viejo Pombal. Está otra vez en el Ministerio de Estado, ahora en un puesto importante, y parece haber recuperado su antigua forma, a juzgar por la larga carta exuberante que me ha enviado. "¿Cómo puedo haberme olvidado —escribe— que no hay en el mundo mujeres fuera de las mujeres francesas? Es muy misterioso. Son la más encantadora creación del Todopoderoso. Y sin embargo..., querida Clea, hay *tantas,* y una más perfecta que la otra. ¿Qué puede hacer un pobre hombre solo contra ellas, contra semejante ejército? Por amor de Dios, pida a alguien, a cualquiera, que traiga refuerzos. ¿No quisiera Darley ayudar a un viejo amigo en recuerdo de los viejos tiempos?"

»Te paso la invitación por si te interesa. Amaril y Semira tendrán un niño este mes, un niño con la nariz inventada por mí. Piensa irse a América por un año, con un empleo, y llevárselos a ambos. Balthazar está también en el extranjero, visitando Esmirna y Venecia. Ahora, la noticia más picante, la he dejado para el final. ¡Justine!

»No espero que la creas. Sin embargo, tengo que dártela. Caminando por la rue Fuad a las diez en una brillante mañana de primavera la vi venir hacia mí, radiante y hermosa, con un vestido primaveral de diseño elocuente; y flop flop flop a su lado sobre la vereda polvorienta, saltando como un sapo, ¡el detestado Memlik! Vestido con botas con costuras elásticas y polainas. Un bastón con puño de oro. Y un florero recién acuñado en su testa peluda. Casi me desmayo. Ella lo arrastraba como un perro de lanas. Casi podía verse la correa de cuero ordinario atada a su cuello. Me saludó con efusivo calor y me presentó a su cautivo que restregaba tímidamente las patas y me saludó con una voz profunda y graznante como la de un saxofón. Iban a encontrarse con Nessim en el Select. Me invitaron. Naturalmente acepté. Sabes lo terriblemente curiosa que soy. Ella me lanzaba todo el tiempo secretas miradas divertidas sin que Memlik lo advirtiera. Los ojos le centelleaban de gozo, de maliciosa burla. Era como si una potente máquina de destrucción se hubiese encendido nuevamente. Nunca la vi tan feliz ni tan joven. Cuando nos ausentamos por un momento para empolvar nuestras narices sólo pude decirle con voz sofocada: "¡Justine! ¡Memlik! ¿Qué quiere decir todo esto?". Justine soltó una carcajada y besándome dijo: "He descubierto su *point faible*. Está hambriento de vida social. Quiere moverse en los círculos sociales de Alejandría y conocer muchas mujeres *blancas*". Más risas. "Pero, ¿qué sentido tiene?", pregunté con desconcierto. Entonces se puso súbitamente seria y sus ojos centellearon con vivaz malevolencia. "Hemos empezado algo, Nessim y yo. Nos hemos entendido, por fin, Clea. Soy tan feliz que me echaría a llorar. Esta vez es algo mucho mayor, internacional. Nos iremos a Suiza el año próximo, tal vez para siempre. La suerte de Nessim ha cambiado de pronto. No puedo contarte ningún detalle."

»Cuando volvimos a la mesa Nessim había llegado ya y conversaba con Memlik. Su aspecto me sorprendió, parecía tanto más joven, y tan elegante y seguro de sí. Me produjo una extraña sacudida ver la pasión con que se abrazaban, Nessim y Justine, como ignorantes de todo el resto del mundo. Allí mismo, en el café, con una pasión y un éxtasis tales que yo no sabía para qué lado mirar.

»Memlik seguía sentado con sus guantes finísimos sobre las rodillas, sonriendo amablemente. Era evidente que disfrutaba de la vida de la alta sociedad, y pude ver, por la forma en que me ofreció un sorbete, que también disfrutaba de la compañía de las mujeres blancas.

»¡Ah!, empieza a cansarse esta mano milagrosa. Quiero alcanzar el correo nocturno con esta carta. Tengo un sinfín de cosas que atender antes de empezar con la tediosa tarea de preparar maletas. En cuanto a ti, oh sabio, tengo la sensación de que acaso tú también hayas cruzado el umbral y hayas penetrado en el reino de tu imaginación, para poseerlo de una vez y para siempre. Escríbemelo y dime, o resérvalo para un café a la sombra de un castaño, en un otoño ahumado, junto al Sena.

»Aguardo, serena y dichosa, convertida en auténtica criatura humana, en una artista por fin.

Clea.»

Pero debía aguardar todavía algún tiempo antes de que las nubes se disiparan para descubrir el paisaje secreto a que Clea se refería en su carta, y del que en adelante ella se adueñaría, pincelada tras lenta pincelada. Había tardado tanto tiempo en formarse en mi interior aquella preciosa imagen, que me sorprendió tanto como a ella. Llegó en un día azul, en forma insospechada, imprevisible, y con cuánta increíble *sencillez*. Hasta entonces yo había sido como una muchacha tímida, atemorizada ante el nacimiento de su primer hijo.

Sí, un día me encontré escribiendo con dedos temblorosos las cuatro palabras (¡cuatro letras!, ¡cuatro rostros!) con las que todo artista desde que el mundo es mundo ha ofrecido su escueto mensaje a sus congéneres. Las palabras que presagian simplemente la vieja historia de un artista maduro. Escribí: «Érase que se era...».

Y sentí que el universo entero me daba un abrazo.

TEMAS DE EJERCICIO

La historia de Hamid acerca de Darley y Melissa.

La hija de Mountolive con la bailarina Griskin. El resultado del duelo. Las cartas de Rusia. El terror de la niña frente a Liza cuando después de la muerte de su madre fue enviada a su padre.

Memlik y Justine en Ginebra.

El encuentro de Balthazar con Arnauti en Venecia. Los anteojos de sol de color violeta, el abrigo desgarrado, los bolsillos llenos de miga de pan para alimentar las palomas. La escena en el Florian. El paso del hombre víctima de parálisis general. Conversaciones en el balcón de la pequeña pensión sobre el remanso pútrido del canal. ¿Era Claudia en realidad Justine? No estaba seguro. «El tiempo es el recuerdo», dicen; «el arte, en cambio, consiste en revivir y a la vez evitar el recuerdo. Usted habla de Alejandría. Ya ni siquiera puedo imaginármela. Se ha disuelto. Una obra de arte es algo que se parece más a la vida que la vida misma». La muerte lenta.

El viaje de Naruz al norte y la gran batalla de las ramas.
Esmirna. Los manuscritos. Los Anales del Tiempo. El robo.

* Página 47.

EL SOL DE LA TARDE

Este pequeño cuarto, qué bien lo conozco.
Ahora lo han alquilado éste y el de al lado
para oficinas, toda la casa ha sido tragada
por las tiendas de los mercaderes,
por compañías limitadas y agentes navieros...

¡Oh, qué familiar es este pequeño cuarto!

Una vez aquí, junto a la puerta, hubo un sofá
y delante de él una pequeña alfombra turca,
exactamente aquí. Y luego el anaquel con los dos
floreros amarillos, y a la derecha de ellos:
No. Aguarda. Frente a ellos (cómo pasa el tiempo)
el destartalado ropero y el pequeño espejo.
Y aquí en el centro la mesa
donde siempre se sentaba a escribir,
y alrededor de ella las tres sillas de caña.
Cuántos años... Y junto a la ventana,
el lecho en que tan a menudo nos amábamos.

Aquellos viejos muebles
deben rondar ahora todavía por alguna parte...

Y junto a la ventana, sí, el lecho.
El sol de la tarde llegaba hasta el centro de la cama.
Nos separamos una tarde a las cuatro,

por una semana nada más aquella misma tarde.
Jamás pensé que aquellos siete días
pudiesen durar para siempre.

Trad. libre de *C. P. Cavafy*

* Página 48.

A LO LEJOS

Aquellos recuerdos fugitivos... cuánto me gustaría
registrarlos, pero ahora se han atenuado...
Apenas queda una huella...
Están tan lejanos, tan perdidos en mi primera juventud
antes de que mis talentos se hubiesen inflamado.

Una piel hecha de pétalos de jazmín en una noche...
Una tarde de agosto... ¿fue acaso en agosto?
Apenas puedo tocarla, apenas recordarla...
Aquellos ojos, los magníficos ojos...
O tal vez fue en septiembre... en el día de los perros...
Irrevocablemente azules, sí, más azules
que una mirada de zafiro mineral.

Trad. libre de *C. P. Cavafy*

* Página 164.

CHE FECE... IL GRAN RIFIUTO

A algunos de nosotros nos llega el implacable día
a pedirnos que elijamos nuestro camino y pronunciemos
por elección o voluntad el gran Sí o No.
Y quienquiera que lleve dentro de sí la palabra afirmativa
será escuchado.
Los senderos de su vida se iluminarán
y todas las recompensas coronarán su paso.
Pero aquél, el que niega,
nadie podrá decir que miente; repetirá
su No en voz más alta si se insiste.

336

Está en su derecho; sin embargo, por cosas tan triviales,
un No en lugar de un Sí toda su vida se hunde y se ahoga.

Trad. libre de *C. P. Cavafy*

• Página 240.

Los incidentes registrados en la carta de Capodistria han sido
tomados y ampliados de una nota al pie del libro de Franz Hart-
mann, *Vida de Paracelso*.

Esta edición de 8.000 ejemplares
se terminó de imprimir el mes
de diciembre de 1998 en
Litografía Rosés, S. A., Gavà (Barcelona)